Das Buch

Marion Zimmer Bradleys Darkover, die Welt unter den fünf Monden und der blutigen Sonne, ist längst zu einem Klassiker der Science Fiction- und Fantasy-Literatur geworden.

Während der ersten Kolonisationswelle des Universums durch die Terraner mußte ein Schiff auf einem unbekannten Planeten notlanden. Die Besatzung überlebte – und ihre Nachfahren entwickelten über Jahrhunderte, in denen sie vollkommen vom Rest des Universums abgeschnitten waren, eine sehr komplexe, mittelalterlich-feudalistische Kultur.

Beherrscht wird Darkover von den Comyn, aristokratischen Telepatenfamilien, die ihre besonderen Fähigkeiten, das Laran, zum Wohl des Volkes, aber auch als Waffe gegeneinander einsetzen. Entstanden sind diese geheimnisvollen Kräfte durch Vermischung mit dem geheimnisvollen Volk der Chieri, das versteckt in den Wäldern des Planeten lebt.

Nach Jahrhunderten der Isolation wird Darkover durch die Terraner wiederentdeckt – der Kampf um Aufgeschlossenheit gegenüber »der Welt da draußen«, aber auch der unbändige Wunsch nach Weiterbestehen der alten Traditionen und Lebensweisen beginnt.

Marion Zimmer Bradley selbst schrieb sechzehn Darkover-Romane und gab außerdem eine Reihe Anthologien mit den besten Fangeschichten heraus. So entdeckte sie inzwischen bekannte SF/Fantasy-Autorinnen wie Deborah Wheeler, Diana L. Paxson, Mercedes Lackey und Elisabeth Waters.

Die Herausgeberin

Marion Zimmer Bradley, geboren 1930, entdeckte ihre Liebe zur Science-Fiction und Fantasy-Literatur bereits im Alter von 16 Jahren. Ihre erste eigene Story erschien 1953 im »Vortext« SF-Magazin. Schon ihr erster Kurzroman, »Bird of Prey« (1957), wurde ein Erfolg und legte den Grundstein für den großangelegten Zyklus um Darkover, den Planet der blutroten Sonne, mit dem sie – lange vor »Die Nebel von Avalon« – Weltruhm erreichte.

Im Wilhelm Heyne Verlag erschienen bereits ihre folgenden Romane: »Der Bronzedrache« (01/6359), »Schloß des Schreckens« (01/7712), »Trommeln in der Dämmerung« (01/9786), »Die Teufelsanbeter« (01/9962) und »Die Zauberin von Ruwenda« (01/9698). Weitere Titel sind in Vorbereitung.

MARION ZIMMER BRADLEY
und »The Friends of Darkover«

DIE TÄNZERIN VON DARKOVER

Geschichten

Aus dem Amerikanischen
von Ronald Böhme

Deutsche Erstausgabe

WILHELM HEYNE VERLAG
MÜNCHEN

HEYNE ALLGEMEINE REIHE
Nr. 01/10389

Titel der Originalausgabe
LERONI OF DARKOVER

Umwelthinweis:
Dieses Buch wurde auf
chlor- und säurefreiem Papier gedruckt.

2. Auflage

Printed in Germany 1998
Umschlagillustration: Richard Hescox/Agentur Schlück
Umschlaggestaltung: Atelier Ingrid Schütz, München
Satz: Buch-Werkstatt GmbH, Bad Aibling
Druck und Bindung: Ebner Ulm

ISBN 3-453-13163-0

Inhalt

Vorwort
von Marion Zimmer Bradley

Alle Jahre wieder stellt sich mir die gleiche Frage: Was schreibe ich als Vorwort zu der neuen Anthologie?

Ich könnte meine Leserinnen und Leser natürlich immer auf einen kurzen Streifzug durch den Stapel nicht ernst zu nehmender Zuschriften mitnehmen – da gibt es immer etwas zu lachen, denn in meinem Briefkasten landet eine Menge äußerst merkwürdiger Sachen. Da gibt es zum Beispiel die vielen Briefe von (sich) vielversprechenden Schauspielerinnen, die glauben, ich hätte irgend etwas mit der Rollenvergabe für die Verfilmung von *Die Nebel von Avalon* zu tun, und die natürlich felsenfest davon überzeugt sind, daß sie die Idealbesetzung für Morgaine seien. Selbst wenn das der Fall wäre, habe das nicht ich zu entscheiden; sie müßten sich schon an Mr. Coburn wenden. Dann gibt es die Feministinnen, die nicht glauben können, daß ich diesen »feministischen Klassiker« (diese Bezeichnung stammt nicht von mir, ich zitiere nur!) ausgerechnet einem *Mann* anvertraut habe. Es folgen die Heerscharen von Musikern, die unbedingt die Filmmusik schreiben wollen, insbesondere die *feministischen* Musikerinnen, die sich natürlich besonders dazu berufen fühlen. Ganz zu schweigen von den Zeitgenossen, die dies oder das oder irgendwas von mir möchten, weil sie glauben, oder zu glauben meinen, oder mich glauben machen möchten, daß sie eine Reinkarnation von Morgaine le Fay seien. Wie schön für sie, aber was habe ich damit zu tun? Wenn die Leute nur vernünftig wären, blieben mir solche Briefe erspart. Aber das ist wohl zuviel verlangt ...

Glücklicherweise habe ich von Anfang an klar gemacht, daß Darkover eine komplett fiktive Welt ist. Trotzdem werde ich immer wieder – meist von jemand verklärten und übergewichtigen gefragt: »Mrs. Bradley, wie viel von Ihren Texten wurde Ihnen telepathisch *eingegeben*?« So etwas verschlägt mir regelmäßig vor Zorn die Sprache. Warum glauben diese Leute, ich sei nicht fähig, mir das alles selber auszudenken? Das erinnert mich irgendwie immer an diejenigen, die noch immer meinen, der verstorbene H. P. Lovecraft sei ein großer Anhänger des Okkultismus gewesen, und nicht der überzeugte Humanist und Rationalist, der er wirklich war. Ich kann die Artikel in Fan-Magazinen schon nicht mehr zählen, die belegen wollen, seine Einstellung sei nur vorgetäuscht, um seine Leserschaft vor dem Teufel zu beschützen; schließlich hätte er ja das alles nicht bloß erfinden können ...

Wer so argumentiert, hat keine Ahnung von Literatur. Wie jeder Schriftsteller weiß, besitzt jede imaginäre Welt oder Weltensicht eine eigene Realität, mit der ihr Autor auf eigene Gefahr spielt. So gibt es für mich gewisse Dinge, die ich über Darkover nicht schreiben möchte – jedenfalls nicht, ohne dabei meine intellektuelle Integrität zu verlieren.

Als Beispiel dazu fällt mir ein Kostümball ein, auf dem ich einmal zu Gast war, und bei dem hauptsächlich leichtgeschürzte »Amazonen« herumhüpften. Ich schrieb damals gerade an *Die zerbrochene Kette* und erklärte daraufhin Don Wollheim (ganz entgegen meiner sonstigen Angewohnheit, alle Fragen der Umschlagsgestaltung den Graphikern zu überlassen): »Don, wenn du es wagen solltest, eine nackte Amazone aufs Titelbild zu zaubern, dann kannst du getrost vergessen, mich je gekannt zu haben, dann war dies das *letzte* Buch, das ich für dich geschrieben habe.«

Als ich dieses Ultimatum stellte, konnte ich allerdings auch schon dreißig gutgehende Bücher vorweisen. Jemandem, der seinen Erstlingsroman gedruckt sehen will, würde ich selbst heute davon abraten, obwohl Autoren heute im allgemeinen besser behandelt werden als zu der

Zeit, da ich mit dem Schreiben anfing. Heutzutage kann eine Autorin sich sogar als Feministin bezeichnen und trotzdem verlegt werden.

Und das bringt mich auf einen der erstaunlichsten Umstände in der Karriere der MZB als Schriftstellerin. Bei einer Signierstunde teilte ich mir mit einer anderen Autorin einen Tisch, und um ins Gespräch zu kommen, erkundigte ich mich, wer ihr Verleger sei. Sie erklärte mir, sie bringe ihre Arbeiten im Selbstverlag heraus. Ich habe mich wohl nicht sonderlich beeindruckt gezeigt, denn sie schob trotzig nach, daß »doch jeder weiß, daß bei Science Fiction Frauen keine Chance bekommen.« Da klappte mir erst einmal der Unterkiefer runter. Als ich mich davon erholt hatte, verwies ich sie auf meine mehr als dreißig SF-Romane und fragte sie, wie ich wohl ihrer Meinung nach einen Verleger gefunden hätte. Da klärte sie mich mitleidig auf: »Ach, Marion, es weiß doch jeder, daß du dich schon vor Jahren ans männliche Establishment verkauft hast.«

Das war, gelinde gesagt, ein Schock und mir völlig neu. Zugegeben, ich habe den (für Feministinnen) unverzeihlichen Fehler begangen, anzunehmen, der Herausgeber, und sei es auch ein Mann, würde schon wissen, was er drucken wolle. Aber jetzt, da ich selber Herausgeberin bin, nehme ich das gleich Vorrecht für mich in Anspruch!

Daher werden sie in den vorliegenden zweiundzwanzig Geschichten keine einzige feministische Tirade finden. Falls Sie danach suchen, muß ich Sie enttäuschen. Ich bin vielleicht schrecklich altmodisch, aber ich finde, wer politisch etwas aussagen will, soll doch lieber Flugblätter verteilen oder an der Ecke des Hyde Park auf ein Podest steigen. Dort kann jeder seine Volksreden schwingen und die größten Ungereimtheiten verkünden – angefangen von Kontakten mit Außerirdischen bis hin zu einer Liebesgeschichte zwischen einer freien Amazone und (Hilfe!) Dyan Ardais …

Aber diese Seiten sind mir dafür zu schade. Tut mir leid.

LYNN MICHALS

Ein Anfang

Wonach ich beständig Ausschau halte, sind jene »Zwischenakte«, die sich außerhalb der offiziellen Geschichtsschreibung von Darkover zutragen. Die folgende Geschichte handelt von der Gründung des Comyn-Rates, zu einer Zeit, da Darkover sich daran machte, aus dem tiefen Schatten seiner dunkelsten Vergangenheit hervorzutreten.

Lynn Michals ist sechsundzwanzig Jahre alt und lebt in Baltimore. Sie wuchs in der »seltsamen Welt katholischer Schulen von New Orleans« auf; derzeit arbeitet sie an einer Dissertation im Fach Englische Literatur und studiert und lehrt gleichzeitig an der John-Hopkins-Universität.

Lynn half bei den Ausgrabungen einer walisischen Burg mit, bei denen sie unter anderem »mittelalterliche Hammelknochen ausbuddelte, die irgend jemand vor sechshundert Jahren aus dem Küchenfenster geschmissen hatte; und im Burggraben, den die Burgbewohner der späten Tudorzeit offenbar in einen Weinkeller umgewandelt hatten, fanden sich Scherben getönten Glases.« Einen weiteren Sommer verbrachte sie auf den Friedhöfen New Orleans, wo ihre Arbeit für eine historische Gesellschaft in dem Versuch bestand, die Namen und Daten auf den zerbröckelnden Grabsteinen zu entziffern, ehe sie gänzlich unlesbar wurden. Sie meint, sie hätten alle ihr bestes getan, bezweifelt aber nach wie vor, daß die Stadt eine allzu klare Vorstellung davon habe, wer da wo begraben liege.

Jedenfalls ist es wesentlich einfacher, die Geschichte einer rein imaginären Gesellschaft – wie in der folgenden Erzählung – aufzuzeichnen.

Gregori Alton stand einen Augenblick lang inmitten des Straßenlärms, starrte einen Regenbogen am Himmel an und träumte vom Frieden. Dann schüttelte er diese Träume ab, um einen klaren Kopf zu bekommen, folgte seinem Friedsmann in das verräucherte und überfüllte Stadthaus und machte sich an sein Tagesgeschäft.

»Bei Zandrus eisigem Schwanze, wo kommen die denn alle her?« fragte ihn Donal, der verblüfft sah, wie sich nahezu der gesamte, weitverzweigte Alton-Clan mitsamt seinem Gefolge auf dem kalten Boden hingefletzt hatte.

»Hauptsächlich aus den Kilghardbergen«, antwortete Gregori matt. »Die Lords aus den Bergen sind derart verarmt, daß sie sich kein anderes Quartier leisten können; ein Monat Aufenthalt in Thendara würde ihre Pachteinnahmen eines ganzes Jahres verschlingen. Trotzdem wollte ich sie dabei haben, damit sie selber sehen, worum es sich bei Lord Hasturs neuem Rat eigentlich handelt.«

»Na, mir scheint, sie sind schon dahinter gekommen – Hastur gibt ihnen eine kleine Kostprobe des Großstadtlebens«, sagte Donal und grinste beim Anblick des Haufens betrunkener Adliger. Die meisten von ihnen machten den Eindruck, als ob sie die Nacht mit einem Streifzug durch die Gossen Thendaras verbracht hätten, bevor sie zurückgekrochen kamen, um auf dem Boden zwischen ihren exquisit gezüchteten Hunden zusammenzusacken.

»Sei nicht so zynisch«, wies ihn Gregori zurecht. »Schließlich ist es erst das zweite Jahr, in dem wir versuchen, solch eine Ratsversammlung abzuhalten. Sie werden sich schon noch daran gewöhnen. Jetzt laß sie uns erst einmal aufwecken.«

Gregori und sein Friedsmann wateten durch die versammelten Lordschaften der Alton-Domäne, riefen hier, rüttelten dort und schütteten auch schon mal einen Eimer kalten Wassers über ihre Häupter. Gregori, rothaarig und von den Narben vieler Schlachten gezeichnet, war die ganze Sache gründlich leid. Die letzten anderthalb Jahre hatte er damit zugebracht, eine Blutfehde gegen die Ardais auszutragen und gleichzeitig die plündernden Aldarans abzuwehren. Die Last der Verantwortung für seine umkämpfte Domäne, die er bereits in jungen Jahren übernehmen mußte, hatte ihn vorzeitig altern lassen. An seiner Seite wirkte Donal mit seinen großen, grauen Augen und dem herzförmigen Gesicht geradezu knabenhaft, zierlich und unschuldig, er schien keine nennenswerte Vergangenheit zu haben – auch wenn Donal sich vor seinem Zusammentreffen mit Gregori tatsächlich schon als Dieb, Spion, Lustknabe und Attentäter betätigt hatte.

Herren wie Hunde brummten und knurrten, pinkelten in die Feuerstelle und verlangten nach ihrem Frühstück. Nachdem sie mit Bier, kaltem Braten und Brot versorgt worden waren, hieb Gregori mit dem Knauf seines Messers auf den langen Tisch und forderte Ruhe.

»Ehe wir uns mit den anderen Domänen treffen, müssen wir zunächst einmal über die Ausbesserung der Großen Straße sprechen«, gab er bekannt. »Ihr werdet sicherlich alle bemerkt haben, daß sie zwischen Syrtis und den Hellers kaum mehr als ein Trampelpfad ist – und es liegt in unserer Verantwortung, diesen Abschnitt instandzuhalten.«

»Was soll an einem Trampelpfad verkehrt sein?« rief der alte Dom Istven. »Das war schon immer ein Trampelpfad, mein ganzes Leben lang, und auch schon zu den Zeiten meines seligen Vater. Sag uns lieber, Bursche, wann du endlich heiraten wirst.«

»Jawohl! Ein *Nedestro*-Töchterchen hast du Aillard ja schon beschert, aber wann kriegen wir einen richtigen Erben?« grölte ein anderer und griff damit das bevorzugte Klatschthema der Domäne wieder auf. »Ein Friedsmann mag schön und gut sein, um dir das Feldbett anzuwärmen, aber einen Sohn kann er uns trotz seines süßen Gesichts auch nicht geben, oder?«

»Ruhe!« brüllte Gregori, aber inzwischen krakelten die

Lords der Berge alle gleichzeitig durcheinander, schrien ihn und sich gegenseitig an.

»*Ruhe!*« wiederholte Gregori, doch diesmal nutzte er die Alton-Gabe des erzwungenen Rapports. Im Nu herrschte Totenstille.

»Zum ersten: Sprecht ehrerbietig von meinem Eidgenossen, oder ich werde euch Respekt lehren. Zum zweiten: Lord Hastur hat für mich eine Heirat mit Ardais arrangiert – es ist alles in unserem Waffenstillstand festgelegt«, erklärte er wohl zum hundertstenmal. »Das haben wir doch alles schon gestern besprochen.«

An irgend einer Ecke kläfften ein paar Hunde; mehrere Lords fingen ein Würfelspiel an und soffen sich zurück unter den Tisch; und zwischen zwei anderen kam es zu Handgreiflichkeiten, als man die Frage erörterte, wer es denn nun versäumt hatte, einen verfallenen Unterstand auf halbem Wege zwischen ihren Ländereien zu reparieren. Kurz und gut: es war eine ganz gewöhnliche morgendliche Ratssitzung in Thendara im sechsten Jahr der Regentschaft Marius Hasturs, dem Lord der Sieben Domänen.

In der ganzen Stadt hatten sich die Comyn pflichtschuldig versammelt, um ihre Differenzen in geordneter Form auszutragen, so wie es Marius befohlen hatte. Aber keiner von ihnen hatten auch nur die geringste Ahnung, wie dies zu bewerkstelligen sei. Es war doch einfach wider die Natur, sich in einem großen Raum zusammenzusetzen und Kompromisse auszuhandeln – besonders wider die Natur eines Haufen von Kleindiktatoren.

Die grundgütigen Götter mögen sich unserer heute abend erbarmen, wenn alle sieben Domänen zusammenkommen, dachte Donal, während er Gregori gegen einen daherfliegenden Humpen abschirmte und beobachtete, wie ein gereizter Ausbruch an PSI-Energie sich in einem Funkenregen über ihren Köpfen entlud. *Da geht es doch in einer Räuberhöhle gesitteter zu!*

In der Abenddämmerung ritten Donal und Gregori langsam zur Comyn-Burg zurück, eskortiert von vier Wachen, die Bettler, Trödler und ehrbare Bürger anbrüllten, den Weg für den Lord von Armida freizugeben.

»Du hättest ihnen heute morgen wegen mir nicht gleich so an die Kehle zu springen brauchen«, sagte Donal gelassen. »Mir ist schon weitaus weniger Schmeichelhaftes zu Ohren gekommen als ›süß‹ genannt zu werden.«

»Sei nicht töricht, *bredu.* Meine versoffene Verwandtschaft wird sich damit begnügen müssen, die üblichen Zoten über meine Hochzeit zu reißen; aber was zwischen uns beiden ist, geht sie nichts an«, entgegnete Gregori – und duckte sich mit dem sicheren Instinkt des erfahrenen Kriegers just in dem Moment nach vorne, als ein zerzauster, drahtiger und mit einem Messer bewaffneter Kerl sich von einem Balkon auf ihn herabstürzte und kurz hinter seinem Sattel aufkam.

Die Klinge schürfte lediglich Gregoris Schulter anstatt seine Lungen zu durchbohren; und mit der ihm eigenen tödlichen Anmut fiel Donal über den Angreifer her. Im Handumdrehen war alles vorbei.

Eine häßlich klaffende Wunde durchzog Donals dunkelrotes Haar und seine Stirn, aber es war das Blut des Fremden, das sein Gewand tränkte. Gregori beugte sich über den Sterbenden und drang zum Wohl seiner Domäne rücksichtslos in dessen Gedankenwelt ein. Wenig später brach er den Kontakt ab und stöhnte, von Schmerzen gepeinigt, auf. Er hatte alles, was er zu wissen brauchte, gefunden – und noch weit mehr als ihn zu wissen verlangte. Der Lord von Armida kauerte im Rinnstein und hielt einen sterbenden Hirten aus den Hellers in seinen Armen; ihnen gemeinsam waren die Tränen um die niedergebrannte Hütte, um die geschändete und ermordete Frau und um die zwei Söhne, die in der Fehde zwischen Ardais und Alton dahingerafft worden waren.

Donal fühlte, was Gregori fühlte, und konnte doch nichts tun, um ihm zu helfen. Ihm blieb nur, mit kalten und zornigen Worten den Straßenmob von Thendara zu verfluchen, der sich versammelt hatte, um ihn, den Blutenden, und Gregori, den Weinenden, begierig zu beäugen. Rasch zerstreute sich die Menge, die entsetzt war, solche Worte aus dem Mund eines Edelmannes zu hören.

In den Hastur-Gemächern der Comyn-Burg fragten sich die Oberhäupter der sechs anderen Domänen gerade, wo Gregori bliebe, als dieser eintrat, sein Wams blutdurchtränkt, den Arm um seinen verletzten Vasallen gelegt und begleitet von zwei Wachen, die einen Leichnam trugen.

»Davon ist mir nichts bekannt«, sagte Lord Ardais kalt, als sich alle Augen auf ihn richteten. Julian Ardais war ein dunkelhaariger Edelmann mittleren Alters; ihm war der starre Blick eines Mannes zu eigen, der viele Winter einsam in den Hellers zugebracht hatte, in denen nur der Wind seinen Namen gerufen hatte. »Nur zu, prüft mich, wenn Ihr es wünscht«, forderte er und senkte seine Barrieren. Er hielt sich steif aufrecht, während Marius Hastur seine Gedanken durchforstete. Schließlich war es der Hastur, der zurückschreckte und sich abwandte – immerhin war er ein Ehrenmann, und einige der Erinnerungen, die er in Dom Julians Geist fand, konnte er nicht ertragen.

»Von jenem Angriff hatte er keine Kenntnis, Lord Alton. Auf mein Ehrenwort«, erklärte Marius schließlich.

»Damit ist dieses Blut reingewaschen – und der Frieden bleibt unbefleckt und unangetastet«, erwiderte Gregori formell, womit er all seine Gefolgsleute darauf verpflichtete, der Rache abzuschwören und den Frieden einzuhalten. »Doch nun entschuldigt mich, mein Friedsmann ist verletzt. Ich werde in Kürze zurückkehren, um die Verhandlungen über den Ehevertrag wieder aufzunehmen.«

Eine *Leronis* schloß sich Gregori und Donal in den Alton-Gemächern an und heilte Donals Wunden im Handumdrehen.

»So, damit wären wir mal wieder so gut wie neu geboren«, sagte Gregori verbittert, als er in die frische Kleidung schlüpfte, die sein Leibdiener ihm gebracht hatte. »Und jener arme, alte Tropf hängt auf dem Marktplatz am Galgen, als Warnung für andere Verzweifelte, die durch unsere Kriege zugrunde gerichtet werden!«

»Also, Greg, du bist der einzige, den ich kenne, der sich schuldig fühlt, einen Mordanschlag überlebt zu haben«, bemerkte Donal, während er den Kragen seines Kasacks zuband. »Der Alte hat gekriegt, was er verdient hat.«

»Die Comyn haben seine Familie gequält und gemetzelt, haben ihn in den Wahnsinn getrieben und schließlich umgebracht. Herr des Lichts! Diese Ratsversammlungen müssen einfach gelingen. Sonst bluten wir unsere Leute mit all unseren Fehden noch gänzlich aus!« Eine verzweifelte Hoffnung glomm in seinen Augen. »Wir müssen einen neuen Weg beschreiten!«

Eher geht ein Cherrine durch ein Nadelöhr, als daß sich unsere Comyn zusammensetzen und ihre lächerlichen Zwistigkeiten ohne Mord und Totschlag auseinanderdividieren, dachte Donal, aber das behielt er für sich. Wenn es Gregori Alton glücklich machte, an ein neues, strahlenderes Zeitalter des Friedens zu glauben, dann wollte Donal Hodge seiner zynischen Natur zum Trotz sein Möglichstes tun, um auf Sanftmut und Güte zu vertrauen. In den hoffnungslos hoffnungsvollen Gedanken Gregoris sah Donal bereits den zänkischen und blutrünstigen Mob der Comyn-Horde in Thendara versammelt, um mit einem Male das gemeinsame Wohlergehen zu entdecken – und damit einen Lichtschein, der die blutige Finsternis ihrer Kriege durchbricht.

»Ich werde besser wieder zu den anderen zurückkehren«, seufzte Gregori und schob seine Friedensträume beiseite. »Diesen triefäugigen Schlächter als Schwiegervater zu haben, ist es wohl wert, falls damit die alte Fehde wirklich beendet werden könnte. Ruh' dich nun aus, Donal, wie die Heilerin dir geraten hat. Bleib nicht auf – keiner weiß, wie spät es werden wird.«

»Du wirst ohne mich keinen Schritt da draußen machen, Greg«, sagte Donal und legte sein Schwert an. »Meinetwegen heirate *Dom* Julians Tochter, wenn dir danach der Sinn steht, aber ich werde dich keinesfalls allein mit diesem Mann in einem Raum lassen.«

»Ich hab' ein Dutzend Leibwächter, die sich um mich kümmern«, widersprach Gregori. »Leg dich endlich hin.«

Aber die oberste Pflicht eines Friedsmannes besteht darin, seinen Herrn zu beschützen, und nicht, ihm zu gehorchen; und Donal war ein vorzüglicher Friedsmann!

»Dann mache mir aber bitte keine Vorwürfe, wenn die Beratungen die ganzen Nacht hindurch andauern«, gab Gregori schnippisch zurück, als sie gemeinsam zu den Hastur-Gemächern hochgingen. »Inzwischen werden sie schon wieder beim Zechen sein, und die Ridenows kennen kein Halten mehr, sobald sie erst einmal ihre Kehlen angefeuchtet haben.«

Das Treffen dauerte in der Tat die ganze Nacht. Ein Dutzend hochrangiger Adliger aus jeder Domäne hatte sich im Audienzzimmer der Hastur-Gemächer zusammengedrängt, das zu diesem Anlaß mit zahlreichen zusätzlichen Stühlen vollgestopft worden war; einige von ihnen hatten ihre Hunde und Pfeifen mitgebracht, und alle taten sich ausgiebig am Wein des Gastgebers gütlich, so wie es nun einmal von adligen Gästen erwartet wurde. Gregoris Anhänger versuchten auf der Stelle wütend, Lord Ardais herauszufordern, sobald sie von dem jüngsten Anschlag auf Gregoris Leben erfuhren. Zwischen Serrais und Valeron brach eine geringfügige Grenzzwistigkeit aus, die durch eine Wette bei einem Hundekampf beigelegt wurde. Und wiederum hatten sich alle um den Verstand getrunken und ihre Kehlen heißer geschrien, bevor man sich aus purer Erschöpfung auf die angebahnte Heirat zwischen Ardais und Alton einigte.

Bei Morgengrauen stand Gregori zusammen mit Dom Marius und Lady Arliss, der Mutter der Aillard-Domäne, und überblickte benommen das verräucherte Chaos des Audienzzimmers. Nahe der Feuerstelle schnarchte einer der weniger bedeutenden Edlen des di Asturien-Clans und bettete dabei sein Haupt auf seinen zotteligen Hund.

»Die Heilige Cassilda möge uns beistehen, welch ein Fiasko!« sagte Marius sanft. »Und ich hatte mir von dieser Ratsversammlung so viel versprochen.«

»Nun ja, so schlimm war es ja nun auch wieder nicht, *Dom* Marius«, sagte Arliss, doch ihre Fröhlichkeit wirkte gezwungen. »Schließlich haben wir einige Fragen geklärt – und immerhin wurde niemand umgebracht.«

»Ich habe darüber nachgedacht, für unser Zusammentreffen im nächsten Winter eine neue Räumlichkeit zu schaffen, größer und geräumiger, wo jeder einen Sitzplatz finden wird. Aber es scheint kaum der Mühe zu lohnen, wenn wir bestenfalls solch ein Chaos zustande bringen«, grübelte Marius.

»Mein Lord, wenn ich etwas dazu sagen darf?« fragte Donal, der wie gewöhnlich aufmerksam und bislang schweigend an Gregoris Seite gestanden hatte.

»Natürlich«, sagte Gregori. »Sprich frei heraus, Donal, so wie es alle anderen auch getan haben.«

»Lord Hastur, errichtet keinen größeren Raum wie diesen, mit Feuerstelle und gepolsterten Sitzen und Tischen, auf denen die Diener den Wein kredenzen«, erklärte Donal mit fester Stimme. »Ihr würdet Euch nur ein noch größeres Durcheinander aufhalsen. Errichtet statt dessen einen Raum, wie ihn noch niemand zuvor gesehen hat! Gebt ihm den Anschein eines geheiligten Ortes, von Licht und Anmut durchdrungen wie Hali. Das wird eure verrohten Lords lehren sich zu benehmen, zumindest eine Zeit lang. Stattet diesen Raum mit ungemütlichen Bänken aus, die sich aus der vorgegebenen Ordnung nicht verrücken lassen. Und was immer auch geschieht, lassen Sie nicht zu, daß irgend jemand Wein oder Bier, Hunde oder Würfel einführt. Vielleicht gelingt es Ihnen so, Sir, etwas Zucht in den Haufen zu bekommen. Es wäre immerhin ein Anfang!«

»Ich danke euch, Donal. Ich werde eure Vorschläge an meine *Leronis* weiterleiten. Es ist in der Tat ein neuartiger Plan«, sagte Dom Marius, der verwundert das arglos schöne Gesicht des doch so durchtriebenen Friedmanns von Gregori Alton betrachtete und sich fragte, wie er wohl auf diese Idee gekommen war.

Donal verneigte sich schweigend. Er hatte aufs Geratewohl gesprochen und dabei Gregoris unmöglich erscheinende Vision der Sanftmut und der Erleuchtung mit den grundlegenden Regeln des jährlichen Konklaves der Gilde der Diebe von Thendara in Einklang gebracht. Doch keiner der Comyn vermutete, daß ihr geheiligter Versammlungsort einen solchen Ursprung hatte, als sie ein Jahr später zum ersten Mal in die ehrerbietige Stille der Kristallkammer eintraten, um im Herzen des Regenbogens über den Frieden zu beratschlagen …

JANET RHODES

Reifung

Die ungewöhnliche Anwendung von Laran *ist ein Thema, das mich bei der Herausgabe einer Anthologie stets interessiert. In* Marion Zimmer Bradley's Fantasy Magazine *habe ich einmal eine Erzählung von Jacqueline Lichtenberg über eine Zauberin abgedruckt, deren Gabe unter anderem darin bestand, Brotteig aufgehen zu lassen. Die folgende Erzählung greift diese Form des* Laran *erneut auf.*

Janet Rhodes fing vor rund dreieinhalb Jahren mit dem Schreiben an, und einmal auf den Geschmack gekommen, blieb sie dabei. So ergeht es doch uns allen. Ein Beitrag von ihr erschien in der Anthologie Freie Amazonen von Darkover. *Sie arbeitet seit nunmehr 17 Jahren für das Washington State Department of Ecology. Janet schreibt: »Nachdem ich die erste Geschichte verfaßt hatte, fragte ich mich, wie Kirsten ihre Fähigkeit, die Gärungsmittel zu beeinflussen, entdeckte.«*

Sie arbeitet derzeit auch an einem Roman und meint hierzu, »der Übergang zur normalen Romanlänge ist schwierig und wird mich noch einige Zeit kosten. Die Geschichte drängt beständig vorwärts, und ich arbeite laufend daran, mache mich mit den Charakteren besser vertraut. Es dürfte kaum überraschen, daß mir die Hauptfiguren mittlerweile ans Herz gewachsen sind. Es macht Spaß, immer mehr über sie zu erfahren.«

Das beschreibt meines Erachtens auch recht gut die Entstehung aller Darkover-Bücher.

Kirstens sonst so helle Haut glühte feuerrot. Ihre Reaktion auf das Geflüster stand ihr deutlich im Gesicht geschrieben. Während sie ihren Schritt beschleunigte und die langen Korridore des Herrenhauses zu den Küchen entlangeilte, vernahm Kirsten, wie das Gekicher von den Stein- und Holzwänden widerhallte.

Schwestern! dachte sie. *Wenn sie doch bloß Ruhe geben wollten, bevor sie das ganze Haus aufwecken.* Doch die ungebetenen Kommentare schwollen an und verfolgten sie: »Wohin schleichst du dich denn in aller Herrgottsfrühe?« hatte Millea geflüstert, als Kirsten auf möglichst leisen Sohlen an ihrer Tür vorbeiglitt, um nur ja keine der noch Schlafenden zu dieser frühen Stunde aufzuwecken; es würde noch geraume Zeit dauern, bis sich das glutrote Auge der Sonne Darkovers öffnete. Kichernd hatte Anilda hinzugefügt: »Verwandelst du wieder Brot in Klumpen? Ich bin sicher, das wird ihn gehörig beeindrucken, deinen ...« Und dabei hatte sie einen Ausdruck benutzt, der weitaus angemessener für Stallburschen war, er bedeutete Bräutigam, deutete aber doch mehr an, weitaus mehr jedenfalls, als Kirsten sich ... gerade heute – vorstellen mochte!

Kirsten war sich bewußt, daß sie ihrem Bräutigam nie eine wahre Comyn-Gattin sein würde; ihr Mangel an *Laran* hieß, daß die beiden niemals in einer Einheit des Geistes und Körpers miteinander verschmelzen würden, die mit *Laran* Begabte erfahren durften. Während sie weitereilte, fragte Kirsten sich, was er wohl davon hielt, mit einer Kopfblinden verheiratet zu werden, mit jemandem, der keine der übersinnlichen Fähigkeiten besaß, die das Geburtsrecht der adligen Familien ausmachten, die die Domänen beherrschten.

Kurze Zeit später, die Glut der Empörung verglomm gerade zu kleinen Rötungen auf ihren Wangen, erreichte Kirsten den Eingang zur Haupthalle. Dann hielt sie abrupt inne, so daß ihr Pantoffel dabei ein wenig verrutschte.

In der großen Halle stand – ER!

Sie hatte Dom Lennart schon zuvor gesehen, doch nie

mit dem Comyn-Lord gesprochen, den ihr der Vater zur Heirat bestimmt hatte. Ihre Familien lebten mehrere Tagesritte voneinander entfernt und wohnten folglich nur selten den selben Versammlungen bei. Außerdem wäre es in den letzten vier Jahren, da Kirsten zur Frau geworden war, für sie unschicklich gewesen, mit einem Mann zu sprechen, der nicht ihr Verwandter war.

Als sie ihn sah, stieg Kirsten von neuem das Blut ins Gesicht, und wiederum fragte sie sich, was er von dieser Heirat mit ihr halten mochte, da doch die *Leronis* des Turms festgestellt hatten, daß es ihr an *Laran* mangele. Auch wenn er kein Erstgeborener war, sollte er doch eine bessere Partie machen können …

Während der Puls ihr im Ohr hämmerte, vernahm Kirsten, wie Dom Lennart seinen Gruß an sie richtete. Verwirrt stotterte sie, rang nach Worten und verstummte dann ganz; ein riesiger Kloß formte sich in ihrer Kehle.

»Damisela«, sprach Dom Lennart unbeirrt mit ruhiger Stimme. »Es tut mir leid, Sie erschreckt zu haben.« Lennart nahm seinen Hut ab und hielt ihn in beiden Händen vor sich. »Ich wollte ausreiten«, erklärte er mit einer Handbewegung in Richtung der Ställe, »aber es ist noch zu dunkel.« Er lächelte. »Ich fühlte mich irgendwie … ich bin aufgewacht und …« Lennart zuckte mit den Schultern. »Ich nehme an, daß Sie auch nicht schlafen konnten?«

Kirsten fand ihre Stimme wieder und sprach nun schüchtern, wobei sie unentwegt auf den Boden vor seinen Stiefeln starrte. »Nein, *Dom,* ich bin schon auf, um das Brot für unser Mahl zu bereiten.«

Die zwei standen verlegen beisammen. Selbst an einem solch unverfänglichen Ort kam ihr Zusammentreffen ungelegen; es schickte sich nicht, daß die beiden allein zusammen waren. Doch irgendeine Kraft hielt sie dort wie angewurzelt fest. Ein Gedanke nahm in Kirsten Gestalt an: Ihre Basen, Judyth und Kassandra, hatten gesagt, es gäbe Gerüchte, daß *Dom* Lennart selber nur über wenig *Laran* verfüge. Falls dem so wäre, könnte er vielleicht doch mit ihr als Frau glücklich werden, auch wenn sie kopfblind war. Und Kirstens Vater hatte ihr erzählt, daß man Dom Lennart einen kleinen Gutsbesitz in den Bergen versprochen habe. Rockraven war ihres Wissens kein besonders reiches oder fruchtbares Gut, aber es wäre ihr Zuhause, in dem sie ihr gemeinsames Leben gestalten könnten.

Schüchtern wandte Kirsten nun den Kopf ihrem zukünftigen Mann zu, dessen Augen ihren Blick magisch anzogen. Mit einem Male schien der Raum sich um sie herum zu drehen, und Kirsten war gezwungen, die Hand auszustrecken und nach Halt zu suchen. »Alles in Ordnung?« fragte Lennart, als seine Hand die ihre fest umfing.

»Ja, ja«, sagte sie zögerlich, denn der Boden unter ihren Füßen schien noch immer zu schwanken und zu beben. *Was geschieht mit mir? Und warum ausgerechnet heute?* Abrupt entzog Kirsten ihre Hand Lennarts Griff und brachte mit eigener Willensanstrengung die Welt um sie herum zum Stillstand. »Ich muß jetzt gehen ... in die Küchen«, stammelte sie. Dann drehte sie sich um und ging langsam durch die Halle, mit ausgebreiteten Armen noch immer um ihr Gleichgewicht bemüht. Lennart blickte ihr stirnrunzelnd nach, bis sie in einem Seitengang verschwunden war.

Die zufällige Begegnung mit Dom Lennart hatte Kirstens Befürchtungen nur verstärkt. *Warum? Warum heute?* jammerte sie vor sich hin, als sie sich den Küchen näherte. *Warum muß ausgerechnet ich es sein, die das Brot zubereitet. Ich sollte mich doch viel eher in meinen Gemächern auf die Hochzeitsfeierlichkeiten vorbereiten. Statt dessen mühe ich mich hier bei dem Versuch ab, anständige Brotlaibe anstelle von steinharten Klumpen zu fabrizieren.* Aber Kirsten kannte den

Grund. Ihre Mutter, Domna Helene, war der festen Überzeugung, daß eine zukünftige Hausherrin in der Lage sein müsse, alle Hausarbeiten ebenso gut wie jede ihrer Dienerinnen zu erledigen. Und solange der Brotteig unter Kirstens Händen ein Eigenleben zu führen schien, sich je nach Gutdünken einmal schlicht weigerte aufzugehen und in all seiner Schwere auf den Brettern kleben blieb, ein anderes mal hingegen übergroß anwuchs und voller Luftlöcher war, solange bestand Domna Helene nun mal auf ihren Backlektionen. Und trotz all ihrer Bemühungen blieb Kirstens Brot auch weiterhin der Willkür der Gärungsmittel unterworfen und reifte nur selten zu einem genießbaren Laib. Kirsten hatte lediglich eines gelernt: Sobald ihre Hände den Teig berührten, konnte sie mit Bestimmtheit voraussagen, ob das Treibmittel diesmal mitspielen würde oder nicht.

Als sie schweren Herzens die Küche betrat, zog sich Kirsten einen Kittel über, um ihre Kleidung bei der Arbeit zu schützen. Sie löffelte zwei Handvoll des Blasen werfenden Treibmittels in den irdenen Topf – und mit einem Male wurde ihr leicht ums Herz. Als sie erkannte, daß das Treibmittel heute keine Steinleiber reifen lassen würde, spürte Kirsten, wie sie eine freudige Erregung durchfuhr. Mit aufkeimender Hoffnung bedeckte sie den Topf und stellte ihn zurück auf das Regal. *Ich habe vielleicht kein* Laran, *aber ich kann Brot backen und mich um einen Haushalt kümmern,* dachte sie.

Dem Sauerteig in der großen Schüssel fügte Kirsten Mehl, gemahlene Nüsse, Süßholzsirup und Gewürze bei und begann, die ganze Masse durchzukneten. Der Teig fühlte sich zunächst noch kühl und matschig an, erlangte aber schon bald eine Konsistenz. Als nächstes stürzte sie ihn auf die große Steinplatte, auf der sich leichter arbeiten ließ; mit vertrauten und entspannten Knetbewegungen walkte sie den Teig, bis sie so eine glatte Pilzform mit winzigen Bläschen an der Oberfläche geformt hatte. Während sie den Teig auf dem Tisch ruhen ließ, reinigte und trocknete Kirsten die Schale, um den Teig dann mit der gerundeten Seite nach oben hineinzulegen. Ehe sie die Küche der Dienerschaft überließ, die mittlerweile eintraf, um das morgendliche Mahl anzurichten, stellte Kirsten die Schüssel sorgsam in eine warme Ecke nahe der Feuerstelle.

Nachdem sie das Frühstück gemeinsam mit ihren Eltern und Geschwistern eingenommen hatte, kehrte Kirsten in die Küche zurück. Die Köche und Serviermädchen waren bereits damit beschäftigt, die Vorbereitungen für das Abendessen zu treffen. Kirsten versuchte, so wenig Aufsehen wie möglich zu erregen, als sie den Raum betrat und zur Feuerstelle hinüberging. Insbesondere wollte sie den scharfen Augen Mariselas entgehen, die das Küchenregiment führte. Kirsten hatte sich mitunter gar gefragt, ob nicht am Ende Marisela ihren Brotteig an jenen Tagen, da er sich unter ihren Händen zu Stein verwandelte, mit einem bösen Blick verhext hatte.

Kirsten verstand einfach nicht, was ihre Brotlaibe wieder und wieder mißlingen ließ. Auch wenn Marisela oder Domna Helene ihr das nicht abnahmen. »Wenn Sie nur etwas mehr bei der Sache wären, *Damisela,*« hatte Marisela mehr als einmal gesagt. »Wie wollen Sie in *Dom* Lennarts Haushalt nach dem Rechten sehen, wenn Sie sich noch nicht einmal auf eine derart einfach Aufgabe wie das Brotbacken konzentrieren können?«

Doch Kirsten verspürte auch, wie sich Hoffnung in ihr regte, und besann sich. Sie nahm die Schüssel mit dem Brotteig herunter, stellte sie auf einen Beistelltisch und lüftete das Tuch. Der herrlich warme Geruch von gärendem Sauerteig umfing ihre Nase, und ihre innere Verkrampfung löste sich allmählich.

Sorgfältig überprüfte Kirsten den Teig. Jawohl, er war zu Genüge aufgegangen, vielleicht sogar etwas mehr, als es in den wenigen Stunden zu erwarten gewesen war! Mit gestärktem Selbstvertrauen stellte sie Mehl bereit. Dann preßte sie ihre Faust in die weiche Rundung, die die Schale ausfüllte, und hörte zu ihrer Genugtuung, wie dem Teig daraufhin ein schmatzendes Seufzen entfuhr. Kirsten begann nun erneut zu kneten und fügte immer wieder kleinere Mengen Mehl hinzu. Der Teig, der in der Schüssel wunderbar aufgegangen war, duftete verführerisch, und Kirsten fühlte sich bestärkt. Einen Augenblick lang wagte sie es, sich ein Abendessen mit wohlgeformten Laibern warmen Brots auf den Tabletts vorzustellen. Und wie stolz würde Domna Helene ...

Plötzlich wurde Kirsten aus ihren Träumereien gerissen. Mit äußerstem Entsetzen gewahrte sie etwas Lebendiges in ihren Händen. Dies etwas wogte hin und her, dehnte sich aus, quoll über den Rand der irdenen Schale und ergoß sich über den ganzen Tisch. Kirsten wußte nicht, wie ihr geschah. Sie stürzte gegen die Regalreihen hinter ihr. Die klebrigen Hände verkrampfen sich vor ihrer Brust, während die anschwellende Masse auf den Boden hinabtroff und sich weiter ausbreitete. *Grundgütiger Avarra, nein, das darf nicht wahr sein!* durchfuhr es sie. *Was werden Mutter und Marisela ...*

Doch für solche Gedanken blieb Kirsten keine Zeit mehr. Der Raum begann ihr vor den Augen zu verschwimmen, zunächst langsam, dann schneller und immer schneller, bis sie schließlich gänzlich in Finsternis versank.

Domna Helene, von einer der Aufwartefrauen herbeigerufen, stürmte in die Küche, wo sie Kirsten in sich zusammengesunken und mit Mehl und klebrigem Teig bedeckt auf dem Boden liegen sah. »Was ist hier vorgefallen?« Dann ergriff sie Kirstens Schulter und rüttelte sie sacht. »Kirsten, was ist passiert? Woran hast du in Avarras Namen nur wieder gedacht?« Als *Domna* Helene keine Antwort erhielt, schnürte die Angst ihr die

Kehle zu und erstickte ihre Stimme. »Kirsten, mein Kind, so hör mich doch! Steh auf! Bitte! Nun mach schon! Kirsten, kannst du mich hören? Was ist mir dir?« Sie strich Kirsten eine verklebte Haarsträhne aus der Stirn, dann richtete sie sich auf und rieb sich verzweifelt die Augen. Spannung erfüllte den Raum. Helene versuchte diese abzuschütteln und sich auf das Nächstliegende zu konzentrieren: wie war die *Leronis* Shoshanna aufzufinden, die ins Dorf hinabgegangen war, um einem kranken Kind beizustehen?

Kirsten hörte ihre Mutter nicht, da sie einsam auf einer weiten, konturlosen Ebene in einer grauen Welt umherwanderte. Sie war verwirrt, und es gab nichts, an dem sie sich orientieren konnte. *Wohin muß ich gehen,* fragte sie sich, *um nach Hause zu gelangen? Wo bin ich? ... Ach!* Kirsten schrie auf, während ihr Körper erstarrte; dann sackte sie zusammen.

In der Küche sah Domna Helene, wie Kirstens Körper sich in gewaltigem Kampf aufbäumte und danach erschlaffte. »Avarra steh uns bei!« rief sie aus und griff nach ihr, um das Fieber zu kontrollieren, von dem sie fürchtete, es müsse ihre Tochter verzehren. Kaum hatte Helene ihre Hand auf Kirstens Stirn gelegt, da ließ ein Tumult an der Tür sie auffahren und sich umwenden; Marisela war fest entschlossen, jemanden am Eintritt zu hindern.

»*Mestra,* was geht hier vor? Ich habe den Schrei gehört! Wie kann ich behilflich sein?«

»*Vai Dom.*« Helene stürzte zur Tür und stand hinter Marisela. »Ihr kommt leider ungelegen. Wir, wir –«

Die Luft erzitterte um sie herum. Lennart konnte gerade noch rechtzeitig seine Barrieren aufreißen, um die volle Wucht des erwachenden und außer Kontrolle geratenen *Larans* abzuwehren. Er sah, wie Domna Helene zusammenzuckte und mit schreckensgeweiteten Augen zum anderen Ende des Zimmers herumfuhr. Es war schwer auszumachen, aber Lennart glaubte, die Quelle der übersinnlichen Energie befände sich hinter einem Tisch an eben jenem anderen Ende des Zimmers. Er drängte die beiden Frauen beiseite, der Schreckensschrei, der ihn herbeigerufen hatte, klang noch immer in seinen Gedanken nach. Hinter sich hörte Lennart, wie Domna Helene einen Diener damit beauftragte, eine *Leronis* herbeizuschaffen. »Und auch etwas *Kirian!*« rief er über die Schulter nach hinten.

»Ich bin schon unterwegs«, gab Helene zurück.

Ein Seufzen war alles, was Lennart zur Antwort gab, als er neben jenem bleichen Gemenge aus Mehl und Teig stand. Doch dann fuhr er entsetzt zurück, als er erkannte, daß unter all dem Teig Kirsten begraben lag! An ihrer Seite kniend, hielt Lennart wenige Augenblicke später seine Hände zwei Finger breit über ihren Körper und untersuchte sie so vom Scheitel bis zu den Zehen. Er schüttelte den Kopf, blickte dann auf. *»Domna,* wo bleibt der *Kirian?«* rief er. Und flüsterte in Gedanken: *Sie ist in einem kritischen Zustand. Gerechte Götter, laßt das nicht zu!*

In der Überwelt trieb Kirsten wie in einem Traum dahin. Es war ungeheuerlich kalt. Sie fühlte sich benommen, und die Farben des Sommers umkreisten, umtosten, umfingen sie. Dann schwand der Sommer, wandelte sich, und Stangen und Steine erwuchsen in einem Feld weißer Blumen. Weiße Blumen? Oder war es Schleim? Nein, kein Schleim, sondern klebriger Teig! Und auch Kirsten wuchs mit ihm. Mit ihnen? Jawohl, Stäbe und Steine wuchsen im Teig, und wenn sie einen berührte, wuchs er schneller oder langsamer oder verschwand gänzlich. Sie verwandelte es in ein Spiel: berührte sie einen Steinhaufen und befahl ihm »Erstirb!« – so schrumpfte er zusammen; berührte sie daraufhin einen Stab und befahl ihm »Wachse!« – so sah sie, wie aus ihm ein anderer entstand, und die zwei vier hervorbrachten, und die vier acht. Immer mehr Stäbe und Steine wucherten, bis es ihrer so viele gab, daß sie glaubte, von ihnen erschlagen zu werden …

Unterdessen verbannte Lennart in der Küche des Herrenhauses seine Sorgen in einen entlegenen Winkel seiner Gedanken; sie würden Kirsten nur Schaden zufügen. Er bemerkte ihr Fieber und ihre erzitternden Glieder. Er suchte seine Gedanken zu beruhigen und sie mit seinem *Laran* zu erreichen, um ihrem Körper etwas Frieden zu schenken. Aber ihre Gedankenwelt, gepeinigt von ihrem erwachenden *Laran,* war außerhalb seiner Reichweite, und ihr Körper zitterte vor Schmerz.

Als Domna Helene den *Kirian* brachte, erwies sich dieses als minderwertig. »Er ist ziemlich alt«, sagte Helene mit bedauernder Miene. »Nur Darin hat ihn gebraucht. Außer ihm schien ja keiner die … die Schwellenkrankheit zu haben.« Lennart blickte sie besorgt an und preßte die Lippen zusammen. Sorgsam flößte er Kirsten eine kleine Menge der Arznei ein und sah zu, wie sie diese hinunterschluckte.

Kirsten spürte ein Brennen in ihrer Kehle, ein verzehrendes Feuer. Eine Heerschar Skorpionameisen durchtoste ihren Leib. Mit zusammengepreßten Lippen versuchte Kirsten, sie abzuwehren. Aber ein Angriff folgte dem anderen, es schien kein Ende zu nehmen. Sie stachen hunderte, tausende Mal zu, doch Kirsten starb nicht, auch wenn sie es sich bei all den Schmerzen wünschte.

Lennart war beunruhigt. Der *Kirian* hatte offenbar die Muskelkrämpfe gelindert und das Knistern und Fauchen im Raum beendet. Kirstens Körper lag nunmehr schlaff und ermattet da; ihr Geist war weit entfernt. So viel Lennart wußte, war sie in der Überwelt verloren. Er hatte bereits davon gehört, daß es geschehen konnte, daß jemand dort auf ewig herumirrt, während der Körper als leere

Hülle weiterlebt, bis er schließlich langsam aus Mangel an Wasser und Nahrung verging.

»Ich möchte nur eines wissen: Könnt ihr mich überwachen?« fragte Lennart.

Marisela war inzwischen zurückgekehrt und berichtete, daß Shoshanna nirgends aufzufinden war. Man hatte ihr gesagt, die *Leronis* sei in einen entlegenen Randbezirk des Gutes geeilt, um ein krankes Kind zu heilen. »Daraufhin habe ich auch bei den anwesenden Hochzeitsgästen nachgefragt«, berichtete Marisela weiter, »aber zu allem Überfluß gab es drüben in den Hellers noch einen massiven Höhleneinsturz, und alle *Leroni* aus der Umgebung wurden herbeigerufen, um nach Überlebenden zu suchen und die Verletzen zu heilen.« Die Frau runzelte die Stirne und fügte dann hinzu. »Ich habe alles versucht. Ich weiß wirklich nicht mehr, wo ich noch suchen soll.«

Lennart wiederholte seine Frage: »Könnt ihr mich überwachen?«

Helene schluckte. »Vielleicht. Wenn Hebertt und ich uns zusammentun.« Sie errötete. »Keiner von uns beiden verfügt über besonders starkes *Laran*. Deshalb waren wir ja auch nicht sonderlich überrascht, als Kirsten ...«

Lennart erkannte sofort, daß das Netz der *Laran*-Energien, das sie drei miteinander verband, äußerst schwach war. Somit konnte er bestenfalls darauf hoffen, daß Hebertt oder Helene spüren und ihn zurückholen würden, wenn er in Schwierigkeiten geriet. *Denkt daran,* übermittelte er ihnen, *meinen Sternenstein zu berühren, falls sonst nichts hilft. Das sollte mich zurückbringen.* Und falls nicht, ist es um mich geschehen, durchzuckte ihn ein Gedanke, der aber verborgen blieb.

Die Überwelt erschien öde; kein Anhaltspunkt wies ihm die Richtung. In weiter Entfernung konnte Lennart leuchtende Spinnengewebe ausmachen, die mehrere der Kreise markierten, in denen *Leroni* ihre übersinnlichen Kräfte spielen ließen.

Doch ihm blieb keine Zeit, sich darum zu kümmern. Er mußte Kirsten finden! Immer stärker weitete Lennart sein Gedankenfeld – und konnte doch nichts erspüren. So weit er feststellen konnte, war er der einzige in dieser Region der Überwelt. Versunken in der Schwellenkrankheit, mußte Kirsten bereits eine große Wegstrecke zurückgelegt haben.

Lennart durchsuchte konzentriert das monotone Grau, rief immer wieder Kirstens Namen, lauschte auf Antwort. Er wußte nicht, wie lange er schon seinen Körper verlassen hatte und die astralen Ebenen durchstreifte, aber es erschien ihm wie Stunden. Lennart spürte, wie Verzweiflung in ihm aufstieg; schon bald würde er nicht mehr die Kraft besitzen, die Suche fortzusetzen. Und noch immer blieb Kirsten verschwunden! Verzweifelt und geängstigt rief Lennart immer wieder ihren Namen mit heiserer Stimme: »Kirsten! Kiiir-steeen!«

Die bleierne Schwere der grauen Welt bedrückte sie von allen Seiten. Doch Kirsten lief noch immer, so wie sie es scheinbar schon seit Tagen tat, seitdem das Feuer in ihrer Kehle erstorben war. Immer noch keine Anhaltspunkte, kein Anzeichen, das ihr verriet, wo sie zuvor schon gewesen war oder wohin sie ging. Kirsten befürchtete, sich im Kreise zu bewegen, wie jener Besucher aus Thendara, der sich verirrte, als er während eines Gewitters im Wald Schutz suchte. Tagelang war er im Kreis umhergeirrt, kaum einen halben Tagesritt vom Herrenhaus entfernt, ehe Kirstens Vater ihn fand. Der Städter hatte es nicht einmal bemerkt, denn die Bäume und Sträucher sahen für sein ungeübtes Auge alle gleich aus. Kirsten und ihre Brüder hatten darüber gelacht, wie töricht er schien. Jedes Kind wußte doch, wie man unter den Bäumen die Richtung ablesen konnte; es gab so viele Hinweise: die Strömung in Flüssen und Bächen, die zur windabgewandten Südseite hinweisenden Äste und Zweige, die Position von Sonne, Mond und Sternen. Zu Hause war alles so einfach!

Aber hier, an diesem unvertrauten Ort, hatte Kirsten jegliche Orientierung verloren; sie konnte kaum sagen, wo oben und unten war. Es war alles so verwirrend und entmutigend! Sie wollte nur noch nach Hause – *»Mutter!«* rief sie, *»Vater! Bitte, holt mich heim!«* Kirsten wankte weiter. Vom vielen Rufen blieb ihr die Stimme weg und ihre Kehle schmerzte fast so schlimm wie zuvor, als sie die Skorpionameisen hinuntergewürgt hatte. Ihre Beine verkrampften vor lauter Mattigkeit. Schließlich setzte sie sich. Und zum erstenmal ließ Kirsten den Gedanken zu, sie sei dort in der Küche womöglich gestorben, dort, wo sie Brot buk. Irgend etwas war schief gegangen, und urplötzlich hatte eine klebrige Masse sie bedeckt und erstickt.

Kirsten richtete sich ruckartig auf und befahl ihren widerstrebenden Beinen aufzustehen. Jemand hatte ihre Namen gerufen! Kirsten war sich dessen sicher. Durch den sie umhüllenden Nebel konnte sie ihn schwach hören, aber sie vermochte nicht, die Richtung, aus der das Geräusch kam, auszumachen. Kirsten wandte sich hierhin, neigte den Kopf, dann dorthin. Zu guter Letzt glaubte sie, die genaue Richtung zu kennen, aber als sie sich gerade aufmachte, verstummte das Geräusch. Verwirrt sank sie auf den grauen Boden; ihre Beine verweigerten den Dienst. *Es hat keinen Zweck,* dachte sie, *jetzt bilde ich mir schon Sachen ein. Ich kann nicht mehr!*

Lennart wußte, daß seine Kräfte rasch versiegten und daß er in seinen Körper in Domna Helenes Küche zurückkehren mußte. Seinem Herzen folgend wollte Lennart die Suche fortsetzen, aber sein Verstand verlangte, daß er zurückkehrte. Mit der wenigen ihm verbliebenen Kraft befahl Lennart der Macht seiner Gedanken, die Substanz der Überwelt in ein Leuchtfeuer zu formen – ein gleißendes Licht, das die ihm versprochene Braut erreichen und heimleiten sollte. Dann sackte er in seinen Körper zurück.

Frostige Kälte war das erste, was er bewußt wahrnahm. Lennart mußte sich zwingen, die getrockneten Früchte, die ihm jemand in den Mund steckte, zu kauen. Einzig der Gedanke, daß die Früchte seine verausgabte Energiequelle wieder auffüllen würde, ermöglichte es ihm, die Nahrung aufzunehmen und bei sich zu behalten.

In der Überwelt schüttelte Kirsten die Benommenheit von sich ab, die ihr wie eine lähmende Kälte in die Glieder gekrochen war. Einen Augenblick lang hatte sie den Eindruck, als ob man ihr eine Fackel vors Gesicht hielt, deren Widerschein die geschlossenen Augenlider rot färbten. Doch dann verschwand auch dies, und Kirsten mußte sich dazu zwingen, aufzustehen und ihre betäubten Beine zu bewegen. Sie war fest entschlossen, dem Licht zu folgen und einen Ausweg aus dieser frostigen Einöde zu finden. Sobald sie sich aufgerappelt hatte, ließ sie ihre weit aufgerissenen Augen über den Horizont wandern, wo Himmel und Erde grau in grau verschmolzen.

Zunächst konnte sie in der monotonen Landschaft keinerlei Veränderung erkennen, und fast nahm ihr das den letzten Mut. Dann aber entdeckte sie ein ganz schwach aufblinkendes Licht. Es verlangte Kirsten alle Kraft ab, derer sie noch fähig war, sich dem Licht einen Schritt zu nähern. Dann noch einen Schritt, und noch einen. Allmählich wurde das Leuchtfeuer heller, und sein Licht munterte sie auf. Sie war also nicht allein in dieser Einöde! Irgend jemand war hier, der ihr den Heimweg weisen würde.

Sie brauchte scheinbar Stunden, bis sie zu dem Licht gelangte. Zunächst noch Schritt um Schritt, dann nur noch auf Händen und Knien kroch sie ihrem Ziel entgegen. Als sie es erreichte, mußte Kirsten erkennen, daß das Leuchtfeuer verlassen dastand. Niemand wartete in seinem Widerschein, um ihr den Heimweg zu zeigen. Niemand.

Kirsten kauerte sich neben dem Leuchtfeuer zusammen und weinte. Es war so ungerecht, daß am Tag ihrer Vermählung mit Dom Lennart alles derart mißlang! Sie hatte sich solche Mühe gegeben, den Heimweg zu finden. Und was würden ihre Eltern sagen? Hoffentlich waren sie nicht allzu aufgebracht. Aber worüber aufgebracht, fragte sie sich; was hatte sie denn schon getan? Mit einem Mal fiel ihr das völlig verunglückte Brot wieder ein, das sie zubereitet hatte. Aber noch ein anderer Gedanke nahm in ihrem angeschlagenen Geist Gestalt an: es war nicht ihre, nicht Kirstens Schuld gewesen; das Gärungsmittel war schuld! Die kleinen Klumpen lebten!

So erschöpft er auch war, weigerte sich Lennart doch, von Kirstens Seite zu weichen. Marisela brachte ihm Süßigkeiten und getrocknete Früchte, die Lennart begierig verschlang, um seine Energievorräte, die er bei dem vergeblichen Vorstoß in die Überwelt aufgebraucht hatte, wiederherzustellen. Dabei ließ er Kirstens bewußtlosen Körper nicht aus den Augen.

Domna Helene, die sich nochmals nach Shoshannas Verbleib erkundigt hatte, kehrte in die Küche zurück und rückte einen Stuhl herbei. Sie saß da und rieb sich nervös die Hände. »Gibt es denn nichts, was wir sonst tun können?« Ihre Stimme verlor sich im Ungewissen.

Und während er noch über eine Antwort nachdachte, spürte Lennart plötzlich, wie seine übersinnliche Verbindung mit dem Leuchtfeuer in der Überwelt vibrierte. »Sie ist da!« rief er den verdutzt Dreinblickenden zu. »Sie hat das Leuchtfeuer gefunden!«

Noch ehe jemand antworten konnte, raffte Lennart sein letztes bißchen Energie zusammen und stürzte sich erneut in die Überwelt, an jenen Ort, wo sein Leuchtfeuer das triste Grau erhellte. Dort, am Fuße des Leuchtfeuers fand er Kirsten, bleich und kaum mehr bei Bewußtsein.

Der Wiedereintritt in die Überwelt hatte Lennarts erschöpften Energievorräte stark beansprucht, und nur unter äußerster Konzentration gelang es ihm, sich näher an Kirsten heranzukämpfen und sie beim Namen zu rufen.

Unterdessen lag Kirsten traumverloren da; das blinkende Licht des Leuchtfeuers nahm sie kaum mehr wahr. Plötzlich aber bebte der Boden unter ihr, und sie spürte: da war jemand! Wer immer es auch sein mochte, sie war zu erschöpft, ihn zu beachten, sich zu regen, zu sprechen, überhaupt irgend etwas zu tun. Doch als er ihren Namen rief, fand Kirsten neue Kraft, die zu besitzen sie längst nicht mehr vermutet hatte.

Die Gestalt, die aus dem Nebel hervortrat, erschien ihr vertraut. Während Kirsten noch nach einem verschwommenen Erinnerungsfetzen suchte, rappelte sie sich auf, immer noch Halt an dem Leuchtfeuer suchend. Der abgehärmte Gesichtsausdruck des Mannes besänftigte sich, als er sah, wie sie sich aufrichtete. Jetzt konnte sie seine Züge klar erkennen, und Kirsten wußte, daß Lennart gekommen war, sie zu holen.

Einen Augenblick lang hielt Lennart inne, als ob er Atem schöpfen wolle. Dann strauchelte er und verlor den Halt in der grauen Materie. *»Kirsten«,* schrie er und reckte ihr die Arme entgegen.

»Lennart!« Kirsten löste sich aus dem sicheren Halt des Leuchtfeuers, trat schwankend vor und taumelte Lennart entgegen.

Sie hatte etwa die Hälfte der Distanz zwischen ihnen zurückgelegt, als er heftig zu zittern begann. Lennart stürzte zu Boden, der ihn zu verschlingen schien. *»Ich kann nicht länger bleiben«,* rief er, *»... zurück ... muß zurück ... folge mir ...«*

»Nein!« Kirsten versuchte zu schreien, doch Furcht und Fassungslosigkeit schnürten ihr die Kehle zu; ihre Stimme erstarb zu einem Flüstern. *»Nein!«* flehte sie noch einmal, entschlossener diesmal, und wie wild stürzte sie

an jene Stelle, an der Lennarts rechter Arm im nebligen Untergrund der Überwelt verschwand.

»Ausgerechnet *Laran*!« rief Kirsten ungläubig aus, und ihre Stimme überschlug sich.

»So weit ich es beurteilen kann«, sagte Lennart, »hingen deine Schwierigkeiten beim Brotbacken unmittelbar mit deinem erwachenden *Laran* zusammen.«

»Und ich hatte keine Ahnung!« Zum erstenmal seit Tagen lachte Kirsten, was Lennart aus seinen Gedanken aufschreckte. Er lächelte verlegen, und mit einer Hand umfing er die ihre. Ein Gewinde aus übersinnlicher Energie umrankte ihre Hände und Arme.

Verstehst du, Geliebter? übermittelte sie ihm mittels ihrer telepathischen Verbindung. *Jetzt können wir doch Mann und Frau im Sinne der Comyn werden!* Der Gedanke rührte Lennart zart und schüchtern an, und löste sich dann wie die Morgennebel in der Mittagssonne auf.

Diana Gill

Auf den Schwingen der Freundschaft

Orain, vor dem diese Geschichte handelt, ist einer meiner Lieblingsfiguren aus Herrin der Falken, *auch wenn ich nie dazu kam, seine Jugendjahre aufzuzeichnen. Um so glücklicher bin ich, daß dies hier durch eine jener jungen Leserinnen geschieht, für die* Herrin der Falken *ursprünglich geschrieben wurde. Ich selbst war damals von einer Schar rothaariger Mädchen umzingelt: meine Tochter Moira war in jenem Jahr aus Lust und Laune zum Rotschopf mutiert, während meine Nichte Fiona und meine Pflegetochter Jaida von Geburt an so ausgestattet sind. Sie alle liebten Pferdegeschichten. Die Widmung erschien damals aus irgendeinem Grund nicht im Buch, soll aber hiermit verspätet nachgeholt werden – zumal* Herrin der Falken *damals einen Jugendbuchpreis erhielt!*

Diana Gill, Jahrgang 1975 und somit 16, während ich diese Zeilen schreibe, besucht die Oberstufe einer High School in einem Vorort Philadelphias. Sie möchte einmal Meeresbiologin werden; ein ehrgeiziges Ziel, das sie mit einer meiner Pflegetöchter teilt, die einmal unter 2000 Bewerbern ein äußerst angesehenes Stipendium gewann, nur um es nach einem Jahr mit der Bemerkung aufzugeben: »Ich wollte mit den Delphinen sprechen und sie nicht sezieren.« Dem können wir, meine ich, alle nur zustimmen.

»Oder aber Schriftstellerin«, fügt Diana hinzu, »vielleicht auch beides.« Nun, zumindest eines ihrer Ziele hat sie bereits erreicht – und alles weitere liegt bei ihr …

Es war ein klarer, fast schon warmer Tag – selbst auf den Ebenen von Armida ungewöhnlich für diese

Jahreszeit. Aber Orain von Castamir achtete nicht darauf. Was ging ihn das Wetter an?

Mit leerem Blick starrte er über das Tal, das sich vor ihm erstreckte. Er sah das satte Grün der Hügel und die Nebelwogen des Sees, die das Fundament des leuchtend weißen Turms umzüngelten, ohne sie wiederzuerkennen. Hali! Der geheiligte Ort der Götter, der *rhu fead,* der all das symbolisierte, was ihm immer verwehrt bleiben würde.

In seinem Schmerz spielte Orain die morgendliche Szene wieder und wieder in seinen Gedanken nach, wie ein Straßenmusikant, der nur ein einziges Lied kennt, oder wie den scheinbar ewig wiederkehrenden Refrain einer alten Ballade. Als ob die ständige Wiederholung es ungeschehen machen und ihn aus seinem Alptraum aufwecken könnte! Stattdessen stürzte sich die Vision erneut wie ein *Kyorebni* auf ihn herab und hielt ihn in ihren gräßlichen Klauen gefangen …

Er hatte sich am Morgen jenes Tages in der Halle aufgehalten, um noch etwas Brot einzustecken, bevor er zu den Ställen wollte. Als er sich in dem Raum umsah, bemerkte er, daß die Kinder des Palastes dort versammelt waren, allesamt Comyn, egal ob nun von königlicher oder niederer Geburt. Schließlich entdeckte Orain auch Ranald Ridenow, grinste und winkte ihm zu, während er weiterhin versuchte, herauszufinden, was vor sich ging. Weiter hinten saß seine Schwester Jandria bei Ranalds Schwester Maura und tuschelte aufgeregt mit ihr. Er konnte auch seinen Vater sehen, der leise mit einem Fremden sprach, der gestern eingetroffen war.

Bekleidet mit dem scharlachroten Gewand eines *Tenerezu* oder Bewahrers, beeindruckte der großgewachsene Mann durch die Anmut seiner fließenden Bewegungen, die keinerlei Ungelenkigkeit verrieten. An seinen Fingern funkelten Ringe, und der Juwel an seinem Hals erstrahlte in blauem Feuer. Orain hatte sein gold-silbriges Haar, seine scheinbar farblosen, aber doch tiefen Augen und die zartgliedrigen, anmutigen Hände sofort bemerkt und bewundert. Vielleicht floß *Chieri*-Blut in seinen Adern. Aber warum war er hier?

Da erinnerte sich Orain, was Carolin beim Abendessen am Tag zuvor geflüstert hatte: »Siehst du den Mann dort drüben? Er ist ein *Laranzu,* der vom Turm zu Hali entsandt wurde, um uns auf unser *Laran* zu prüfen!« hatte sein Freund ihm eifrig erklärt, und seine Augen waren ihm vor Erregung übergegangen.

Orain hielt nach Carolins hellem Rotschopf Ausschau, doch dann fiel ihm ein, daß die Prinzen noch mit ihren Lektionen beschäftigt waren. Man würde sie erst später, nach den anderen, prüfen. Dabei war in Carolins Fall eine Prüfung gar nicht nötig; ein Mitglied der Comyn mit solch feurigen Haaren, die wie die untergehende Sonne Darkovers strahlten, konnte unmöglich kopfblind sein.

Orain schaute sich nochmals zu seinem Vater und dem *Laranzu* um und bedauerte Carolins Abwesenheit. Sie waren Freunde und Patenbrüder, obwohl Carolin direkt mit König Felix verwandt war und Orain lediglich aus einer der ärmeren Comyn-Familie entstammte. Dann nickte sein Vater dem Fremden zu und gab Lyondri ein Zeichen, der daraufhin selbstbewußt strahlend den Raum verließ. Orain legte nervös seine Hand um den Knauf seines trostspendenden Dolches und wartete in einer Fensternische.

Etwa ein halbe Kerzenstunde später kam Lyondri zurück, und es hätte des kleinen blauen Juwels, den er fest in Händen hielt, gar nicht bedurft, um zu verkünden, daß er in die Reihen der Telepathen aufgenommen worden war – sein Lächeln verriet es. Als nächster ging Rakhal; auch er kehrte mit jenem verstohlenen, glücklichen Grinsen zurück.

Danach wurde Maura aufgerufen; sie wirkte bleich und nervös. Am Sonnenstand konnte Orain ablesen, daß sie nahezu eine ganze Kerzenstunde verschwunden war. Als sie wieder eintrat, ging sie gleich zu Jandria, und ihre Augen strahlten vor Glück.

Dann war er an der Reihe.

Orain trat einen Schritt auf das kleine Prüfungszimmer zu; vor Furcht war er wie gelähmt. Mit einem Male wurde ihm bewußt, daß dieser Test seine Zukunft auf vielfältige Weise beeinflussen würde. Kopfblind zu sein bedeutete, unter den eigenen Verwandten ausgestoßen zu sein, verbannt in die eigene Gedankenwelt. Entschlossen klammerte er sich in Gedanken an Carolin und näherte sich langsam dem Zimmer.

Als er eintrat, schaute der Mann auf. Vielleicht spürte er Orains Anspannung, denn er lächelte ihm aufmunternd zu, während er einige Tropfen einer goldfarbenen Flüssigkeit in einen Kelch fallen ließ. Orain nahm das Gefäß und schnupperte an dem fahlen Inhalt.

»Es nennt sich *Kirian*, und es wird dir helfen, deine Gedankenbarrieren zu senken.«

Orain schluckte den Likör hinunter. Es entstand eine Pause, in der der *Tenerezu* den Jungen aufmerksam betrachtete; dabei hantierte er mit dem blauen Juwel, den er um den Hals trug – wie hatte Carolin ihn noch gleich genannt?

»Wie fühlst du dich? Irgend ein Gefühl der Übelkeit?«

Orain war nur leicht benommen, nichts weiter. Besorgt teilte er dies dem *Tenerezu* mit. Ohne eine Miene zu verziehen, reichte der Mann ihm einen Edelstein, wie er ihn trug, nur etwas kleiner. Als Orain ihn in Händen hielt, erinnerte er sich an den Namen: es war eine Matrix.

»Schau in die Matrix. Kannst du irgend etwas sehen oder spüren? Konzentriere dich darauf, sie zum Glühen zu bringen.«

Orain fühlte sich etwas benommen, aber so sehr er sich auch mühte, es wollten keine Bilder erscheinen – der Juwel blieb dunkel. Rafael, der Bewahrer, nahm ihm die

Matrix sanft aus den Händen. Er blickte den Jungen vor sich, der kaum zwölf Jahre alt war, voller Mitgefühl an, und konnte es kaum ertragen, das Unvermeidbare sagen zu müssen.

»Du besitzt *Laran*, aber nur in geringem Umfang. Potential ist vorhanden, aber es entzieht sich dem Zugriff. Immerhin wirst du es deinen Söhnen vererben können.«

Der Knabe blickte ihn nur verbittert an, und Rafael erkannte, daß der Junge, wie er selber auch, ein *Ombredin* war. »Es tut mir leid«, sagte er, und trotz der Kürze lag echtes Mitgefühl in seiner Antwort.

Orain glaubte, in Zandrus neunte Hölle hinabgestoßen zu werden. Er wollte aufschreien, wollte seinen Zorn und sein Leid den Göttern entgegenschleudern. Doch es kam nicht dazu; die langen Jahre der Erziehung zügelten ihn. Er verneigte sich formell und murmelte *»Z'par servu, vai dom.«* Erst als sich die Tür hinter ihm schloß, stürmte er davon, rannte … und rannte … nach draußen, um sich im Freien zu verbergen.

Orain ballte die Fäuste. Was sollte er nur tun? Was konnte er noch tun? Ein Kopfblinder war kaum mehr als ein Kralmak, war kaum ein Mensch! Und Carolin! *Carolin!* Es schnürte Orain die Kehle zu. Carolin war sein ein und alles, und er lebte nur für den Tag, da er Carolins Friedsmann werden sollte. Doch nun …

Bis zum heutigen Tag, bis zu jener verheerenden Enthüllung, hatte es lediglich Rangunterschiede zwischen ihnen gegeben, zwischen Carolin, dem Prinzen, und Orain, dem niedrigen Adligen – doch das war bedeutungslos gewesen, eine kleine Kluft, die leicht zu überbrücken war. Jene Enthüllung aber, kaum eine Stunde alt, hatte nicht nur eine riesige Kluft zwischen ihnen aufgerissen, sie hatte auch tausend weitere Gräben und Brüche hervorgebracht. Selbst Hasturs Erbe konnte das nicht überbrücken.

Was sollte er denn tun? So konnte er doch nicht zurückkehren! Bei Aldones, nein! Wenn er doch nur ein Vogel wäre, um davonzufliegen!

Ein Schnauben riß Orain aus seinen Gedanken, und als er sich umdrehte, sah er, wie sein Pferd Stormchaser friedlich auf der kärglichen Weide graste. Davonfliegen konnte er nicht, aber er konnte davonlaufen! In den Satteltaschen hatte er noch Vorräte, die er zuvor gepackt hatte, um mit Carolin zur Jagd auszureiten. Und bei all der Aufregung würde ihn niemand vermissen.

Wer würde sich schon um ihn Sorgen machen?

In seinem Elend bestieg Orain den stämmigen Wallach und ritt davon. In die Berge! Nur weg von Hali!

Wenige Stunden später schlug das Wetter um. Unheilvoll dunkle Wolken jagten über den Himmel; Kälte und Nässe lag in der Luft. Dicke, weiche Schneeflocken schwebten träge herab und streiften seine Wangen. Orain wußte, daß er so schnell wie möglich einen geeigneten Rastplatz finden mußte.

Glücklicherweise stieß er ganz in der Nähe auf einen Höhleneingang. Er untersuchte zunächst sorgfältig das Äußere der Höhle und leuchtete mit einer Fackel den Eingang aus. Trotz all seines Kummers war er nicht darauf versessen, von einem hungrigen Raubtier verschlungen zu werden!

Als er sich davon überzeugt hatte, daß es sicher war, trat er ein. Die Höhle bot genügend Platz für ihn und sein Pferd. Er führte Stormchaser tiefer hinein und begann, ihn zu striegeln; die ermüdende Arbeit lenkte ihn von seinen Seelenqualen ab. Nach einer kleinen Mahlzeit, bestehend aus Brot und kaltem Rabbithorn-Fleisch, starrte Orain trübsinnig in das Feuer; Schmerz und Verzweiflung regten sich aufs neue.

Was sollte er tun? Wohin würde es ihn verschlagen? Seine Gedanken trugen ihn nach Hali zurück. Dort wäre mittlerweile das Abendessen aufgetragen und jedermann zu Tische versammelt, vielleicht sogar König Felix, falls er sich entsprechend wohl fühlte. Orain stellte sich die Tafel vor, an der seine Verwandten Platz genommen hatten und fröhlich miteinander schwatzten. Einen Augenblick lang wollte er umkehren, wollte nach Hause. Da aber erschien vor seinem inneren Auge Lyondris gehässig grinsende Fratze. Lyondri, der *Laran* besaß, der stolze Lyondri, unwiderleglich jeder Zoll ein Comyn. Orain verbannte das hämisch sich brüstende Gesicht aus seinem Geist. Er drehte sich zur Seite, kuschelte sich so gut es ging am Feuer zusammen und versuchte, im Schlaf Vergessen zu finden.

Statt dessen aber verfolgten ihn einige von Zandrus schlimmsten Alpträumen in seiner Nachtruhe. Er träumte, wie seine Familie ihn verstieß, wie er die Domänen durchstreifte, von keinem willkommen geheißen, von allen verachtet. Und wie auch Carolin in verspottete. Carolin verwandelte sich zu einem entsetzlichen Schlangenungetüm, das sich vor ihm auftürmte. Mit einem Schrei erwachte er.

Sein Traum war derart realistisch gewesen, daß es ihm so vorkam, als ob Carolin tatsächlich an seiner Seite aufgetaucht sei – und seine grauen Augen blitzten vor Verzweiflung wie blanker Stahl. Aber ja doch – das war Carolin! Wie war das möglich?

Carolin deutete auf etwas, wobei er seine Bewegung auf ein Minimum beschränkte. Orain blickte sich um – und erstarrte vor Schrecken. Eine Flut schwarzer, chitingestählter Körper quoll aus einer Felsspalte hervor, die er zwar zuvor bemerkt hatte, der er aber dummerweise keine Beachtung geschenkt hatte. Skorpionameisen! Eine der giftigsten Spezies von Darkover!

Orain suchte nach seinen Dolchen, mußte jedoch feststellen, daß diese nur eine Handbreit von der heranrollenden schwarzen Armada entfernt waren. Zwecklos, auf sie zu hoffen. Er blickte Carolin an, der wiederum auf das

Feuer starrte, wo zwei Scheite noch immer glommen und nicht verlöschen wollten.

Wie von einem gemeinsamen Willen getrieben, ergriffen sie die behelfsmäßigen Fackeln und schleuderten sie in das Nest des Gewürms. Die Skorpionameisen wichen zurück, als sie um die Hälfte dezimiert waren. Aber Carolin und Orain setzten ihren Angriff fort, denn sie durften keine einzige entkommen lassen, um später wiederzukehren.

Erst als das letzte der tödlichen Insekten vertilgt war, fand Orain die Zeit, sich über Carolins Erscheinen zu wundern. Und indem er dies tat, verspürte er zugleich die alte Verzweiflung. Carolin besaß *Laran*, wie konnte er da seine Lage verstehen? Er war auf Carolin zornig, der ihm seinen Mangel so sehr vor Augen führte, haßte ihn um des blauen Etwas, das durch seine Kleidung hindurchschimmerte – und plötzlich brach es aus Orain heraus, er ließ seinen Gefühlen freien Lauf.

»Wie bist du hierher gekommen? Und warum? Bist wohl gekommen, um mit deine Stellung und dein *Laran* unter die Nase zu reiben! Um dich über den armseligen, kopfblinden Narren lustig zu machen, der glaubte, sich als Comyn ausgeben zu können!«

»Keineswegs«, erwiderte Carolin schlicht, »sondern um bei dem törichten Narren zu sein, der vor seinen Freunden davonläuft und die zurückläßt, die wirklich etwas für ihn übrig haben. Ich wollte bei dir sein!«

Und während er noch Orain fixierte, überschlug sich seine Stimme in der aufkommenden Gefühlswallung: »Orain, du verdammter Dummkopf! Es schert mich nicht, ob du *Laran* hast oder nicht, oder ob du … ob du … meinetwegen rosarot mit grünen Punkten bist! Verdammt noch mal, du bist mein Freund – und ich brauche dich! Sei doch kein Dummkopf!«

Orain, der das alles nur zu gern glauben wollte, aber es doch so schwer zu fassen fand, fauchte unsicher: »Du hast leicht reden! Schließlich bist es nicht du, der kopfblind ist!«

Carolin seufzte. Dann zog er seinen Dolch und hielt ihn, mit dem Knauf nach vorne, Orain entgegen. »Das ist *nicht* wahr! Du bist mein Freund, und ein Comyn! Hörst du, *Bredu?*« Das letzte Wort wurde scheu, fast zögerlich ausgesprochen.

Orain blickte in Carolins Augen – und stimmte zu. Alle seine Zweifel waren wie weggeblasen! Er ergriff Carolins Dolch und streckte den seinigen mit zitternder Hand Carolin entgegen. *»Bredu?«*

Carolin ergriff nun seinerseits Orains Dolch. Und dann trafen sich die beiden in einer ungestümen Umarmung. Erstaunt stellte Orain fest, wie seine Arme Carolin umschlangen, wie er den Freund in Armen hielt. Und als er so dastand, erkannte er endlich, was Carolin schon immer gewußt hatte, was wohl auch Lyondri gewußt hatte und ihn deshalb haßte. Er liebte Carolin, hatte ihn immer geliebt. Von der Erkenntnis übermannt, riß er sich los.

Carolin schaute zu ihm auf und lächelte ihn schüchtern an. »Es ist gut so. Und ich möchte auch dir ein Geschenk machen.« Mit einer Hand drückte er seine Matrix zärtlich an sich.

Orains Horizont weitete sich mit einem Donnerschlag. Urplötzlich flog er, flog hoch in den Lüften über die regenbogenfarbenen Nebelschwaden dahin. Und Carolin war bei ihm, war mit ihm so tief und innig verbunden, daß er vor Freude hätte laut aufschreien mögen. Nervös suchte er seine Gedanken in Worte zu fassen, nur um festzustellen, daß Worte in dieser Geistes- und Lebensgemeinschaft überflüssig, wenn nicht gar störend waren.

»Das also bedeutet es, *Laran* zu besitzen?«

»Ja«, gab Carolin in Gedanken schlicht zurück. Im Triumph des gemeinsamen Teilens und in ihrer neu gefundenen Freiheit war es nur natürlich, daß ihre Körper zusammenkamen, Arme und Beine sich ineinander verschlangen, sich ihre Lippen trafen. Und während jeder den Körper des anderen entdeckte, tauchten Carolin und Orain Hand in Hand in den Nebelschwaden unter …

Stormchaser stampfte auf und rüttelte Orain damit aus seiner Träumerei wach. Er schaute Carolin an, der vor ihm ritt. Carolin blickte über die Schulter und lächelte ihn an – ein Lächeln, das Orain wie eine körperliche Liebkosung berührte.

Auch wenn der Blick des intensiven Rapports verklungen war, so würde er doch die Erinnerung daran stets in seinem Herzen bewahren. Und auch wenn der körperliche Kontakt gleichfalls schwinden würde, so würde Orain doch stets mit Carolin verbunden bleiben, als Friedsmann und als Freund. Dessen war sich Orain sicher.

Lachend spornte er Stormchaser an, überholte Carolin, und im wilden Galopp ging es durch den Wald nach Hause. Nach Hali.

DEBORAH J. MAYS

Rebellen

Die folgende Erzählung handelt von weiteren Abenteuern einer weniger bekannten Figur aus der Geschichte Darkovers: Varzil Ridenow, dem man später den Beinamen »der Gute« verlieh, taucht kurz in Der verbotene Turm *und ausführlicher in* Die Zeit der Hundert Königreiche *auf.*

Deborah J. Mays lebt in Tucson, Arizona, aber sie gibt in ihrer Biographie an, daß sie und ihr Mann »wahre Zigeunernaturen« sind, da sie in den letzten neun Jahren an dreizehn verschiedenen Orten gewohnt haben – von den Bayous Louisianas bis hinauf nach Nome in Alaska. Sie meint dazu, »Alaska hat wohl meine Vorliebe für Darkover geweckt. Nome dürfte genauso kalt sein wie Zandrus siebte Hölle!«

Ihre Stieftochter, Lori, ist inzwischen ausgezogen, ihr Stiefsohn verstarb an Leukämie. Sie teilt ihr Haus mit drei Hunden und »vier ziemlich verwöhnten Papageien«.

Über Varzil schreibt sie: »Ich habe mich immer gefragt, wie ein Adliger in einer Zeit, da Machtkämpfe zwischen den Königreichen an der Tagesordnung standen, zugleich solch ein Rebell und doch auch ein Pazifist werden konnte.« Genau diese Mutmaßungen tragen natürlich zum Gelingen einer Anthologie wie dieser bei.

Die blutbeschmierte Gestalt, die widerwillig vor ihm kniete, trieb Varzil zur Verzweiflung. Einen Augenblick lang dachte er daran, den Mann durch die beiden Wächter, die beständig auf ihn einschlugen, töten zu lassen. Es war offenkundig, daß der Anführer der Aufständischen nicht bei Varzils Plan mitspielen würde, sich selbst während der ersten Tage ihres Gewaltmarsches zur Festung seines Vaters als Mitgefangenen auszugeben. Und es war ebenso offenkundig, daß Varzil ohne diese Zustimmung nichts erreichen würde.

Der Prinz drehte sich unvermittelt um und gab den Wächtern ein Zeichen aufzuhören. Der Rebell schaute fragend zu ihm auf, ohne jedoch ein Anzeichen der Hoffnung zu verraten.

»Da deine eigenen Schmerzen dir offensichtlich nichts ausmachen, werden vielleicht die Schmerzen deiner Männer dich eines besseren belehren«, erklärte Varzil und verzog dabei keine Miene. Er wußte, daß er den richtigen Nerv getroffen hatte, als er das unmißverständliche *Nein!* in den Gedanken des Mannes auffing, noch ehe dieser seine Barrieren dichter schließen konnte. Das war kein zufälliger Kontakt: Der Mann besaß *Laran*, durchfuhr es Varzil. Aber warum kämpfte ein Mann, der die telepathische Gabe der Adligen teilte, bei den Aufständischen?

Der Prinz erkannte, daß allein schon diese Entdeckung die Mühe wert war, die er wegen seines Vorhabens bereits auf sich genommen hatte. Möglicherweise handelte es sich hier um den Mann, der den Rebellen telepathisch jenen Selbstmordmechanismus eingegeben hatte, der bisher jede Befragung von Gefangenen unmöglich machte.

Als Varzil sich umdrehte, um den Befehl zu erteilen, einen anderen Gefangenen hereinzubringen, kam der Angriff völlig unerwartet. Er wurde durch die Luft geschleudert und krachte unsanft gegen eine scharfkantige Steinwand. Als er kurz darauf wieder zu sich kam, dröhnte es wie wild in seinem Kopf, und sein eigener Dolch wurde ihm an die Kehle gepreßt.

Der Gefangene redete ungestüm auf ihn ein, und um seinen Worten Nachdruck zu verleihen, ritzte er ihm mit der Klinge eine dünne, blutende Wunde.

»Versteht mich recht, Lord Varzil. Ich war auch ohne

diesen Angriff auf Euch längst ein toter Mann. Ich habe absolut nichts zu verlieren. Befehlt Euren Leuten zu verschwinden oder seid darauf gefaßt, mich in die Hölle zu begleiten!«

Der Druck des Messers ließ leicht nach, als sich die Tür hinter der letzten Wache schloß. »Nun gut, ich fordere zwei Dinge von Euch, mein Lord, als Gegenleistung für Euer Leben.« Der Gefangene hielt kurz inne. »Zum ersten Euer Ehrenwort, daß Ihr keinen meiner Männer gegen mich verwendet werdet, oder überhaupt jemals wieder einen Menschen foltern werdet, um einem anderen Gehorsam abzuzwingen.«

»Mir bleibt wohl nichts anderes übrig als zuzustimmen, da du mir keine Wahl läßt«, antwortete Varzil gepreßt unter dem anwachsenden Druck auf seine Kehle.

»Zum zweiten möchte ich folgendes wissen«, fuhr der Gefangene fort. »Warum in aller Götter Namen seid Ihr hier draußen? Habt Ihr wirklich den ganzen Weg zurückgelegt, nur um uns auszuspionieren? Wir müssen Eurem Vater weitaus mehr Sorgen bereiten als ich annehmen durfte!« Bei der letzten Äußerung lachte der Mann verbittert.

»Lord Serrais hat mich nicht ausgesandt, und ich bin kein Spion!« Varzil versuchte, seiner Antwort so viel Würde wie möglich zu verleihen, was nicht gerade einfach war, wenn man am Boden lag und einem der Feind auf der Brust saß. »Wie ich dir bereits gesagt habe, bin ich hergekommen, um herauszufinden, warum ihr Rebellen einen Kampf weiterführt, von dem ihr selbst wissen müßt, daß er auf verlorenem Posten steht.«

»Also nicht, um herauszufinden, wie viele wir sind, wo sich unser Hauptquartier befindet, wie wir bewaffnet sind …?« erkundigte sich der Rebell sarkastisch.

»Nein.«

»Und das soll ich Euch glauben?«

»Ich sage die Wahrheit«, entgegnete Varzil matt,

»aber du weißt genau, daß ich das unmöglich beweisen kann.«

Plötzlich konnte Varzil wieder unbeschwert atmen; der andere ließ von ihm ab und reichte ihm wortlos seinen Dolch.

Dann völlig überrascht, steckte Varzil ohne nachzudenken die Klinge in die Scheide – obwohl er normalerweise jeden, der es wagte, in seiner Gegenwart eine Waffe zu zücken, ohne Zögern niedergestreckt hätte. »Warum?« platzte er ungläubig heraus, »warum solltest du mich am Leben lassen?«

»Ich wollte nur Euren Eid; die zweite Frage war reine Neugier«, gab der Rebell mit einem kurzen, bitteren Lachen zur Antwort. »Sie lassen mich hoffen, mein Lord. Ich hätte nie gedacht, daß ich den Tag erleben würde, an dem ein Angehöriger der herrschenden Familie sich je darum kümmerte, ja sich genug darum scheren würde, auch nur einmal zu *fragen*, warum wir kämpfen. Euch umzubringen hätte der Rebellion kein bißchen genutzt. Aber glaubt mir, ich hätte keine Sekunde gezögert, wenn ich vom Gegenteil überzeugt gewesen wäre.«

»Dann hilf mir bei meinem Plan«, sagte Varzil ruhig. »Du wirst sicherlich nichts zu befürchten haben, wenn ich mit deinen Männern rede.«

Der Rebell hatte dafür nur ein verächtliches Schnauben übrig. »Ihr wollt wissen, warum wir kämpfen, mein Lord?« erwiderte er sarkastisch. »Dazu bedarf es dieser Maskerade nicht – ich werde es Euch sagen. Es ist ganz einfach – wir sind verzweifelt. Wir würden sonstwo Zuflucht suchen, aber wo denn? Wohin können wir gehen, ohne daß unsere Dörfer verwüstet werden, unsere Kinder an unbekannten Krankheiten sterben, unser Land und unser Wasser vergiftet wird und Haftfeuer vom Himmel regnet? Wir kämpfen, weil uns kein anderer Platz auf dieser Welt geblieben ist!«

Als Varzil seine Wache zurückrief, ergriff er den Arm

des anderen. »Ich treffe dich morgen. Ich werde mir die Haare färben und gewöhnliche Kleider tragen. Ich bitte dich noch einmal, es dir anders zu überlegen ...«

»Fahr zur Hölle!« knurrte der Rebell ihn an und schüttelte seine Hand ab.

Es bedurfte direkter Befehle und mehrerer Drohungen, ehe seine Leute schließlich einwilligten, ihn als »Gefangenen« dem Garnisonskommandanten auszuliefern; und schon wenige Stunden später hatte der junge Prinz allen Anlaß, seinen »Sieg« voller Zorn und Angst bitter zu bereuen.

Schließlich warf man ihn grob aus der Stube des Kommandanten, verfluchte ihn und prügelte auf ihn ein, bis er sich wieder aufrappeln und zum Gefangenenhof schleppen konnte. Dort angekommen, sank er von Schmerzen gepeinigt auf die Knie.

»Ich hab' dir doch gesagt, daß ich dein kleines Spiel nicht mitspielen würde.« Der Rebellenführer kauerte plötzlich neben ihm und sprach in hartem, wenn auch gedämpftem Tonfall. »Du hättest dir einige Schmerzen ersparen können, *chiyu.* Meine Männer werden alle über deine wahre Identität unterrichtet werden, egal was du mit mir anstellst. Ich kann dir nur dringend raten, hier und jetzt zu verschwinden. Das wird kein Sonntagsausritt im Jagdrevier deines Vaters! Du würdest es keine drei Tage überstehen!«

»Ich würde ja verschwinden, aber ich glaube kaum, daß ich das jetzt noch kann«, antwortete Varzil kläglich. »Alle meine Leute sind bereits auf dem Weg nach Caer Donn. Mir war klar, daß du mich nicht akzeptieren würdest, solange ich mir irgendein Schlupfloch offen halten würde. Deshalb weiß niemand hier, nicht einmal der Kommandant, wer ich bin ...« Er beendete den Satz entmutigt, da er erkannte, wie kindisch dies jetzt klang.

»Caer Donn«, wiederholte der Rebell ungläubig und

schüttelte den Kopf. »Du kannst doch nicht wirklich so naiv sein!«

Auf Varzils erschrockenen Blick hin erklärte er kalt: »Bei all ihren verdammten Sternensteinen und Wachvögeln können meine Männer sich keine zwei Tagesritte annähern – Caer Donn ist ein bloßes Gerücht, das sie ausgestreut haben, um von der richtigen Fährte abzubringen. Wir werden jedenfalls auch nicht entfernt in die Nähe von Caer Donn marschieren, soviel steht fest!«

»Aber wohin geht es dann?« fragte Varzil, der mit einem Male einen großen Kloß im Hals verspürte.

»Wie soll ich das wissen?!« gab der Rebell ungeduldig zurück. »Schau, mein kleiner Lord, du hast dich da reingeritten; jetzt mußt du dich selbst aus dem Schlamassel rausziehen – wenn du es kannst. Und, ehrlich gesagt, mit ist es völlig egal. Ich mache dir ein Zugeständnis, und dabei bleibt's: Ich werde meinen Männern vorerst nicht sagen, wer du bist. Und das auch nur aus dem einen Grund, weil es unter ihnen einige gibt, denen es ein nicht unbeträchtliches Vergnügen bereiten würde, dir im Schlaf deinen hübschen Schädel einzuschlagen. Sollte ich aber mitbekommen, daß du auch nur eine militärische Frage stellst, *chiyu* – ich verspreche dir schon jetzt, daß du den nächsten Tag nicht mehr erleben wirst!«

Die Lage verschlimmerte sich in den folgenden Tagen zusehends für Varzil. Im Gefolge ihres Anführers ließen die anderen Gefangenen ihn völlig unbeachtet. Er befand sich fast ständig am Ende der Marschkolonne und bekam folglich die Peitsche des öfteren zu spüren. Man hatte ihn wegen »Widerrede« gegenüber einem Wächter gründlich durchgeprügelt, und gegen Mitte des dritten Tages fühlte er sich so zerschunden und erschöpft, daß er sich kaum weiterschleppen konnte.

Während er sich einen Geröllabhang hinabkämpfte, verlor sein Fuß an einem losen Felsblock auf dem Pfad plötzlich den Halt; Varzil stöhnte auf, als sich sein Knöchel schmerzhaft dehnte. Er blieb an der Stelle, an der er gestürzt war, liegen und fühlte sich zu schwach, um auch nur zu versuchen wieder aufzustehen.

Wie durch ein Wunder erschien der Rebellenführer an seiner Seite und streckte ihm die Hand entgegen. »Steht auf«, befahl er ihm schroff.

»Ich kann nicht«, entgegnete Varzil kopfschüttelnd, während er die Tränen des Schmerzes und der Verzweiflung zurückzuhalten suchte.

»Verdammt nochmal, steh auf, oder sie werden uns beide auspeitschen«, wiederholte der Rebell scharf.

Der Rebell packte ihn unsanft an der Schulter und schüttelte ihn kräftig durch.

»Ganz im Gegensatz zu uns anderen bist du aus freien Stücken hier! Du wolltest dieses Spiel spielen. Du wolltest lernen, Verzweiflung zu sehen. Nun, *chiyu,* du stehst gerade mal am Anfang deiner Lektion. Und jetzt steh, verdammt noch mal, auf!«

Varzil wich dem feurigen Blick des Rebellen aus und versuchte noch einmal aufzustehen. Es gelang ihm mit Hilfe des anderen, der ihn auch bei seinen ersten unsicheren Schritten weiter stützte.

»Schon besser«, meinte der Rebell jetzt schon sanfter. »Heute abend wird es etwas zu essen geben. Bei dem Gedanken wirst du es wohl noch ein paar Stunden durchhalten.«

Als Varzil sich zur Antwort umdrehte, war der Mann bereits ohne ein weiteres Wort weitergegangen.

An diesem Abend bekamen sie im Lager tatsächlich eine kleine Schale mit gekochtem Getreide und Brot als Marschverpflegung. Varzil stürzte sich sofort gierig darauf und riß wie ein Wolf mit seinen Zähnen große Stücke aus dem Brotlaib. Plötzlich hielt er inne und schaute sich verwundert um – die anderen Männer teilten das Brot sorgfältig und verstauten es in ihren Kleidern. Mit einigem Bedauern folgte er ihrem Beispiel. Der Anführer der Rebellen setzte sich neben ihn und lachte rauh.

»Sieh an, du bist anscheinend doch noch lernfähig, *chiyu.* Vielleicht stehst du es ja doch durch.«

»Könntest du bitte aufhören, mich *chiyu* zu nennen«, gab Varzil verärgert zurück. »Mein Name ...«

»... bleibt hier besser unerwähnt!« unterbrach ihn der Rebell rasch.

Varzil schluckte kräftig, als er daran erinnert wurde; andererseits verlangte es ihn nach den langen Tagen, in denen ihm keinerlei Aufmerksamkeit geschenkt worden war, so sehr nach einem Gespräch, daß er schnell weiterredete.

»Woher hast du überhaupt gewußt, daß wir heute abend etwas zu essen bekommen?« Und als ihm bewußt wurde, daß er den Namen des Mannes noch immer nicht kannte, fügte er zögernd »... Lord General« hinzu, wobei er versuchte, für die Stellung des Rebellen unter seinen Männern eine angemessene Rangbezeichnung zu finden.

»Lord General!« prustete der Mann los, der gerade einen Schluck Wasser aus seinem Krug trinken wollte. »Wo, in Zandrus Hölle, hast du das bloß her? Rebellen halten nicht viel von Titeln, falls dir das noch nicht aufgegangen sein sollte! Du kannst mich Mikhail nennen, und für mich bist du vorerst besser, na sagen wir mal, Val – das kann eine Kurzform für alles mögliche sein«, fügte er mit gesenkter Stimme an.

»Und was das Essen heute abend betrifft?« fuhr er zynisch fort. »Proklamation 416, Dienstvorschrift zur Behandlung Gefangener bei der Überführung, legt fest, daß wir alle drei Tage etwas zum Essen bekommen müssen, ob wir es nun nötig haben oder nicht. Gäb's mehr, könnten wir womöglich stark genug sein zu fliehen; gäb's weniger, könnten wir wahrscheinlich gar nicht mehr marschieren.«

»Willst du damit etwa behaupten, daß mein Va ...« Varzil brach abrupt ab. »Daß Lord Serrais von dieser Art Mißhandlung *weiß*?«

»Was ich damit sagen will, ist, daß er es *befohlen* hat.«

Varzil weigerte sich, das zu glauben. »Er mag wohl sehr streng und manchmal auch etwas vorschnell in seinem Urteil sein, aber ich habe nie erlebt, daß er vorsätzlich grausam ist.«

»Das macht es für mich nur umso schlimmer.« Tiefe Verbitterung klang aus Mikhails Worten. »Für ihn ist so etwas noch nicht einmal grausam – denn er glaubt tatsächlich, daß wir weniger Schmerz und Hunger spüren, nur weil wir nicht von adliger Geburt sind. Nun, mein Lord, wir spüren den Schmerz gerade so wie ihr, und wir lieben das Leben, und wir haben ein Recht zu leben, genau wie ihr!«

»Das weiß ich. Vergiß nicht, daß ich hierher gekommen bin, um dem Töten Einhalt zu gebieten!« erwiderte Varzil hochmütig.

Der Rebell reagierte darauf nur verächtlich. »Du bist hierher gekommen, um ein Spiel zu spielen! Spar dir deine selbstgerechten Lügen für Zandru und deine adligen Freunde – ich weiß es besser! Du siehst in uns genausowenig Menschen wie Lord Serrais – für dich sind wir lediglich Figuren in deinem Spiel.«

»Das ist nicht wahr!« widersprach Varzil vehement.

»Val, willst du abstreiten, daß du daran gedacht hast, mich umbringen zu lassen, als ich mich anfangs deinem Plan widersetzte?« fragte Mikhail zornig. »Daß du ohne auch nur mit der Wimper zu zucken daran dachtest, weil ich für dich nicht wirklich ein Mensch war? Verflucht noch mal! Ich wurde auf deinen Befehl hin geschlagen! Du standst nur da und hast es geschehen lassen, immer weiter, immer mehr. Du hast den Schmerz ja nicht einmal wahrgenommen. Kannst du leugnen, daß es so war? Kannst du es vor dir selbst leugnen?«

»Nein«, brachte Varzil mit erstickter Stimme als Antwort hervor. Bei dem Bild, das in seiner Erinnerung aufstieg, schloß er fest die Augen. »Verzeih mir«, fügte er leise hinzu.

»Du solltest jetzt versuchen, etwas zu schlafen«, wies ihn Mikhail plötzlich scharf an, aber musterte den Prinzen dabei verwundert von oben bis unten.

Die nächsten Tage brachten für die Gefangenen weitere und noch größere Entbehrungen mit sich. Die Marschkolonne bog aus dem langen Tal mit seinen vielen Windungen, dem sie bislang gefolgt waren, um in die Hellers zum ersten Bergpaß hinaufzusteigen. Jedes neue Nachtlager befand sich in größerer Höhe und war folglich kälter; und jeder neue Tag brachte steilere und noch immer steilere Pfade. Am letzten Tag des Anstiegs zur ersten Paßhöhe erwachten die Männer bei düsterem, wolkenverhangenen Himmel und eisig schneidendem Wind. Gegen Mittag kämpften sie sich bereits durch knöcheltiefen Schnee.

Varzil unterbrach sein stumpfsinniges Vorwärtstrotten kurz, um, ohne groß darüber nachzudenken, einem der Jüngeren am Fuß eines vereisten Abhangs zu helfen. Der Junge klammerte sich an ihn, und zusammen taumelten und schlidderten sie weiter und stemmten sich gegen den Sturm.

Ein ums andere Mal half Varzil dem unbekannten Rebellen wieder auf die Beine, bis der Junge schließlich seine Hand, um Halt zu finden, unter Varzils Tragegurt steckte und sein Gesicht gegen den beißenden Wind schützend vergrub; er überließ es Varzil, im blendenden Schnee Sichtkontakt mit ihren Kameraden beizubehalten.

Es schien eine Ewigkeit zu vergehen, bis die Soldaten endlich an der Baumgrenze Halt befahlen. Sie errichteten rasch ein Zelt, in das sie hineindrängten, und überließen die Gefangenen sich selbst – der Sturm war ihr einziger Wächter.

Mikhail eilte zwischen seinen Männern hin und her, da er wußte, sie würden, ließe er sie allein, an Ort und Stelle zusammenbrechen. Er gab ihnen Befehl, sich in den Schutz der Bäume zurückzuziehen, im Windschatten von Büschen und Felsen zu lagern und dabei Decken und ihre Körperwärme zu teilen.

Indem er die Linien abschritt und jeden einzelnen Mann überprüfte, kam er auch zu Varzil, der sich allein eingeigelt hatte. »Hast du meine Befehle nicht gehört, Val?« rief er ungeduldig. Aber dann legte er unvermittelt und überraschend sanft seine Hand auf die Schulter des Prinzen. »Mach dir nichts draus, ich komme gleich zurück, um mit dir zu lagern, sobald ich bei den Männern alles erledigt habe.«

»Das wird nicht nötig sein; ich komme hier schon zurecht.« Varzils Antwort klang fast schon schrill, so sehr hatten die Berührung des anderen Mannes und dessen Mitleid ihn schockiert.

»Das soll wohl heißen, daß du lieber erfrierst als dich dazu herabzulassen, deine Decken mit einem Rebellen zu teilen«, erwiderte Mikhail frostig. »Wie du willst.«

Varzil wollte beteuern, daß er es keineswegs so gemeint hatte, aber der Rebell war bereits wieder verschwunden. »Soll er doch verflucht sein«, dachte Varzil bei sich. Was immer er auch sagte, der Mann drehte ihm die Worte doch stets im Munde herum!

Einige Stunden später erkannte der Prinz, daß er einen schweren, wenn nicht gar tödlichen Fehler begangen hatte. Der Wind hatte zwar etwas nachgelassen, aber die Temperatur sank von Minute zu Minute. Er zitterte unkontrolliert und wünschte sich verzweifelt, er könne zu Mikhail gehen und sich entschuldigen, aber er wußte nicht, unter welchem der schneeverwehten Deckenstapel sich der Anführer der Rebellen befand. Außerdem fürchtete er sich noch immer vor den anderen Männern. Auch vor Mikhail hatte er Angst, wie Varzil kläglich feststellen mußte. Wahrscheinlich hatte er aus diesem Grund das Angebot so schroff abgelehnt.

Plötzlich glaubte Varzil, er könnte die Hand des Rebellen auf seinem Arm spüren und fragte sich kurz, ob er wohl nun, da es dem Ende zuging, Wahnvorstellungen habe. Aber die Hand schob sich weiter nach oben und nahm ihm die Decke vom Gesicht.

»Verdammt, Varzil, ich hab's versucht, aber ich konnte nicht einfach daliegen und dich erfrieren lassen«, knurrte Mikhail barsch. »Willst du jetzt meine Hilfe annehmen oder nicht?«

Varzil war fest entschlossen, den Rebell diesmal keines seiner Worte mißverstehen zu lassen. »Ja! Ich flehe dich an, bitte hilf mir, Mikhail!« stieß er zwischen klappernden Zähnen hervor.

Der Prinz rechnete schon fast damit, daß der Rebell ihn wieder mit irgend einer sarkastischen Bemerkung zurücklassen würde; statt dessen machte sich Mikhail daran, in einer Schneewehe eine kleine Höhle auszuheben. Wortlos trug oder vielmehr schleppte er Varzil hinein, dann zog er ihnen beiden die Hemden aus und wickelte die Decken um sich herum.

Als sein Zittern so weit abgeklungen war, daß er wieder sprechen konnte, fragte Varzil scheu: »Warum bist du zurückgekommen?«

»Ich weiß es auch nicht so genau«, seufzte Mikhail. »Vielleicht kann ich einfach dieses sinnlose Sterben nicht länger ertragen.« Einen Moment lang schwieg er. »Oder vielleicht, weil ich beobachtet habe, wie du heute einem anderen geholfen hast. Mir scheint, du bist nicht mehr der selbe Mann, den ich zuerst in jener Gefängniszelle traf.«

»Das wirst du mir wohl nie verzeihen?« fragte der junge Prinz mit leiser Stimme.

»Es gibt nichts zu verzeihen, Val. Jener Varzil ist tot.« Der Rebell lachte plötzlich laut auf. »Oder glaubst du im Ernst, ich würde mit *dem* meine Decken teilen?« Dann fügte er wieder ernsthafter hinzu: »Wenn wir an unseren Bestimmungsort gelangen, dann tu für meine Männer alles, was dir möglich ist. Mehr verlange ich nicht.«

Als der Morgen anbrach, war der Himmel wolkenlos, aber noch immer war es eisig kalt. Dutzende Männer litten unter Frostbeulen an Zehen, Fingern und im Gesicht, aber unter den unerbittlichen Peitschenhieben ihrer Bewacher rafften sie sich auf und marschierten weiter.

Gegen Mittag holte Varzil Mikhail ein, als dieser an der Seite eines gestürzten Kameraden kniete. Der Prinz warf einen kurzen Blick auf das Gesicht des Verletzten – er hatte sich die Lippe durchgebissen; das Blut, das ihm am Kinn herablief, gefror zu kleinen Tropfen. Der Mann gab keinen Laut von sich, aber Varzil konnte an der Art, wie er Augen und Zähne immer wieder zusammenpreßte, erkennen, daß er offensichtlich Todesqualen litt. Schließlich ergriff der Mann flehentlich Mikhails Hand.

»Es hat keinen Zweck, Mikhail«, flehte er sanft. »Selbst wenn ich den heutigen Tag überstehen sollte, was mehr als fraglich ist, was soll dann morgen oder übermorgen geschehen? Die schwarze Fäule ist mir sicher – so möchte ich nicht sterben!«

Es verging einige Zeit, bevor Mikhail seine Hand der des anderen entzog und zu einem großen Stein am Wegrand herüberging. Er hob ihn in wild-verzweifelter Entschlossenheit auf und trug ihn zurück; dann kniete er wieder an der Seite des Verwundeten.

Der Mann erblickte den Stein und ein jähes Entsetzen packte ihn; er wandte den Kopf ab, und seine Augenlider zuckten.

»Du weißt, daß sie mir kein Messer geben würden«, sagte Mikhail ruhig. »Ich glaube aber, ich könnte es schnell hinter uns bringen, wenn du es noch immer wünschst.«

Der Mann nickte stumm, und Mikhail legte seine

Hand auf dessen Wange. »Dann wende den Kopf ab und schließ die Augen, mein alter Freund. Val, nimm seine Hand«, fügte er sanft hinzu.

Der Mann streckte blind seine Hand Varzil entgegen, und als er sie ergriff, hörte der Prinz ein kurzes »Ich danke dir, Mik«, ehe der Stein die Schläfen des Mannes zertrümmerte.

Als der Kommandant die Leiche einige Minuten später entdeckte, ließ er die Männer unter zornigen Peitschenhieben Aufstellung nehmen.

»Wer von euch ist hierfür verantwortlich?« schrie er und deutete auf den Leichnam; die Blutlache neben dem Kopf war bereits gefroren.

»Ich, Sir«, antwortete Mikhail gefaßt. »Er konnte nicht weitermarschieren – beide Füße sind letzte Nacht erfroren. Er war einer meiner Männer und er hat mich um den Gnadenstoß gebeten.«

»Das war keiner *deiner* Männer!« brüllte der Kommandant aufgebracht. »Er gehörte, wie ihr alle, Lord Serrais! Wir werden solch eine Entschuldigung nicht anerkennen! Und du«, dabei deutete er auf Mikhail, »wirst heute abend für deine Schandtat strengstens bestraft. Ihr tätet alle besser daran, euch darüber im Klaren zu sein, daß ihr nicht als Soldaten mit den Rechten gewöhnlicher Kriegsgefangener geltet, sondern als Eidesbrecher und Verschwörer gegen euren rechtmäßigen König. Habe ich mich klar genug ausgedrückt?«

Spät am Abend wurde Mikhail zu den Gefangenen zurückgebracht, aus deren Mitte man ihn zuvor hinter das Hauptzelt gezerrt hatte. Varzil mußte unweigerlich nach Luft schnappen, als er sah, wie übel Mikhails Gesicht zugerichtet war, aber der Rebell ging nur wortlos an ihm vorbei und legte sich mit einem Seufzen auf die Decken, die Varzil ausgebreitet hatte. »Laß es gut sein«, brachte er müde hervor.

»Mikhail, du bist auch nur ein Mann. Du mußt dich zurückhalten.« bat Varzil vorsichtig, als er zögernd eine Hand auf Mikhails Arm legte, die dieser aber heftig abschüttelte.

»Laß mich in Ruhe, du Hund! Hast du denn noch immer nichts begriffen? Der Tag, an dem ich auch nur einen meiner Männer im Stich lasse, ist der Tag, an dem sie gewonnen haben! An dem Tag haben sie mich kleingekriegt! Alles andere, was sie mir antun können, zählt nicht.«

»Verdammt noch mal, Mikhail!« Nun war es an Varzil, seinem Zorn freien Lauf zu lassen. »Kannst du nicht einmal *zuhören?* Ich begreife weit mehr als du meinst! Ich kenne dich zu gut, um vorzuschlagen, du solltest deine Männer im Stich lassen. Aber wenn sich vierzig oder mehr Leute auf dich verlassen, dann ist es vielleicht an der Zeit, daß auch du lernst, dich ein wenig auf jemand anderen zu verlassen!«

»Glaubst du denn, du könntest das aushalten?« fragte Mikhail barsch.

»Warum stellst du mich nicht auf die Probe?« erwiderte Varzil.

Unvermittelt warf sich der Rebellenführer in die Arme eines äußerst erstaunten Prinzen. Auch ohne große Worte konnte Varzil die vielen tiefen, herzerweichenden Schluchzer spüren, die Mikhails Körper durchliefen, als sich der aufgestaute Kummer des Tages endlich Bahn brach. »Ich habe ihn mein Leben lang gekannt!« stieß Mikhail hervor. »Und ich habe ihn getötet. Ich habe ihn getötet!«

Plötzlich teilte Varzil in vollem Umfang den ganzen Schmerz des Rebellen, als Mikhails Barrieren sich auflösten und sie im Rapport verschmolzen. Da er als Ridenow die volle empathische Gabe seiner Familie besaß, war Varzil dagegen völlig wehrlos; ihm blieb nur, den anderen in ihrem gemeinsamen Austausch fest zu halten.

Als er sich Sekunden später wieder in der Gewalt hatte, entschuldigte sich Mikhail rasch: »Es tut mir leid, Val, das wollte ich wirklich nicht.«

»Wenn ich mich recht erinnere, habe ich darum gebeten«, entgegnete Varzil ruhig. Und endlich erwiderte Mikhail seinen Blick. »Erinnere mich daran, dich nicht länger *chiyu* zu nennen, mein Freund.«

Beide waren gerade im Begriff, endlich einzuschlafen, als plötzliches Waffengeklirr sie wieder aufschreckte. Die Gefangenen versammelten sich rasch, um ihren Befreiern, so weit es ihnen möglich war, beizustehen. Sie erkannten aber schnell, daß ihre Hilfe gar nicht nötig war, da ihre Bewacher von dem Angriff völlig überrascht worden waren.

Varzil ertappte einige der neu hinzugekommenen Männer dabei, wie sie ihn neugierig musterten, während sie ihren Pflichten im Lager nachgingen. Schließlich kam einer von ihnen mit einer Portion heißen Eintopfs auf ihn zu. Er reichte sie Varzil wortlos, und als er die Peitschenstriemen auf seinem Rücken bemerkte, schickte er ihn zum Sanitätszelt. Da auch Mikhail dorthin verschwunden war, folgte Varzil ihm bereitwillig.

Er war kaum in den überfüllten Unterstand eingetreten, als ein Sanitäter ihm einen Platz zuwies und sich daran machte, ihm die Überreste seines Hemdes vom Rükken zu schälen und eine schmerzlindernde Salbe aufzutragen. Varzil schloß einen Augenblick lang erleichtert die Augen. Noch nie hatte ihm etwas derart gut getan! Aber als er die Augen wieder öffnete, bemerkte er, wie der Anführer des Befreiungskommandos ihn mit unverhohlener Verwunderung anstarrte.

Der Mann nickte höflich in Richtung Tür, und Varzil ging gehorsam hinaus. Zu seiner Erleichterung stellte er fest, daß Mikhail ihm gefolgt war.

Sobald sie allein waren, wandte sich der neue Rebell

verärgert an Mikhail. »Du weißt doch, wer er ist, oder etwa nicht?« warf er ihm anklagend entgegen.

»Ein Freund«, erwiderte Mikhail.

»Verdammt noch mal, Mikhail. Wir haben gerade dreizehn unserer Männer im Kampf gegen seinesgleichen verloren, und du stehst seelenruhig da und nennst ihn einen Freund?«

»Das reicht!« Mikhails Augen sprühten vor Zorn. Bevor er weiterredete, atmete er tief durch. »Schau ihn dir an, *bredu,*« erklärte er seinem alten Freund mit großem Nachdruck. »Er ist mit uns marschiert, hat unser Lager geteilt, hat mit uns gelitten und ist mit uns jeden Tag ein Stück weit gestorben. Du wirst hier nicht einen finden, der sich auch nur einen Dreck um seine Herkunft schert.«

Der Mann vermied es, Varzil anzusehen, starrte vielmehr zu Boden und seufzte schließlich. »Ich habe deinem Urteil stets vertraut, mein Bruder, wenn ich auch nicht behaupten kann, daß ich deiner Logik immer folgen konnte.« Dann begegnete er Mikhails Blick und lächelte angesichts ihrer gemeinsamen Erinnerungen. »Na ja, deshalb bist ja wohl auch du der Anführer geworden. Und wenn du mir sagst, daß er die Bezeichnung Freund verdient hat, dann sei es so.«

Und damit wandte er sich unvermittelt Varzil zu. »Wirst du also bei uns bleiben oder nach Serrais weiterreiten?«

»Mir war nicht bewußt, daß mir in dieser Frage eine Wahl bleibt«, gab Varzil zur Antwort, die er mit einem fragenden Blick an Mikhail verband.

»Val, meine Männer folgen mir aus freien Stücken. Du weißt, daß du willkommen wärst, aber die Entscheidung liegt bei dir. Überlege sie dir gut, mein Prinz. Falls Lord Serrais dein Verhalten als Verrat betrachtet, könnte deine Rückkehr durchaus deinen Tod bedeuten. Ich habe deinen Vater mein ganzes Leben lang beobachtet und ich *weiß*, was er dir antun wird. Er hat andere Söhne, Val. Söhne, die keine Fragen stellen.«

Als Varzil dieser Andeutung widersprach, redete Mikhail eindringlich und fast schon flehentlich auf ihn ein. Der andere Mann entfernte sich unauffällig, während die beiden die Sache erörterten, kehrte aber später mit einer Satteltasche und einem Reittier zurück.

Für den jungen Prinzen war es ein düsteres Vorzeichen, daß man ihn bei seiner Ankunft auf Burg Serrais sofort und ohne weiteres Zeremoniell in das Audienzzimmer des Königs führte, und es ihm noch nicht einmal gestattet wurde, sich zuvor zu waschen oder die Kleider zu wechseln.

»Mein Sohn.« Die Stimme seines Vaters klang zu Beginn nahezu sanft. Bei dieser Anrede atmete Varzil erleichtert auf – vielleicht war ja alles doch nicht so schlimm wie er befürchtet hatte. Aber die Erleichterung schlug schnell in Entsetzen um, als er hörte, wie sein Vater beiläufig verlangte, er solle seine Barrieren gegenüber der versammelten Schar von *Laranzu,* die schweigend in einer Ecke der großen Halle warteten, herablassen. Und plötzlich sprach sein Vater mit der ganzen Autorität königlicher Befehlsgewalt.

»Es gibt Kreise, die deine Treue mir und Serrais gegenüber in Zweifel ziehen. Schreckst du etwa vor dem einzigen Mittel zurück, sie zum Schweigen zu bringen?« Er gab dem obersten *Laranzu* ein Zeichen hervorzutreten, während er mit seinen Befehlen fortfuhr.

»Im Verlauf der Prüfung durch den *Laranzu* bist du angewiesen, dich auf die Erinnerung an die Rebellen zu konzentrieren. Selbst kleinste Details, die dir unwichtig erscheinen, können möglicherweise einen Hinweis zu ihrer Eliminierung liefern.«

»Nein, mein Lord! Ich flehe euch an!« Varzil sank bittend auf die Knie. »Ich gebe euch mein Wort, daß ich nichts von militärischer Bedeutung weiß und daß ich aus Loyalität gegenüber Serrais zurückgekehrt bin!«

»Wirst du es mir leicht oder schwer machen?« entgegnete der König unbewegt.

»Wenn es denn sein muß – schwer«, gab Varzil verbissen zurück und richtete sich herausfordernd auf.

Vier Wächter traten hinzu und hielten ihn fest, während der *Laranzu* mit prüfender Hand um seinen Körper auf und ab strich, ohne ihn jedoch dabei zu berühren.

»Er trägt eine Matrix, die entfernt werden muß«, stellte der Mann sachlich fest und wandte sich, um Erlaubnis bittend, an den König.

Der Prinz mußte kräftig schlucken. Die Matrix, die seine telepathische Gabe verstärkte, war seit dem zehnten Lebensjahr auf seinen Körper und sein Gehirn eingestimmt worden. Er wußte, daß es tödlich für ihn enden konnte, falls sie von jemandem ohne entsprechende Ausbildung entfernt würde. Und er wußte auch, daß der kaltherzige Hexenmeister seines Vaters diese Ausbildung nicht besaß – und daß ihn dies nicht im geringsten kümmerte!

Der *Laranzu* schlitzte mit seinem Dolch Varzils Gürteltasche auf, ohne auch nur den Versuch zu unternehmen, sich vorher auf die Matrix einzustimmen. Völlig teilnahmslos ließ er den Stein in seine bloße Hand fallen und preßte ihn dann fest in der geballten Faust, denn er wußte, daß dies seinem Opfer das Gefühl gab, bei lebendigem Leibe zerquetscht zu werden. Als die Schmerzensschreie des Prinzen nachließen, ging der *Laranzu* zu einer Feuerstelle und hielt seine Hand mit dem Stein über die offene Flamme, wobei er seinen eigenen Schmerz mittels der Matrix vorsätzlich auf den empfindlichen Empathen übertrug.

Varzil stieß immer wieder unzusammenhängende Schreie aus, ehe er zuckend zu Boden sank. Ein Raunen ging durch die Reihen am Hofe, als der *Laranzu* lässig zu einem telepathischen Dämpfer schritt und den Stein in dessen Feld legte. Dann näherte er sich wieder dem Thron und warf dabei kaum einen Blick auf den zusammengebrochenen Prinzen.

»Nach einigen Tagen ohne Matrix dürfte er für ein Verhör bereit sein«, stellte er ohne Gefühlsregung fest.

Lord Serrais blickte alle im Raum herausfordernd an, worauf sofort Ruhe eintrat. »Werft ihn in den Kerker«, befahl er den Wachen knapp.

Während Varzil noch in Ketten gelegt wurde, platzte ein Mann laut rufend ins Zimmer.

»Lord Serrais, wir werden angegriffen! Die Burg ist völlig umstellt.!«

»Von wem? Rede, Mann! Wie viele sind es?«

»Wir wissen es nicht genau, mein Lord. Sie tragen keine uns bekannten Standarten. Aber ein Bote wartet am Tor.«

»Bringt den Mann sofort zu mir«, befahl der König streng.

»Jawohl, mein Lord!« Der Wächter salutierte kurz und verschwand.

Der König kniete an Varzils Seite und schlug ihm unerbittlich ins Gesicht, um ihn wieder zu Bewußtsein zu bringen. Als der Prinz stöhnend die Augen öffnete, forderte sein Vater herrisch Antwort.

»Deine Rebellen sind anscheinend hier. Hast du gewußt, daß sie nach Serrais marschieren?«

Varzil, der dies nur für einen anderen Trick hielt, blieb stumm und wischte sich mit der Hand langsam das Blut aus dem Mundwinkel. Als er aber den Kopf hob und die Halle hinabblickte, war er wie vom Donner gerührt.

»Mikhail.« Völlig fassungslos formten seine Lippen lautlos den Namen.

Mikhail kniete nicht nieder, als er sich näherte; statt dessen nickte er Varzil kurz zu.

»Sprich, Rebell! Wie lautet deine Botschaft?« Mit erhobener Hand befahl der König den anderen zurückzuweichen.

»Wie ihr wünscht«, entgegnete Mikhail. »Unsere Bedingungen sind klar und einfach. Liefert Prinz Varzil an uns aus, oder wir greifen an. Wir haben euch völlig umzingelt und abgeschnitten. Trotz euer überlegenen Waffen würden wir schließlich die Oberhand gewinnen.«

»Das muß sich erst noch zeigen«, meinte der König. »Was aber wollt ihr von Varzil?«

»Er wird hier gefoltert; das wollen wir beenden.«

»Und weiter nichts?«

»Nichts weiter.«

Lord Serrais zeigte dafür nur offene Verachtung. »Ich soll also allen Ernstes glauben, du würdest das Leben all deiner Männer da draußen für meinen Sohn aufs Spiel setzen?«

»Mir ist es eigentlich egal, was ihr glaubt. Tatsache ist, daß wir vor euren Toren stehen. Wie lautet eure Antwort, Lord Serrais?«

»Sag mir noch eins«, erkundigte sich der König sarkastisch. »Gesetzt den Fall, die Krone ließe sich auf einen Tausch ein«, einen Moment lang schien er wirklich zu überlegen. »Angenommen, Varzil gegen dich, der Prinz im Austausch gegen den Anführer der Rebellion. Würdest du darauf eingehen?«

»Ja«, antwortete Mikhail ohne zu zögern.

»Einfach so? Ohne Versprechungen, ohne Garantien?« Der König mußte lachen.

»Einfach so«, erwiderte Mikhail gefaßt.

Lord Serrais hatte genug gehört; er sprang jäh auf, das Lachen war aus seinem Gesicht gewichen. Mit einer Handbewegung wies er die Wachen an, den Rebellen gefangenzusetzen.

Aber ehe er noch weitere Befehle erteilen konnte, krampfte sich seine Brust zusammen, und seine vor Schrecken weit aufgerissenen Augen starrten auf die Stelle, zu der Varzil gekrochen war, um seine Matrix wiederzuerlangen.

Keiner wagte sich einzumischen, als die elektrisch aufgeladene Luft zu knistern begann und der alte Mann leblos zu Boden sackte.

Varzil raffte sich mühsam auf und blickte kurz im Raum umher – die anwesenden Männer gehörten zur Leibwache des Königs. Nachdem er tief durchgeatmet hatte, wandte er sich ihnen zu.

»Ihr habt meinem Vater treu gedient. Darf ich die gleiche Loyalität erwarten?«

Jetzt erst wurde ihnen allmählich klar, daß sie ihrem neuen König gegenüberstanden, und ausnahmslos knieten alle nieder und murmelten ihre Beteuerungen. Schließlich waren sie an solch rasche Machtwechsel durchaus gewöhnt.

Varzil lächelte zufrieden. »Ich danke euch und betrachte euer Verhalten als Eidesleistung. Ihr dürft euch erheben.«

Den Wachen gab er ein Zeichen sich zu entfernen; dann wandte er sich schnell Mikhail zu.

»Ihr hättet doch inzwischen schon seit Tagen in den Hellers sein sollen ...« Es klang halb wie ein Vorwurf, halb wie eine Frage.

Der Rebell antwortete ihm ruhig. »Du erinnerst dich an jene Nacht, in der du aus lauter Sturheit beinahe erfroren wärst, und ich es einfach nicht fertig brachte zuzuschaun? Nun ja ...« Mikhail zuckte nur leicht mit den Schultern.

»Aber das war doch kein vorbereiteter Angriff? Ihr seid mir einfach gefolgt?«

»Laß dir jedenfalls von niemandem einreden, du würdest einen brauchbaren Kundschafter abgeben, Varzil. Wir waren die ganze Zeit höchstens zwei Stunden hinter dir.«

Als Varzil auf ihn zuging, wollte Mikhail vor ihm niederknien.

»Was fällt dir ein!« rief Varzil ungehalten. »Wie du ja nur gar zu gern bemerkst, neige ich dazu, mich selbst in alle möglichen Schwierigkeiten zu bringen; aber das hier, Mikhail, das hast du mir eingebrockt! Also wirst du mir auch, verdammt noch mal, dabei helfen!«

»Wie ihr wünscht, mein Lord.« erwiderte Mikhail gehorsam, aber es klang kalt und teilnahmslos.

Der neue König erschrak über den veränderten Tonfall. Ihm war klar, daß er bei Mikhail schon wieder ins Fettnäpfchen getreten war. Aus der Halle drang ein erregtes und anschwellendes Stimmengewirr, als Varzil sich dem Rebellenführer bis auf Armeslänge näherte und einen mit Edelsteinen besetzten Dolch aus seinem Gürtel zog. Wortlos hielt er ihn, Knauf voran, dem anderen entgegen, und in seinen Augen stand die Bitte, er möge ihn annehmen.

»Ich erinnere mich an das letzte Mal, als wir ein Messer austauschten«, sagte Mikhail leise und erwiderte Varzils Blick.

»Ich auch, und ich frage mich noch immer, ob du mir wirklich schon verziehen hast.«

Mikhail brach den Blickkontakt ab, als er die Klinge in die Scheide steckte. Das war Antwort genug, denn die Annahme eines Messers galt als Zeichen der Brüderschaft, ob nun unter Königen oder unter Bürgerlichen. Der Rebell wunderte sich selbst, warum in Zandrus Namen er dies eigentlich tat.

»Ich danke dir, *bredu,*« flüsterte Varzil. Dann fügte er hinzu: »Ich brauche deine Hilfe, Mikhail. Wirst du bei mir bleiben? Bitte?«

Da es sich diesmal um eine *Bitte* des neuen Königs und keine Anordnung handelte, erklärte Mikhail nur lakonisch: »Nun ja, du scheinst am Ende doch noch lernfähig zu sein.«

»Ich hatte ja auch einen unnachgiebigen Lehrer«, gab Varzil zurück.

Auf diese Antwort hin konnte Mikhail ein Lächeln nicht länger unterdrücken, und Varzil warf sich vorbehaltlos in die Arme des Rebellen.

»Eins zu null für dich, *bredu,*« flüsterte Mikhail leise, als er die Umarmung erwiderte. Beide schenkten den schockierten Blicken am Hofe keine Beachtung – sollten es doch alle sehen: ihr neuer König war ein Rebell!

Diana Perry & Vera Nazarian

Die Tänzerin von Darkover

Vera Nazarian und Diana Perry gingen zusammen auf das Pomona College in Claremont in Kalifornien. Diana kommt ursprünglich aus Oakland, Kalifornien, und Vera stammt meines Wissens nach aus Südkalifornien. Beide sind 24 Jahre alt. Diana belegte »Internationale Beziehungen«, während Vera Psychologie und Englisch studierte und laut eigener Aussage »mit Computern spielte«. Für Diana ist dies die erste Veröffentlichung, aber Vera hat schon seit Sword & Sorceress II *Beiträge für meine Anthologien geliefert. Sie meint, diese Geschichte sei im wesentlichen Dianas Schöpfung. Da ich Vera kenne, bin ich aber sicher, daß sie ihren Anteil daran etwas zu bescheiden einschätzt.*

Ich habe schon öfters zugegeben, daß ich keine Ahnung habe, warum ich dem Tanz auf Darkover eine solche Bedeutung beigemessen habe; ich selber kann überhaupt nicht tanzen und hege in dieser Hinsicht auch keinerlei Ambitionen. In meiner Schule verlangte man von Jungen und Mädchen regelmäßig, Samstagsnachmittags in der Turnhalle zu tanzen. Diese Art des Tanzes hat mich nie interessiert. Meine Tochter ist übrigens eine begabte Tänzerin und hat bereits mit neun Jahren damit angefangen. In den achtziger Jahren habe ich dann auch einige Ballettstunden genommen. (Da war ich bereits jenseits der fünfzig! Es fällt mir noch immer schwer zu begreifen, daß ich schon so alt bin; so wie ich mich fühle, sollte ich eigentlich eher siebzehn sein!). Ich fragte damals Moira: »Würde es dich überraschen zu hören, daß ich mich dabei für eine Frau meines Alters ziemlich gut halte?«

»Überhaupt nicht«, lautete die Antwort. »Von irgendjemand muß ich es ja mitbekommen haben.«

In den Hellers herrschte eine Hitzewelle. Die Luft lastete brütend heiß und unerträglich auf den vereisten Bergketten; große Brocken des schneebedeckten Urgesteins erzitterten unter ihrem Angriff, und Sturzbäche aus Schmelzwasser tosten die Hänge hinab. Sie hinterließen eine Spur der Verwüstung, rissen Erde und Geröll mit sich und entwurzelten die Nadelbäume, die seit Jahrhunderten unbeweglich am Fuße der Hellers gestanden hatten …

Am tief violetten Himmel schwebte das Dreigestirn der Juwelmonde: Kyrrdis, Idriel und Mormallor. Aber was war mit Liriel geschehen? Wo war der Mond mit dem Glanz eines Pfauenauges?

Sie legte sich wie purpurroter Samt über das Land, und noch immer drückte die Hitze alles erbarmungslos nieder – diese Hitze …

Alessandra schreckte aus dem Schlaf hoch und spürte, wie ihr der Schweiß am Hals herablief. Die Temperatur in ihrer Schiffskabine und das leise Surren des Klimasystems deuteten darauf hin, daß sie im Schlaf den Temperaturregler auf »heiß« gestellt haben mußte – das erklärte auch ihren Alptraum.

Als Alessandra die Luftzufuhr auf »kühl« zurückdrehte, nahm der unglaubliche Anblick, der sich ihr durch das Bullauge bot, sie sofort gefangen. Er ließ sie alles andere vergessen, und ihr Herz zog sich zusammen, als wolle es ihr förmlich aus dem Leibe springen. Alte Erinnerungen tauchten wieder auf, und ihre Gefühle wirbelten wilder durcheinander, als sie es jemals – selbst nicht bei ihren wildesten akrobatischen Tanzvorführungen – gekannt hatte.

Unter ihr erstrahlte ein dunkelvioletter Planet, der jetzt den Blick aus dem Fenster fast vollständig einnahm. Während ihr die Erinnerungen noch durch den Kopf schossen, senkte sich das Raumschiff auf dieses urzeitliche Violett hinab, bis die Schwärze des Alls aus dem Bullauge völlig verschwunden war und die Farbe des Planeten alles in ihr Licht tauchte.

Über die Bordanlage hörte Alessandra die Ankündigung, die ihr wie aus großer Entfernung zu kommen schien: *Cottman IV. Eintritt ins Orbit in zehn Sekunden. Fünf Sekunden. Eintritt ins Orbit um Cottman IV vollzogen.*

Die Bezeichnung »Cottman IV« bedeutete ihr so wenig. Sie kannte einen viel besseren Namen dafür, einen schöneren und ausdrucksstärkeren Namen für den eisigen, violetten Ort mit seinen zum Himmel aufragenden Bergen und seinem ungemein stolzen Volk. Ihrem Volk. Und ihrer Heimat.

Der Name lautete Darkover.

Das dunkelhaarige Haupt halb zur Seite gewandt, beobachtete Ruyven Di Asturien das große, silberne Raumschiff beim Andocken. Sein tief gebräuntes Gesicht schien völlig ausdruckslos; nur in seinen kühlen Augen blitzte es stählern und unkontrolliert auf. Dan Lawton glaubte genau zu wissen, was dem stellvertretenden Kommandanten der Stadtgarde durch den Kopf ging; er wußte nur zu gut, daß einzig Comyn-Loyalität und die anerzogene Höflichkeit ihn und seine Anordnung hier hielten, um die »Erbin« Aillard standesgemäß zur Comyn-Burg zu geleiten.

Der Comyn-Rat hatte Alessandra Kyrielle Aillard nur widerwillig dazu aufgefordert, nach Darkover zurückzukehren, um sich auf die Übernahme ihrer Pflichten als designierte Erbin der Aillard-Domäne vorzubereiten. Alessandra war die dritte Tochter der verstorbenen Aliciane Aillard; das Glück hatte es mit den Frauen in ihrer Familie nicht gut gemeint. Die älteste, Daniella, war zwar verheiratet, aber kinderlos und hatte schon vor langem die zweite Schwester, Briona, als Erbin eingesetzt. Doch nun war Briona tot. Und Alessandra spürte, wie die unvorstellbare Last auf sie einstürzte, die die unerwartete Verantwortung und Pflicht mit sich brachten. Diese Pflicht war Teil ihrer Abstammung und konnte nicht mißachtet werden.

Lawton konnte mit ihr fühlen; nicht so der strenge Di Asturien, der seine Jugend hinter einer Maske aus Selbstbeherrschung, Loyalität und Tradition verbarg und damit viel älter wirkte, als es seinen 28 Jahren entsprochen hätte. Ohne diese Anspannung, ohne diese Comyn-Strenge um seine Mundwinkel wäre er sicherlich ein gutaussehender Mann gewesen. Aber wie all die anderen Comyn auch würde Ruyven diese Frau, die im Begriff war, nach siebenjähriger Abwesenheit ihren Fuß wieder auf ihren Heimatplaneten zu setzen, nie völlig akzeptieren können. Mit fünfzehn Jahren, fast noch ein Kind, hatte sie an der Seite ihres »frivolen« Vaters Darkover verlassen – *aber war er wirklich frivol gewesen oder hat er nur versucht, so mit dem frühen Tod seiner Frau fertig zu werden?* fragte sich Dan Lawton – jedenfalls war Alessandra in weit entlegenen Welten des fremden Imperiums gereist und hatte an exotisch schillernden Orten eine glänzende Karriere als Tänzerin für sich aufgebaut. Tatsächlich war Alessandra Aillard eine intergalaktische Berühmtheit – eine Tatsache, die kein Comyn jemals billigen würde: Keine Comyn-Frau, die etwas auf sich hielt, würde eine derartige öffentliche Zurschaustellung dulden oder sich einer solch skandalösen Aufgabe verschreiben.

Vom Standpunkt der Darkovaner aus konnte Lawton verstehen, daß Alessandra in ihren Augen die uralten, einheimischen Tanztraditionen Darkovers entweihte und »pervertierte«, wenn sie Elemente des *männlichen* Stolzes aus den wilden Bergtänzen herausnahm und in ihre eigenen *weiblichen,* modernen Choreographien einbaute. Wenn er sie aber als Terraner betrachtete, dann bewunderte Lawton die feurige, brillante Tänzerin, die in den höchsten intergalaktischen Kreisen der darstellenden Künste gefeiert wurde und als führendes Mitglied der Tänzergilde des Imperiums größte Anerkennung genoß. Er hatte Holo-Videos ihrer Auftritte gesehen, noch ehe er erfahren hatte, daß Regis Hastur die Anwesenheit dieser unglaublichen Frau auf Darkover verlangte. Er hatte sie tanzen gesehen!

Jetzt aber spürte Dan Lawton, wie Alessandra in die Fänge der Politik geriet. Hastur ging immer äußerst raffiniert vor, und Lawton begriff diesen Schritt als Teil des langwierigen Veränderungsprozesses, auf den Regis intuitiv hinarbeitete.

Sicherlich war es ein geschickter Schachzug, das Haus Aillard einer Terra-freundlichen Erbin anzuvertrauen. Andererseits – wer war diese Alessandra wirklich? Wie stark hatte das Imperium sie geprägt, und in wieweit war sie eine echte Darkovanerin geblieben, die in der Lage war, über eine Domäne zu herrschen?

Es war die Zeit der Veränderungen, und nur die Zukunft konnte Gewißheit bringen. Inzwischen blieb Lawton nichts anderes übrig als zu beobachten.

Und genau das tat er, als sich ihnen nun, nur von einem Diener begleitet, eine zierliche Frau in einem körperbetonten terranischen Silberanzug näherte. Ihr Haar, das sie offen trug und das ihr bis zu den Hüften reichte, leuchtete wie eine Fackel, und in Verbindung mit der terranischen Kleidung schien sie ein hell strahlendes Licht zu verbreiten. Einen Augenblick lang mußte Lawton einen alten Aberglauben abschütteln: zu sehr glich sie der Feuerdämonin des Schmiedevolks.

Selbst der junge Di Asturien neben ihm konnte nicht anders, als sie anzustarren. Dann preßte er die Lippen um so fester zusammen.

Die junge Frau mußte wohl ihre Gedanken gelesen haben, denn sie drehte sich um und beeilte sich, einen für Darkover passenden Mantel, den man ihr reichte, umzulegen. Das Silber blitzte nun nur noch ab und zu durch die Falten, wenn sie sich bewegte.

Noch bevor einer der Männer das Wort ergreifen konnte, stand sie forsch und doch elegant vor ihnen, und ihre grünen Augen musterten sie entschlossen. Auch ihre

Stimme verriet die echte Comynara, die es gewohnt war, Befehle zu erteilen und sich durchzusetzen.

»Dan Lawton, wie ich annehme?« sagte sie. »Ich bin Alessandra Aillard.«

»Es ist mir eine Ehre, Ms. Aillard. Oder sollte ich besser *Damisela* sagen, Comynara?« Lawtons Manieren ließ nichts zu wünschen übrig.

Der andere nickte nur kurz, betrachtete sie aber eingehend und verbarg dabei kaum seine Verachtung. »Ruyven Di Asturien, *z'par servu*. Wir sollen sie zur Comyn-Burg eskortieren, *Damisela*.«

»Lasse Sie doch bitte die Förmlichkeiten. ›Alessa‹ reicht voll und ganz. Ich habe mir daraus noch nie viel gemacht. Aber ich nehme an, daß sich das jetzt ändern wird. Jetzt, da ich hier bin …«

Die letzten Worte hatte sie halblaut mehr zu sich selbst gesprochen. Dann aber brach sie in ein überschwengliches, fast schon kindliches Lachen aus und übersah die finstere Miene des jungen Mannes. »Ja, jetzt da ich hier bin … Aber natürlich, gehen Sie voran, Mr. Lawton, Sir! Und Sie auch, *Dom!* Eskortieren Sie mich nur! Plötzlich ist es mir völlig egal, *warum* ich hier bin; nur *daß* ich hier bin zählt. Zu Hause!«

Im Verlauf des Tages hatte Regis Hastur eine weitere zähe Ratssitzung über sich ergehen lassen müssen, deren Monotonie aber immerhin etwas aufgelockert wurde. Man debattierte noch immer, und die ewig Gestrigen klammerten sich an diese letzte Gelegenheit, das Unvermeidliche abzuwenden: eine Frau, die von der Abstammung einmal abgesehen durch und durch Terranerin war, und die als designierte Erbin der Aillard-Domäne vereidigt werden sollte!

In der Halle herrschte Unruhe. Regis neigte seinen Kopf mit den schönen, traurigen Augen und dem schlohweißen Haar leicht ermüdet zur Seite. Zum wohl hundertsten Mal hörte er zu, wie irgend ein niedriger Comyn-Adliger seine Meinung kundtat und von Tradition faselte.

»Das brauchen wir uns nicht gefallen lassen!« ereiferte sich der Alte. »Was ist aus den Comyn geworden? Wer sind wir denn? Welchen Sinn hat es noch, daß wir uns Comyn nennen, wenn wir nicht einmal mehr genug Stolz besitzen ...«

Regis Hasturs Gedanken schweiften ab, als er die versammelten Comyn betrachtete. Er bemerkte auch die vielen leeren Bänke im Saal, der noch vor wenigen Jahren kaum genügend Sitzplätze für all die tatkräftigen Männer geboten hätte. *Veränderung – wie eigenartig und wie schmerzlich ist die Veränderung. Und doch habe ich mich ihr ganz und gar verschrieben!*

Der Redner fuhr voller Empörung fort und verlor dabei immer wieder den Kontakt mit der Realität.

»... und dann diese unglaubliche Schamlosigkeit, mit der sie unsere heiligsten Traditionen entweiht! Seht ihr denn nicht, wie sehr sie alles verhöhnt? Viele von uns haben diese gefangenen Bilder – wie heißt nochmal das verdammte terranische Wort dafür? – richtig, diese *Videos* ihrer Aufführungen gesehen. Wie sie sich dreht und windet! Nicht wie eine normale Frau, sondern wie ein Teufel aus Zandrus Siebter Hölle höchstpersönlich! Und das schlimmste dabei ist, daß man plötzlich merkt: Das habe ich doch schon einmal gesehen! Natürlich, das ist eine der kunstvollen Schrittfolgen aus dem Alton-Bergtanz! Oder aber ...«

Regis blinzelte. Er erinnerte sich an die Videobilder eines atemberaubend geschmeidigen Körpers, makellos und lebhaft wie Quecksilber, als er an die Frau dachte, die er nach Darkover beordert hatte. Ihr Tanzstil war hypermodern und spektakulär, voller komplizierter, akrobatischer Bewegungen, bei denen sie einer lebenden Fackel glich. In der Erinnerung konnte er noch den tosenden Applaus in dem fremden, gigantischen Theaterrund hören.

Und doch lag in jedem ihrer Schritte, in jeder Drehung ihres Kopfes, in jeder fließenden Bewegung, die Hand, Arme und Torso vollführten, ein Teil von Darkover. Es hatte ihn tief in seiner schwermütigen Bergseele berührt; ebenso tief in ihrem Wesen verborgen schien sich der violette Himmel wiederzuspiegeln, und ihr Haar, diese lodernde Fackel, verbreitete das gleiche blutrote Licht wie die Sonne Darkovers ...

Es war wirklich an der Zeit, diese Frau endlich persönlich zu treffen, die für Regis inzwischen das symbolisierte, was Darkover sein könnte – die perfekte Verbindung des Alten mit dem Neuen, sobald die Veränderung, die er vor Augen hatte, vollendet war.

Die bekannt dreiste Stimme des Ridenows ließ Regis wieder aufhorchen, und er mußte unwillkürlich lächeln. Lerrys war an das Rednerpult getreten.

»Ihr Herren, genug davon«, bat Lerrys schnodderig. »Wir alle haben dies doch als unvermeidlich auf uns zukommen sehen. Und deshalb heiße ich die Domna Alessandra willkommen! Mehr noch, ich bewundere sie, denn sie zeigt dem Rest des Imperiums das Beste – jawohl, das Beste, – was Darkover zu bieten hat. Und das dürfte ja wohl mehr sein, als die ganzen alten Chervines hier je erreichen werden!«

Lerrys warf einen Blick zur Aillard-Loge, in der Daniella stoisch und müde neben ihrem Bruder Endreas saß. Für ihn, den schönen Rotschopf Endreas, hatte sich Lerrys eigentlich so ins Zeug gelegt. Endreas war Alessandras Zwillingsbruder. Seine Schwester, um die sich alles drehte, war bislang nirgends zu sehen.

Lerrys überließ das Rednerpult bald weiteren traditionsbewußten Comyn, die sich alle mehr oder weniger wiederholten. Eine bemerkenswerte Ausnahme, so schien es Regis, bildete Ruyven, der zweite Sohn aus dem Haus Di Asturien, der bereits von vielen trotz seiner Jugend hoch angesehen wurde. Im Gegensatz zu den pathetischen Alten stand er ruhig und gefaßt wie ein Fels in der Brandung. Er sprach mit leiser Ironie, die Regis aus irgendeinem Grund zu Herzen ging. »Was, werte Lords, sagen wir einer, die sich uns entfremdet hat? Einer, die sich davongestohlen hat und nun zurückkehrt, aber keine von uns mehr ist? Die Antwort erscheint mir einfach. Wäre es mein Kind, das zurückkehrt, würde ich fragen: ›Wer bist du? Wenn du mir noch immer sagen kannst, wer du bist, und das in einer Sprache, die ich verstehen kann, die aus meinem Blut zu mir spricht, dann werde ich dich wieder aufnehmen. Sonst aber scher dich fort, Wechselbalg, du bist nicht mein Fleisch und Blut!‹ Das gleiche muß man auch dieser Frau Alessandra sagen, die sich danach sehnt, den Namen Aillard zu tragen: ›Wer bist du, einstige Tochter der Comyn? Sprich jetzt zu uns, so daß wir es verstehen können. Ansonsten hast du keinerlei Anspruch. Mach dich dem Comyn-Blut, das in unseren Adern fließt, verständlich.‹ Nicht mehr, nicht weniger sei ihr gestattet.«

»Es reicht, Lord Regis! Ich verlange ein Ende dieser Debatte.« Plötzlich war es still. Alle Augen waren auf Daniella gerichtet, die bislang geschwiegen hatte, jetzt aber mit sanfter Stimme unterbrach und sich dann erhob, um ans Rednerpult zu treten. Sich respektvoll verneigend machte Ruyven ihr Platz und schluckte seinen Zorn hinunter.

Daniella, die Herrin von Aillard, eine erschöpfte und dennoch stolze Comynara, trat vor ihresgleichen. »Lord Regis. Meine Lords. Ich habe euch allen zugehört, und es erschien mir wie eine Ewigkeit. Aber bei all euren wohlgesetzten Worten scheint ihr doch eine Sache ganz zu vergessen. *Ich* bin die Herrin von Aillard. Meine Schwester *ist* eine Aillard. Und in dieser Angelegenheit habe einzig und allein ich das letzte Wort. Bei allem gebührenden Respekt, Lord Regis, selbst Hastur kann mich jetzt nicht mehr davon abbringen. Meine Blutsschwester Alessandra erfüllt mich mit Stolz, und ich werde immer zu ihr stehen. Und was Euch betrifft, meine Lords, so tätet ihr gut daran zu erkenne, daß Alessandra mehr als alle anderen *Ehre* für uns erlangt hat.«

Und dann, nach einer kurzen Pause, verkündete sie: »Ich benenne jetzt meine designierte Erbin.«

In der Kammer erhob sich erhebliche Unruhe, aber Gabriel Lanart-Alton brachte sie alle wieder zum Schweigen. Dann trat, wie auf ein Stichwort, Alessandra ein.

Die makellose weibliche Gestalt zog alle Blicke auf sich. Ihre Kleidung war für eine Adlige von hoher Geburt standesgemäß. Und doch erkannte Regis jetzt, da er sie zum ersten Mal vor sich sah, wie zierlich und zerbrechlich sie war. Höflich und alle Anstandsformen wahrend bahnte sie sich einen Weg, um ihren Platz an der Seite ihrer Schwester einzunehmen. Mit klarer und unerwartet kräftiger Stimme wiederholte Alessandra die Eidesformel; und ohne auch nur einmal zusammenzuzucken, trotzte sie allen Blicken. Sie stand hochmütig da, und bei der ihr angeborenen Anmut schien es einen Augenblick lang so, als ob sie bereits die Verantwortung übernommen habe und Herrin von Aillard sei, auch wenn ihre ältere Schwester neben ihr stand.

Was ihr jetzt durch den Kopf geht … fragte sich Regis. Nachdem die Eidesformel gesprochen war und Gabriel die Zeremonie beendet hatte, erkannte Regis Hastur die neue Erbin von Aillard formell an. Danach tauschte er einige Höflichkeiten mit ihr aus, aber in Gedanken eilte er bereits voraus und überlegte, was er ihr wirklich sagen wollte, was er ihr in absehbarer Zukunft in informellen Gesprächen mitzuteilen hatte. Sie war für ihn jetzt das Symbol, das ein neues Darkover verkörperte.

Trotz all der Veränderungen blieb doch eines auf Darkover, wie es immer gewesen war: die Festnacht. Aus der Ferne betrachtet strahlten die Lichter in den vielen Fenstern der Comyn-Burg wie Hunderte von Glühwürmchen.

Der Ausdruck in Ruyven Di Asturiens stählernen Augen veränderte sich nur kurz, als Endreas Aillard müde und abgespannt in einem Flur der Burg an ihm vorbeiging. Beim Anblick des Zwillingsbruders jener Frau, die die Sterne bereist hatte und die er inzwischen haßte, fuhr er noch immer zusammen. Wie sehr sie sich ähnelten! Er würde in Endreas jedesmal nur sie wiedererkennen. Wie gewohnt wahrte Ruyven zwar beiden gegenüber die Höflichkeit, aber innerlich schäumte er vor Zorn. Und wie gewohnt stellte sich der Gedanke ein: *Schließlich hat sie doch noch alle für sich gewonnen. Jetzt sind sie alle ein Teil dieser verdammten Veränderung, die Hastur herbeiwünscht. Sie stürzen sich blindlings in eine Zukunft ohne Vergangenheit, ohne wahres Darkover.*

»Frohe Festnacht, *Dom,*« wünschte Endreas im Vorübergehen. Seine Augen wirkten heute stumpf und leer *(ganz anders als die seiner Schwester, die stets strahlten –* schon wieder drängte sich ihm dieser Gedanke auf).

»Das selbe für Euch«, erwiderte Ruyven mit jenem stets gleichgültigen Gesichtsausdruck, den er auch der Schwester gegenüber gezeigt hatte. »Ich freue mich schon darauf, Euch heute abend tanzen zu sehen. Der Schwerttanz ist wirklich eine große Ehre.«

Mit diesen Worten trennten sie sich. *Welch eine Ironie,* dachte Ruyven. *Beide sollen heute abend tanzen. Bruder und Schwester. Und doch kann ich nur an sie denken. Und daran, wie sie wieder alle verhexen wird. Diese Narren!*

Regis Hastur hatte persönlich darum gebeten, daß Alessandra Aillard die diesjährige Festnacht mit ihrem Tanz eröffnet. Es sollte ihr erster öffentlicher Auftritt auf Darkover werden, und jeder wußte, daß dies für sie eine einzigartige Gelegenheit bedeutete: sie konnte nicht nur sich selbst vollständig rehabilitieren, sondern sich auch bei denen wirklich beliebt machen, auf die es am meisten ankam – bei den Comyn. Diese Festnacht sollte Alessandras Nacht werden. Das alles ahnte Ruyven; aber er wußte nicht, daß mit Sondergenehmigung und gegen alle Tradition diesmal sogar Korrespondenten aus Terra der Festnacht beiwohnen und Alessandras Vorführung aufzeichnen sollten. Hastur wollte in der Tat klare Verhältnisse schaffen.

Im großen Ballsaal drängten sich die Menschen dicht an dicht. Überall tauchten bekannte Gesichter auf. Regis stand mit einem Glas Wein in der Hand abseits und beobachtete sie auf seine typisch melancholische Art.

Auch der alte Nicholas, der Vater von Daniella und Alessandra, war mit dem Raumtransporter nach Darkover zurückgekehrt. Einige hielten ihn für einen alten Narren, aber Regis sah in ihm eher ein großes, gutmütiges Kind, das sich nun in Ehren ergraut, mit einem Comyn-Bekannten aus längst vergangenen Tagen unterhielt.

Lerrys rauhes Lachen war meilenweit zu hören. Nur wenige Schritte von den Ridenows entfernt befanden sich einige Frauen aus dem Clan Di Asturien. Domna Mariel pflanzte ihre schwergewichtige Gestalt in einen Sessel und nippte an einem Fruchtpunsch. Ihre Kinder und Enkel scharten sich um sie: da war die hübsche Lorinda, die mit ihren dreizehn Jahren gerade erst erblühte; die ältere Graciela war so stämmig gebaut wie ihre Mutter und hatte ihren eigenen Nachwuchs mitgebracht – immerhin auch schon drei. Dom Evan-Domenic stand in einiger Entfernung bei seinem zweiten Sohn Ruyven. Der älteste, Geremy, war nicht anwesend, und der jüngste, der fünfzehnjährige Keenan, leistete gerade seinen Kadettendienst.

Wie die Zeit vergeht, dachte Regis. Vor seinen Augen vermischte sich die Realität mit Bildern, die aus seiner Erinnerung aufstiegen; in letzter Zeit neigte er mehr und mehr dazu. Anstelle von Evan-Domenic sah er den alten Domenic Di Asturien, so wie er ihn aus ihrer Kadettenzeit im Gedächtnis behalten hatte – der Inbegriff von Tradition.

Sein Herz schlug schneller, als er glaubte, seinen guten Danilo in der Menge zu erblicken, den jungen, unschuldigen Danilo, der er einst gewesen war, und nicht den treuen, aber müden Friedsmann, den Regis jetzt kannte. Aber das konnte nicht sein, Danilo war nicht hier.

Und blickten ihn da nicht jene unvergeßlichen, stechenden Adleraugen an? Der dunkle Teint, die edlen Gesichtszüge, umrahmt von dichten schwarzen Locken, die herausfordernd geschwungenen Lippen? Nein! Warum mußte er ausgerechnet jetzt an Dyan Ardais denken? Es war doch nur der junge, stets finster dreinblickende Ruyven Di Asturien. Und nicht Dyan, lange schon tot …

Andere Schattengestalten aus der Vergangenheit stellten sich ein. Regis fühlte sich leicht benommen und stellte sein Glas ab.

In der großen Halle ließ man die Lichter verlöschen, als der erste Tanz begann. Überall flüsterte man erwartungsvoll; eine ungeheure Spannung lag in der Luft, so als ob etwas halb Verbotenes geschehen sollte. Endlich würden sie alle die Frau tanzen sehen!

Ein Scheinwerfer beleuchtete eine weiße Gestalt. Alles hielt den Atem an – sie würde den Jungferntanz aufführen, den kompliziertesten aller alten Frauentänze, der in Tradition und Überlieferung so weit zurückreichte, daß sich seit Jahren niemand mehr daran versucht hatte.

Das Orchester spielte im Verborgenen die ersten Takte.

Alessandra lag in einem zartweißen Gewand ausgestreckt auf dem Boden. Das Haar floß ihr lose um die Schultern. Sie atmete kaum. Als die Musik langsam und zart wie eine sich öffnende Knospe anschwoll, erhob sie sich. Der weiße Stoff warf viele schimmernde Falten, bedeckte ihren Leib, verbarg aber kaum ihre Beine unter den filigranen Streifen. In ihren Bewegungen verbanden sich Kraft und unglaubliche Zartheit, als sie die alte Schrittfolge aufnahm und das Tempo forcierte. Immer schneller zuckten ihre Glieder, ohne daß sie dabei auch nur einmal jene Anmut verlor oder die geringste Geste ausließ.

Den Rhythmus steigerte sich, und klagende Dudelsacktöne mischten sich darunter, als die Jungfrau sich vor ihnen hin und her wiegte, wie eine Feder in der Mitte der Halle dahinschwebte und mit ihrem gesamten Körper – ohne einen einzigen Ton – Aldones anrief, der für sie der einzig wahre Herr des Lichts war und von dem sie doch ewig unerhört blieb.

Wie seltsam, dachte Regis, daß solch tief empfundenen Qualen allein durch Gesten und Bewegungen und ohne das geringste Mienenspiel dargestellt werden können.

In der Schlußszene des Tanzes offenbarte Alessandra, die weiße Blüte, ihren feuerglühenden Kern: Ihre Gestalt schien sich aufzulösen, als sie im wilden Crescendo herumwirbelte, und nur ihr flammendes Haar zeigte den ungläubigen Zuschauern, wo sie sich inmitten der flirrendrasenden Bewegung tatsächlich befand.

Als sie geendet hatte, kniete Alessandra sich nieder und neigte den Kopf nach vorne; ihr Gesicht verschwand hinter dem Schleier ihrer roten Haare. Den losdonnernden Applaus hörte sie nicht. Sie war noch immer die Jungfrau, ganz und gar mit ihrer Rolle verschmolzen. Nur die größten Künstler vermochten dies …

Ruyven stand schweigend da. Er hatte sich dem Beifall der anderen nicht angeschlossen. Sein Herz war zu Eis erstarrt, und doch zitterte er erregt, denn er wußte, daß auch er im nächsten Augenblick nachgeben würde. Das aber hieße, dem tödlichen Zauber zu erliegen und das Ende von Darkover, das sie verkörperte, hinzunehmen. Und das durfte *nie* geschehen. …

»Bravo!« rief Lerrys Ridenow. »Das war das Beste, was ich je an darkovanischem Tanz gesehen habe!« Und diesmal stimmten ihm zahlreiche andere vorbehaltlos zu.

Alessandra hatte sich inzwischen erhoben und war zu Hastur ans Büfett hinübergegangen. Sie war vom Tanz noch immer außer Atem und erregt.

»Sie haben meine Erwartungen alle übertroffen, *Damisela,*« lächelte Regis. »Um Ihnen die Wahrheit zu sagen, ich habe Videos Ihrer Aufführungen gesehen, aber *das hier* –« Er suchte hilflos nach passenden Worten, gab aber schnell lachend auf. »Ich hätte nie gedacht, daß der menschliche Körper dazu fähig wäre!«

Alessa stimmte in sein Lachen ein. »Sie übertreiben, mein Lord! Schließlich bin ich nicht die erste, die diesen Tanz aufführt, wie Sie sich sicherlich erinnern können.«

»Ja und nein. In gewissem Sinne sind Sie die erste. *So* hat noch keine vor Ihnen getanzt. Dieser Tanz gehört ganz allein Ihnen.« Hinter ihnen erklang die schneidende Stimme von Ruyven Di Asturiens, und als sie sich umdrehten, trat der junge Mann näher.

»Verzeihung, Lord Hastur, wenn ich stören muß.« Seine eindringlichen grauen Augen richteten sich auf Regis, der freundlich zurücklächelte. Ihm gefiel die Aufrichtigkeit dieses Mannes, auch wenn er »zum anderen Lager« gehörte.

»Von Ihnen fasse ich es als Kompliment auf«, erklärte Alessa und erwiderte unerschrocken Ruyvens Blick. Er nahm an ihr erneut diese Andersartigkeit wahr, diesen terranischen Schliff, der ihre ansonsten untadeligen darkovanischen Umgangsformen überlagerte. Unwillkürlich verfinsterte sich seine Miene wieder, was Alessas Aufmerksamkeit nicht entging. Für ihn war es eine reine Unverschämtheit, wie sie ihn fortwährend musterte – sie, einerseits höflich, fast zerbrechlich, andererseits so energiegeladen. Von Anfang an hatte diese Spannung zwischen ihnen geherrscht. Wenn sie sich begegneten, war es wie ein Tanz auf Messers Schneide. Beide spürten es, beide wußten es. Schließlich besaßen beide genügend *Laran.*

Trotz seiner höflichen Komplimente würde er mich am liebsten mit ihnen steinigen. Aber warum? Warum haßt er mich so? Weil ich so bin wie ich bin? Welch ein Narr!

Selbst Regis konnte mit seinem schwächer entwickelten telepathischen Gespür den spannungsgeladenen Konflikt wahrnehmen. Zum Glück aber schlossen sich ihnen in diesem Augenblick Lerrys und ein weiterer junger Comyn an. Der Junge kam frisch von den Kadetten; er starrte Alessa an, als sei sie die heilige Cassilda höchstpersönlich, und stammelte einige unbeholfene Komplimente. Lerrys plauderte munter drauf los, was Regis erleichtert aufatmen ließ. Wenn Di Asturien nur endlich damit aufhören wollte, sie so finster anzublicken ...

Aus der Menge tauchte Alessas Zwillingsbruder auf und steuerte auf sie zu. Ruyven verglich zum wiederholten Male Bruder und Schwester: nahezu gleich groß, die gleichen flammend roten Haare, der gleiche feingliedrige Körperbau.

»... Wie haben Sie bloß all unsere Tänze einstudieren können?« wollte Lerrys wissen. »Das begreife ich wirklich nicht. Wie alt waren Sie, als Sie Darkover verließen? Und wer hat Ihnen das alles beigebracht?«

Alessa war solch typischen Fragen gewohnt. »Glauben Sie mir, Lerrys, die Terraner sind mit den Sitten und Gebräuchen auf Darkover besser vertraut als Sie meinen. An der Akademie der Darstellenden Künste gab es zum Beispiel ausreichend Archivmaterial, das ich studieren konnte. Außerdem war einer meiner Lehrer selbst Darkovaner, der mit den hiesigen Tänzen bestens vertraut war. Und dann ...«

»Alessa, ich muß dich sprechen. Verzeiht, Lord Hastur.« Endreas war kreidebleich. Er hatte zunächst noch schweigend vor sich hingestarrt, bevor er sie ansprach.

Als Alessa sich zu ihm umdrehte, erkannte sie an seinem Gesichtsausdruck, wie dringend es war.

»Entschuldigt mich, Lord Regis.« Und ohne eine Antwort abzuwarten, entfernte sie sich.

Die Geschwister unterhielten sich möglichst leise. Irgendwas schien Alessa zu erschrecken. Dann kehrte sie zur Gruppe um Regis zurück.

»Alles in Ordnung, *Damisela?*« erkundigte er sich besorgt, als er ihren veränderten Gesichtsausdruck wahrnahm. Auch Ruyven blickte sie eindringlich an.

»Gewiß, mein Lord, alles in bester Ordnung«, versicherte sich übereifrig und bemühte sich, wieder gelassen zu wirken. »Ich muß nur meinem Bruder beim Umkleiden helfen, wenn Sie gestatten. Er wird jetzt den Schwerttanz aufführen.«

Mit diesen Worten verschwand sie zusammen mit Endreas in der Menge. Und noch ehe Regis widersprechen konnte, hatte sich Dan Lawton, der Terranische Legat, zu ihnen gesellt, und man wechselte das Thema.

Alessandra folgte ihrem Bruder in die Aillard-Gemächer und schloß hinter sich die Tür. »Schalte den telepathischen Dämpfer ein«, wie sie ihn an.

»Warum denn das, Alessa? Du leidest wohl schon an Verfolgungswahn ...« wandte Endreas ein.

»Mach schon!« Ihre Stimme überschlug sich fast. »Wenn uns irgend jemand hört, dann ist alles aus, hörst du. War dir denn überhaupt nicht klar, daß jeder es hätte aufschnappen können, als du mit mir im Ballsaal sprachst. ...«

»Jetzt übertreibe nicht, Alessa! Und was wäre schon dabei, daß Endreas Aillard heute für den Schwerttanz zu krank ist und daß seine Schwester an seiner Stelle tanzen wird? Natürlich wäre es ein Sakrileg, aber doch kein Todesurteil. So ein bißchen öffentliche Schande könntest du doch verkraften, Alessa, oder etwa nicht?« Bleich und schwach wie er war, blieb ihm doch noch immer der alte Sarkasmus.

Alessa brauste auf. »Ich habe noch überhaupt nicht zugestimmt! Wie kannst du nur annehmen ...«

»Noch nicht, aber du wirst es tun.«

»Begreifst du denn nicht, welche ungeheuerliche Sache du da von mir verlangst? Sie sagen ja immer, ich sei so – *terranisch,* aber selbst ich kann erkennen, wie völlig unmöglich deine Idee ist. Eine Frau, die den Part eines Mannes tanzt – und das im traditionellen Darkover! Den altehrwürdigen *Kihar* der Männer darzustellen, und damit diese altmodischen, ach so stolzen und leicht gekränkten Leute vor den Kopf zu stoßen! Wie würden sie wohl darauf reagieren, wenn ich das entweihte, was ihnen am meisten bedeutet: ihren albernen Stolz, den ich doch zugleich so an ihnen schätze? Beim bloßen Gedanken daran verspüre ich Mitleid für sie. Ihretwegen kann ich das nicht tun!«

»Gerade ihretwegen mußt du es tun! Ach Alessa, mach dir doch nichts vor! Was heißt hier *männlicher* Stolz?« spottete Endreas. »Ich weiß genau, was du davon hältst. Es ist dein eigener *Kihar,* dein eigener Stolz. Laß dir doch von niemandem etwas anderes einreden. Und gerade deine terranischen Erfahrungen sollten dir genügend Selbstvertrauen geben. Alle glauben, dies sei ein *männlicher* Tanz, ein darkovanischer Tanz! Und du bist geradeso wie jeder Mann dafür geeignet! Muß ich noch mehr sagen?«

Alessa blickte ihn schweigend an, schwieg auch jetzt, als er fortfuhr: »Du weißt, Alessa, daß ich dich nicht darum bitten würde, wenn ich eine andere Wahl hätte. Aber ich fühle mich so unglaublich schwach, schon seit heute morgen. Ich könnte noch nicht einmal vor sie alle hintreten, selbst wenn ich es versuchte. Und du kennst den Tanz doch ganz genau ... Komm schon, Schwester, nimm das Kostüm, zieh es an. Wir haben noch immer die gleiche Größe. Und deine Haare ... die binden wir einfach zurück. Keiner wird den Unterschied bemerken. Aber der Tanz muß getanzt werden – es geht nicht anders. Mehr kann ich nicht sagen.«

»Du hast recht«, stimmte Alessandra schließlich zu, aber sie zitterte doch, als sie das Kostüm entgegennahm. »Zumindest dieser eine Tanz. Ich habe ihn schon immer tanzen wollen. Nur dieses eine Mal. Für Darkover. ...«

Im Ballsaal der Comyn-Burg wurden die Lichter erneut gelöscht; dieses mal wurde der Raum völlig verdunkelt. Dann brachte man zwei Fackeln herein, die flackerten, als die Wächter in der Saalmitte die Zeremonienschwerter über Kreuz auf den Boden legten. Dann entfernten sie sich. Nun sollte Endreas, einer der besten Tänzer Thendaras, auftreten. Wie die Schwester, so der Bruder.

In der Ferne setzte ein einzelner Bordun klagend ein, schwoll allmählich an und wurde dann von rhythmischem Trommelwirbel abgelöst. Diesem Tanz wohnte jene eigentümliche Kraft inne, die seit Menschengedenken die Herzen schneller schlagen ließ.

Der Tänzer nahm den Rhythmus stampfend auf. Sein Gewand, schwarz und purpurrot mit dem eng gebundenen Kopftuch, unterstrich den wilden, barbarischen Eindruck aus längst vergangenen Tagen. Dieser Rhythmus und diese Verkörperung des alten Stolzes der Berge bewegte das Publikum stets aufs Neue. Es herrschte atemlose Stille.

In den heftigen Bewegungen lag etwas Ungezügeltes, Animalisches, und doch zeugte es zugleich von höchster Präzision. Verglichen mit dem vorangegangenen Tanz seiner Schwester besaß dieser hier, so glaubte Regis, eine andere Qualität. Die Anmut und Beherrschung wurden von größerer Kraft und Kühnheit übertroffen, und hinzu kam eine nur schwer zu beschreibende sinnliche Heftigkeit, die durch und durch maskulin war. Sie nahm einen gefangen, zog einen in ihren Bann ...

Der Pulsschlag erhöhte sich zu einem Crescendo, als der Tänzer wie ein wildes Katzenwesen die Schwerter ergriff und damit herumwirbelte. Der Stahl reflektierte bei jeder Drehung das Fackellicht und täuschte so optisch ein Blitzlichtgewitter vor. Die kunstvoll geführten Schwertbewegungen ahmten einen Kampf auf Leben und Tod nach – ein getanzter Kampf mit sich selbst.

Er gleicht Dyan, wie er vor all den Jahren den Schwerttanz vollführte, ein einziges mal nur, und die Frauen reihenweise ohnmächtig werden ließ.

Für Regis verschmolzen erneut Realität und Erinnerung: er glaubte tatsächlich, den finsteren Lord Ardais zu sehen, wie er einst vor ihnen aufgetreten war, im wilden Tanze, voller mühsam gezügelter Gewalt – stolz und schön und grausam und so voller Leben! Sollte diese Nacht denn nur mit Erinnerungen an die Vergangenheit beladen sein? Oder wurden diese Erinnerungen durch eine sich all zu schnell verändernde Gegenwart hervorgerufen?

Die Trommeln und Schellen verstummten in einem gigantischen Schlußakkord, der einen barbarischen Schrekken verbreitete. Die purpurrote und schwarze Gestalt, eben noch eine tanzende Fackel, erstarrte zu einer Statue aus Stein, die Schwerter hoch über dem Kopf haltend.

Das Kopftuch!

Das schwarze Kopftuch hatte sich gelöst! Das lange, flammend rote Sharra-Haar ergoß sich auf seine – nein, auf ihre Schultern! Und mit ihm ergoß sich ewige Schande.

Alessandra Aillard blieb gerade noch genug Zeit, um zu spüren, wie das Kopftuch verrutschte, und zu *begreifen,* was das für sie bedeutete. Dann brach sie zusammen. In der großen Comyn-Halle herrschte Totenstille.

Als sie wieder zu sich kam, kniete Ruyven an ihrer Seite und kümmerte sich um sie, ohne daß Regis ihn erst darum bitten mußte. Um sie herum war inzwischen der Sturm der Entrüstung losgebrochen.

Alessa war kreidebleich, und ihre langen roten Haare, die sie verraten hatten, verstärkten diese Eindruck noch. In der Menge glaubte sie, das ebenfalls bleiche Gesicht ihrer Schwester auszumachen. Aber selbst Daniella konnte ihr jetzt nicht mehr helfen.

»Ich muß hier fort«, brachte Alessa nur mühsam hervor. Sie richtete ihre klaren grünen Augen auf Ruyven, der nur wortlos nickte, ihr aufhalf und sie mit seinen starken Armen stützte. Die Menge machte ihnen voller Abscheu Platz, als sie aus der Halle eilten; es waren Rufe zu vernehmen wie: »Schamlose Schlampe! Sie ist keine Aillard, niemals! Wer hat diese Schandtat zugelassen? Ich habe die ganze Zeit geglaubt, es wäre Endreas Aillard ...« Aber darunter mischten sich auch andere Stimmen: »Was für ein phantastischer Tanz das doch war! Kein Mann hat je so gut getanzt wie diese Frau, die sich als Mann ausgab! Sie hat ihren Bruder Endreas bei weitem übertroffen, und er ist einer unserer besten!«

Sie befanden sich bereits im Flur, als Ruyven sie allein weitergehen ließ. Als ob er überhaupt nicht anwesend sei, schritt Alessandra stoisch und kerzengerade weiter und nahm nichts um sie herum wahr.

Ruyven war ganz gegen seinen Willen milder gestimmt. Sein Herz öffnete sich, weil sie selbst jetzt, da in ihrem Inneren eine Welt zusammengebrochen war, so stolz und gefaßt erschien.

»*Damisela ...*« Seine sonst so unbeteiligte Stimme war nahe daran sich zu überschlagen. »Ich werde Sie zum Quartier der Aillards zurückbringen.«

»Ich bin noch nie zuvor ohnmächtig geworden. Ich habe nie gewußt, was es bedeutet, auch nur einen Moment lang nicht mehr weiterleben zu wollen ...« Ihre Worte klangen wohlüberlegt, doch ausdruckslos. Sie hörte nicht, was Ruyven zu ihr sagte.

»Kommt, *Damisela,* Sie müssen dieses unglückselige Kostüm ablegen. Zieht Euch um und dann ruht Euch aus. Sie werden es nötig haben, denn Euch stehen schwierige Zeiten bevor.«

»Ausruhen ...« Alessas zitternde Lippen wiederholten das Wort. Sonst zeigte ihr Gesicht keinerlei Regung. Und doch liefen ihr mit einem Mal große Tränen über die Wangen.

Ich wollte von ganzem Herzen auf diesen Planeten zurückkehren, der meine Heimat ist. Selbst wenn ich vor einem Millionenpublikum getanzt habe, wollte ich immer nur das eine: zurückkehren und den einen Tanz tanzen, der allein das Blut in meinen Adern zur Wallung bringt ...

Sie schaute auf, um in die Augen des Mannes zu blikken, der anscheinend ihre Gedanken gelesen hatte. Alles Stählerne war aus seinem Blick gewichen.

»Es war wirklich unglaublich von Ihnen, *Damisela.* Ich hätte das an Ihrer Stelle nicht getan. Niemals!«

Sie fuhr ihn an. »Sie, *Dom?* Sie sind aber nicht an meiner Stelle! Und Sie wissen nicht, was es heißt zu tanzen ...«

»Darum geht es nicht. Aber was gibt Ihnen eigentlich das Recht, nach Darkover zurückzukehren und zu glauben, hier alles nach Lust und Laune verändern zu können. Glauben Sie wirklich, daß Ihre Erfahrung aus beiden Welten ausreicht, um ›das Neue mit dem Alten zu verbinden‹, wie es so schön heißt? Glauben Sie wirklich, daß Sie so Darkover bewahren können, und sei es nur dem äußeren Schein nach? Wie unser Lord Hastur, für den allein der äußere Schein zählt?«

»Das ist ganz und gar nicht Hasturs Einstellung. Er allein kann die Wirklichkeit richtig einschätzen, er allein *weiß,* daß das einzig Beständige der Wechsel ist, und daß auch die Comyn ihm unterworfen, oder aber zum Untergang verdammt sind, – mitsamt ihrer geheiligten Tradition!«

»Ach? Ich sehe ja, wie heilig sie *Ihnen* ist!«

»Mehr als Sie annehmen! Sie gehören einer aussterbenden Rasse an!« stieß Alessa von Zorn erfüllt hervor. Dann erstickte, für beide unerwartet, lautes Schluchzen ihre Stimme. Der purpurrote Schleier ihrer Haare, der die Schande über sie gebracht hatte, bedeckte ihr Gesicht und verbarg jetzt die Schmach ihrer Tränen.

Ruyvan wußte nicht, wie er reagieren sollte, und verharrte schweigend vor ihr. Aus irgendeinem Grund war auch ihm nach Weinen zumute. Alessa gab sich vollkommen ihrem eigenen Schmerz hin und schämte sich nicht länger dem Schluchzen, das nun langsam verebbte.

Beide wußten es nicht, hatten es nicht in der Seele des anderen gelesen, aber beide beklagten in diesem Augenblick das unauflösliche Dilemma Darkovers.

»Verzeiht mir, Alessandra«, begann Ruyven erneut. »Ich brauche Sie wohl kaum daran zu erinnern, was gerade vorgefallen ist. Aber eines muß ich doch noch wissen, selbst wenn ich Sie damit wieder aus der Fassung bringen sollte. *Warum?* Sagen Sie mir bitte aufrichtig, warum Sie das getan haben. Und zwar nicht unbeabsichtigt, sondern willentlich. Wollten Sie unbedingt zeigen, daß Sie selbst auf diesem Gebiet der ehrwürdigen Tradition das Alte verbessern können? Denn ich gebe zu: Sie *haben* es verbessert. Aber war es all die unnötigen Schmerzen, die Sie uns damit zugefügt haben, wert? Nur um das zu beweisen …?«

»Was kümmert Sie das?«

»Ich möchte Sie nur – verstehen …«

Ihre geröteten Augen blickten zu ihm auf. »Gut, dann werde ich es Ihnen sagen, *Dom* …« Sie hielt kurz inne. »Ich wollte den Schwerttanz heute nicht tanzen. Zugegeben, als Künstlerin, die ihre Kunst liebt, hätte ich es gerne getan. Aber ich wußte auch ganz genau, was es für euch bedeuten würde! Nur was mein Bruder Endreas mir sagte, zwang mich dazu. Er konnte nicht tanzen, er ist krank.«

»Und wenn schon? Ein anderer aus Thendara hätte an

seiner Stelle tanzen können. Ein Mann, wie es sich gehört. Jedenfalls nicht Sie! Oder schlimmstenfalls hätte man es absagen müssen – auch das ist schon vorgekommen.«

»*Nein!*« unterbrach sie ihn eilig. »Begreifen Sie denn nicht, was ich Ihnen zu sagen versuche? Der Tanz an sich war gar nicht so wichtig, sondern vielmehr die Frage, ob ich das tun konnte, was getan werden mußte. Ich spreche von eben jener Tradition, die Sie so hochhalten! Sie sollte nicht unterbrochen werden. Andere hätten vielleicht die Vorstellung abgesagt. Aber ich wollte unbedingt etwas wahrhaft Darkovanisches vollbringen, wollte wenigstens dieses eine mal darkovanischer sein, als ich es in meiner Position als Comynara je sein könnte. Denn trotz meines Blutes halten sie mich für keine echte Darkovanerin. Indem ich tat, was ich tat, indem ich mehr tat, als mir zusteht, konnte ich mir selber beweisen, wer ich wirklich bin: als Comyn, als Terranerin – als Mensch.«

Ruyven hatte ihr ruhig und aufmerksam zugehört. »An dem Tag, als sie den Aillard-Eid ablegten, hatte ich im Rat etwas gesagt, dessen Bedeutung mir erst jetzt richtig bewußt wird. Ich habe gesagt, daß ein verlorener Sohn oder eine verlorene Tochter die Sprache der Eltern noch können muß, um wieder aufgenommen zu werden.«

»Und verstehen Sie als Comyn die Sprache, die ich spreche?« flüsterte sie und blickte ihm dabei in die Augen. »Ich bin die verlorene Tochter, die zurückkehrt, um Anspruch auf mein Geburtsrecht zu erheben. Nicht um Aillard zu regieren, sondern um zu *dienen,* wie ich es muß. Ich bin zurückgekehrt und habe neben meinem alten Erbe ein neues und anderes mitgebracht. Beide vermischen sich, und mit beiden spreche ich zu Ihnen. Und ich frage Sie: Können Sie mich *verstehen?*«

Regis Hastur war nicht schlecht erstaunt, als Alessandra Kyrielle Aillard, die designierte Erbin der Domäne, nach Mitternacht den Ballsaal wieder betrat. Korrekt gekleidet und frisiert ließ ihre Erscheinung nichts zu wünschen übrig. Ihre grün schimmernden Augen blickten ruhig und hochmütig umher, als ob nichts vorgefallen wäre. Und doch lag in diesen Augen auch ein neuer Ausdruck.

Noch viel erstaunlicher war aber die Tatsache, daß die Comyn bei ihrer Rückkehr nicht sofort das übliche Protestgeschrei anstimmten, das Regis nur allzu sehr gewohnt war. Sollte sich tatsächlich ein Stimmungsumschwung eingestellt haben? War es überhaupt denkbar, daß die Comyn gelernt hatten zu verzeihen? Natürlich gab es einige, die ungläubig auf Alessa deuteten und über das Ausmaß ihrer Unverfrorenheit tuschelten. Andere aber nickten ihr sogar anerkennend zu.

Regis mußte bei aller heimlichen Sympathie ihr gegenüber zumindestens den Anschein der Strenge wahren. Dennoch ging er zu ihr hinüber und befragte sie freundlich. Auch Dan Lawton war ganz in der Nähe. Der Legat brannte darauf, endlich zu erfahren, was hinter dem ganzen Verwirrspiel steckte. Wieder irgend welche politischen Winkelzüge?

Im Ballsaal befanden sich auch einige unauffällige Beobachter, sofern man bei einem ganzen Reporterteam aus Terra inmitten einer urdarkovanischen Veranstaltung von unauffällig sprechen kann. Zumindest hatten sie ihre Videoausrüstung ausgezeichnet getarnt. Sie hatten beide Tänze aufgezeichnet, und das Bildmaterial wurde bereits bearbeitet, um dann intergalaktisch ausgestrahlt zu werden ...

Die Comyn nahmen zur Kenntnis, daß Hastur Alessandras Anwesenheit trotz der Vorkommnisse billigte. Aber richtig überrascht waren sie alle, als der zweite Sohn Di Asturien, der die alten Sitten so hoch achtete, diesen Aillard-terranischen Emporkömmling zum Tanz aufforderte und sie aufs Parkett führte.

So lässig zu tanzen, nach allem, was geschehen war!

Aber Alessa war alles andere als lässig. Als sich Ruyvens starker Arm fest um ihre Hüfte legte und sein schwarz gelockter Kopf so nah bei dem ihren war, spürte Alessa, wie sie heftig errötete, denn sie konnte seine Gedanken lesen. Gedanken, bei denen eine wohlige Wärme ihre Glieder durchströmte. Ausnahmsweise verbarg er seine Gefühle hinter keiner Maske.

Als Ruyven Di Asturien die wahre Stimme der verlorenen Tochter Darkovers gehört hatte, war ihm klar geworden, daß sie nach und wie vor eine gemeinsame Sprache besaßen; eine Sprache, die in jedem darkovanischem Herz tief verwurzelt war. Ob alt oder neu, ob Stillstand oder Veränderung – unwesentlich. Beides bestand nebeneinander und sollten auch weiterhin auf diesem paradoxen Planeten Darkover bestehen.

Mit einem Mal klang das so einfach. *Oder vielleicht doch nicht?* überlegte Regis. Als er sah, wie Alessa und Ruyven auf dem Parkett ein perfektes Paar abgaben, kam Regis Hastur ein tröstlicher Gedanke: Wenn sogar ein Di Asturien sie akzeptieren konnte, dann würde auch Darkover dazu fähig sein. Jawohl, Darkover würde Alessandra Aillard willkommen heißen, denn sie hatte in der Sprache ihres Blutes zu ihnen gesprochen.

Wenn Darkover nur einsehen würde, spann Regis seine Überlegungen fort, wie relativ doch alles ist ... Dann könnte Darkover eine Kehrtwendung vollziehen und im Terranischen Imperium aufgenommen werden. Denn war Darkover nicht, wie einige behaupten, dessen verlorenes Kind?

Und so wie die Dinge sich jetzt entwickelten, war Hastur auf alles gefaßt. Dazu gehörte selbstverständlich auch eine Hitzewelle in den Hellers oder – wenn Erinnerungen und Träume die gegenwärtige Wirklichkeit verwischen – das Verschwinden eines Mondes am Himmel über Darkover ...

Jacquie Groom

Auf eigenen Füßen

Diese Geschichte stammt aus den Niederlanden. Normalerweise schicke ich Geschichten, die ich aus Übersee erhalte, zurück; jemand der nicht in Amerika oder England geboren wurde, kann nur äußerst selten gut genug auf Englisch schreiben, daß sich die Mühe für mich lohnt, es zu lesen – von meinen Lesern ganz zu schweigen. In all den Jahren meiner Tätigkeit als Herausgeberin ist es mir fast nie passiert. (Sollte Englisch Ihre Muttersprache sein, lassen Sie es mich bitte wissen.) Falls das jetzt chauvinistisch klingt, muß man mir erst das Gegenteil beweisen. Ich spreche aus Erfahrung.

Diese Geschichte gefiel mir jedenfalls, und ich möchte sie Ihnen nicht vorenthalten. Für Jacquie Groom ist es die erste Veröffentlichung, und sie schrieb mir, daß sie »vor Freude fast an die Decke gesprungen ist« als sie von der Annahme erfuhr. Sie ist Engländerin – na, was habe ich gesagt? – hat aber schon in allen möglichen Ecken der Welt gelebt, von den Falkland Inseln bis zu den Niederlanden.

Diese Geschichte behandelt ein Thema, über das immer wieder geschrieben wird – und das meistens ziemlich schlecht. Es freut mich zu sehen, daß es auch anders geht.

Auf diesem Planeten habe ich keinerlei Freunde. Und meine Verwandten leben längst nicht mehr.«

Andrew Carr
Der verbotene Turm

»Du willst also wirklich nach Cottman IV?«

Jenny blickte trotzig zu Phil auf. »Ich muß«, wiederholte sie. »Es tut mir leid, daß ich es dir nicht früher gesagt habe, aber ...«

Phil beendete den Satz für sie. »... aber letzten Endes bedeutet dir dieser Andrew Carr mehr als ich.«

Jenny kämpfte mit den Tränen und schüttelte den Kopf: »Das stimmt nicht. Ich liebe dich. Aber ich liebe auch Andy. Wir sind seit meiner Kindheit Freunde. Und jetzt steckt er in Schwierigkeiten. Und wenn ich nicht alles unternehme, was mir möglich ist, um ihm zu helfen, werde ich mir ein Leben lang Vorwürfe machen.« Jenny setzte sich und kramte nach einem Taschentuch, fand aber keines. »Bitte versuch doch, mich zu verstehen, Phil.«

Phil war noch immer nicht überzeugt. Er überflog die Ausdrucke, die Jenny auf dem Tisch liegengelassen hatte. Als erstes eine kurze Mitteilung von Carr, die schon über zwölf Monate alt war: *»Liebe Jen. Pläne kurzfristig geändert. Werde auf Cottman IV bleiben. Unvorhergesehenes Ereignis eingetreten. Schreibe später.«*

Phil schaute sie an. »Und, hat er geschrieben?«

Jenny schüttelte den Kopf. »Ich habe geschrieben, aber keine Antwort erhalten. Er war ja schon immer ziemlich schreibfaul. Und manchmal gehen Briefe auch einfach verloren. Aber dann habe ich versucht, ihn über das Comm-Netz direkt zu erreichen. Das hat auch nicht geklappt. Schließlich habe ich bei der Personalabteilung offiziell nachgefragt und um einen Bericht gebeten. Das da haben sie mir geschickt.« Sie deutete auf das zweite Blatt Papier.

»Andrew Carr, Cottman IV. Erkundungs- und Vermessungsdienst. Nach Flugzeugabsturz vermißt, vermutlich tot.«

»Es tut mir leid, Jenny«, meinte Phil. »Er ist also tot. Aber daran kannst du doch jetzt nichts mehr ändern. Ich weiß ja, daß du immer von dem Gedanken besessen warst, du seist in ihn verliebt. Aber vielleicht kannst du jetzt endlich dein eigenes Leben leben. Die Zeit der Heldenverehrung ist vorbei.« Er wollte Jenny umarmen, doch sie wehrte ab.

»Aber er ist nicht tot. Da bin ich mir ganz sicher. Ich habe immer genau gespürt, wenn etwas mit ihm nicht in Ordnung war. Da anscheinend in dieser Angelegenheit sonst niemand etwas unternimmt, werde ich es selber in die Hand nehmen. Wenn dir das nicht paßt, Phil, ist das dein Problem.« Jenny stürmte aus seinem Zimmer und knallte die Tür hinter sich zu.

Auf dem Flug von der Finorra-Raumstation nach Cottman IV hatte Jenny viel Zeit, um über alles nachzudenken. Es hatte sie überrascht und mitgenommen, daß Phil bei ihrem Abflug so sehr aus der Fassung geriet. Um dies zu verdrängen, vergrub sie sich in ihren Studien. Sie wollte sich auf das Ziel ihrer Reise gründlich vorbereiten – auch sie nannte es inzwischen lieber Darkover. Aber Phils Abschiedsworte schlichen sich immer wieder in ihre Gedanken ein und störten sei bei ihrer Arbeit. »Ich hoffe, du wirst diesen Carr finden«, hatte er schroff gesagt, wollte damit aber nur seinen eigenen Schmerz verbergen. »Tot oder lebendig, ich hoffe, du wirst ihn finden. Vielleicht kannst du dann den Mythos begraben, den du erschaffen hast. Denn erst wenn dieser Carr, den du in deiner Phantasie mit dir herumträgst, gestorben ist, werden wir gewöhnlich Sterblichen eine Chance haben.« Dann hatte er sie geküßt und die Abflughalle fluchtartig verlassen.

Hatte sie aus Andy Carr wirklich einen Mythos gemacht? Ihre ganze Schulzeit hindurch war er ihr bester Freund gewesen. Sie hatten so vieles gemeinsam unternommen: Ausritte, Schwimmen gehen, Schulaufgaben, die langen Gespräche. Ein oder zweimal hatten sie es sogar mit einem richtigen Rendezvous versucht, aber das hatte eher peinlich geendet. Schließlich gestand er ihr, daß er sie zwar sehr gern hätte, aber daß sie viel zu sehr wie eine Schwester für ihn war. Sie aber, sie hatte ihn immer geliebt. Und als er fortzog, hielt auch sie nichts mehr in ihrer Heimatstadt; sie folgte ihm und trat ebenfalls in den Raumdienst ein.

In einer Winternacht wie dieser erschien Darkover kalt und abweisend. Jenny zitterte heftig, als sie die kurze Strecke zum Raumhafen zurücklegte. Sie war jetzt seit fast zwei Wochen in Thendara und fragte sich bereits, ob es nicht ein Riesenfehler gewesen war, hierher zu kommen. Phil fehlte ihr mehr als sie gedacht hatte. Niemand schien etwas über Andrew zu wissen. Er hatte sich hier nur ganz kurz aufgehalten und keinerlei Freundschaften geschlossen. Nachdem beiläufige Erkundigungen ergebnislos verlaufen waren, hatte sie sich an offizielle Stellen gewandt.

Der Leiter des Erkundungs- und Vermessungsdienstes hatte ihr freundlich, aber bestimmt Auskunft gegeben. Keiner habe den Absturz überlebt. Er hatte ihr Luftaufnahmen der Absturzstelle sowie Klima- und Bodenstatistiken gezeigt. Lebenserwartung gleich Null. Daß Carr nach wie vor als »vermißt« geführt werde, sei eine reine Formsache, da weder die Leiche noch die Erkennungsmarke bislang aufgefunden wurden. Eine reine Formsache.

Eine reine Formsache. Jenny fiel es schwer, das zu akzeptieren. Irgendwie spürte sie, daß Andy ihr sehr nahe war; sein Bild wich nicht aus ihren Träumen. Sie versuchte, das beiseite zu schieben und sich auf ihre Arbeit zu konzentrieren, aber in der Kommunikationsabteilung schien es nie genug für sie zu tun zu geben. So verbrachte sie ihre Zeit oft bei den Kollegen vom Vermessungsdienst und machte sich so immer besser mit Darkover vertraut. Als man eine neue Expedition zusammenstellte und einen Experten für das Nachrichtenwesen benötigte, fiel die Wahl auf sie.

Der Abteilungsleiter bat sie in sein Büro. »Ich möchte, daß Sie verstehen, wie äußerst heikel diese Operation ist. Wir wagen uns zum ersten Mal ohne einheimische Führer in ein entlegenes Gebiet von Darkover. Wir beabsichtigen, unsere eigenen Karten zu benutzen und eine Reihe von Funkfeuern zur Unterstützung der Flugnavigation zu installieren. Es kann jedenfalls ziemlich ungemütlich werden, und falls Sie sich der Sache nicht gewachsen fühlen, sollten Sie es jetzt sagen.«

Jenny hätte alles getan, um endlich aus dem Hauptquartier herauszukommen, und so packte sie schon bald ihre Sachen für die Expedition.

Sie schenkte der hell erleuchteten Handelsstadt kaum einen Blick, als ihr Helikopter mitten in Nacht abhob und Kurs auf die entlegenen Berge nahm. Sie war vollauf damit beschäftigt, den Kontakt zwischen den verschiedenen Bodenstationen aufrechtzuerhalten und die neuen Funkfeuer einzurichten.

Eines Abends schlugen sie ihr Lager auf einem hochgelegenen Plateau in den Bergen auf. Während Jenny am Lagerfeuer vor sich hin döste, versuchte sie sich vorzustellen, wie Andy jetzt aussehen würde. Wohl kaum wie der schlaksige Teenager, den sie einst gekannt hatte. Bei dem Gedanken an ihn schien er vor ihrem geistigen Auge zu altern: die Haare waren länger, sein Gesicht wirkte zerfurchter, und doch strahlte er Zufriedenheit aus. Als sie so dalag, schien das Bild in ihrer Vorstellung weiter zu wachsen. Schemenhafte Gestalten traten an Andys Seite. Zwei Frauen und ein Mann. Die Frauen ähnelten sich und waren doch verschieden; rotes Haar umrahmte ihre hübschen Gesichter. Der Mann war klein, wirkte fast schon gebrechlich, aber sein warmherziges Lächeln verriet große innere Stärke.

Jenny richtete sich auf und schüttelte das Traumbild ab, das sie einerseits erschreckte, von dem sie sich andererseits aber nur widerstrebend trennte. »Es muß wohl an der dünner werdenden Luft liegen«, erklärte sie einem ihrer Begleiter. »Mir gehen die merkwürdigsten Sachen im Kopf herum ...«

Am nächsten Morgen erwachte sie als erste. Entgegen der ausdrücklichen Anordnung entfernte sie sich vom Lager, um einige Zeit allein in der grandiosen Landschaft zu verbringen. Das Wetter war vergleichsweise gut. Sie wußte aufgrund der Aufzeichnungen, daß Andrews Flugzeug etwa von diesen Koordinaten aus das letzte Mal Funkkontakt aufgenommen hatte. Wenn sie ganz allein, an diesem einsamen Ort von ihm Abschied nahm, dann könnte sie vielleicht ihr eigenes Leben wieder in den Griff bekommen. Wäre da nicht ... Sie konnte die merkwürdige Vision vom Vorabend einfach nicht vergessen.

Nach gut einer halben Meile setzte sie sich hin und starrte gedankenverloren vor sich hin. Plötzlich wurde sie von panischen Rufen und Schmerzensschreien aus ihrer Tagträumerei gerissen. Von Angst gepackt und völlig verwirrt stürzte sie zurück zum Lager. Zweimal verlor sie beinahe den Halt auf dem steinigen Gebirgspfad. Als sie um den letzten Felsvorsprung bog, bot sich ihr ein Bild völliger Verwüstung. Die Leichen ihrer Kollegen lagen ausgestreckt auf dem Boden, die gesamte Ausrüstung war zertrümmert. Sie biß sich auf die Lippen, um nicht laut aufzuschreien und sich selbst damit zu verraten. Vorsichtig schlich sie sich in das zerstörte Lager und begutachtete den angerichteten Schaden, vermied aber den Anblick der verstümmelten Leichen. Sie überprüfte das Kommunikationssystem. Totenstille. Der Proviant war verschwunden, ebenso die Waffenkiste.

»Denk nach, Jennifer, denk nach!« Immer wieder redete sie sich selbst zu. »Was mußt du jetzt tun? Wie lauten die Dienstvorschriften?« In der verzweifelten Hoffnung, doch noch irgend einen intakten Gegenstand, irgend einen letzten Fetzen Zivilisation zu finden, lief sie hin und her, bis sie sich schließlich an die Felskante setzte und ihr Gesicht in den Händen vergrub.

»Du bist mir ein schöner Freund, Andrew Carr«, schimpfte sie lauthals. »Da kommt ein Mädchen durch die halbe Galaxie, um dir zu helfen, und dann passiert so etwas.« Sie fühlte sich schon etwas besser in ihrem Zorn. »Das ist jedenfalls das letzte Mal, daß ich dir hinterherlaufe, Andy«, rief sie laut über die Schlucht. »Von jetzt an führe ich mein eigenes Leben! Verstanden?«

Ich habe verstanden.

Jenny glaubte, sie habe etwas gehört. Andrews Stimme, ganz laut und deutlich! Sie drehte sich um und rechnete fest damit, ihn dort zu sehen. Aber nichts. Und doch …

»Bin ich jetzt auch tot?« fragte sie, auch wenn niemand da war, dies zu beantworten. »Wo bin ich hier gelandet, im Himmel oder in der Hölle?« Als Antwort darauf hörte sie ein leises Lachen.

Bleib ruhig, Jenny. Wir sind gleich bei dir. Dann bist du in Sicherheit.

»Andy? Bist du das wirklich?«

Psst! Sprich jetzt nicht. Die Banditen könnten noch in der Nähe sein. Bleib ruhig, wir sind gleich bei dir.

Ruhig bleiben. Noch nie war ihr etwas so schwer gefallen. Sie konnte beim besten Willen nicht entscheiden, ob sie die Stimmen wirklich gehört oder sich das alles nur eingebildet hatte. Ständig schwankte sie zwischen Gefühl und Verstand. Sollte sie bleiben, wo sie war, wie es das Gefühl ihr riet? Oder sollte sie die wenigen noch brauchbaren Sachen zusammenpacken und versuchen, zum Hubschrauber zu gelangen, wie es der Verstand verlangte? Schließlich ließ sie den Tränen, die sie so lange zurückgehalten hatte, freien Lauf.

»Jenny? Du bist es wirklich!«

»Andy?« Und Jenny rannte los und warf sich an seine breite Brust. Als sie sich schließlich aus der innigen Umarmung löste, blickte sie zu ihrem Freund auf. »Man sagte mir, du seist tot. Ich wußte immer, daß das nicht stimmt. Aber wie hast du mich gehört?«

»Ich erkläre es dir später«, vertröstete er sie und stellte ihr seinen Begleiter vor, der zwei Pferde am Zügel hielt. »Dies hier ist Damon Ridenow.«

»Ich weiß«, meinte Jenny. »Das heißt, ich habe Sie in meinen Träumen gesehen. Zusammen mit Andy. Ach, das ist alles so verwirrend.«

»Ann'dra«, wandte sich jetzt Damon an seinen Freund und legte ihm die Hand auf die Schulter. »Ich finde, wir sollten nach Armida zurückreiten. Hier können wir doch nichts mehr ausrichten. Aber die Behörden sollten unterrichtet werden.«

»Es gibt da noch etwas«, platzte Jenny heraus. »Die Waffenkiste ist verschwunden.« Sie errötete und fügte kleinlaut hinzu: »Darin befinden sich auch zwei Blaster.«

Damon Ridenow war nicht wohl bei dem Gedanken. »Das ist allerdings eine ernsthafte Angelegenheit. Die Terraner haben versprochen, das Abkommen einzuhalten. Ein solcher Verstoß wird nicht so leicht toleriert werden.«

Andrew stellte inzwischen eine andere Überlegung an. »Standard-Kiste mit der üblichen Sicherung?« fragte er. »Eingebauter Sperrmechanismus gegen Fremdeinwirkung? Zwei Schlüssel?« Jenny nickte und deutete auf die Leichen der beiden Expeditionsleiter. Andrew durchsuchte eilig ihre Sachen und kehrte mit den zwei Schlüsseln in der Hand zurück. »Die Banditen werden beim Öffnen der Kiste ihr blaues Wunder erleben!« grinste Andrew und steckte die Schlüssel in die Tasche. Dann half er Jenny beim Aufsitzen.

»Das kann schon sein«, bemerkte Damon. »Aber das

entschuldigt noch lange nicht, daß unsere Regeln mißachtet wurden.«

Jenny hatte sich noch immer nicht beruhigt; sie konnte kaum die Zügel halten, so sehr zitterte sie. Einzig Andrews starke Arme schienen ihr etwas Kraft und Trost zu spenden. Er hatte sich so sehr verändert und seiner neuen Umgebung völlig angepaßt. Sein markiges Auftreten war voller Selbstvertrauen. Jenny mußte sich eingestehen, daß sie ihn beneidete; er hatte offensichtlich einen Platz im Leben gefunden.

Plötzlich erschütterte eine heftige Explosion die Ruhe. Andrews Pferd scheute, und Jenny glaubte schon, wie würden abgeworfen. Dann aber folgten sie Damon im Galopp und hielten auf die Richtung zu, aus der die Detonation gekommen war.

Zum zweiten Mal an diesem Tag mußte Jenny vor einem schrecklichen Anblick die Augen verschließen. Sie wandte sich ab, vergrub ihr Gesicht in der Flanke des Pferdes und atmete dabei den heißen Schweißgeruch ein. Schließlich trat Andrew hinter sie.

»Hätten besser ihre Finger von der Kiste gelassen, stimmt's? Aber es geschieht ihnen recht, nach dem Mord an deinen Freunden.«

Jenny schaute sich um und sah Damons strenge Miene. »Werden Sie Meldung erstatten, daß wir gegen das Abkommen verstoßen haben?« fragte sie mit zitternder Stimme.

Damon antwortete nicht.

»Ich kann noch immer nicht ganz glauben, daß ich so töricht war«, sagte Jenny, als sie frisch gekleidet und gestärkt mit Callista und Ellemir am Feuer saß. »Andy hat mich nie gebraucht. Ich bin ihm immer nur hinterhergezockelt. Doch dann ist er fortgegangen, ohne sich von mir zu verabschieden.«

»Ich finde es sehr bewegend, Freunde zu haben, die für einen alles aufgeben«, meine Callista in ihrer ruhigen Art.

»Du hast für mich auch alles aufgegeben«, bemerkte Andrew zärtlich und schaute dabei seiner Frau in die Augen.

Callista senkte den Blick. »Aber ich habe dadurch so unendlich viel gewonnen. Jenny hingegen hat nichts gewonnen.«

»Habe ich doch«, widersprach Jenny und starrte ins Feuer. »Ich hatte mir vorgenommen, Andy zu finden, und das ist mir gelungen. So halbwegs«, lächelte sie, »denn eigentlich hat er ja mich gefunden. Aber im Ernst. Ich glaube, ich habe endlich gelernt, auf meinen eigenen Füßen zu stehen. Ich muß meinen eigenen Weg gehen anstatt zu versuchen, in Andys Fußstapfen zu treten.«

»Du weißt, daß du ihm noch immer folgen könntest«, wandte Ellemir ein. »Du besitzt etwas *Laran;* sonst hätten wir deine Hilferufe gar nicht hören können. Und wahrscheinlich hast du dich deshalb so sehr zu Ann'dra hingezogen gefühlt. Du könntest dich uns anschließen, hier im Verbotenen Turm. Es gibt so viel zu tun.«

Als sie sich in dem freundlichen und gemütlichen Zimmer umsah, war Jenny durchaus versucht, das Angebot doch noch anzunehmen. Dann aber schüttelte sie den Kopf. »Ich muß meinen eigenen Platz im Leben finden«, erklärte sie. »Und da schulde ich zunächst einmal jemandem auf Raumstation Fionarra noch eine Erklärung.« Sie wandte sich an Andrew und prostete ihm zu. »Andy Carr ist tot. Lang lebe Dom Ann'dra Lanart!«

LAWRENCE SCHIMEL

Der Sohn der Amazone

Von männlicher Seite wird mir immer wieder vorgeworfen, ich sei gegenüber männlichen Autoren voreingenommen. Das liegt vielleicht daran, daß man mich, übrigens ganz zu Unrecht, als »Feministin« abgestempelt hat. Und schon gilt jeder Autor, der in einer meiner Anthologien aufgenommen wird, als »Alibi-Mann«.

Dazu kann ich nur sagen, daß es den Männern vielleicht ganz gut tut, auch einmal ein paar Vorurteile zu spüren zu bekommen, besonders wenn man bedenkt, daß gerade in der Fantasy-Literatur Frauen jahrelang nicht zum Zuge kamen. Wir wollen aber auch nicht vergessen, daß unser verehrter Don Wollheim, der überhaupt erst den Anstoß zu diesen Anthologien gab, selber ein Mann war und nichts gegen die Rolle des »Alibi-Mannes« einzuwenden hatte.

Lawrence Schimel, der im zweiten Jahr an der Yale University ist, schreibt, zeichnet und redigiert für verschiedene Studentenzeitungen. Zu seiner Geschichte meint er: »Es war ein Gesichtspunkt des Amazonenlebens, den ich bei meiner bisherigen Darkoverlektüre vermißte. Deshalb fühlte ich mich verpflichtet, ihn darzulegen.«

Stelen und sein Sohn Copal waren auf dem Weg zum Gildenhaus. Je müder der Junge wurde, desto fester klammerte er sich an seinen Vater. Stelen hatte diese Straßen, durch die sie jetzt in der Abenddämmerung liefen, zuletzt vor zweiundzwanzig Jahren im gleißenden Morgenlicht gesehen. Es war an seinem fünften Geburtstag – der Tag, an dem *sie* ihn zwangen, bei seinem Vater zu leben. Stelen konnte sich noch an den hysterischen Anfall erinnern, den er bekam, als er das Gildenhaus verlassen mußte. Die Amazone, die ihn auf die Domäne seines Vaters brachte, mußte ihn am Sattel festbinden, sonst hätte er sich unterwegs davongeschlichen und wäre zum Gildenhaus zurückgekehrt.

Stelen blinzelte, als ihm Zornestränen in die Augen stiegen. *Ich habe sie so sehr gehaßt, als sie mich fortschickte. Ich wollte bleiben. Gelobt sei Avarra, daß Copal so etwas nicht durchmachen muß.* Alamena hatte sich zwar für ein Leben im Gildenhaus entschieden, aber Stelen konnte sie und seinen Sohn jeden Tag besuchen. Für Copal bedeutete sein fünfter Geburtstag jedenfalls kein traumatisches Erlebnis, sondern lediglich, daß er jetzt in einem anderen Haus übernachtete. Er sah seine Mutter auch weiterhin täglich, und heute würde er zum ersten Mal seine Großmutter besuchen. *Ich habe meine Mutter zweiundzwanzig Jahre lang nicht gesehen.*

Die problemlose Trennung von Alamena und Copal hatte Stelen zu dem Entschluß kommen lassen, endlich auch mit seiner eigenen Mutter Frieden zu schließen. *Falls sie noch am Leben ist.* Stelen schämte sich, daß er nicht einmal das wußte.

Alamena hatte sie eigentlich begleiten wollen, aber ihre Tochter Elena war für die Reise noch zu klein. Elena würde bei ihrer Mutter im Gildenhaus aufwachsen, aber es würde ihr jederzeit freigestellt bleiben, bei ihrem Vater zu leben. Alamena würde keinerlei Druck auf ihre Tochter ausüben, sich den Amazonen anzuschließen; es würde sie ebenso glücklich machen, wenn ihrer Tochter die Erfahrungen, die sie zum Eintritt in die Gilde getrieben hatten, erspart blieben.

Stelen hatte seiner Mutter nie verziehen, daß sie die Gilde der Entsagenden ihm vorgezogen hatte, bis er Alamena traf. Als er hörte, wie sehr sie gelitten hatte, erkannte er, daß er außer dem Namen nichts von seiner Mutter wußte. Warum sie eine Freie Amazone geworden war, konnte er nur vermuten, und solche Vermutungen waren keineswegs erfreulich.

Sie hatten das Gildenhaus erreicht und standen nun unentschlossen vor der Tür. *Da wären wir also. Jetzt werde ich alles erfahren.* Stelen versuchte, seine Gedanken zu ordnen. Erst als Copal ungeduldig zu zappeln begann, klopfte er an die Tür, die sich sofort öffnete.

»Ich habe mich schon gefragt, ob Sie noch anklopfen würden oder nur den neuen Farbanstrich bewundern, den Kyella gestern aufgetragen hat.« Die dunkeläugige Amazone mit den kurz geschorenen schwarzen Haaren, die ihnen die Tür aufhielt, reichte Stelen nur bis zur Schulter. Die Frau wirkte zwar durchaus freundlich, aber mehr würde er von selbst nicht aus ihr herausbekommen. Stelen mußte schon selber die Initiative ergreifen. *Es wird einem nicht gerade leicht gemacht.* Dennoch bewunderte er ihr Verhalten, denn sie brachte ihn dazu, daß er aus sich selbst heraus die Kraft fand zu fragen: »Kann ich bitte Magen n'ha Ramilys sprechen?« *Jetzt gibt es kein Zurück mehr!*

»Wen soll ich melden?«

Soll ich den Namen nennen? Und welchen Nachnamen? Den meines Vaters oder ihren?

»Ihren Sohn und ihren Enkel. Sagen Sie ihr, ihr Sohn ist hier.«

Die Frau starrte die beiden einen Augenblick lang an. »Ich werde ihr mitteilen, daß Sie gekommen sind. Ich hatte schon meine Zweifel, ob Sie überhaupt noch einmal auftauchen würden. Besonders als Magen krank wurde.« Sie musterte ihn erneut eindringlich. »Es freut mich, daß Sie meine Zweifel widerlegen.«

Während Stelen noch über ihre Worte nachdachte, verschwand sie kurz und kehrte bald darauf mit einer älteren Frau zurück. Eine Stola schützte sie gegen die abendliche Frische. Sie war um so vieles älter geworden, und doch noch immer die selbe Frau, die er aus der Erinnerung kannte. Stelen stand regungslos im Türrahmen.

»Komm her«, flüsterte sie ihm zu. »Komm zu deiner Mutter.«

Und Stelen ging auf sie zu, begleitet von seinem Sohn.

Patricia Cirone

Die Gabe

Patricia Cirone meint: »Es macht mir immer viel Spaß, Ihre Einleitungen zu lesen. Es ist schon komisch, aber früher, als ich noch nicht selber schrieb, habe ich mich nie um dieses ›Zeug‹ gekümmert. Aber jetzt lese ich es immer zuerst.«

Womit wieder einmal bewiesen wäre, daß es nur auf den richtigen Blickwinkel ankommt. Ich wurde einmal gefragt, ob ich beim Herausgeben eher an die Autoren oder an die Leser denke. (Als ob sich das gegenseitig ausschließen würde.) Meine Antwort lautete natürlich: »An beide.« Denn ohne Autoren hätten die Leser nichts zu lesen; aber ohne Leser würden wir Autoren Selbstgespräche führen – wie der Prediger in der Wüste. Beide sind also gleichermaßen wichtig.

Pat Cirone hat bereits früher zu diesen Anthologien beigetragen, und sie meint, daß sich seitdem in ihrem Leben nichts Nennenswertes verändert habe. »Falls das nicht ausreicht, können Sie ja einfach etwas dazudichten.« Genau deshalb bitte ich meine Autoren immer darum, ihre Biographien auf den neuesten Stand zu bringen; andernfalls werde ich nämlich tatsächlich etwas dazudichten, und das braucht nicht unbedingt im Sinne des Betreffenden zu sein. Das machen schließlich alle so, auch wenn die meisten nicht so ehrlich sind, es zuzugeben, und es lieber »Recherche« nennen.

Der Regen peitschte gegen die massiven Mauern der Halle. Irina hielt ihre Hand schützend über die Flamme der Kerze, mit der sie die Lichter im Haus anzündete, um zu verhindern, daß ein plötzlicher Luftstoß sie ausblies. Im Zimmer hinter ihr wurde die schwere

Tür, die von der Halle ins Freie führte, aufgestoßen und schnell wieder geschlossen. Der gesamte Clan versammelte sich.

Clan? Nein, das war nicht das passende Wort, dachte Irina. Denn innerhalb von fünf Generationen hatten sich die Familien, die hier an der Küste im Schutze der sie umgebenden Klippen siedelten, eher zu einem Dorf als zu einer großen Familie entwickelt. Aber heute abend würden alle erscheinen, um von ihrem verstorbenen Vater Abschied zu nehmen.

Irina unterbrach das Anzünden der Kerzen und kämpfte mit den Tränen, als sie auf die Bahre in der Mitte des Zimmers blickte. Es war so schwer zu fassen, daß er nun tot sein sollte; er war immer so groß und stark und so *voller Leben* gewesen. Dann aber, vor zwei Tagen beim Einholen der Netze, hatte er sich krampfartig an die Brust gefaßt und war vornüber auf das Deck unter ihm gestürzt.

Seine Männer hatten ihn heimgebracht. Einen Tag lang hatte er bleich und regungslos in seinem Bett gelegen; und mit wenig mehr als einem leichten Stöhnen war er schließlich gestorben.

Irina ging zur nächsten Kerze. Heute abend würden sich alle versammeln, um dem Mann die letzte Ehre zu erweisen, der ihr Anführer, ihr *Dai*, gewesen war.

»Es ist an der Zeit, sie jetzt hereinzulassen«, meinte Anna im Hintergrund.

Irina seufzte. Es war so friedlich gewesen, als sie allein bei ihrem Vater wachte und die vielen Dinge erledigte, die sie vom Grübeln abhielten.

Jetzt würden die Familien in diesen Frieden einbrechen. Die stämmigen Männer würden verlegen und eingeengt von den Wänden herumstehen, die Frauen hingegen geschäftig und voller Mitgefühl, und die Kinder würden sich in ihren regennassen Kleidern und der verordneten Stille am unwohlsten fühlen und am liebsten ausbüxen. Irina würde mit ihnen allen sprechen und zumindest etwas von ihren Gefühlen zeigen müssen, damit man sie nicht für herzlos hielt. Sie hoffte inständig, daß sie ihre Tränen auch weiterhin zurückhalten konnte, denn jetzt hielt nur noch ihr Stolz sie aufrecht.

»Ist Mardic soweit?« fragte sie Anna ruhig und gefaßt.

»Ja, er hat sich bereits umgezogen. Aber findest du nicht auch, es wäre für den Jungen besser, wenn er erst später dazukommen würde?« sorgte sich Anna um ihren letzten Zögling.

»Nein, sein Platz ist hier«, erklärte Irina bestimmt.

»Aber es fällt ihm doch so schwer«, murmelte Anna.

»Er ist fast zehn«, entgegnete Irina. »Er muß jetzt schnell erwachsen werden.«

»Du hast wohl recht«, seufzte Anna und ging hinaus, um Mardic zu holen.

Ja, Mardic würde jetzt schnell erwachsen werden müssen. Und das galt auch für sie. Die sorgenfreien Tage, in denen sie an der Seite ihres Vaters zum Fischfang ausgefahren war und alle hausfraulichen Pflichten Anna überlassen hatte, waren endgültig vorbei. Ohne die Begleitung durch einen älteren männlichen Verwandten würde man die Anwesenheit eines jungen, unverheirateten Mädchens an Bord sicherlich nicht billigen. Außerdem würde Anna sich einen neuen Haushalt mit vielen kleinen Kindern suchen, um die sie sich so gerne kümmerte, sobald Mardic selbst mit den Booten ausfahren würde. Sie hatte das im Lauf des letzten Jahres klar und deutlich zu verstehen gegeben, aber Irina hatte diesen Gedanken immer weit von sich geschoben.

Jetzt konnte sie dem nicht länger ausweichen. Nach Vaters Tod würde Mardic seine Stelle einnehmen müssen, auch wenn er gerade mal neun war. Und sie würde die schwere Verantwortung der Haushaltsführung zu tragen haben. Keiner fragte, ob sie die damit verbundenen Arbeiten wie Kochen, Proviant sammeln und Vorräte anlegen gerne erledigte. Irgend jemand mußte es schließlich tun, und sie war immerhin vertraut damit – dafür hatten ihre Mutter und Anna schon gesorgt.

Aber die See würde ihr fehlen.

Mit Mardics Ankunft war auch ihre kurze Ruhepause beendet. Irina öffnete die beiden Türflügel zur Halle, und die Fischer drängten mit ihren Frauen und Kindern in die Kammer.

Der Abend zog sich, wie sie befürchtet hatte, in die Länge. Modriger Geruch feuchter Wolle und nasser Haare lag penetrant in der Luft. Regendurchnäßte Kleider klebten an Körpern, das ungewohnte Paar »guter« Schuhe drückte. Jeder fühlte sich unwohl. Und so geschickt, wie die Männer sonst auch im Umgang mit Netzen und Segeln waren, so unbeholfen suchten sie jetzt nach den passenden Worten.

Irina war erleichtert, als die ersten Frauen sich mit ihren Kindern endlich auf den Heimweg machten. Die dicken weißen Kerzen waren schon zur Hälfte niedergebrannt.

Als sie ihren kleinen Bruder ansah, bemerkte Irina, daß er die Augen kaum noch offen halten konnte. Mardic war wie sie selbst seit dem Morgengrauen auf den Beinen gewesen und hatte bei den zahlreichen Vorbereitungen für den heutigen Abend geholfen. Und auch wenn ihr selbst genauso zumute war, durften sie beide sich das nicht anmerken lassen. Nicht heute abend.

»Bleib hübsch wach!« zischte sie ihm zu. »Und halte dich gerade!«

Er gehorchte, hob den Kopf und straffte die Schultern. Irina spürte, wie stolz sie auf ihn war.

Ihr fiel es schon schwer genug, und sie war doppelt so alt wie er; um wie vieles schwerer mußte es für ihn mit seinen neun Jahren sein! Sie erinnerte sich: auch sie war gerade erst neun gewesen, als sie so wie Mardic heute die Beileidsbekundungen entgegennehmen mußte; ihre Mutter war bei Mardics Geburt im Kindbett gestorben.

Außer ihr hatte Mardic nun niemanden mehr. Aber sie

würde dafür sorgen, daß es ihm an nichts fehlen sollte, das schwor sie sich. Sollte es irgendwelche Schwierigkeiten dabei geben, daß Mardic die Position seines Vaters in so jungen Jahren einnahm, dann würde sie auch das durchkämpfen. Und sie selbst würde bereitwillig die Verantwortung tragen, von der sie gehofft hatte, sie wenigstens noch ein Jahr lang vermeiden zu können.

Paolo, ehemals rechte Hand ihres Vaters und zweitwichtigster Mann im Dorfe, kam auf sie zu.

»Wir werden ihn morgen früh beim ersten Sonnenlicht auf See bestatten«, teilte er ihr mit. »Vorausgesetzt, das Wetter spielt mit.«

»Ich danke dir«, brachte Irina leise hervor. »Mardic und ich werden an Bord sein ...« Bei dem Gedanken an die Endgültigkeit, mit der man den Leichnam ihres Vaters der See übergeben würde, erstarb ihre Stimme.

»Danach ...« Paolo drehte seine feuchte Wollmütze verlegen in den Händen. »Du mußt dir jedenfalls keine Sorgen machen. Egal, wen die Männer auch als *Dai* wählen, er wird sicherstellen, daß man sich um dich und den Jungen kümmert.«

»Wählen? Was soll das heißen? Mardic ist jetzt Dai«, wandte Irina ein. Sie war verwirrt, bestürzt, jedenfalls mit einem Male wieder hellwach.

»Mardic? Er ist doch noch ein Kind!«

»Er ist der Sohn meines Vaters. Er ist jetzt Dai, so wie es schon sein Vater, Großvater, Urgroßvater und fünf Generationen vor ihm waren.«

»Das ist mir durchaus bekannt. Aber wir sind keine dieser Domänen, wie sie jetzt genannt werden, mit *Vai Doms* hinten und *Vai Doms* vorne, sondern ein Fischerdorf. Wir brauchen einen starken Anführer, und keinen neunjährigen Jungen als Dai. Er ist noch nicht einmal alt genug, um mit den Booten auszufahren!«

»Das dauert nicht mehr lange. In ein paar Monaten wird er zehn. Und er besitzt das Wettergespür.«

»Er zeigt jetzt schon Anzeichen des Wettergespürs?« fragte Paolo überrascht.

»Nicht direkt. Aber er wird es haben. Die Männer in meiner Familie haben alle das Wettergespür besessen; deshalb sind sie ja Dai geworden.«

»Auch das ist mir bekannt. Und ich weiß wirklich nicht, wie wir ohne deinen Vater zurechtkommen werden. Aber wir können es uns einfach nicht leisten, fünf Jahre lang abzuwarten, bis Mardic herangewachsen und die Schwellenkrankheit durchgemacht hat, um dann festzustellen, ob er wirklich das Wettergespür entwickelt hat. Wir brauchen jemanden, der uns *jetzt* führt. Jemanden, der sich mit den Booten auskennt, und mit den Fischen, und mit den Männern.«

»Ich kenne mich mit dem Booten aus. Ich bin mit meinem Vater acht Jahre lang zum Fischen ausgefahren. Und von euch kenne ich auch jeden einzelnen«, erklärte Irina verzweifelt.

Paolo prustete los, und die Fischer, die sich mittlerweile um sie geschart hatten, blickten einander ungläubig an.

»Du! Willst du jetzt allen Ernstes selbst Dai werden? Das hat uns gerade noch gefehlt. Daß du eine Frau bist, ist dabei gar nicht so wichtig. Mhari zum Beispiel hat ihr eigenes Boot fünfzehn Jahre lang ohne Verluste geführt, seit ihr Mann Teo umkam. Aber du bist gerade mal achtzehn! Ich fahre seit vierzig Jahren zur See. Raoul immerhin auch schon dreißig Jahre lang. Und da willst du dich jetzt zu unserem Anführer machen? Als ob du das Wettergespür hättest, was, wie ich sehr wohl weiß, nicht der Fall ist.«

Irina biß sich verzweifelt auf die Lippen. Es ärgerte sie, daß sie kein Wettergespür besaß und in diesem alles entscheidenden Punkt ihren Vater enttäuscht hatte. Sie hatte durchaus die Schwellenkrankheit durchgemacht, aber es war anscheinend alles umsonst gewesen. Ob es nun neblig oder sonnig war oder sich dicke Gewitterwolken am Himmel türmten, sie bemerkte es erst, wenn sie vor die

Türe trat; ganz zu schweigen davon, daß sie in der Lage gewesen wäre, das Wetter auf ein, zwei oder drei Tage vorauszusagen.

»Aber Dygardis ist der einzige im ganzen Dorf, der zumindest ansatzweise das Wettergespür hat. Und seine Voraussagen sind so unzuverlässig und praktisch wertlos. Warum probiert ihr es also nicht mit mir? Nicht als Dai, das will ich gar nicht, sondern als eine Art Platzhalter für Mardic. Das seid ihr meinem Vater und meiner Familie einfach schuldig.«

»Und was passiert, wenn der Junge das Wettergespür nicht entwickelt? Oder die Schwellenkrankheit nicht überlebt? Du weißt doch, daß in deiner Familie sehr viele jung sterben.«

Die schmerzliche Erinnerung an ihren geliebten älteren Bruder und an drei jüngere Geschwister schnitt ihr in die Seele, aber das ließ Irina nur um so bestimmter auftreten. »Dann habt ihr nichts verloren«, erklärte sie. »Dann könnt ihr immer noch jemanden wählen.«

Paolo schüttelte den Kopf. »Ich weiß nicht recht. Ich würde für deinen Vater eine Menge tun, aber das ...«

»Ihr seid es ihm schuldig«, flehte Irina unter Tränen. »Ihr seid es Großvater schuldig! Und nicht zuletzt seid ihr es Mardic schuldig! Er kann doch nichts dafür, daß er erst neun ist. Seinen Anspruch auf Vaters Boot würdet ihr schließlich auch wahren. Warum dann nicht seinen Anspruch auf Vaters Position?«

Paolo war verunsichert, denn sie hatte recht: Auch die minderjährigen Söhne und Töchter eines verstorbenen Fischers behielten ein Anrecht auf das Boot. In einer Dorfgemeinschaft, in der so viele so früh und unerwartet starben, waren die Familienbande besonders wichtig.

»Versucht es doch«, bedrängte Irina ihn. »Wenigstens versuchen könnt Ihr es. Bis Mardic sechzehn ist. Bis wir *sicher* sind.«

»Also gut, bis wir sicher sind. Bis wir einen dieser Zauberkundigen erreichen – wie heißen sie noch gleich? – einen dieser *Laranzus.* Bis einer von denen kommt und sich den Jungen ansieht und feststellt, ob er das Wettergespür bekommt oder nicht. Und keinen Tag länger.« Paolo blickte im Kreis umher, und die anderen nickten ihm zustimmend zu.

Irina schluckte kurz; Sieg und Niederlage lagen dicht beieinander. »Einverstanden«, war alles, was sie sagte.

Beim Verlassen der Halle debattierten die Männer noch immer mürrisch die plötzlich eingetretene Wendung. Mhari legte ihre Hand ermutigend auf Irinas Schulter, dann folgte auch sie den anderen.

Irinas Blick fiel auf die Bahre ihres Vaters, und sie fragte sich, was sie getan hatte. Sie konnte doch unmöglich Anführerin sein. *Sie,* die noch nicht einmal einen Haushalt führen wollte, konnte doch unmöglich die Last der Verantwortung für das gesamte Dorf auf ihre Schultern laden!

Aber was wäre ihr anderes übriggeblieben? Sie konnte nicht zulassen, daß man Mardic um sein Erbe brachte. Wenn sie einen anderen ernannt hätten, könnte es zwanzig oder fünfundzwanzig Jahre dauern, bevor Mardic die ihm zustehende Position wiedererlangen würde. Und jener andere, wer immer es auch sei, hätte wiederum Söhne, die ihrerseits Mardics Erbe streitig machen würden, selbst wenn er das Wettergespür entwickeln sollte. Und das war keinesfalls so sicher, wie Irina es in der Halle dargestellt hatte.

Nein, sie hatte keine andere Wahl gehabt. Dennoch erzitterte sie bei dem Gedanken an das, was jetzt vor ihr lag. Nun lag es an ihr, die Boote bei Sonnenschein durch die Brandung zu führen und wieder sicher zurückzubringen. Das Leben der Besatzung – Väter, Ehemänner und Söhne, und auch einige Mütter und Töchter – war ihr anvertraut. Und sie besaß kein *Laran,* das ihre Sicherheit gewährleistet hätte; sie besaß kein Wettergespür.

»Ach, Vater«, rief sie verzweifelt, und zum ersten Mal seit seinem Tod kniete sie am Leichnam ihres Vaters und weinte.

Der Morgen dämmerte.

Irina begrüßte ihn mit geröteten Augen und der Vorahnung eines drohenden Unheils. Sie war noch zu jung, um ihr Gefühl der Angst und Trauer besser einschätzen zu können. Mardic und sie gingen Hand in Hand zu dem Boot, auf das man den Leichnam ihres Vaters gebracht hatte.

Es war ein trüber und wolkenverhangener Tag. Normalerweise wären die Boote bei solchen Bedingungen im Hafen geblieben, und man hätte sich mit dem Ausbessern von Netzen und Segeln beschäftigt. Aber heute sollte es ohnehin nicht weit hinaus gehen, sondern nur bis zur Hafeneinfahrt und dann wieder zurück. Selbst wenn der Sturm der letzten Nacht wieder auffrischen sollte, würden die Boote sicher zurückkehren können.

Schweigend legten sie ab. Und nur kurze Zeit später wurde der Leichnam ihres Vaters der See, die ihn Zeit seines Lebens ernährt hatte, übergeben. Als sie wieder an Land waren, ging Irina zum Haus zurück und legte ihr schweres, braunes Wollkleid ab. Bei der nächsten Ausfahrt würde sie bereits die weiten Arbeitshosen anhaben, die Frauen beim Fischfang immer trugen. Und sie würde an Bord mit anpacken; ganz anders als in den sorglosen Tagen unter der Anleitung ihres Vaters, als sie sich den Wind um die Nase wehen ließ und die Gischt des Salzwassers lachend auf ihrem Gesicht spürte. Irinas Hand zitterte und das Herz war ihr schwer wie Blei, als sie daran dachte, was sie sich vorgenommen hatte.

Am nächsten Morgen herrschte jedoch wieder schlechtes Wetter. Unablässig prasselte der Regen auf die Küste nieder. Irina entschloß sich, die Zwangspause zu nutzen, um in den Höhlen Wurzeln zu sammeln.

Sie erinnerte sich daran, wie ihre Mutter sie zum ersten Mal mitgenommen hatte und wie düster und geheimnisvoll ihr die vielen Gänge, die sich durch die Klippen schlängelten, damals erschienen waren. Noch immer flößten die Höhlen ihr Ehrfurcht ein, aber sie genoß dieses Gefühl, ohne sich je, wie andere, davor zu fürchten. Sie hatte sich noch nie verirrt; selbst wenn sie sich in einen Seitengang vorwagte, den sie bisher noch nie erforscht hatte, wußte sie immer genau, wo sie war. Das war auch diesmal nicht anders, und so kehrte sie mit zwei schwer beladenen Körben für die Vorratskammer zurück.

Den restlichen Nachmittag verbrachte sie damit, Anna beim Sortieren der Sachen ihres Vaters zu helfen: einiges wurde für Mardic zur Seite gelegt, anderes wanderte in den Nähkorb, und der Rest wurde zusammengebündelt, um es dann den anderen Männern zukommen zu lassen. Viel hatte ihr Vater ohnehin nicht besessen. Als sie damit fertig waren, fegten sie seine Kammer aus. Irina schloß die Tür hinter sich; etwas Endgültiges lag darin.

Am nächsten Morgen wußte Irina noch bevor sie aufstand, daß die Boote heute ausfahren würden. Nicht etwa, weil sich auf wundersame Weise das Wettergespür über Nacht eingestellt hätte, sondern weil der Morgenstern und der letzte der vier Monde am klaren Himmel standen und durch das hohe Fenster in ihr Schlafzimmer schienen.

Sie wälzte sich aus dem Bett und stand barfuß auf dem kalten Steinboden. Zitternd zog sie das schwere, ungebleichte Nachtgewand über den Kopf und schlüpfte in die groben Arbeitshosen. Dann streifte sie sich ein weißes Hemd aus schwerem Leinen und einen dicken Wollpullover über. Sie eilte nach unten, wo eine Tasse Kräutertee ihrem ausgekühlten Körper etwas Wärme spendete, während draußen die Morgendämmerung ihr perlmuttfarbenes Grau an den Himmel zauberte.

Irina schritt forsch zum Ufer hinunter und schlenkerte dabei mit den Armen, um sich warm zu halten. Jetzt, da ihr Vater nicht mehr bei ihr war, erschien ihr seine Gegenwart um so unerläßlicher.

Die meisten der Männer machten sich bereits an den Booten zu schaffen; einige Nachzügler trafen mit ihr ein. Irina sah, wie Paolo zu Dygardis ging und mit ihm sprach. Sie sah auch, daß Dygardis mit den Schultern zuckte. Paolo drängte weiter. Dygardis schüttelte den Kopf, dann wies er auf die strahlende Sonne und den wolkenlosen Himmel, als ob er damit andeuten wollte, daß es den ganzen Tag über so schön bliebe. Immerhin eine Sorge weniger, dachte sich Irina.

Sie kletterte in Paolos Boot, das die kleine Fischerflotte anführen sollte, und rieb sich die Hände, um die klammen Finger zu lockern. Im Laufe der anfallenden Arbeiten wie Segelsetzen und Netze herrichten wurde ihr schon bald warm. Nach einigen Stunden löste sich Irinas Anspannung und sie fand sich in der vertrauten Routine wieder. Zwar vermißte sie die üblichen Frotzeleien der jüngeren Fischer fast ebenso sehr wie die heitere Gelassenheit ihres Vaters, aber das war auch schon der einzige Unterschied, der sich durch ihre neue, ungewohnte Stellung ergab.

Schließlich fragte man den Dai nur dann um Rat, wenn etwas vorgefallen war und eine Entscheidung getroffen werden mußte. Ansonsten hatte er wie jeder andere Mann seine Arbeit an Bord zu tun. Irina holte Netze ein und versuchte, ihr Gleichgewicht zu halten, während die Boote hin und her schaukelten. Vielleicht würde es ja während ihrer »Anführerschaft« immer so bleiben: strahlender Sonnenschein und ein reicher Fang.

Irina reckte sich und mußte ihre Tagträumerei selber belächeln. Sie war mit dem Meer groß geworden und wußte nur zu gut, daß selbst schon ein Dutzend solcher Tage ein unverhoffter Glücksfall war, ganz zu schweigen von fünf Jahren.

Als sie sich umdrehte, um sich wieder den Netzen zu widmen, blickte sie zur Hafeneinfahrt am Horizont zurück.

Sie erstarrte.

Eine dicke, graue Schwade verhüllte die Sicht.

Und die Nebelbank rückte beängstigend schnell näher.

»Achtung!« schrie Irina gegen das Wellengebraus an.

Rücken richteten sich um sie herum auf, Köpfe schnellten an Bord der benachbarten Boote hoch.

»Heißt auf!« rief Paolo, und das Kommando wurde auf den anderen Booten wiederholt.

Schwielige Hände hievten, um die Netze rechtzeitig einzubringen: eilige Füße rannten, um die schweren Segel zu setzen.

Aber es war alles vergebens. Der Nebel kam ihnen zuvor. Innerhalb von Minuten umhüllte sie eine Decke aus nassem Grau, die jeden Ton erstickte.

»Das wäre nie passiert, wenn wir einen Dai mit dem Wettergespür hätten«, schimpfte Paolo.

»Haben wir aber nicht«, gab Irina zornig und angstvoll zurück.

»So geht es einfach nicht. Wir werden Dygardis wählen müssen.«

»Was sollte das schon bringen? Dygardis hat das offenbar auch nicht kommen sehen. Ich habe doch beobachtet, wie du mit ihm gesprochen hast.«

Paolo ließ die Schultern hängen. »Das stimmt. Aber was sollen wir jetzt tun? So ein Nebel kann sich drei Tage lang halten. Wir könnten gegen die Klippen geschleudert werden; oder aber so weit hinaustreiben, daß wir den Rückweg nie mehr finden. Schau dich doch bloß um«, rief er angesichts des Nebels. »Wir wissen selbst *jetzt* nicht einmal, wie wir zum Hafen zurückkommen!«

Aber ich weiß es!

Für Irina kam diese Erkenntnis völlig überraschend. Aus einer bestimmten Richtung schien ein unsichtbares

Leuchtfeuer zu kommen; sie konnte es genauso untrüglich erkennen wie sie stets den richtigen Weg aus den Höhlen wiederfand.

»Die anderen Boote sollen ihre Laternen anzünden«, befahl sie, »damit wir den Sichtkontakt nicht verlieren.«

Paolo nickte. Einige der Fischerboote hatten dies bereits getan, die anderen folgten schnell dem Beispiel.

»Der Hafen befindet sich dort«, sagte Irina und deutete in eine bestimmte Richtung.

»Hör zu, keiner kann den Hafen jetzt orten, ganz egal wie genau du ihn sehen konntest, bevor der Nebel einsetzte. Die Boote drehten sich doch ständig in der Dünung. Wer weiß schon, in welche Richtung wir gerade steuern.«

»*Ich* weiß es«, warf Irina ein. »Ich habe es nicht mit Augen gesehen. Ich *weiß* es einfach.« Sie sagte es in jenem eigentümlichen Tonfall, mit dem das einfache Volk gewöhnlich über Dinge wie *Laran* sprach, die sie einfach hinnahmen, ohne groß darüber nachzudenken.

»Oh ... Ich verstehe ... Wenn du dir so sicher bist ...« lenkte Paolo ein. Er betrachtete sie besorgt.

»Ich bin mir sicher«, bekräftigte Irina.

Paolo gab dem nächsten Boot ein paar Anweisungen, die weitergeleitet wurden, bis die gesamte kleine Flotte davon in Kenntnis gesetzt war.

Die Boote drehten langsam bei, und die Männer brachte die Ruder aus. Immer darauf bedacht, beieinander zu bleiben und die Laternen der anderen Boote nicht aus dem Auge zu verlieren, ruderten sie heimwärts.

Irina mußte einige Male geringfügige Kurskorrekturen vornehmen. Da gab es das Felsenriff und Untiefen, die sie kannte, und einmal mußte sie in scharfer Kehrtwendung die Unterströmung umschiffen.

Als endlich die hohen Klippenwände aus dem Nebel auftauchten und sich im dunkleren Grau über ihnen auftürmten, atmete Irina erleichtert auf. Sie vertäuten die Boote nahezu schweigend.

»Das Wettergespür ist es jedenfalls nicht«, sagte Paolo schließlich.

»Das nicht«, räumte Irina ein, »aber vielleicht wird es uns über die nächsten Jahre hinweghelfen.«

»Möge die Göttin uns beistehen!« pflichtete ihr Paolo bei.

Irina ging in dem grauen und feuchten Nebeleinerlei nach Hause, aber in Gedanken war sie bereits damit beschäftigt, wie sie ihr *Laran* noch besser einsetzen könnte. Vielleicht könnte sie, wenn sie sich darin übte, Stürme ausfindig machen, so wie sie auch das Felsriff und schließlich den Hafen ausfindig gemacht hatte. Vielleicht könnten auch Dygardis und sie zusammenarbeiten; mit seiner Fähigkeit, zumindest manchmal zu spüren, wenn etwas »in der Luft lag«, und ihrer Orientierungsgabe könnten sie vielleicht einen Weg finden, das Wetter zu bestimmen bevor das Wetter sie bestimmte.

Natürlich würde sie Anna davon überzeugen müssen, bei ihnen zu bleiben. Oder, was vielleicht noch besser war, jemanden anderes finden, der die Halle versorgte, während sie sich um die Fischerflotte kümmerte. Eine von Giselles jüngeren Töchtern könnte doch diese Aufgabe übernehmen; sie müßte noch nicht einmal in der Halle übernachten, und gleichzeitig wäre es für sie eine ausgezeichnete Vorbereitung auf ihre zukünftigen Aufgaben als Ehe- und Hausfrau.

Irina würde schon einen Ausweg finden. Sie mußte bei dem Gedanken leicht lachen – schließlich war das ihr *Laran:* einen Weg zu finden!

»Anna, wir sind wieder zurück«, rief sie, als sie das Haus betrat. Und als sie ihre nassen Kleider auszog, war Irina noch immer nicht ganz bewußt, daß sie sich bereits einer Zukunft verschrieben hatte, die so ganz anders war als das, was sie noch vor wenigen Tagen auf sich hatte zukommen sehen.

MARY K. FREY

Die Gunst der Götter

Mary Frey hat bereits in zwei meiner vorangegangenen Anthologien Geschichten veröffentlicht. Sie unterrichtet nach wie vor Französisch an einer High School, und »meine Schüler sind der Meinung, ich sollte den Lehrplan ändern, damit sie meine Geschichten lesen können, anstatt unregelmäßige Verben zu pauken.« Das wäre uns allen sicherlich lieber. Sie möchten natürlich auch wissen, ob sie in ihren Geschichten als Figuren auftauchen, was Mary selbstverständlich verneint.

Bob Silverberg wurde einmal gefragt, ob seine Charaktere irgendwelchen lebenden Personen nachempfunden seien. Seine Antwort lautete, daß alle Figuren in seinen Geschichten einer lebenden Person nachempfunden sind: »Und diese Person heißt Robert Silverberg.«

In dieser Aussage liegt eine Wahrheit, die die fiktive Welt im wesentlichen immer wahrhaftiger als die bloßen Fakten erscheinen läßt. Beim Schreiben erzählt man fortlaufend »Lügen« … und doch zugleich auch eine innere Wahrheit über sich selbst. Und wer nicht bereit ist, alles *zu enthüllen – der sollte doch lieber bei seinen (anderen) Leisten bleiben. Denn selbst wenn man »klassische Fantasy« über Drachen und Elfen schreibt, wird man nicht vermeiden können, alles – jawohl, alles! – über seinen eigenen Charakter zu enthüllen. Wer sich daran nicht verbrennen möchte, der sollte besser die Finger von diesem heißen Eisen lassen.*

Ich erinnere mich noch gut daran, wie die Männer von Snowcloud Forest in den Stallungen oder bei der Rückkehr aus der einzigen Taverne des Dorfes Rafe als den größten Schwertkämpfer in den Hellers beschrieben. Ich war damals neun oder zehn und mächtig stolz, den Mann, dem dieses Lob galt, nicht nur *persönlich* zu kennen, sondern sogar mütterlicherseits mit ihm verwandt zu sein. In jenem Jahr war ich plötzlich kräftig in die Höhe geschossen und ich setzte alles daran, jede sich mir bietende Gelegenheit zu ergreifen, in dieser Welt zu Ruhm zu gelangen.

Genaueres über Rafes Fähigkeiten erfuhr ich, als er uns von seinen Abenteuern im Tiefland erzählte, wo er den Sommer als Söldner in Lord MacArans Diensten verbracht hatte. So saßen wir an vielen dunklen Winterabenden, wenn der Wind um die Giebel pfiff und der Schnee sich vor dem Haus auftürmte, um den Herd versammelt und lauschten meinem Verwandten.

Wenn ich alleine war, versuchte ich mir vorzustellen, wie es wohl wäre, wenn sich herausstellen sollte, daß Rafe und ich tatsächlich Halbbrüder waren; dazu dachte ich mir eine ausgeklügelte Abfolge der unwahrscheinlichsten Ereignisse aus, die dies hätte erklären können. In Wahrheit war natürlich alles wesentlich weniger romantisch: Rafes Mutter war die ältere Schwester meiner Mutter, und als seine Eltern beide am Sommerfieber starben, noch bevor Rafe ein Jahr alt war, mußte sich die Familie seiner Mutter um ihn kümmern. Meine Großmutter war zu der Zeit wohl schon zu alt, um noch ein Kind aufzuziehen, und so willigte sie ein, daß meine Mutter diese Aufgabe übernehmen sollte, auch wenn sie selber fast noch ein Kind war.

Rafe war, wie viele der Bergbewohner, in deren Adern kein Comyn-Blut floß, dunkelhaarig. Die Männer im Dorf ließen sich über Winter oft einen Bart stehen, aber da Rafe zu Dom Valentins Offizieren gehörte, war er stets glatt rasiert. Im flackernden Widerschein des Herdfeuers erschienen seine Augen eher schwarz als grau. Ich erinnere mich auch dunkel daran, wie die Frauen über sein blendendes

Aussehen tuschelten, wenn sie sich von Männern unbeobachtet glaubten. Ich kann mir nicht vorstellen, daß ich jemals an Rafes Stärke und Mut gezweifelt hätte; das hätte einfach nicht zu Rafe gepaßt. Dabei war er damals höchstens zwanzig Jahre alt – aber das wurde mir erst sehr viel später klar.

Meine Freunde und ich waren unterdessen davon überzeugt, daß es für uns keine strahlendere Zukunft geben könnte, als es Rafe gleichzutun und Offizier in Dom Valentine MacArans Leibgarde zu werden. Was wir an jenen dunklen, schneereichen Winterabenden von ihm hörten, regte unsere Phantasie jedenfalls weitaus mehr an als die Aussichten als Schuster, Schmied oder in sonst einem Handwerk, auf das wir von unseren Vätern vorbereitet wurden, zu arbeiten.

Ich heiße übrigens Alaric.

Mein Vater – und damit meine ich den Mann, den ich während der ersten zwölf Jahre meines Lebens so nannte – war Hayat, der Hufschmied von Dom Valentine. Meine Mutter hatte nach dem Tod meiner Großeltern und vor ihrer Heirat mit dem Schmied eine Stellung als Näherin bei der ersten Frau des Lords gefunden, die wiederum die Mutter des Erben war, der ertrank, als –

Aber dieses tragische Ereignis gehört bereits zu Rafes Geschichte, auch wenn ich sie nie von *ihm* direkt erzählt bekam, als ich noch klein war. Im Dorf wurde eine Generation lang das Alter aller Kinder auf jenen Winter, in dem Dom Coryn umkam, zurückgerechnet. Ich wurde am Ende des darauffolgenden Sommers geboren.

Am Talschluß, dort wo die Straße nach Neskaya in den Bergen verschwindet, befindet sich ein See. Dom Valentines Ur-ur-urgroßvater hatte seinen *Leroni* einst befohlen, einen Damm im Flußbett zu errichten und so diesen See aufzustauen. Im Winter fror er meist ganz zu. Während eines besonders strengen Winters war die Eisdecke stark genug, um das Gewicht vieler Männer zu tragen. Es kam aber viel öfter vor, daß die Eisschicht trügerisch war, und die Dorfbewohner warnten ihre Kinder immer wieder davor, das Eis zu betreten, solange es von den Erwachsenen nicht freigegeben wurde.

Rafe war in jenem Jahr zehn, also alt genug, ein Handwerk zu erlernen, aber er hatte keinen einzigen Verwandten, der ihn darin hätte unterweisen können. Als das Mittwinterfest herannahte und die MacArans mit ihren Familien und dem restlichen Gefolge im Forst eintrafen, gab es bei all den zusätzlichen Reittieren in den Stallungen genügend Arbeit. Für Rafe bedeutete das tagsüber einen Arbeitsplatz im Warmen und mittags eine warme Mahlzeit im Hof zusammen mit den anderen Stallburschen.

Eines Tages beschlossen der fünfzehnjährige Dom Coryn, der Erbe der MacArans, und seine Cousins, auf Falkenjagd zu gehen, und Rafe gehörte zu dem guten Dutzend Jungen, die sie aus der Menge im Hof ausgewählt hatten, um die Pferde zu betreuen und nötigenfalls Wild aus dem Unterholz aufzuscheuchen. Die jungen Adligen, die mit ihrem vom Wind zerzausten, kupferroten Haar und in den reich bestickten Westen umherstolzierten, waren fest entschlossen, auf ihre Kosten zu kommen und so viel Wild wie möglich zu erlegen, um später mit den blutigen Jagdtrophäen ihre kleinen Schwestern erschrecken zu können.

Von all dem Gerede und den Ereignissen des Tages erfuhr Rafe erst später durch die Berichte, die andere, wie zum Beispiel der Sohn des Schusters, verbreiteten. Als er die Geschichte zum ersten Mal hörte, war sie ihm so wenig vertraut, als ob sie sich in El Haleine oder in einer der Trockenstädte vor Hunderten von Jahren ereignet hätte. Und als er viele Jahre später davon berichtete, gestand er mir, daß er zwischen dem, was andere ihm erzählt hatten, und seinen eigenen Erinnerungen an jenen Tag nicht länger unterscheiden konnte.

Das edle Vogelweibchen, das sich mit seiner Beute auf

dem zugefrorenen See niedergelassen hatte, war Dom Coryns Lieblingsfalke gewesen; es war der erste Vogel, den er eigenhändig ausgebildet hatte. An diesem Tage aber schien sie ihre Unabhängigkeit wiedererlangen zu wollen. So sehr sich Coryn auch mit Pfiffen, Zurufen und Ködern abmühte, sie war nicht zu bewegen, auf seinen Falknerhandschuh zurückzukehren.

Glaubt man den Jungen aus unserem Dorf, so befahl Dom Coryn, daß Rafe sich aufs Eis hinauswagen sollte, um den Falken zurück ans Ufer zu treiben. Seine Cousins berichteten hingegen, daß sich Rafe als kleinster und leichtester der Stallburschen freiwillig für diese Aufgabe gemeldet habe. Übereinstimmend beschrieben aber alle das entsetzliche Krachen, das so klang, als ob ein Blitz in einen Baum eingeschlagen wäre, als das Eis nachgab und Rafe vor ihren Augen versank.

Jeder von uns im Dorf kannte die eine oder andere Version der Geschichte, wie sich Dom Valentines Sohn und Erbe in das eisige Wasser stürzte und bei dem heldenhaften Versuch, den Stallburschen zu retten, umkam. Als ich es aber zum ersten Mal von Rafe selber hörte, waren wir vom Schauplatz weit entfernt, und ich war längst kein Kind mehr. Wir beide übernahmen die Mitternachtswache an einem Grenzposten von Lord Dellerays Ländereien; Rafe hielt sein Schwert griffbereit, und ich tat das gleiche mit meinem Sternenstein, falls die Tiefländer sich erdreisten sollten, im Schutze der Dunkelheit einen Angriff zu unternehmen.

Rafe erzählte mir, wie er nach über einer Stunde bewußtlos aus dem See gezogen worden war und alle annahmen, er habe das gleiche Schicksal wie Dom Valentines Erbe erlitten, bis schließlich der *Laranzu* doch noch ein schwaches Lebenszeichen feststellte. Als er geendet hatte, ergriff er einen knorrigen Ast und stocherte damit wie in Trance in der Glut unseres Feuers.

»Es war das Schlimmste, das mir jemals zugestoßen ist«, schloß er. Ich nahm natürlich an, daß er damit entweder meinte, daß er dem Tod um Haaresbreite entronnen war, oder aber sich auf die Zeitdauer bezog, in der er das Gedächtnis verloren hatte; aber Rafe erklärte kurz darauf: »Ich wäre besser dran gewesen, wenn ich an jenem Tag gestorben wäre, so sie es die Götter wollten.«

Ich wußte nicht, war ich darauf antworten sollte. Rafe ließ den Ast ins Feuer fallen, so daß die Funken stoben und in der heißen Luft spiralförmig nach oben stiegen: ich blickte ihnen lange nach, bis mir davon schwindlig wurde.

»Dom Valentine behauptet, das alles, was seither geschehen ist, von den Göttern vorherbestimmt sei, aber ich weiß es besser. All das hier –« und dabei deutete er auf den reich verzierten Schwertgürtel und die Offiziersabzeichen auf der Schärpe mit dem Clanmuster der MacArans, »– all das ist nicht *ihr* Wille, sondern *seiner*. Er ist viel zu stolz und stur, um akzeptieren zu können, daß sein erstgeborener Sohn womöglich umsonst gestorben ist …«

Das konnte ich nicht unwidersprochen lassen. »Einem anderen das Leben zu retten, nennst du umsonst?«

Er schnaubte nur verächtlich. »Von dir habe ich auch nichts anderes erwartet, Alaric. Schließlich hast gerade du allen Grund dazu, dankbar zu sein, daß ich gerettet wurde.«

»Was willst du damit sagen?«

»Hat dir denn deine Mutter nicht erzählt, wem du deine Existenz zu verdanken hast –«

»Ich weiß durchaus, daß Dom Valentine mein Vater ist«, unterbrach ich ihn. »Sonst hätte ich wohl kaum diese kupferroten Haare und genug *Laran*, um diesen Sternenstein und eine Erziehung am Turm von Neskaya zu erhalten.«

»Und hat sie dir auch erzählt, wie Lord MacAran dazu kam, dein Vater zu sein?«

Dabei konnte ich mir ein Grinsen nicht verkneifen. »Hör mal, Rafe, ich war fast zwölf, als ich erfuhr, wer mein richtiger Vater ist, also alt genug um zu wissen, was Männer und Frauen so miteinander treiben. Jedenfalls habe ich es nicht für nötig gehalten zu fragen, *wie* ich gezeugt wurde.« Der Zeitpunkt meiner Geburt ließ den Rückschluß zu, daß die Feierlichkeiten zum traditionellen Mittwinterfest dabei eine nicht ganz unerhebliche Rolle spielten.

Das eine Ende des Astes, den Rafe ins Feuer geworfen hatte, ragte noch hervor. Er versetzte ihm einen Tritt und beförderte ihn damit in die Mitte der Flammen. »*Er* hat sich in den Kopf gesetzt, daß meine Rettung, bei der sein eigener Sohn umkam, ein Zeichen dafür sei, daß die Götter mir ein besonderes Schicksal zugedacht haben. Man hat mich von deiner Mutter, meiner letzten mir verbliebenen Verwandten, getrennt, damit ich die gleiche Ausbildung wie Dom Valentines Pflegesöhne erhalten sollte. Er behauptete, er wolle mich auf mein zukünftiges großes Schicksal entsprechend vorbereiten. In Wirklichkeit aber wollte er mein Leben bestimmen und sicherstellen, daß ich immer nur als Beweis dazu diene, daß sein Sohn nicht vergebens gestorben ist. Deine Mutter ging schließlich sogar zu ihm und bat darum, daß ich zu ihr zurückkehren dürfte, da sie damals außer mir keine Angehörigen mehr besaß. Er lachte sie nur aus und meinte, daß sie schon noch ein anderes Kind bekäme, falls die Götter sie dazu bestimmt hätten. Und dann setzte er das gleich in die Tat um!«

Damals wurde mir klar, wie eifersüchtig ich im Grunde auf die Pflegesöhne meines Vaters war. Während meiner Telepathenausbildung im Turm von Neskaya mußte ich beständig gegen den Zorn ankämpfen, den ich gegenüber den anderen Jungen in seinem Haushalt verspürte; mein Vater überhäufte sie förmlich mit all seiner Fürsorge und Aufmerksamkeit, während er mir, seinem eigenen

Fleisch und Blut, keinerlei Beachtung schenkte. Ich hatte mich zuvor nie über meine Kindheit beklagt; jetzt aber wurde mir bewußt, wie anders sie hätte verlaufen können.

Ich war so sehr in meine eigenen Gedanken vertieft, daß ich Rafes Frage fast überhört hätte. »Was wäre, wenn die Götter durch Coryns Tod gar nicht *mir* das Leben retten, sondern *dir* ins Leben verhelfen wollten?«

Ich war mir nicht sicher, ob Rafe mit seiner Behauptung recht hatte, daß Dom Valentine sich an meiner Mutter nur vergangen hatte, damit die Götter ihr ein Kind bescherten. Meine Mutter galt in ihrer Jugend als ausgesprochene Schönheit. Eines stand jedenfalls fest: Als ich auf die Welt kam, war nicht ich der *Nedestro*-Erbe. Mein Vater hatte in der Zwischenzeit Dom Roualt Dellerays Schwester zu seiner zweiten Frau genommen und schon bald einen Nachkommen gezeugt. Der neue Erbe war nur wenige Monate jünger als ich.

Ein Teil des Ehevertrages bestand aus einem gegenseitigen Beistands- und Verteidigungspakt zwischen Dom Roualt und Dom Valentine. Siebzehn Jahre später kämpften Lord MacAran und seine Soldaten und *Leroni* noch immer Dellerays Krieg mit den Tiefländern um das Gebiet zwischen Neskaya und dem Fluß aus.

Und siebzehn Jahre nach Coryns Tod beobachtete Dom Valentine Rafe noch immer aufmerksam und in der Hoffnung, endlich zu erfahren, welch großes Schicksal die Götter dem Jungen zugedacht hatte, um dessentwillen sein erstgeborener Sohn gestorben war. Je mehr ich davon jetzt selber mitbekam und zu begreifen versuchte, desto mehr fragte ich mich, was genau mein Vater eigentlich von Rafe erwartete.

Wie ich schon eingangs erwähnte, galt Rafe als äußerst geschickter Schwertkämpfer. Vielleicht war er nicht der allerbeste seiner Zeit, – von Dom Raimond Aillard erzählte man sich wahre Wunderdinge – da er kein *Laran* besaß und somit nicht in der Lage war, den nächsten Hieb seines Gegners vorauszuahnen. Kein telepathisch begabter Schwertkämpfer hätte sich rechtmäßig und guten Gewissens mit ihm im Zweikampf messen dürfen. Und von den normal Sterblichen wagte es keiner, da sie wußten, das sie keine Chance gegen ihn hätten. Und doch hörte ich nie, daß mein Vater auch nur ein einziges Wort des Lobes oder der Anerkennung für Rafes Fähigkeiten übrig hatte.

Rafe verstand es auch gut mit Pferden umzugehen, was besonders bemerkenswert war, da in seiner Umgebung einige über die MacAran-Gabe des Rapports mit Tieren verfügten. Im Umgang mit Menschen schien er mir nicht weniger geschickt zu sein. Die niederen Mannschaftsdienstgrade, die aus der näheren Umgebung von Snowcloud Forest kamen, behandelten Rafe gerade so, als ob er der Stellvertreter des Herrn des Lichtes sei.

Während das Heer auf Neskaya vorrückte, um Lord Lanart und seine Verbündeten dort in offener Feldschlacht zu stellen, sandte die Kavallerie Erkundungstrupps aus, die gelegentlich in Scharmützel mit den Tiefländern verwickelt wurden. Nach einem solchen Gefecht war ich zufällig anwesend, als mein Vater den Vorfall mit den daran beteiligten Offizieren besprach. Man war voll des Lobes für einen Cousin von Lord Delleray, dem es gelungen war, dem Feind zu entkommen, obwohl er sein Pferd und ein halbes Dutzend ihm unterstellter Männer verloren hatte. Lord Storns jüngerer Sohn hatte daraufhin im Übereifer befohlen, die Scheune eines örtlichen Bauern abzufackeln, obwohl dessen Familie sich seit Generationen den Dellerays gegenüber loyal gezeigt hatte. Auch das wurde lobend erwähnt, da er daran gedacht habe, einen möglichen Versorgungsstützpunkt des Gegners zu vernichten – ungeachtet der Tatsache, daß sich das Gebäude mehrere hundert Schritt *hinter* unseren eigenen Linien befand!

Dann wandte sich Dom Valentine Rafe zu, der sein Pferd dem glücklosen Delleraycousin überlassen hatte und zu Fuß ins Lager zurückgekehrt war. Ich konnte beim besten Willen nicht einsehen, was daran zu tadeln war. Aber mein Vater war offenbar der Überzeugung, die er auch gegenüber Rafe laut äußerte, daß »mein Sohn nicht gestorben ist, um dir das Leben zu retten, nur damit du dann von einem Pfeil eines verwünschten Tiefländers niedergestreckt wirst!« Ich fragte mich natürlich, wie mein Vater bei solch einer Einstellung Rafe überhaupt in den Kriegsdienst schicken konnte.

Andererseits wurde mir später klar, daß Dom Valentine sich verpflichtet fühlte, Rafe gefährlichen Situationen auszusetzen, in denen er sein wahres Heldentum unter Beweis stellen konnte.

Während das Heer nach Süden vorrückte, berichteten die Vögel, die wir *Leroni* zur Erkundung ausgesandt hatten, daß wir in einem Tal, das seit Generationen als Ebene von Zabal bezeichnet wurde, auf Lord Lanarts Streitmacht stoßen würden. Dort also würde es zum Kampf kommen. Wir lagerten auf dem Höhenzug am westlichen Ende, von wo aus die beiden Comyn-Lords das Schlachtfeld gut überblicken konnten. Am anderen Talende schimmerten die Lagerfeuer des Feindes wie Hunderte von Leuchtkäfern. Am Abend wurden alle Offiziere zu einer Stabsbesprechung gerufen, um die Schlachtordnung für den folgenden Tag festzulegen. Auf einer bleichen Lederbreite wurde ein Lageplan mit der Aufstellung der Soldaten im Zentrum, an den Flanken und als Reserven aufgezeichnet. Man debattierte den zu erwartenden Kampfablauf. Die gegnerische Taktik war ihnen in manchen durchaus vertraut; schließlich hatten Lord Delleray und seine Verbündeten nicht umsonst jahrelang immer wieder Krieg mit den Tiefländern geführt.

Da dies meine erste Schlacht sein sollte, war ich seit Stunden im Innersten tief aufgewühlt. Aber in die nervöse Anspannung mischte sich auch stets ein Funken Hoffnung, daß am Ende des nächsten Tages mein Name in aller Munde sein würde, daß ich den alles entscheidenden Unterschied ausmachen und unserer Seite zum Sieg verhelfen würde, indem ich im genau richtigen Moment handelte. Wie konnte Rafe solch heldenhafte Aussichten nur so geringschätzig abtun?

Es dauerte länger als erwartet, bis es zur Schlacht kam; umso schneller war sie geschlagen. Dazwischen herrschte das reinste Chaos – so erschien es mir zumindest, und ich gehörte immerhin zu den *Leroni*, die bei den Kommandeuren und ihren Knappen auf der Anhöhe zurückgeblieben waren, um einen besseren Gesamtüberblick zu haben. So lange Lord MacAran mich benötigte, um mit den telepathisch geschulten Offizieren auf dem Schlachtfeld Kontakt aufzunehmen, war ich untrennbar mit dem Lärm und Angstschweiß des Schlachtgetümmels verbunden.

Die zwei Vollmonde, die nach Mitternacht aufgegangen waren, ermöglichten es uns, einige unserer Truppen in Stellung zu bringen. Lord Lanart verfuhr mit seinen Soldaten in gleicher Weise. Als aber die Sonne aufging, verwandelten ihre wärmenden Strahlen den nächtlichen Tau in dichten Morgendunst, so daß beide Seiten nur ungeduldig warten konnten, bis sich der Nebel endlich auflöste und der Gegner tatsächlich in Sicht kam. Wir hatten so viele Vögel wie möglich eingesetzt. Das Gleiche galt für unsere Gegenseite, aber da sie nicht über die MacAran-Gabe des Rapports mit Tieren verfügten, mußten ihre Informationen notgedrungen unzusammenhängend bleiben.

»Ein feindlicher Trupp versucht, den Fluß an einer Furt östlich des Gebüschs zu überqueren«, meldete ich Dom Valentine und wies in die entsprechende Richtung. Kurz darauf waren Schreie zu hören, die der Wind uns gedämpft zutrug.

Gegen Mittag schien alles auf die Entscheidung zuzutreiben. Ich hatte beim Anblick der vielen Verwundeten, die ins Lager zurückkehrten, ein ungutes Gefühl, aber weder Dom Roualt noch Dom Valentine schienen übermäßig besorgt zu sein. Meine Kleider waren naßgeschwitzt, und ich mußte mich dazu zwingen, den honiggesüßten Fruchtsaft zu trinken, den der Junge, der mein Pferd hielt, mir reichte. Ich hatte meinen Sternenstein seit Beginn der Kämpfe ohne Unterbrechung eingesetzt. Noch verspürte ich die damit verbundene Anstrengung kaum; andererseits wollte ich nicht zu schwach sein, um mich noch im Sattel halten zu können, falls wir unterliegen sollten und zur Flucht gezwungen waren.

»Jetzt wird es ernst!« rief Dom Roualt aus, als sein *Laranzu* und ich eine erneute gegnerische Attacke meldeten. Diesmal war es kein Geplänkel; der Angriff erfolgte auf der ganzen Breite, und wir hatten große Mühe, sie aufzuhalten. Die unterschiedlichsten telepathischen Hilferufe mehrerer Offiziere stürmten gleichzeitig auf mich ein; sie alle forderten jede nur mögliche Unterstützung an. »Die Flanke, Val!« rief Delleray meinem Vater zu. »Befehlen Sie der Reserve am rechten Flügel jetzt anzugreifen oder wir sind verloren!«

Auf der Kommandohöhe waren alle Augen auf den rechten Flügel gerichtete, wo die Reservetruppen aus Stormcloud Forest lagen. Auf Dom Valentines ausdrücklichen Wunsch hin hatte man sie Rafes Kommando unterstellt.

»Zandrus siebte Hölle über ihn, worauf wartet er denn noch?« wollte Lord Delleray wissen. »Kann er denn deinen *Laranzu* nicht hören?« Ich spürte, wie sein erregter Blick auf mir lastete, als ob es *meine* Schuld sei, daß Rafe sich nicht rührte.

Der Pflegesohn besitzt kein Laran. Ich fing den Gedankenblitz eines Matrixarbeiters an Dom Roualts Seite auf. Hätte er ihn ausgesprochen, wäre es höchstens im Flüsterton geschehen. *Er kann keinen von uns hören.*

Lord Delleray knirschte mit den Zähnen, die Adern schwollen an seinen Schläfen und seine Gesichtsfarbe wurde immer röter.

»Rafe braucht uns nicht zu hören«, erklärte Dom Valentine. »Er ist von den Göttern begnadet, und nicht wir, sondern sie werden ihn führen.«

Dom Roualt brach in eine Schimpfkanonade aus, die ich nicht zu wiederholen wage. Er wandte sich an einen seiner jungen Knappen – es war zufällig Dom Valentines zweitältester Sohn Doni – und befahl dem Jungen, sich irgendwie zum rechten Flügel durchzuschlagen und dem kommandierenden Offizier den Angriffsbefehl zu erteilen.

Kaum war Doni mit seinem Pony hinter einer Baumgruppe verschwunden, sahen wir am gleichen Ort das Banner eines Tiefländers auftauchen. Es blieb uns aber keine Zeit, darüber nachzudenken, denn im gleichen Augenblick setzte die Reserve zum Angriff an. Sie fiel der gegnerischen Hauptstreitkraft in den Rücken und schlug sie vernichtend. Der Sieg war unser.

»Gelobt sei der Herr des Lichtes!« rief Dom Valentine aus. »Habe ich also doch Recht behalten – die Götter haben zu meinem Pflegesohn gesprochen!«

Auch im Angesicht des Sieges galt es noch immer, die Verwundeten zu versorgen und die Toten zu bestatten. Wann genau die Fackeln entzündet wurden, bemerkte ich gar nicht; jedenfalls standen die Monde bereits hoch am nächtlichen Himmel, als ich endlich zu meinem Feldbett zurückkehren konnte. Mein Gewand, das mich als Angehörigen des Turms auswies, war völlig verdreckt und stank, aber das nahm ich schon lange nicht mehr wahr.

Danvan, der älteste Sohn meines Vaters aus zweiter Ehe und sein anerkannter Erbe, wartete in meinem Zelt auf mich. Dani war nur einige Monate jünger als ich. Sein glattes, sommersprossiges Gesicht war in dieser Nacht um Jahre gealtert, und auch ohne zu fragen verriet mir sein Ausdruck, daß Doni, sein zwölfjähriger Bruder, der losgeritten war, um die Reserve zu alarmieren, tot war.

»Damit habe ich heute einen Mann getötet«, berichtete Dani und deutete auf sein Schwert. Ich sah, daß er es noch immer nicht gereinigt hatte, und war verwundert, daß mein Vater oder Lord Delleray eine solche Nachlässigkeit selbst unter diesen Umständen durchgehen ließen. Ich bot Dani den einzigen Stuhl in meinem kleinen Zelt an. »Was sollen wir bloß mit Vater tun, Alaric?«

»Was meinst du damit?« fragte ich. Eines Tage würde Dani der neue Lord MacAran sein, und da ich sein Halbbruder war und länger als irgendein anderer Verwandter im Turm ausgebildet worden war, würde der Posten als sein oberster *Laranzu* wahrscheinlich mir zufallen. Es lag also in meinem eigenen Interesse, mich gut mit ihm zu stellen. Daß er noch nicht Rafes Statur besaß, war ein Gedanke, den ich schnell wieder verbannte, bevor Dani ihn aufgreifen konnte.

»Es kümmert ihn nicht, daß ich einen Mann eigenhändig getötet habe und dessen Gedanken im Todeskampf miterleben mußte. Und als er Donis Leiche sah, oder was Lanarts Männer davon übrig gelassen haben, da hat er keinerlei Schmerz verspürt.«

»Er ist nun einmal gewohnt, seine Gefühle zu verbergen«, lautete meine pflichtschuldige Antwort. Insgeheim aber stimmte ich Dani zu, mehr vielleicht, als er ahnen konnte. Avarra weiß, daß sich mein Vater nie viel aus mir gemacht hat.

»Das ist etwas anderes, Alaric. Für ihn zählt heute doch nur das eine: Die Götter haben zu Rafe gesprochen. Er sagt, daß sei der Beweis, daß mein Pflegebruder in der Gunst der Götter steht. Das sei der Tag, auf den er immer gewartet habe. Alles andere kümmert ihn nicht! Was sollen wir bloß tun?«

»Du weißt doch sicherlich, warum es ihm so wichtig ist?«

Dani fuhr empört auf. »Beim Heiligen Aldones! Coryn mag ja sein erstgeborener Sohn gewesen sein, aber er ist jetzt schon über siebzehn Jahre tot. Man könnte meinen, Doni und ich bedeuteten ihm nicht mehr als irgend ein Bastard, den er unterwegs gezeugt –«. Dani verstummte, als ihm klar wurde, was und vor allem wem gegenüber er das gesagt hatte. Er besaß noch genug Anstand, um verlegen zu erröten.

»Du brauchst dich nicht zu entschuldigen. Ich weiß recht gut, was ich bin«, erwiderte ich. Dann riet ich ihm, sich einen Knappen zu suchen, der ihm beim Säubern seiner Ausrüstung helfen konnte. Er schien genauso müde zu sein wie ich. »Vielleicht ist unser Vater jetzt endlich bereit, die Vergangenheit ruhen zu lassen, nachdem er heute bekommen hat, worauf er all die Jahre gewartet hat.«

Ich erzählte Dani nicht, wie die Mobilisierung der Reserve sich wirklich zugetragen hatte: Ich hatte einen meiner Erkundungsvögel im Sturzflug zu Rafe geschickt und ihn so lange um dessen Pferd aufgeregt herumflattern lassen, bis Rafe einfach merken mußte, daß dies das Signal zum Angriff war.

Ich rechnete auch fest damit, daß Rafe bis zum nächsten Morgen eine Gelegenheit finden würde, Lord MacAran den wahren Sachverhalt zu enthüllen.

Das aber unterließ er. Er sonnte sich in seinem frisch erworbenen Heldenruhm und widersprach nie, wenn Dom Valentine zum wiederholten Male beschrieb, wie die Götter zu Rafe gesprochen hätten, um den Sieg für die Bergstämme zu sichern. Der Vogel, den ich ihm gesandt hatte, wurde überhaupt nicht erwähnt.

Ohne das rechtzeitige Eingreifen der Reserve unter seinem Kommando wäre die Schlacht sicherlich anders ausgegangen, und die Bergstämme hätten eine vernichtende Niederlage erlitten. So gesehen konnte man Lord MacAran noch folgen, und fast jeder hätte die Ereignisse des Tages als *die* große Bewährungsprobe gedeutet, für die

Rafe vorherbestimmt war. Mein Vater aber gab sich damit nicht zufrieden; für ihn war der Tag lediglich ein Vorbote künftiger, noch größerer Dinge.

Zwei Tage nach der Schlacht auf der Ebene von Zabal ritten wir in Neskaya ein, um mit Lord Lanart und seinen Verbündeten die Friedensverträge zu unterzeichnen. Und wir bestatteten Doni an jenem Ort, der seit jeher die letzte Ruhestätte für Comyn-Angehörige war.

Rafe wurde auch weiterhin als der Held unseres Sieges gefeiert. Bei den Vertragsverhandlungen hätte eigentlich Dani an der Seite seines Vaters sitzen sollen, so wie Dom Roualts ältester Sohn an dessen Seite saß; aber Dom Valentine hatte entschieden, daß der Ehrenplatz zu seiner Linken seinem Pflegesohn gebühre. Ich war mir sicher, daß Lord Delleray das nicht unwidersprochen hinnehmen würde, da dadurch der Sohn seiner eigenen Schwester zurückgesetzt wurde. Aber ob es zwischen den beiden Lords darüber je zu einer Aussprache kam, wurde mir nie bekannt.

Was ich hingegen hörte, waren Gerüchte, daß Lord MacAran Boten zu Lord Hastur, dem mächtigsten Comyn im Tiefland, nach El Haleine gesandt hatte, um dort über eine mögliche Heirat mit einer von Hasturs Töchtern zu verhandeln – und dabei ging es nicht um seinen Erben Dani, sondern um den Pflegesohn Rafe. Das gesamte Vorhaben war ungeheuerlich, da Rafe kein *Laran* besaß, während Hasturs Töchter alle telepathisch begabt waren. Dennoch wollten die Gerüchte nicht verstummen.

Außerdem wurde mir von verschiedenen Comyn-Angehörigen hinterbracht, – und das geschah sicherlich gezielt, da ich sein einziger Verwandter war – daß Rafe mehr anstrebe, als ihm auf Grund von Geburt und Verdienst zustehe. Ich neigte ebenfalls zu dieser Ansicht, wußte aber auch, daß nicht Rafes Ehrgeiz, sondern der Starrsinn meines Vaters es dazu hatte kommen lassen.

Was blieb Rafe denn anderes übrig? Als Pflegesohn und Offizier hatte er geschworen, Lord MacAran zu ehren und zu gehorchen, und in den Hellers nimmt man solch einen Eid sehr ernst.

Ich muß aber zugeben, daß Rafe durchaus versuchte, die Pläne meines Vaters zu durchkreuzen, und ich bewunderte damals sein Geschick dabei. An dem Tag, als die Boten aus El Haleine zurückerwartet wurden, stellte er bei einer Audienz Dom Valentine die Tochter eines Kneipenwirts aus der Stadt vor und bat um Erlaubnis, die junge Frau zu heiraten, da sie von ihm schwanger sei. Die Geschichte war nicht ganz unglaubwürdig, da wir uns schon über einen Monat in Neskaya aufgehalten hatte. Rafe rechnete sich aus, daß man von einem verheirateten Mann schlecht erwarten konnte, eine zweite Ehe einzugehen, ganz gleich, wie hochangestellt die zweite Braut auch sein möge.

Rafes Plan wäre vielleicht aufgegangen, wenn der Vater der Auserwählten nicht so habgierig gewesen wäre. Dieser war zu Lord MacAran gelaufen, um über den Brautpreis zu feilschen. Daraufhin versprach man ihm ein nettes Sümmchen, wenn er mehrere Zeugen herbeischaffte, die beschworen, daß bereits beim letzten Mittwinter-Fest die Heirat seiner Tochter mit einem anderen per Handschlag besiegelt worden war. Um das Gerede zu beenden, ließ Dom Valentine verbreiten, Rafe sei in aller Unschuld von einem Mädchen übervorteilt worden, das angeblich von ihrem Bräutigam sitzengelassen worden war. Er habe lediglich versucht, edelmütig zu handeln und sie vor dem Zorn ihres Vaters zu schützen. So oder so ähnlich lautete die offizielle Version.

Die Boten kehrten mit Lord Hasturs Antwort zurück: Er wäre eventuell bereit, über eine Heirat zwischen Dom Valentines Erben und einer seiner *Nedestro*-Töchter zu sprechen, falls Lord MacAran im nächsten Sommer zu weiteren Verhandlungen nach El Haleine käme.

Kurz darauf erhielten wir den Rückmarschbefehl nach Snowcloud Forest.

Es war am dreizehnten Tag unserer Heimreise durch die Berge, und der Morgen unterschied sich in nichts von den vorangegangenen. In den Hellers war es jetzt Hochsommer, und nur auf den entlegensten und schattigsten Paßpassagen war der Schnee noch nicht völlig weggetaut. Von der letzten Paßhöhe aus konnten wir im Talschluß unter uns einen Bergbauernhof liegen sehen. Dom Valentine erteilte Rafe und mir den Befehl, vorauszureiten und seine bevorstehende Ankunft dem Bauern anzukündigen. Ich weiß nicht, warum er an jenem Tag ausgerechnet uns beide dazu auswählte.

Als wir die grünen Berghänge hinabritten, unterhielten wir uns über alles mögliche, bis schließlich die Rede auf Lord Hastur von El Haleine kam.

»Für einen Herrscher wie ihn würde ich ganz gewiß einen absolut schrecklichen Schwiegersohn abgeben«, meinte Rafe. »Aber als Hauptmann in seiner Armee wäre ich vielleicht ganz brauchbar. Ich könnte versuchen, Dom Valentine davon zu überzeugen, mich ein oder zwei Sommer lang für den Söldnerdienst im Tiefland freizustellen. Meinst du, ob das etwas nützt? Denk doch nur einmal an all die Abenteuer, Alaric! Und ich könnte endlich einmal das Meer sehen! Was glaubst du, ob wohl die Meerjungfrauen Gefallen an mir finden und mir eine Perle auf dem Sand hinterlassen?« Er grinste, und zum ersten Mal seit der Schlacht mit Lanart schien er wieder ganz der Alte zu sein, so wie ich ihn aus meiner Kindheit kannte.

»So viel ich von Hasturs militärischen Plänen gehört habe, wirst du in seinen Diensten bestenfalls den Sand um Carthon bewundern können.« Daß wir Lord Lanart überhaupt hatten schlagen können, lag unter anderem auch daran, daß Lord Hastur vollauf mit seinen eigenen Kriegszügen gegen die Trockenstädte beschäftigt war und deshalb keinerlei Truppen zur Unterstützung von Lanart entbehren konnte.

Ich kann nicht mehr mit Bestimmtheit sagen, wann ich zum ersten Mal das Gefühl hatte, daß auf dem Gehöft irgend etwas nicht stimmte. Wir hatten einen Obstgarten durchritten, in dem einige kleine Schweine frei gehalten wurden, um sich am Fallobst zu mästen, und mir war aufgefallen, daß kein Kind sie hütete. Aber vielleicht war der- oder diejenige auch im Schatten eines Apfelbaumes eingeschlafen. Womöglich war es auch das Fehlen jeglichen Vogelgezwitschers, das mich am meisten beunruhigte – aber dieser Gedanke kam mir erst im Nachhinein.

Ich erinnere mich daran, daß ich eine Hand vom Zügel nahm und nach meinem Matrixstein griff, als wir den verlassenen Hof erreichten. Wir hatten schon am Tag zuvor Gerüchte über eine Räuberbande gehört, die, offenbar durch die Abwesenheit von Lord MacAran und seiner Wachen ermutigt, die Gegend unsicher machte. Ich warf Rafe einen Blick zu und sagte gerade noch: »Merkwürdig still hier an so einem sonnigen Sommertag, findest du nicht auch?«

Da wurden wir auch schon angegriffen.

Man berichtete mir später, daß wir über zwanzig Mann gegen uns hatten. Die Räuber hatten gerade den Bauern und seine Söhne niedergemetzelt, als Rafe und ich vorritten. Es war immerhin tröstlich zu wissen, daß unser Eintreffen, so schlimm es auch für uns endete, die Schurken lange genug ablenkte, so daß die Bauersfrau und ihre Töchter sich aus der Scheune davonstehlen und unverletzt im nahegelegenen Wald Zuflucht suchen konnten.

Mein Pferd bäumte sich auf und warf mich ab, als ich vergeblich versuchte, Zügel, Sternenstein und Schwert gleichzeitig zu führen. Ich muß wohl mit dem Kopf zuerst aufgeschlagen sein, denn um mich herum wurde alles schwarz. Ich kann nur vermuten, daß die Banditen mich irrtümlich bereits für tot hielten und an Ort und Stelle liegen ließen.

Die Spitze der berittenen Truppen traf noch rechtzeitig ein, um ein halbes Dutzend der Räuber unschädlich zu machen; dem Rest der Bande gelang es freilich, in die Berge zu entkommen.

Rafe und sein Pferd waren spurlos verschwunden.

Lord MacAran weigerte sich zu glauben, daß die Banditen Rafe getötet haben könnten. Zunächst war er fest davon überzeugt, daß Rafe davongeritten sei, um die Banditen vom Hof wegzulocken, und er rechnete mit seiner Rückkehr, sobald sich die Lage geklärt hatte. Als das nicht eintrat, bestand er darauf, daß Rafe gefangen genommen worden sei, um Lösegeld zu erpressen. Vier Tage lang warteten wir auf dem Gehöft auf irgendeine Nachricht mit den Bedingungen für Rafes Freilassung – natürlich vergeblich.

Falls die Banditen Rafe wirklich umgebracht und seine Leiche fortgeschleppt hatten, dann war damit zu rechnen, daß über kurz oder lang sein Pferd, Schwert und Sporen oder andere Teile seiner Uniform und Ausrüstung auf den Märkten in den umliegenden Handelsstädten wieder auftauchten. Aber obwohl Dom Valentine alle benachbarten Lords darum bat, darauf besonders zu achten, kam aus Rafes Besitz nichts wieder zum Vorschein. Es gingen auch keinerlei Berichte ein, daß sich irgend jemand mit der Ermordung eines dunkelhaarigen Offiziers aus Lord MacArans Wache brüstete.

Ich wußte, daß Rafe noch am Leben sein mußte. Mir ging nicht aus dem Sinn, was er an jenem letzten Tag über den Söldnerdienst im Tiefland gesagt hatte, und so mußte ich annehmen, daß er sich dort aufhielt. Es gab für ihn keinen anderen Ausweg. Er konnte die Last von Dom Valentines allzu hohen Erwartungen nur abschütteln, wenn man ihn für tot hielt. Ich glaube nicht, daß er seine Flucht geplant hatte und mich auf dem Bauernhof vorsätzlich im Stich ließ, aber als sich ihm die Chance zur Freiheit bot, ergriff er sie.

Daß Rafe einfach davongelaufen war, wäre für Lord MacAran eine völlig unerträgliche Vorstellung gewesen – Coryn konnte sein Leben doch nicht für solch einen Schwächling geopfert haben. Deshalb war für Dom Valentine die einzig mögliche Schlußfolgerung, daß Rafe bei der Erfüllung des letzten göttlichen Auftrages umgekommen war ... Und damit ruhte nun endlich die ganze Aufmerksamkeit meines Vaters auf mir.

Ich gönne Rafe seine Flucht und Freiheit und hoffe, er lebt und kann sie genießen. Ich wünschte mir nur, er hätte mich nicht zurückgelassen, um die Last der Wunschträume meines Vaters alleine zu tragen.

MARGARET CARTER

Das Flüstern der Dinge

Auch diese Geschichte handelt von einer ungewöhnlichen Anwendung von Laran *, und danach suche ich ja immer für diese Anthologien.*

Margaret Carter, deren Beiträge bereits in vier meiner früheren Geschichtensammlungen erschienen, hat ihren Lebenslauf mit einer seitenlangen Liste von neuen Veröffentlichungen komplettiert, in denen Vampire keine geringe Rolle spielen. Daraus könnte man schließen, daß auch dies hier eine Horrorgeschichte ist, aber Ms. Carter kennt mich dazu gut genug. Obwohl ich zugeben muß, daß ich leicht stutzig wurde, als ich die erste Zeile las: »Der Türknauf raunte ihr etwas zu.«

Sie schreibt: »Zwei unserer vier Söhne haben das Nest verlassen.« Das ist nun einmal der Lauf der Dinge. Auch ich bin immer wieder überrascht, daß mein Baby inzwischen zu einer Fünfundzwanzigjährigen mit einer herrlichen Sopranstimme herangewachsen ist. Geht es uns nicht allen so: Das kleine rosige Etwas wird, ehe man es sich versieht, größer sein als man selbst. Und wie alles im Leben hat das seine guten und schlechten Seiten – oder, wie ich übers älter werden zu sagen pflege: »Gar nicht so übel, wenn man die Alternative bedenkt!«

Margaret Carter freut sich darauf, nach San Diego, Kalifornien, umzuziehen (ihr Mann ist Marineoffizier). Über ihren Agenten versucht sie derzeit, verschiedenen Verlegern einen Vampirroman anzubieten (hätte ich mir denken können!). Wenn man sich in Buchhandlungen umsieht, könnte man meinen, daß ganze Heerscharen Vampirromane verfassen. Warum sollte da Ms. Carter eine Ausnahme bilden?

Der Türknauf raunte ihr etwas zu.

Eine ungeordnete Bilderflut ergoß sich in ihre Gedanken – Männer und Frauen aller Altersstufen und Rassen, terranische Uniformen und einheimische darkovanische Kleidung in einem bunten Farbenreigen, ein Stimmengewirr verschiedenster Akzente.

Ich muß doch erschöpfter sein, als mir bewußt ist. Normalerweise konnte Fiona die Botschaften der unbelebten Gegenstände, die sie berührte, abschirmen oder zumindest zu einem Hintergrundgeräusch dämpfen.

Sie schloß ihre Barriere fester, als sie zögernd in das Empfangsbüro des Instituts für Außerterranische Anthropologie eintrat. Die Einrichtung glich jeder anderen terranischen Basis auf einem der vielen anderen Planeten. Im Inneren herrschte das vertraute gelbe Sonnenlicht, obwohl der Himmel draußen in einem rötlichen Schimmer getaucht war, wie sie beim Verlassen des Raumschiffes flüchtig bemerkt hatte.

Der dunkelhäutige, junge Mann am Schalter überprüfte ihren Ausweis und betätigte dann die Intercomanlage. Gleich darauf erschien aus einem der hinteren Büros ein kräftig gebauter, dunkelhaariger Mann. »Ich bin Jason Allison. Herzlich Willkommen beim Telepathie-Projekt, Dr. McGraw.« Er reichte ihr zur Begrüßung kurz die Hand.

Dieser Körperkontakt verursachte bei ihr keine aufdringlichen Visionen. Ihre Anomalie erstreckte sich nicht auf Lebewesen. »Ich weiß es zu schätzen, daß Sie sich die Zeit nehmen, Dr. Allison.«

Während er sie in das angrenzende Büro führte, meinte er nicht nur höflich, sondern herzlich lächelnd: »Nennen Sie mich Jason. Bei der hohen Dichte an akademischen Titeln pro Quadratmeter reden wir uns hier lieber mit dem Vornamen an. Ich bin mir aber nicht ganz sicher, ob wir Ihnen weiterhelfen können. Schließlich sind wir nicht auf Folklore spezialisiert.«

Sie machte es sich in dem Sessel, den er ihr anbot, bequem und nahm dabei den Kasten mit ihrer Harfe auf den Schoß. »Man sagte mir, daß ich in ihrer Abteilung am ehesten einheimische Darkovaner treffen könnte, ohne allzu viel Zeit in Thendara selbst verbringen zu müssen. Leider gestattet mir mein Stipendium nicht, mich auf jedem Planeten länger aufzuhalten.«

»Ja, ja, die liebe Bürokratie und ihre Budgets«, feixte Jason. »Kennen wir alles nur zu genau.« Nachdem er kurz etwas über die Intercomanlage durchgegeben hatte, plauderte er mit ihr über ihre Reise und andere artige Belanglosigkeiten.

Nach einigen Minuten trat ein junger, schlanker Mann mit rotgoldenem Haar ein. Jason stellte die beiden einander vor. »Fiona, Rafe wird Ihnen Ihr Quartier zeigen und Ihnen einen ersten Eindruck verschaffen. Mir scheint, Sie wollen sich hier gleich in die Arbeit stürzen.«

»Ach, Sie meinen sicherlich das hier«, erklärte Fiona mit Blick auf ihren Harfenkasten, den sie beim Aufstehen wieder unter den Arm nahm. »Ich gebe halt mein Instrument nur ungern aus der Hand.«

»Das kann ich verstehen«, bemerkte Rafe auf recht gutem Terra-Standard. »Meinen Musikerfreunden geht es nicht anders.« Er unterließ es aber, ihr die Hand zu schütteln.

Mit ihm stand Fiona erstmals einem Darkovaner gegenüber: Er war etwa so alt wie sie und hatte gelockte Haare und eine Adlernase. Seine Kleidung bestand aus dem typischen bestickten Lederwams, Wollhosen und weichen Lederstiefeln, wie sie es bereits von Hologrammen her kannte. Rafe sah vor sich eine zierliche Frau mit rotbraunen Haaren, die zu einem Knoten zurückgebunden waren.

Eine kaum zu zügelnde Erregung ergriff sie; von allen Kulturen, die sie untersucht hatte, fühlte sie sich mit dieser besonders stark verbunden, da der Planet vorwiegend von Menschen besiedelt worden war, von denen auch sie abstammte.

»Welche Form von *Laran* haben Sie?« erkundigte sich ihr Führer beiläufig, als sie den Flur entlanggingen.

»Wie bitte?« Natürlich kannte sie das Wort; aber daß man es mit ihr in Verbindung brachte, verwirrte sie.

Rafe hielt inne, lächelte sie verstohlen an und zog seine Augenbrauen fragend hoch. »Ihr *Donas*. Oder Ihre ›außergewöhnliche Begabung‹ – ich glaube, dieser terranische Ausdruck kommt der Sache am nächsten.«

Sie wartete ab, bis die zwei Männer, die ihnen entgegenkamen, außer Hörweite waren. »Ich habe keine.«

»Verzeihen Sie – ich hatte angenommen, daß Sie zu Jasons Projekt gehören. Mein *Laran* ist übrigens – nun ja, Sie würden mich wahrscheinlich als einen ›Identifizierer‹ bezeichnen.« Er spielte an einem kleinen Beutel, der ihm an einem Lederband um den Hals hing. »Ich kann in Ihnen eine Kraft spüren. Aber es erschien mir höflicher zu fragen, anstatt Sie ohne Ihre Erlaubnis zu testen.«

Fionas Herz schlug ihr bis zum Hals. *Mach dich doch nicht lächerlich. Gerade hier wird dich keiner für abnormal oder verrückt erklären.* Aber es war ihr mittlerweile so sehr in Fleisch und Blut übergegangen, ihre Fähigkeit zu verbergen, daß sie dies nicht so ohne weiteres beiseite schieben konnte. »Ich habe mit dem Telepathie-Projekt nichts zu tun. Ich bin Kulturanthropologin und untersuche die Folklore Darkovers.«

Sein Blick verriet, daß er ahnte, wie sie sich lediglich hinter Halbwahrheiten verschanzte, aber er ließ es dabei bewenden. Sie sprach mit keinem darüber, daß die Gegenstände zu ihr »sprachen« und daß sie durch ihre Musik manchmal sogar »antworten« konnte und mittels einer Kraft, die mit herkömmlichen Naturgesetzen nicht zu erklären war, vermochte, Dinge in Bewegung zu versetzen. Sie wollte auch niemandem anvertrauen, wie besorgt und ablehnend ihre Eltern reagiert hatte, als sie als Kind unbekümmert von den Sachen erzählt hatte, die sie von Dingen um sich herum aufschnappen konnte. Die qualvollen Monate der Behandlung durch wohlmeinende Therapeuten behielt sie erst recht für sich. Schließlich hatte sie gelernt, ihre »Abartigkeit« gut genug zu kaschieren, um als »geheilt« entlassen zu werden. Sie betrachtete ihre Gabe der Psychometrie als einen Fluch, den sie, wäre es möglich gewesen, nur gar zu gern wie einen Tumor entfernt hätte.

Rafe war höflich genug, über ihre kaum verborgene Anspannung hinwegzusehen, als er ihr die verschiedenen Geräte zur Messung von Psi-Kräften vorführte. Danach zeigte er ihr das Computerzentrum, wo man ihr einen Arbeitsplatz für ihre Forschungen zuweisen würde. Unterwegs stellte er ihr die verschiedenen Mitarbeiter, Terraner und Darkovaner, vor, deren Namen sie sich aber meist nicht merken konnte. »Stört es sie nicht«, wollte sie am Ende ihres Rundgangs wissen, »daß Sie so viel Zeit im Inneren des Raumhafens verbringen müssen? Die Umgebung muß Ihnen doch völlig fremd sein. Ich meine nicht nur die Kultur, sondern ganz banale Dinge wie die Beleuchtung.«

Rafe war sichtlich erfreut, daß sie sich so gut in die Lage der Darkovaner versetzen konnte. »Sie haben vollkommen recht. Und wir haben Jasons Bürokraten schließlich dazu bewegen können, Abhilfe zu schaffen. Kommen Sie, ich werde es Ihnen zeigen.«

Er führte sie zu einem Aufzug, der sie zwei Ebenen nach oben brachte. »Wir sind hier ganz in der Nähe der Schlafräume. In den Privatunterkünften läßt sich die Beleuchtung nach den individuellen Bedürfnissen regeln.« Bald darauf erreichten sie einen riesigen Raum. Der Boden war mit einer dicken Erdschicht bedeckt, in der Bäume eingepflanzt waren, so daß die Wände verdeckt blieben. Das war keine Plastikausstattung, es roch nach echter, feuchter Erde und Laub. Das völlig durchsichtige Dach ließ den rötlichen Schimmer der »Blutsonne« herein.

Rafe ließ sich mit einem hörbaren Seufzer der Erleichterung auf einer Steinbank nieder. »Hier können wir uns erholen, falls wir keine Zeit haben, nach draußen zu gehen. Selbst einige meiner terranischen Freunde genießen die Abwechslung.«

Der Raum war nicht bloß ein gepflegter Garten, sonder vielmehr die Nachbildung eines Waldes. Fiona erkannte einige der einheimischen Bäume und Pflanzen, von denen sie bislang nur Abbildungen gesehen hatte. Im Hintergrund hörte sie Insekten summen und einen Bach plätschern, der einen Teich nahe ihrer Bank speiste.

»Wie friedlich«, seufzte sie. Auf die Dauer würde das ungewohnte Licht ihr wahrscheinlich Kopfschmerzen bereiten, aber im Augenblick empfand sie es als wohltuend.

»Darf ich Sie nach Ihrer Arbeit fragen? Was genau wollen Sie hier untersuchen?« Rafes Frage kam zögerlich, als ob er erwartete, sie würde ihm erklären, das Thema sei vertraulich.

»Gerne. Aber Sie müssen mich unterbrechen, wenn ich anfange, Sie zu langweilen. Ich sammle Volkslieder, insbesondere zum Thema von Beziehungen zwischen Menschen und mythischen Wesen. Auf Terra konnten das zum Beispiel Elfen sein – nie alternde Wesen von überirdischer Schönheit. Die Menschen scheinen diese Geschichten in jede neue Welt, die sie besiedelten, mitgenommen zu haben. Die einzelnen Charaktere mögen sich verändern, aber der Grundgehalt der Geschichte bleibt erhalten.« Etwas verlegen über ihren plötzlichen Wortschwall hielt sie inne. Aber Rafe zeigte sich keinesfalls gelangweilt.

»Dann sind Sie hier also auf der Suche nach Erzählungen der *Chieri*?«

Sie nickte. »Oder verwandte Gattungen wie zum Beispiel die Legende von Hastur und Cassilda. Sind Sie sich eigentlich bewußt, daß Darkover einer der wenigen bekannten Planeten ist, auf dem die alten Legenden sich verwirklicht haben? Das Elfenreich war mythischer Natur, und meine Vorgänger haben die Ursprünge dieser Mythen längst zu Tode erklärt. Aber die *Chieri* scheinen reale Wesen zu sein.«

»Sie sind es«, erklärte Rafe. »Und die überlieferten Lieder besitzen eine tiefere Wahrheit. Einige aus dem Volk der Wälder haben sich in seltenen Fällen mit Menschen gepaart.« An dieser Stelle errötete er leicht. »In begrenztem Umfang kommt das auch heute wieder vor, da sie mittlerweilen untereinander oft unfruchtbar sind.«

Fiona beugte sich aufgeregt vor. »Ob ich wohl während meines Aufenthaltes einen von ihnen treffen könnte? Was glauben Sie, wie stehen meine Chancen?«

»Die *Chieri* sind seit jeher gegenüber Fremden sehr scheu, und das gilt für alle, die nicht zu ihrer Rasse gehören. Jetzt sind sie vom Aussterben bedroht und haben noch mehr Grund, auf der Hut zu sein. Wir können uns glücklich schätzen, daß zwei von ihnen an unserem Projekt mitarbeiten. Viele glauben, daß die Comyn ihre *Laran*-Kräfte erst durch die Verbindung mit den *Chieri* erhielten.«

»Das ist mir bekannt.« Fiona war drauf und dran, ihn zu bitten, einem dieser quasi-mythischen Wesen vorgestellt zu werden, wagte es aber nicht, diesen Wunsch zu äußern. Es wäre unangebracht und könnte sogar das Gegenteil bewirken.

Rafe spürte vermutlich ihre Wißbegier; schließlich gehörte er zu der legendären Telepathenkaste Darkovers. »Ich bin mit einem der beiden anwesenden *Chieri* eng – befreundet. Vielleicht läßt sich später ein Treffen einrichten.«

Als er sie zu ihrem Zimmer führte, sagte er: »Ich würde Ihnen bei Ihren Studien über unsere Legenden und Balladen gerne behilflich sein, so weit es mir möglich ist. Ich muß allerdings einräumen, daß mir die ganze Vorgehensweise etwas fremd ist. Die Vorstellung, abstraktes

Wissen nur um seiner selbst willen anzuhäufen, ohne praktischen Nutzen –«

Solche Vorwürfe, sie forsche in einem »Elfenbeinturm«, hatte sie schon auf Terra zur Genüge gehört. Eifrig verteidigte Fiona ihre Arbeit. »Aber es findet durchaus praktische Anwendung. Was passiert zum Beispiel, wenn Menschen Kontakt mit anderen intelligenten Lebensformen aufnehmen und sie durch die Brille unserer Mythen betrachten? Behandeln wir Außerterranische unangemessen, weil wir in ihnen nur die Geschöpfe unserer eigenen Phantasie sehen, anstatt sie so wahrzunehmen, wie sie wirklich sind? Das hoffe ich, letzten Endes herauszufinden.«

»Dann wünsche ich Ihnen viel Erfolg«, antwortete Rafe mit ernster Stimme.

Der Gedanke an Rafes Herzlichkeit erleichterte Fiona am nächsten Tag die notwendigen Vorbereitungsarbeiten für die geplanten Interviews. Sie verbrachte den Vormittag am Computer, um verschiedene Fassungen darkovanischer Balladen und epischer Fragmente über Beziehungen zwischen Menschen und *Chieri* abzurufen. An der Tastatur klebten noch wie Staub die Psycho-Spuren von der Berührung durch vorherige Benutzer. Ausdrucke umgaben sie stapelweise.

Gegen Mittag schaute Fiona vom Bildschirm auf und rieb sich den steifen Nacken. Trotz aller fortschrittlichen Technologie war es offenbar noch immer nicht gelungen, ein Computerpult zu entwerfen, an dem sich beim Arbeiten nicht sämtliche Muskeln verspannten.

Fiona beschloß, vor dem Mittagessen noch kurz in den »Wald« der Raumstation zu gehen. Es war nicht nur die Stille des Raumes, die sie anlockte; hier konnte sie noch am ehesten Kontakt mit jener Welt aufnehmen, der sie in den Legenden begegnet war.

Zunächst lief sie zu ihrem Zimmer zurück, um ihre

Harfe zu holen. In dem künstlichen Wald setzte sie sich unter herabhängenden Zweigen voller gelber Blüten auf die Steinbank und machte sich daran, die launischen Seiten des Instruments zu stimmen. Diese vertraute, fast schon mechanische Beschäftigung entspannte und beruhigte sie. Sie blickte in den klaren Teich, in dem winzige Fische in allen Regenbogenfarben hin- und herschossen, und schlug die Harfe an.

Als sie mit dem Klang des gestimmten Instruments zufrieden war, zupfte sie zur Begleitung einer alten Ballade einige Akkorde:

Ein Mann bin ich zu Lande,
ein Silkie auf hoher See,
und wenn ich fern vom Lande bin,
leb' ich in Skule Skerry.

Und während sie so von der Liebe jenseits der irdischen Schranken sang, richtete sie ihren Blick auf die Kiesel am Rande des Teiches. Ihr Lied, zunächst noch in ihren Gliedern gefangen, wuchs zu einem Gesang an, der von ihren Stimmbändern und Fingerspitzen aus in der Luft fortpulsierte und ein Netz wob, das die Kiesel aufsammelte und zum Tanzen brachte. Verzückt und entrückt beobachtete sie, wie die Steinchen in engen Spiralen über die glatte Wasseroberfläche wirbelten. Die Freude an diesem telekinetischen Spiel ließ auch diesmal die Spannung von ihr weichen und gab ihr die Kraft zurück, die sie in den langen Stunden angestrengter Arbeit verausgabt hatte. In solchen Augenblicken glaubte sie, für die Torturen, die die psychometrische Begabung ihr sonst bereitete, entschädigt zu sein.

Plötzlich verspürte sie die Anwesenheit einer Person. Sie verstummte und wandte sich dem Neuankömmling zu. Die Kiesel stürzten spritzend in den Teich.

Sie wurde auf *Casta* angesprochen, das Fiona im Verlauf ihrer Studien des klassischen darkovanischen Liedguts erlernt hatte. »Verzeihen Sie mir, ich wollte Sie in Ihrer Andacht nicht stören.« Die Person war überdurchschnittlich groß – das abgegriffene Adjektiv »gertenschlank« schien zu passen, denn er (oder sie?) besaß etwas von der Geschmeidigkeit eines jungen Baumes. Silbrige Augen und Haare hoben sich von der perlmuttfarbenen Haut ab.

Ein *Chieri!* Hinter – ihm? – trat Rafe ein. »Fiona, darf ich vorstellen; mein Freipartner Merrak.«

Benommen murmelte Fiona etwas zur Begrüßung.

Das *Chieri* glitt näher; sein seidenes Gewand schimmerte bei jeder Bewegung. »Ihr Spiel hat uns sehr erfreut. Aber wovor hatten Sie Angst?«

Sie setzte ihre Harfe behutsam ab. »Da, wo ich herkomme, sind solche Vorführungen nicht gerade – normal.« Sie sprach langsam und wählte ihre Worte mit Bedacht, da sie die Aristokratensprache nur aus Schulbüchern kannte und nicht fließend beherrschte. »Als ich noch ein Kind war und meinen Eltern erzählte, daß ich Gegenstände reden hörte und sie ohne Berührung bewegen konnte, galt ich als – krank. Im Laufe der Zeit habe ich gelernt, meine Fähigkeit zu verbergen.« Ohne Zögern gab Fiona ihr Geheimnis preis. Sie spürte, daß es zwecklos war zu versuchen, ihr Innerstes vor diesem strahlenden Geschöpf zu verheimlichen.

»Man hat versucht, Sie von Ihrer Gabe zu *heilen*?« Fiona konnte deutlich die Abscheu bemerken, die in der Frage des *Chieri* lag. Sie schämte sich plötzlich ihrer Angehörigen, und wußte doch nicht, weshalb sie sich schämen sollte. Also wechselte sie das Thema. »Ich bin hierher gekommen, um die alten Lieder und Legenden über Kontakte zwischen Eurem und meinem Volk kennenzulernen.«

In einer anmutigen, fließenden Bewegung ließ sich Merrak auf dem Moospolster neben der Bank nieder, während Rafe sich neben Fiona setzte. »Ja, Rafe hat mir davon erzählt. Fiona, was ist ein Elf?«

Sie war völlig fassungslos, aus dem Mund des *Chieri* genau das Wort zu hören, das ihr gerade in den Sinn gekommen war.

»Verzeihen Sie, ich würde nie ohne Erlaubnis in Ihre Gedanken eindringen, aber Sie haben dieses Bild so stark projiziert.«

»Auf meinem Heimatplaneten würde man Sie wohl so bezeichnen.« Fiona begann, den Mythos des Elfenreiches zu erklären, war sich aber nicht sicher, ob sie es verständlich genug ausgedrückt hatte. Deshalb fügte sie hinzu: »Wir haben einige Lieder über die Elfenkönigin und ihren sterblichen Geliebten.« Sie griff wieder zur Harfe und stimmte sanft die Ballade von Tom dem Reimer an, der sieben Jahre lang ins Feenreich entschwand. Fiona versuchte, eine bildhafte Vorstellung des Gedichts zu projizieren, da sie wußte, daß sie es nicht angemessen auf *Casta* wiedergeben konnte.

Als sie geendet hatte, streckte Merrak die langen, feingliedrigen Finger aus, – sechs an jeder Hand –, um die Harfe zu ergreifen. »Ich darf doch?« Er klimperte über die Seiten und entlockte ihnen eine Abfolge dissonanter Akkorde. Fiona war froh, daß Merrak nicht in der Lage war, ohne vorherige Übung sofort eine betörende Melodie hervorzuzaubern, denn dadurch erschien ihr die Situation wesentlich realer.

Schließlich schaltete sich Rafe ein. »Wir würden gerne noch mehr von Ihnen hören, aber nicht hier. Hätten Sie Zeit, uns zu begleiten und noch jemanden zu treffen?«

Neugierig wickelte Fiona rasch ihre Harfe ein und folgte den beiden durch die Flure. Sie war einigermaßen verwundert, als Rafe sie durch den Flügel der Schlafsäle zu einer Zimmerflucht führte, an deren Eingang »Säuglingsstation« stand. Zwei Männer, die der Livree nach zu urteilen der Garde Hasturs angehörten, bewachten die

Tür – eine Vorsichtsmaßnahme, die Fiona bedrohlich vorkam. Die beiden diensthabenden Krankenschwestern, eine Terranerin und eine Darkoveranerin, begrüßten Rafe und Merrak, und nachdem Rafe sie vorgestellt hatte, wurde auch Fiona eingelassen.

Sie durchquerten einen großen Raum, an dessen Rand sich mehrere Nischen mit Kinderbetten befanden, von denen aber nur wenige belegt waren. In einer dieser Seitenkammern, die kaum Platz genug bot, drängten sich nun die drei dicht zusammen. Ein Mobile aus getönten Glaskugeln, das von der Decke hing, war in rötliches Licht getaucht, so daß es den Eindruck der Planetensonne erweckte. Das Baby in der Wiege, kaum mehr als zwei oder drei Monate alt, öffnete seine silbergrauen Augen.

»Unsere Tochter Kyra«, sagte Rafe stolz. Das Baby griff nach dem schlanken Finger, den Merrak ihm hinhielt.

Fiona betrachtete Merrak von der Seite, und mit einem Male verschwamm das Bild von »ihm«. Statt des großen, hageren Jünglings erschien ihr Merrak jetzt als feingliedrige junge Frau mit sanften, wenn auch keinesfalls üppigen Rundungen. *Dann stimmt es also – die Chieri sind Zwitterwesen!*

Die kleine Kyra hatte milchig weiße, durchscheinende Haut und stoppeliges rotes Haar. Sie gluckste und strahlte Fiona an.

»Ich glaube, Ihre Musik wird unserer Kyra auch gefallen«, meinte Rafe. Er nickte Merrak zu, der – nein, *die* – jetzt eine Rohrflöte aus der Tasche zog.

Fiona nahm auf dem einzigen gepolsterten Stuhl in der Kammer Platz und packte ihre Harfe aus. Merrak trillerte die ersten Takte einer einheimischen Melodie und Fiona zupfte die ersten Akkorde zur Begleitung. Zunächst klang es wie bei jedem improvisierten Duo etwas unbeholfen, doch ganz allmählich fanden sie zusammen, und ihre Musik verband sich zu einer gemeinsamen Harmonie. Nahezu greif- und sichtbar entströmten der Flöte die Töne und umfingen Fiona wie ein seidenes Spinnennetz. Ihre Melodien verschmolzen, spannen Fäden und legten sich um die Glaskugeln, die wie in einer sanften Brise hin- und hertanzten. In einer rätselhaften Zeichensprache ruderte Kyra mit den Armen und strampelte mit den Beinen.

Fiona verlor den Kontakt mit dem Stuhl unter ihr. Wie ein Blatt trieb sie auf dem Klangstrom dahin; wie ein Blatt, das sich einst gegen den frostigen Wind zusammengerollt hatte, entfaltete sie sich jetzt in der Sonne.

Nachdem die Musik geendet hatte, dauerte es mehrere Minuten, bis sie wieder völlig zu Bewußtsein kam und die Dinge um sich herum wahrnehmen konnte. Als sie sich erhob, wurde ihr schwindelig. Sie suchte am Gitterbett Halt. Da durchfuhr es sie; eine grauenvolle Vision stieg in ihr auf. Die quälenden Gefühle ließen das Bild verschwimmen, aber sie sah einen rothaarigen Mann in terranischer Kleidung. Seine Bösartigkeit blendete sie – sie riß die Hand vom Gitter zurück, als sei es glühendes Metall –

Als die Vision wich, erkannte sie Rafe, der sie mit einer Hand stützte. Mit der anderen Hand berührte er den Lederbeutel um seinen Hals. »Es wird Ihnen gleich wieder besser gehen. Es ist nicht ungewöhnlich, daß durch den Kontakt mit anderen Telepathen noch schlummerndes *Laran* geweckt und entwickelt wird.«

»Das muß es wohl sein«, gab Fiona noch immer zitternd zur Antwort. »Ich habe es so – lebhaft – gespürt. Stärker als je zuvor.«

Sie teilte ihnen aber nicht mir, was sie gesehen hatte, da sie unmöglich sagen konnte, ob und wie weit es in der Vergangenheit zurücklag oder ob sie womöglich ein zukünftiges Ereignis vorausgesehen hatte. Falls der Kontakt mit Rafe und Merrak wirklich ihre Begabung »entwickelt« hatte, brauchte sie Zeit, um ihre Visionen neu zu interpretieren.

Auf dem Flur fielen ihr wieder die beiden Wachposten auf. Als sie außer Sichtweite waren, fragte sie: »Wozu diese Vorsichtsmaßnahmen? Wozu braucht eine Säuglingsstation bewaffnete Wächter?«

Rafes Gesichtsausdruck verdüsterte sich. »In den vergangenen Jahren kam es immer wieder vor, daß Comyn-Kinder unter ungeklärten Umständen starben, weitaus öfter als es der Zufall zuläßt.«

»Sie meinen, daß irgend jemand Babies ermordet?« Ihr Magen krampfte sich bei dem Gedanken zusammen.

»Nachdem zwei Jahre lang Ruhe geherrscht hatte, geschah es vor weniger als drei Monaten erneut – ein Neugeborenes und die Schwestern auf unerklärliche Weise tot, und nicht der geringste Hinweis auf den Täter. Es gibt einige Splittergruppen auf Darkover, die glauben, daß die ›Reinheit‹ der Telepathenkaste wichtiger sei als ihr Überleben. Das gemeine Volk oder gar ›Außenweltler‹ in *Laran* zu unterweisen, wie es unser Projekt tut, halten sie für einen Frevel. Für Fanatiker, die so denken, sind die hier geborenen Kinder natürlich ein bevorzugtes Angriffsziel.«

Bei diesen Worten erzitterte Fiona genauso wie Merrak, der an ihrer Seite ging.

Ich bin einem Chieri begegnet!

Fiona lag an diesem Abend noch lange wach. Die wunderbare Begegnung und die Freude, mit Merrak, Rafe und Kyra in der Musik vereint zu sein, standen im scharfen Kontrast zu der ätzenden Erinnerung an die Bilder, die sie gleich danach überfallen hatten. Erschöpft von den widerstreitenden Gefühlen, schlief sie endlich ein.

Sie träumte von der Säuglingsstation. Die gedämpfte, indirekte Nachtbeleuchtung war den Spektralfarben zweier der vier Monde Darkovers nachempfunden. Eine in einen schwarzen Mantel gehüllte Gestalt schlich sich von Schatten zu Schatten. Sie ging aufrecht, war menschlich – mehr war von ihr nicht zu erkennen. Haß ging von ihr aus und verbreitete sich wie ein Nebel, der aus den Niederungen aufsteigt.

Der Schrei eines Babys durchschnitt Fionas Träume.

Kyra!

Sie fuhr aus dem Schlaf hoch, war hellwach, noch ehe sie erkannte, daß der Traum vorbei war. Der frisch erwachte Instinkt sagte ihr, daß dies kein gewöhnlicher Traum war. Sie warf sich einen Morgenrock über und stürzte aus dem Zimmer.

Sie war außer Atem, als sie die Säuglingsstation erreichte. Vor der Eingangstür lagen die beiden Wächter – bewußtlos oder tot. Von drinnen hörte sie ein Baby schreien – diesmal ganz real und deutlich, und kein Gedankenruf, wie sie ihn im Traum vernommen hatte. Als sie hereinstürmte, sah sie Merrak, der neben Kyras Wiege stand und das Baby auf dem Arm hielt.

»Dem Himmel sei Dank – alles in Ordnung mit Kyra?«

»Ja – ich habe ihren Angstschrei gehört – sah einen Mann im schwarzen Mantel auf der Säuglingsstation. Er schlug mich nieder, als er floh.« Merrak fragte nicht weiter, was Fiona alarmiert hatte.

Als sie sich umblickte, sah Fiona, daß auch die beiden Schwestern am Boden lagen. Dann hörte sie herbeieilende Schritte. Rafe und Jason kamen herein, gefolgt von einem weiteren Mann, der ihr bei der ersten Führung als Dr. David Hamilton vorgestellt worden war. Hamilton kniete neben den reglosen Körpern und untersuchte sie. »Tot, genau wie die beiden Wächter draußen. Und keine sichtbare Wunde.«

Rafe bahnte sich den Weg zu Merrak und umarmte seinen Gefährten und sein Kind. Fiona konnte spüren, daß Merrak ihm auch ohne hörbare Worte die Einzelheiten des Überfalls mitteilte.

Rafe gab kurz die Fakten an Jason und Hamilton weiter. »Ein Mann mit Mantel und Kapuze, um sein Gesicht zu verbergen. Es besteht kaum Hoffnung, ihn identifizieren zu können.«

In diesem Augenblick kam ein terranischer Sicherheitsoffizier mit einem schwarzen Bündel unterm Arm herein. »Das haben wir in einer Ecke im angrenzenden Flur gefunden, Sir.« Er übergab Jason das Tuch.

»Das wundert mich nicht«, erklärte Jason. »Diese Verkleidung hätte ihn verraten, also mußte er sie loswerden. Jetzt kann es jeder auf der Raumstation gewesen sein. Ein Außenstehender kommt nicht in Frage, er wäre zu dieser Nachtzeit nie so weit vorgedrungen.«

»Dann habe ich wenig Hoffnung, ihn zu ergreifen«, seufzte Hamilton. »Wir können doch nicht jeden einzelnen unter dem Wahrheitsbann vernehmen.«

Fiona kochte vor Wut und Enttäuschung. »Sie wollen doch nicht einfach so aufgeben –?« Sie zügelte sich. Sie war selber neu hier. Was wußte sie schon über deren begrenzte Möglichkeiten?

Rafe und Merrak tauschten einen stummen Blick. In Fionas Gedanken meldete sich Merraks wohlklingende Stimme: *Du kannst sehen, was hier vorgefallen ist, wer hier eingedrungen ist. Du muß uns helfen.*

Rafe nahm Jason den Umhang ab und hielt ihn Fiona hin. Sie schüttelte den Kopf. »Was erwartet ihr von mir?«

Sie spürte, daß sich alle Blicke auf sie richteten, und am liebsten wäre sie davongerannt. *Sprich,* vernahm sie Merraks stilles Flehen.

Die Abscheu vor ihrer eigenen Feigheit war stärker als die Angst. »Also gut, ich werde es versuchen.« Fiona nahm das schwarze Tuch in ihre Arme.

Rasender Zorn traf sie wie ein Schlag in die Magengrube. Beinahe hätte sie das Tuch fallen lassen. Sie drückte es an ihre Brust und atmete tief durch, um die Sturmwogen eines entfesselten Hasses zu glätten. Als sich der Aufruhr der Gefühle legte, traten hinter geschlossenen Augenlidern allmählich Bilder hervor.

»Ein Mann. Ganz in Schwarz. Er nähert sich der Tür. Sein Gesicht – kann es nicht erkennen. Die Wachen sprechen ihn an. Er starrt den Wächter zur Linken an. Schmerz – ein stechender, erdrückender Schmerz in der Brust – der Wächter sinkt bewußtlos zusammen. Der andere ruft um Hilfe. Der Mann starrt auch ihn an – seine Stimme erstirbt – er greift sich an den Hals – er kriegt keine Luft. Auch er bricht zusammen.«

Fiona mußte selbst um Atem ringen. Sie lockerte den verkrampften Griff um das Tuch und atmete tief durch, bis die Anspannung in ihrer Brust etwas nachließ. »Der Mann benutzt den Schlüsselbund des Wächters. Er dringt ein. Die Schwestern springen erschreckt auf – eine will den Alarmknopf drücken – er schaut sie an – seine Augen scheinen zu glühen – wie unter einem Stromstoß zuckt sie zusammen. Das gleiche geschieht mit der anderen Schwester.

Da kommt jemand – Silber und Weiß – es ist Merrak. Zorn, Angst, Verzweiflung – Kyra beginnt zu schreien. Der Mann stürzt zur Tür, schlägt Merrak nieder, rennt aus der Halle. Er verschwindet hinter einer Ecke, reißt sich das Tuch vom Leib. Er ist etwa vierzig – untersetzt – rote Haare – bestimmt ein Darkovaner, aber er trägt terranische Kleidung. Jedoch keine Uniform.« Die Vision verblaßte. Erleichtert ließ Fiona das Tuch fallen. »Das ist alles.«

Sie taumelte. Rafe rückte einen Stuhl heran und half ihr darauf. »Mit einem einzigen Blick, mit einem bloßen Gedanken zu töten –« Angewidert verzog er den Mund. »Wer könnte so etwas tun?«

»Eine Perversion der Alton-Gabe«, erklärte Jason. »Ich habe von den *Leroni*, die bei uns gearbeitet haben, einiges darüber gehört, aber sie waren der Meinung, diese Form des *Laran* sei praktisch schon ausgestorben.«

»Dann sollte es keine Schwierigkeiten bereiten, den Täter zu überführen«, meinte Dr. Hamilton. »Es dürfte nicht allzu viele Darkovaner unter unserem Personal geben, auf die diese Beschreibung zutrifft und die zudem noch durch Abstammung über Alton-Gene verfügen.«

Rafe war sichtlich erleichtert. Zur Beruhigung drückte er Merrak sanft die Hand. »Ja, wir *werden* ihn ausfindig machen. Und mit Hilfe der *Leroni* sogar mögliche Komplizen entlarven.«

Fiona steckte noch alles tief in den Knochen; sie zitterte am ganzen Leib. Jason legte ihr kurz die Hand auf die Schulter. »Sie sind völlig erschöpft. Sie gehen jetzt besser in die Krankenstation und lassen sich untersuchen. Eine Tasse heißer Tee wird Ihnen gut tun. Und bald werden Sie auch wieder Hunger haben.«

Nach allem, was sie gesehen hatte, fühlte sie sich zu elend, um an Essen auch nur zu denken, aber sie hatte nicht die Kraft zu widersprechen.

»Es gibt auf Darkover ein Sprichwort«, meinte Jason abschließend. »›Lerne dein *Laran* kennen, oder du gefährdest dich und andere‹. Was halten Sie davon, eine Weile bei uns zu bleiben? Lernen Sie, Ihre Begabung zu beherrschen, anstatt sich von ihr beherrschen zu lassen!«

Fiona mußte erst einmal gehörig schlucken, bevor sie antworten konnte: »Vielen Dank. Ich werde es mir überlegen.«

CHEL AVERY

Das Vermächtnis

Chel Avery – der Vorname ist übrigens eine Kurzform von Michel, *was wiederum von dem französischen, weiblichen Vornamen* Michelle *abgeleitet ist, womit wir endlich* ihr *Geschlecht identifiziert hätten – sagt über sich: »Eigentlich gibt es dem, was ich Ihnen letztes Jahr über mich schrieb, nichts hinzuzufügen: Ich lebe noch immer in Philadelphia, arbeite immer noch im Bereich Konfliktforschung und Vermittlung und bin nach wie vor Quäkerin. Außerdem werden ich in diesem Jahr 40« – ein Schicksal, dem wir alle nicht entgehen, falls wir so lange leben! – »und trage mich mit dem Gedanken, mein gesamtes Leben über den Haufen zu schmeißen und die Bruchstücke neu zusammenzusetzen.«*

Ihren ersten Versuch eines Romans möchte sie lieber unerwähnt lassen: »Das Manuskript kam vom Verleger nicht etwa mit der üblichen höflichen Absage, sondern mit einer wutschnaubenden Schmähschrift zurück!« Ich kann Sie trösten, Chel, auch das hat etwas Gutes: Immerhin wird er sich an Ihre Geschichte erinnern – und die nächste um so interessierter lesen. Denn der Feind des Guten ist nicht das Schlechte, sondern das Mittelmaß. Ich nehme mir die Freiheit, das zu sagen, da ich aus Erfahrung spreche. Selbst heute, nach fünfzig Jahren, kann ich mich an ein Manuskript erinnern, das ich als Siebzehnjährige für ein Fan-Magazin redigierte. Es handelte von einem siamesischen Zwillingspaar, einem Jungen und einem Mädchen! (Falls Sie es nicht wissen sollten: Siamesische Zwillinge sind naturgemäß immer gleichgeschlechtlich. Der Phantasie freien Lauf zu lassen, bedeutet nicht, jede Logik mit Stumpf und Stiel auszurotten!)

Mein Vater hat mich mit einem Mann verheiratet, der das Gemüt eines Banshees und den Verstand eines Rabbit-horns besitzt. Caillen unterdrückte den Stoßseufzer, sagte vielmehr entschieden: »Sie haben ganz recht, noch einmal nachzufragen, Eduin. Das war tatsächlich ein Mißverständnis. Mein Mann hat nur versehentlich angeordnet, daß die Setzlinge am Westhang gepflanzt werden, der ja den halben Tag lang im Schatten des Berges liegt. Dom Raul möchte natürlich, daß Sie am Osthang pflanzen.«

Der Gutsverwalter dankte ihr unbeholfen und vermied es dabei, ihr in die Augen zu schauen. Dann stolperte er aus dem Zimmer. Jetzt endlich ließ sich Caillen seufzend in einen Sessel beim Feuer fallen.

Sie war gerade erst im zweiten Jahr Herrin auf dem Gut, und schon holte sich der Verwalter und *Coridom* hinter dem Rücken des Lords Rat bei seiner Lady, natürlich stets unter dem Vorwand, Rauls »wahre Absichten« in der Angelegenheit zu erfragen.

Warum, Vater, warum? Warum hast du mich diesem aufgeblasenem Tolpatsch anvertraut? Ich habe immer geglaubt, du würdest mich aufrichtig lieben und hättest mir etwas besseres zugedacht als eine Ehe, die mich wie die Frau eines Trockenstädters ankettet. Hast du denn so wenig für mich übrig gehabt, daß du mein Glück deinem Stolz opfern konntest, nur um dich der tollen Partie mit dem Erben einer Domäne zu rühmen? Wolltest du damit die einstige führende Stellung unserer Familie zurückgewinnen, die wir in den alten Kriegen verloren hatten? Du schienst dir doch nie viel daraus gemacht zu haben?

Sie versuchte, ihre Zweifel zu bekämpfen und ihre Lage objektiv einzuschätzen. Vielleicht hatte sie zuviel von der Ehe erwartet. Sie war ja auch nicht mehr die Jüngste. Im Dorf hatte man bereits zu tuscheln begonnen, ob sie als alte Jungfer enden würde, bis Dom Aldric Di Asturien sie schließlich ziehen ließ. Sie war bereits zwanzig, als das Bett des jungen Lord Elhalyn auf sie wartete. Nein, sie mußte die Sache realistisch sehen. Ehen wurden geschlossen, um der Familie Nachkommen zu sichern und den Besitzstand zu wahren – und nicht, um die Braut glücklich zu machen. Hatten ihr etwa allzu viele Balladen den Kopf verdreht?

Nein, so töricht war sie nicht. Aber sie hatte am Beispiel ihrer Mutter gesehen, was Heirat und Familie bedeuten konnten. Domna Alicia war als Frau von Dom Aldric und Herrin des Asturien-Guts durchaus glücklich und zufrieden gewesen. Man sprach oft davon, wie sehr ihr Vater an seiner Frau und der Familie hing, manchmal respektvoll, manchmal leicht spöttisch. Aber das machte es nur um so unverständlicher, daß ihr Vater für seine einzige Tochter einen so ungeeigneten Bräutigam ausgesucht hatte.

Nach Caillen, der Erstgeborenen, kamen noch eine ganze Reihe jüngerer Brüder zur Welt, die aber alle bereits kurz nach der Geburt verstarben. So war sie mit zwölf noch immer Einzelkind, als auch der letzte von Aldrics Söhnen nur wenige Stunden überlebte. Die Hebamme ermahnte Dom Aldric: »So kann es nicht weitergehen! Die vielen Fehlgeburten bringen Ihre Frau noch ins Grab. Gebt Euch mit Eurer Tochter zufrieden und verzichtet auf weitere Nachkommen.«

Dom Aldric wartete einen halben Monat ab, bis Alicia wieder zu Kräften gekommen war; dann verabschiedete er sich von ihr mit einem zärtlichen Kuß und ritt, begleitet von zwei Männern mit drei Pferden, davon. Als er nach zwei Langwochen zurückkehrte, saß im Sattel des zusätzlichen Pferdes nicht etwa eine junge *Barragana,* wie jedermann erwartete und an der keiner Anstoß genommen hätte, sondern eine stämmige, ältere Amme, die einen kleinen, vielleicht vier Jahre alten Jungen im Arm hielt.

Es war der jüngere Sohn Lord Geoms von Elhalyn. Aldric übergab seiner Frau das Kind. »Ich habe ihn als meinen Erben angenommen. Nimm ihn, Alicia, und zieh ihn für mich auf.« Und Alicia war glücklich, endlich noch ein Kind im Arm halten zu dürfen.

Klein Corys, wie er genannt wurde, war ein hübscher Knabe mit einem einnehmenden Wesen. »Nein, was für ein Prachtkerl!« rief eine Frau aus dem Gefolge ihrer Mutter. »Ich begreife nicht, wie sich Lady Elhalyn von ihm trennen konnte.«

»Die Herrin von Elhalyn ist tot«, erklärte Dom Aldric, »und Lord Geom liebt seine beiden Söhne gleichermaßen, so daß er sich glücklich schätzt, daß jeder von ihnen ein Gut erben wird. Und so wird der Jüngere nie dem Älteren sein Erbrecht streitig machen.«

»Wie könnte so ein niedlicher Fratz je jemandem etwas streitig machen«, meinten die Frauen nur verächtlich.

Einige Tage später rief Dom Aldric Caillen in sein Arbeitszimmer und hieß sie, sich hinzusetzen und gut aufzupassen. »Meine Tochter, es gibt da bei der Vereinbarung mit Elhalyn noch etwas, was dich betrifft.« Caillen machte große Augen, denn sie konnte sich zunächst nicht vorstellen, wovon er sprach. »Ich habe dich mit Raul von Elhalyn, Dom Geoms älterem Sohn und Erben, verlobt.« Dom Aldric ergriff beide Hände seiner Tochter. »Verstehst du, was das heißt, mein Kind? Der Erbe einer Domäne ist eine glänzende Partie, weitaus besser, als wir für dich erhoffen durften. Dennoch mißfällt mir dieser Brauch, die Geschicke unserer Kinder festzulegen, wenn sie noch viel zu jung sind, um zu begreifen, worum es geht. Wenn du mir also erklärst, daß dir der Sinn nicht nach Heirat steht, wenn du beispielsweise dein Leben lieber im Turm verbringen möchtest, dann ist es noch nicht zu spät. Ich könnte gegenüber Elhalyn irgendeine Entschuldigung finden und dich von diesem Versprechen entbinden.«

Caillen schüttelte den Kopf. »Ich habe nie an Heirat gedacht, Vater, aber ich sehe, wie sehr es meine Mutter glücklich macht, und so werde ich tun, was Ihr versprochen habt.«

Dom Aldric fuhr ihr zärtlich durch das Haar, das Caillen als Mädchen noch offen trug. »Du bist ja noch jung und solltest dir jetzt nicht zu viele Gedanken darüber mache. Dazu wird noch früh genug Zeit sein. Jetzt möchte ich aber noch etwas anderes mit dir besprechen. Sag mir, hat deine Mutter dich in der Haushaltsführung unterwiesen? Weißt Du schon, wie es um Küche, Wäsche, Dienerschaft und all die anderen Angelegenheiten bestellt ist?«

»Gewiß, Vater«, erklärte Caillen stolz, denn Domna Alicia hatte ihr genügend beigebracht, um den Haushalt die beiden letzten Male, als ihre Mutter im Kindbett lag, selbständig zu führen.

»Das freut mich. Dann wird es auch nichts schaden, wenn ich dich der Obhut deiner Mutter entführe. Ich habe schon viel zu lange darauf warten müssen, daß mich ein Sohn bei meinen Ausritten begleitet. Bis Klein Corys sich im Sattel eines Ponys halten kann, werden wohl noch ein paar Jahre vergehen. Solange deine Mutter mit ihm beschäftigt ist, möchte ich auf die Gesellschaft meiner Tochter nicht verzichten.«

Jene Jahre, in denen sie fast jeden Tag gemeinsam verbrachten, überzeugten Caillen mehr als alles andere, daß ihr Vater sie aufrichtig liebte. Wenn sie Seite an Seite ritten, besprach er vertrauensvoll mit ihr alles, was ihn beschäftigte: von der Aussaat über die *Chevines*-Zucht bis hin zum Umgang mit den Pächtern, die das Land bestellten. Wenn er sich mit Händlern zu Geschäften traf, saß sie neben ihm, und wenn Verträge unterzeichnet oder Botschaften losgesandt wurden, dann durfte sie das Pergament mit dem schweren Eisenring, der sein persönliches Wappen trug, versiegeln. Einmal nahm er sie sogar trotz der Bedenken ihrer Mutter im Sommer zu einem Waldbrand mit, wo sie Meldungen zwischen den Löschmannschaften übermittelte. Im Laufe der Zeit ging er mehr und mehr dazu über, die Gutsführung mit ihr genauso wie mit seinem Verwalter zu erörtern. Dabei legte er nicht nur seine Meinung dar, sondern wollte auch ihre hören.

Im Alter von fünfzehn wurde Caillen zum Dalereuth-Turm geschickt, wo sie den Umgang mit ihrer erwachenden übernatürlichen Begabung lernen sollte. Obwohl ihr *Laran* nicht besonders stark entwickelt war, blieb sie drei Jahre lang im Turm, während andere junge Frauen mit viel ausgeprägterem *Laran* schon nach ein oder zwei Studienabschnitten nach Hause zurückkehrten, oft genug, um verheiratet zu werden. Ihr Bewahrer, der sanftmütige Ballart von Dalereuth, rief sie jeweils zur Mittsommerzeit zu sich und teilte ihr mit: »Euer Vater hat zugestimmt, daß Ihr noch ein Jahr im Telepathenkreis bleibt.« So tat sie gehorsam ihre Dienste und half bei der Übermittlung von Botschaften von Turm zu Turm. Dadurch erfuhr sie viel über die verschiedenen Angelegenheiten der Domänen, über Beziehungen und Verträge zwischen den einzelnen Comyn-Familien und ihre rivalisierenden Untergruppen und nicht zuletzt über die Intrigen in Thendara. Als Lord Altons Frau im Kindbett starb, sagte sie als erste exakt voraus, daß die jüngste Tochter aus dem Hause Serrais, das in den letzten Ratsversammlungen mit Alton um die Vormachtstellung gestritten hatte, schon bald nach Osten reiten würde.

Schließlich wurde sie durch den plötzlichen Tod ihrer Mutter nach Hause gerufen. Ihr Vater und Corys, inzwischen zu einem großen, lebhaften Jungen herangewachsen, hießen Caillen willkommen, und gemeinsam teilten sie die tief empfundene Trauer. »Du stehst bereits im achtzehnten Sommer«, seufzte ihr Vater, als er sie an sich zog, »und schon vor zwei Sommern hätte ich dich eigentlich heiraten lassen sollen. Aber ich ertrage es nicht, Alicia und dich so kurz hintereinander zu verlieren. Bleib noch eine Weile bei mir.«

Als der Schnee im Frühling geschmolzen war, teilte Dom Aldric Caillen mit: »Ich habe einen Hauslehrer für Corys eingestellt. Etwas Bildung wird sich als nützlich erweisen; je besser er selber lesen und schreiben kann, desto weniger wird man ihn übervorteilen. Doch ich denke nicht daran, den Burschen nach Nevarsin zu schicken. Deshalb habe ich einen Mönch kommen lassen. Er schaut sehr ernsthaft aus, und zweifellos wird ein strenger Lehrer Corys gut tun. Aber der Junge trauert noch immer sehr um seine Pflegemutter, und deswegen fände ich es gut, wenn seine Schwester sich liebevoll um ihn kümmern würde. Ich bitte dich, Caillen, arbeite mit Corys und dem Hauslehrer; dann bin ich sicher, daß sich der Unterricht auch lohnen wird.«

Bruder Domenic war in der Tat ein gestrenger Lehrmeister, und unter seiner Anleitung lernten Bruder und Schwester nicht nur Lesen und Schreiben; noch wichtiger war, daß sie sich gegenseitig besser kennen und schätzen lernten.

Von den Tag, an dem Caillen von ihrer Verlobung erfuhr, bis zum Vollzug der Ehe vergingen schließlich acht Jahre, in denen sie ihren zukünftigen Ehemann nicht einmal zu Gesicht bekam. Sein Vater, der alte Lord Elhalyn hatte sie dagegen mehrfach besucht. Caillen mochte den greisen Dom Geom und seine rauhe, aber herzliche Art. Er war gern zu Scherzen aufgelegt, konnte aber andererseits seinen Standpunkt unbeugsam vertreten, wenn er an eine Sache glaubte. Er gab sich besondere Mühe, mit Caillen Bekanntschaft zu schließen, und diese Aufmerksamkeit verfehlte nicht ihre Wirkung. *Wenn sein Sohn nur halb so warmherzig und geistvoll ist, dann darf ich mich glücklich schätzen,* sagte Caillen sich. Als Dom Geom sich am Ende seines letzten Besuchs von ihrer Familie verabschiedete, küßte er Caillen auf beide Wangen und hielt ihre Hände fest umschlossen. »Ich baue auf dich, meine Tochter«, erklärte er vielsagend, bevor er davonritt.

Neun Monate später war der alte Lord tot. Weitere drei Monate später verließ Caillen als Braut an der Seite von Dom Raul, dem neuen Lord von Elhalyn, die Domäne Asturias und ritt schweren Herzen ihrem neuen Heim entgegen. Sie trauerte um den einzigen Menschen, den sie dort gekannt und geliebt hatte.

Es sollte sich schon bald herausstellen, daß Raul nicht das Zeug zum Herren einer Domäne besaß. »Wie ein Gockel, der versucht, Eier auszubrüten« – so hätten auf Asturias die Frauen seine stümperhafte Art beschrieben, das Gut zu führen. Wenn er es nicht ganz zu Grunde richtete und sich mit sämtlichen Nachbarn anlegte, dann war das nur der vereinten Anstrengung seines *Coridoms* und Caillens zu verdanken, die immer wieder ausbügelten, was er angerichtet hatte. Dabei mußten sie äußerst diskret vorgehen, denn Raul war schnell beleidigt, wenn er glaubte, seine Autorität würde in Frage gestellt.

Warum nur, Vater? Warum hast du mich einem solchen Schicksal überlassen? Er war doch schon siebzehn, als du ihm meine Hand versprachst. Konntest du denn nicht schon damals seine Schwächen erkennen? Oder hat es dich einfach nicht gekümmert? Ich kann einen solchen Mann nicht lieben und ehren. Und gehorchen? Wie könnte ich so einem gehorchen? Zählen meine Gefühle denn gar nichts, Vater?

Sie erhob sich und dachte daran, die Stallungen zu besuchen, um bei den Tieren Trost oder zumindest Ablenkung von ihren Sorgen zu finden. Plötzlich wurde ihr schwarz vor Augen.

Als sie wieder zu sich kam, lag sie in ihrem Bett. Neben ihr saß die Hebamme des Guts und strahlte, als ob sie gerade höchstpersönlich die vier Monde am Firmament aufgehängt habe.

Nach wenigen Stunden war Caillen wieder auf den Beinen, aber die folgenden Tage und Wochen sollten ihre Geduld gehörig auf die Probe stellen. Raul platzte fast vor Stolz und tat so, als ob er der erste Jungvermählte sei, der seiner Gattin einen Erben zeugte. Er behandelte Caillen, als ob die Schwangerschaft sie plötzlich aller körperlichen und geistigen Kräfte beraubt hätte. Ständig schickte er sie auf ihr Zimmer, um sich auszuruhen, und wenn sie widersprach, tat er dies als »Launen einer trächtigen Frau« ab.

Als Caillen es kaum mehr aushalten konnte, munterte sie eine Nachricht auf, die etwas Abwechslung versprach. Eine Reisegesellschaft aus Aillard wollte auf dem Weg nach Hali in Elhalyn Zwischenstation machen. Caillen erhoffte sich davon einige interessante Gespräche, zum Beispiel mit einer Frau ihres Alters. Für Raul jedoch war der Besuch nur eine Gelegenheit, noch mehr anzugeben.

»Richte ein Bankett für sie aus, Caillen«, befahl er ihr. »Und trage dazu das kupferne Filigrandiadem meiner Mutter. Ich bin sicher, daß die Frauen von Aillard trotz ihres Perlenschmucks nichts Vergleichbares besitzen. Und der Koch soll Gebäck und einen frischen *Chervin*-Braten bereiten.«

Caillen lachte laut. »Ich werde die Klunker Ihrer Mutter tragen, wenn es Sie glücklich macht, aber wir servieren lieber Geflügel oder Rabbithorn. Um diese Jahreszeit säugen die Chervines, die gut im Futter stehen, ihre Kälber. Und wir wollen doch keinen alten und zähen Bullen auftischen.«

Es war ein Fehler gewesen zu lachen. Raul schäumte vor Wut. »Du wirst tun, was ich dir sage. Ich werde nicht zulassen, daß die Aillards uns für geizig oder gar arm halten. Laß ein Chervine schlachten, und zwar ein richtig schmackhaftes.«

»Ich versichere Ihnen, mein Lord«, und Caillen bemühte sich diesmal, besonders ehrerbietig zu wirken, »daß die Aillards nichts dergleichen denken werden, wenn wir kein Chervine auftragen. Sie würden uns eher für Narren und Verschwender halten. Keiner schlachtet im Frühling, bevor die Jungen entwöhnt sind. Täten wir es doch, würde man sich hinter unserem Rücken nur lustig machen.«

Raul wechselte das Thema. Er würde nie offen zugeben, daß er unterlegen war. Stattdessen rächte er sich auf seine Weise. »Ich werde diesen häßlichen, schwarzen Köter einem meiner Männer geben. Er pinkelt überall hin. Vielleicht kann Eduin noch einen brauchbaren Hirtenhund aus ihm machen.«

Corys hatte ihr den Hund zum Abschied geschenkt, und es war für Caillen einer der wenigen Lichtblicke in Elhalyn, mit ihm zu spielen. Aber sie wußte, daß es keinen Zweck hatte, Raul zu bitten oder überreden zu wollen. Wenn er erst einmal damit anfing, sich schäbig zu verhalten, dann machte jeder Widerstand es nur umso schlimmer. Für den Rest des Tages ging sie auf ihr Zimmer und weinte sich in ihren Kissen aus. Am Abend erschien sie beim Bankett mit dem Kupferdiadem und geröteten Augen.

Meloria Aillard und ihr Mann Morgan, ein gebürtiger Lindir, begleiteten Melorias jüngere Schwester Genavie zum Turm von Hali und verbanden dies mit verschiedenen Besuchen. Caillen konnte sich gut an Meloria erinnern; sie hatten eine Zeit lang zusammen im Dalereuth-Turm verbracht. Obwohl Meloria ein Jahr jünger als Caillen war, erschien sie älter, gereifter, mütterlicher, und ihrer Schwester gegenüber hatte sie fast schon die Rolle einer Tante angenommen.

Caillen errötete, als sie über den telepathischen Kontakt zwischen den ehemaligen Turmschülerinnen spürte, daß Meloria ihre geschwollenen Augen und Rauls großspuriges Auftreten eindringlich musterte. Sicherlich konnte Meloria Caillens Lage in Elhalyn recht gut einschätzen.

Sie erwähnte nichts davon, aber als sie sich am nächsten Morgen verabschiedete, drückte sie Caillen die Hand. »Wir kommen in zwei Langwochen wieder vorbei. Dann könntest du uns doch nach Aillard begleiten und dort einige Zeit ausspannen. Man sagt, daß unsere Seeluft genau das Richtige für Frauen in deinem Zustand ist. Und du könntest mich über den Verlust meiner Schwester hinwegtrösten.«

Caillens Herz hüpfte vor Freude, aber Raul schaltete sich schnell ein. »Ihr meint es sicherlich gut, und ich danke Euch dafür. Aber ich gestatte nicht, daß meine Frau während der Schwangerschaft unnötige Reisen unternimmt. Ich möchte, daß sie hier in der Obhut ihrer Amme bleibt.«

Caillen schluckte ihren Zorn herunter. Nicht einmal diese kurze Ruhepause sollte ihr gegönnt werden. Dabei hatte Raul keine Ahnung von den wahren Bedürfnissen einer Schwangeren. Er mußte nur wieder unter Beweis stellen, wer »Herr im Haus« war.

Als sie sich auf ihr Zimmer geflüchtet hatte, reagierte sie Ärger und Enttäuschung ab, indem sie einige Kissen gegen die Wand schleuderte. *Ich halte diese Ehe nicht länger aus.*

Und wenn sie davonlief? Könnte sie die Schande ertragen? Aber welche Schande könnte schon schlimmer als ihr gegenwärtiges Los sein? Früher hätte sie nicht einmal daran zu denken gewagt, ihre Familie derart zu kompromittieren. Ihre Familie? Welche Familie? Schließlich hatte ihr eigener Vater sie in diese Lage gebracht. *Die ganze Zeit hat er so getan, als ob er mich liebt und stolz auf mich sei, und dann wirft er mich und mein Glück diesem Kerl zur Heirat vor. Ich darf nicht an ihn denken. Ich bin jetzt auf mich selbst gestellt. Ich muß nur an mich und mein Kind denken.*

Caillen schmiedete Fluchtpläne. Meloria und ihre Gesellschaft würden bald zurückkommen. Natürlich konnte sie sich ihnen nicht offen anschließen, aber wenn sie ihnen heimlich nach Aillard folgte, würde Meloria sie aufnehmen und beschützen. Sie könnte sich auf Aillard so lange versteckt halten, bis das Kind zur Welt kam. Und dann ...?

Damals beim Waldbrand hatte sie einige Frauen der alten Schwertschwesternschaft getroffen. Man sagte, daß sie vom Comyn-Rat einen Freibrief erhalten hatten, der ihnen gestattete, als Frauenorden zusammen zu leben und ihren Unterhalt zu verdienen. Ihnen würde sie sich anschließen, falls der Orden sie und das Kind aufnehmen würden.

Und wenn es ein Junge wird? Werden sie mich dann akzeptieren? Niemals! Caillen schob ihre Zweifel beiseite. *Der Falke soll fliegen, wenn er flügge ist. Jetzt muß ich erst einmal fort von hier. Das Kind, ob nun Junge oder Mädchen, wächst besser ohne einen solchen Vater auf, selbst wenn es in Armut und Schande geschieht.*

Sie machte sich daran, ihre Sachen zu sortieren. Was würde sie benötigen? Was konnte sie zurücklassen?

Und so war sie bereits gerüstet, als drei Tage später aus Asturias eine unerwartete Nachricht eintraf. Caillen kannte den Boten, der ihrem Vater lange Jahre gedient hatte. Die Tränen in seinen Augen verrieten ihr, noch ehe er die rechten Worte fand, daß Dom Aldric von ihnen gegangen war.

»Er ist von seinem Pferd gestürzt, Caillen – Verzeihen Sie, ich muß jetzt wohl *Domna* sagen. Aber seine Zeit war gekommen, sonst hätte er sich sicher im Sattel seines alten Groby gehalten. Wir nehmen an, daß es ein Schlaganfall war. Jedenfalls starb er schnell und schmerzlos.«

»Dafür sei Avarra gedankt«, flüsterte Caillen. Aber selbst jetzt, da der Schmerz sie überwältigte und jede andere Regung zu ersticken drohte, verspürte sie auch so etwas wie Zorn. Wie konnte ihr Vater sie nur so völlig im Stich lassen? Zuerst zwang er ihr diese verhaßte Heirat auf – und dann stahl er sich aus dem Leben, bevor sie ihn zur Rechenschaft ziehen konnte.

Sie hatte sich zwar einzureden versucht, daß sie dem Elend von Elhalyn entfliehen und ganz allein der Welt trotzen könne, aber jetzt erkannte sie, daß sie insgeheim auf Asturias als Zufluchtsstätte gezählt hatte, so lange ihr Vater noch am Leben war. Und wenn schon nicht für sich, so doch zumindest für ihr Kind.

Jetzt bin ich wirklich ganz allein. Natürlich liebt mich Corys, aber was kann er schon tun? Er ist doch noch ein Kind, gerade erst zwölf, und wird noch jahrelang unter Vormundschaft stehen. Sie hoffte inständig, daß ihr Vater nicht Raul, sondern jemand anderen zum Vormund bestellt hatte; sonst würde auch das Haus, in dem sie als Kind glücklich gewesen war, zu Grunde gerichtet.

»Ich muß meinem Bruder zur Seite stehen«, erklärte sie entschieden, und unter diesen Umständen fand selbst Raul keinen Grund, der sie davon abhalten konnte.

Corys empfing sie im Burghof von Asturias. Das letzte Mal hatte sie ihn anläßlich ihrer Vermählung gesehen. Er war groß geworden. Die verflossene Zeit, der jüngste Schmerz, die neue Verantwortung – all das ließ ihn um so vieles erwachsener erscheinen. »Ich habe deine Ankunft gespürt, Schwester.« Er umarmte sie. »Könnte das schon mein *Laran* sein, oder habe ich dich einfach nur so sehr herbeigesehnt?«

Sie begaben sich in die Hauskapelle und unterhielten sich über alles, was ihnen in den Sinn kam. »Du erwartest also ein Kind? So schnell geht das! In diesem einen Jahr sterben dein Schwiegervater und unser Vater – ich werde Aldric immer als meinen wirklichen Vater in Erinnerung behalten – und jetzt kommt eine neue Generation. Sag mir, Caillen, bist du in Elhalyn glücklich? Nein, warte, du brauchst nicht zu antworten. Die Frage war töricht. Wie könntest du jetzt von Glück sprechen?«

Nach langem Schweigen fragte sie endlich: »Sollen wir Vater nach Hali bringen?«

»Nein, er wollte in seinem eigenen Grund und Boden bestattet werden.«

»Darüber hat er mit dir gesprochen?«

»Ja. Nachdem Geom gestorben und du davongegangen warst, hat sich unser Vater auf seinen eigenen Abschied vorbereitet. Er hat mich gebeten, seinen letzten Willen niederzuschreiben. Wir werden nachher in sein Zimmer gehen, dann zeige ich dir sein Vermächtnis.«

Nachdem sie sich von der Reise ausgeruht hatte, schlenderte sie durch die Burganlagen. Es zog sie zu den Stallungen, wo sie Groby tätschelte, der seinen Kopf traurig hängen ließ. Während Corys älter und stärker wirkte, schien das Pferd ihres Vaters älter und schwächer geworden zu sein. »Du kannst doch nichts dafür, mein alter Freund. Wenn er schon sterben mußte, so hätte er sich keinen schöneren Tod wünschen können.«

Sie kam nicht zur Ruhe, und selbst das winzige Leben, das sie austrug, schien von dieser Unruhe erfaßt zu sein. Für ihren Bruder, für die Dienerschaft, ja sogar für das Pferd ihres Vaters war die Trauer um Dom Aldric eine klare, unzweideutige Angelegenheit. Sie hatten einen geliebten Freund verloren.

In ihre eigene Trauer mischten sich Zweifel und Zorn, die mit seinem Tod nicht erstarben. Hatte er sie geliebt oder nicht? Würde er sie, wäre er noch am Leben, in seinem Heim aufnehmen und beschützen, oder wäre ihm der Stolz der Di Asturiens wichtiger als ihr gegenwärtiges Unglück? Sie würde es nie erfahren.

Was immer auch geschehen mochte, die Heimkehr nach Asturias war ihr jetzt für immer verwehrt. Sie wollte allein sein, wollte allein die Plätze aufsuchen, die ihr einst so viel bedeutet hatte, aber wo immer sie sich zeigte, kamen Männer, Frauen und Kinder aus dem Gefolge ihres Vaters auf sie zu, um ihr Beileid auszusprechen. Beständig wurde sie daran erinnert, daß sich alles verändert hatte.

Mit sicherem Blick für die Veränderung bei einer anderen, oder mit etwas mehr als nur gewöhnlicher weiblicher Intuition, entging es einigen der Frauen nicht, daß Caillen in anderen Umständen war, und so überbrachten sie neben den Kondolenz- auch Glückwünsche für das bevorstehende freudige Ereignis.

Würde sie je wieder Freude empfinden können?

Nach dem Abendessen ging Caillen in das Zimmer ihres Vaters und lief ziellos auf und ab. Immer wieder nahm sie die verschiedensten Erinnerungsstücke in die Hand: die ledergebundenen Zuchtbücher, die über zehn Generationen zurückreichten, den schweren Siegelring, den Humpen, aus dem er immer getrunken hatte. Nach einiger Zeit kam Corys herein.

»Ich würde gern mit dir Vaters letzte Wünsche durchgehen. Er hat seinen Dienern einiges hinterlassen, was wir morgen verteilen sollten. Seinen Verwalter Varzil hat er zum Ratgeber und inoffiziellen Vormund für mich bestimmt. Ballart von Dalereuth wird der offizielle Regent und Aufseher sein, bis ich fünfzehn bin. Gegen eine solche Regelung wird der Comyn-Rat nichts einzuwenden haben.«

»Ich könnte mir keine bessere Lösung vorstellen«, entgegnete Caillen. In ihre Erleichterung mischte sich der alte Groll. Hätte er nicht ebenso umsichtig an das Wohlergehen seiner Tochter denken können?

Corys fuhr fort. »Varzil soll das Häuschen am Craghorn nebst Land bis hinunter zum Fluß erhalten, sobald ich volljährig bin.«

»Varzil hat ihm immer treu gedient. Ich bin froh, daß Vater so großzügig war.«

»Der Stallmeister bekommt drei Stuten, die er vom besten Hengst decken lassen kann. Und die Haushälterin erhält eine Pension, wenn sie sich zur Ruhe setzt, eventuell auch schon früher, falls ich heiraten sollte und meine

Braut eine neue Haushälterin wünscht.« Dann führte er noch verschiedene andere Bestimmungen auf.

»Schließlich hat er dir noch einige Sachen hinterlassen.«

»Das kann ich mir kaum vorstellen, Corys. Ich habe doch bereits meine Mitgift erhalten.«

»Das mag schon sein, aber es gibt da noch ein paar Dinge, die Vater für dich bestimmt hat. Zunächst einmal sollst du den Schmuck unserer Mutter haben.«

»Das kann ich nicht annehmen. Ich habe doch schon den Schmuck von Rauls Mutter. Alicias Schmuck gehört deiner zukünftigen Frau.«

»Mach dir darüber keine Sorgen. Wenn ich heirate, wird neues Geschmeide angefertigt werden, so daß meine Frau keine Schande erdulden muß. Vater hat dafür extra eine Summe bereitgestellt. Aber er wollte nicht, daß eine Fremde Alicias Schmuck trägt. Er wollte, daß du ihn bekommst und etwas ganz für dich alleine besitzt, das du auch verkaufen oder eintauschen könntest, falls du einmal in Not geraten solltest.«

Caillen wußte nicht, was sie davon halten sollte. Wie sie es auch drehte und wendete, es beunruhigte sie, selbst wenn sich dadurch neue Möglichkeiten eröffneten.

»Und schließlich noch ein Geschenk von eher sentimentalem Wert. Er wünschte, daß du zur Erinnerung an ihn seinen Siegelring behältst.«

»Nein, das kann nicht sein!« Diesmal widersprach sie heftig. »Das Siegel gebührt dem Herren des Gutes. Es symbolisiert Asturias. Ich bin mir sicher, daß es dir gehört.«

»Glaub mir, Schwester, es ist, wie ich es gesagt habe. Vater hat es mir ausführlich erklärt, damit ich mich nicht zurückgesetzt fühle oder glaube, er liebte mich weniger, weil ich nicht sein leiblicher Sohn bin. Das Siegel soll dich trösten und daran erinnern, daß er auf dich genauso stolz wie auf seinen Erben war. Und dann sagte er mir noch, daß ich mich jederzeit an dich um Rat wenden könnte, falls die Verantwortung in jungen Jahren an mich fiele, denn du weißt alles, was ein Erbe Di Asturiens wissen muß.«

Caillen nahm das Siegel in ihre Hand, und jetzt konnte sie die Tränen nicht mehr zurückhalten. Corys war bestürzt und versuchte verlegen, sie aufzumuntern.

»Laß nur, es ist schon in Ordnung. Aber ich möchte jetzt eine Weile allein sein.«

Sie trocknete ihre Tränen und ließ sich von der neuen Erkenntnis trösten. Nach der langen Zeit der Mißverständnisse war ihr plötzlich alles klar geworden. *Diese beiden gerissenen Alten, Aldric und Geom! Jetzt erkenne ich, was für einen Handel ihr abgeschlossen habt.*

Zum ersten Mal wurde ihr die ganze Tragweite dieses Handels bewußt. Aldric gewann einen prächtigen Erben für Asturias, den er aufziehen konnte, ohne seine Frau damit zu beschämen. Und zudem hatte er in Lord Elhalyn einen neuen, mächtigen Verbündeten. Geom seinerseits konnte auch seinem jüngeren Sohn ein stattliches Gut sichern. Aber was noch wichtiger war: Er bekam eine Schwiegertochter, die Elhalyn vor der Mißwirtschaft des unfähigen Erbens bewahren konnte. *Jetzt verstehe ich, worin meine Mitgift wirklich bestand. Es war meine Erziehung, die gesamte Vorbereitung auf das, was ich als Herrin der Domäne benötigen würde, um sie vor Rauls Stümperei zu schützen und für eine kommende Generation zu erhalten.*

Diese nächste Generation trug sie jetzt unter ihrem Herzen. Caillen legte ihre Hand auf den Bauch und konnte das winzige Leben, das sich in ihr regte, spüren. Und da wußte sie mit Gewißheit, was sie bislang schon geahnt hatte: Das Kind würde ein Mädchen werden.

Also gut, Vater, ich nehme meine Rolle in eurem Handel an … zumindest fürs erste. Es würde ihr nun leichter fallen, da sie wußte, daß sie ihr Schicksal nicht etwa der Geringschätzung ihres Vaters verdankte, sondern im Gegenteil der großen Hochachtung, die die beiden Verstorbenen für sie empfanden. Sie würde nach Elhalyn zurückkehren und ihr Möglichstes tun. Sollte es völlig unerträglich werden, hatte Aldric ihr durch sein letztes Vermächtnis immer noch einen Ausweg offen gelassen.

Aber hört noch eines, Aldric und Geom, wo immer ihr jetzt seid. Ich füge dem Handel meine eigene Bedingung hinzu. Falls mein Kind sich würdig erweist, falls meine Tochter mehr nach der Mutter als nach dem Vater kommt, dann werde ich dafür sorgen, daß sie eines Tages Elhalyn in ihrem Namen regieren kann. Das soll mein Vermächtnis sein.

AIMEE KRATTS

Die Hexe aus den Kilghard-Bergen

Aimee Kratts schreibt mir: »Ich bin überrascht, erschrocken, glücklich und aufgeregt, weil sie meine Geschichte für ihre Anthologie ausgewählt haben! Ich habe in den letzten Jahren Ihre Bücher gelesen und bewundert, aber erst kürzlich habe ich den Mut aufgebracht, selbst etwas einzuschicken. Ich hätte mir nie träumen lassen, daß es veröffentlicht würde. Schließlich ist es die erste Erzählung, die ich einem Verleger angeboten habe. Wer hätte das gedacht?«

Aber wie ich richtig vermutet habe, schreibt Aimee schon seit Jahren alles mögliche. (Mir ging es nicht anders. Ich habe zu »schreiben« begonnen, noch ehe ich einen Bleistift richtig halten konnte, indem ich meiner Mutter Gedichte diktierte. Mir graut bei dem Gedanken, daß irgend jemand auf der Suche nach einem obskuren Dissertationsthema sie eines Tages ausgraben könnte.)

Aimee wuchs in einer Kleinstadt namens Saranac Lake im Norden des Staates New York auf, und sie fügt hinzu: »Sie dürfen mir glauben, da oben ist es kälter als in den Hellers.« Das kann ich nur bestätigen. Ich bin selber dort groß geworden, und die Idee zu den Hellers kam mir sicherlich nicht, als ich in Texas lebte. Und noch eine Gemeinsamkeit: Aimee erreicht wie ich das »Gardemaß« von 1,60 m. »Und für alle, die an weiteren äußerlichen Details interessiert sind: Ich habe braune Haare, braune Augen und unzählige Sommersprossen. Von der Abstammung her bin ich zu drei Viertel deutsch, aber man könnte mich leicht für eine Irin halten. Es reicht zumindest, um in Heathrow gefilzt zu werden.« Sie hat eine Schwäche für Sport, Handarbeiten, alte Spielfilme, Kunstgewerbe, Schokolade und Whiskey-Liköre. Nun ja, Sport und Schokolade überlasse ich gerne anderen. Die Geschmäcker sind eben verschieden, und es wäre langweilig, wenn beim Rennen alle auf das gleiche Pferd setzen würden – sofern man sich überhaupt für Pferderennen interessiert. Wie lautet doch eine alte chinesische Weisheit: »Es steht seit langem fest, daß ein Pferd schneller als das andere rennt.« Womit ich nichts gegen Dick Francis und seine Krimis in diesem Milieu gesagt haben will – sie gehören nach wie vor zu meiner bevorzugten Lektüre.

Amilha spähte verstohlen durch die in Nebel gehüllten Bäume auf die Straße. Angestrengt lauschte sie auf die Geräusche ihrer Verfolger. Und sie konnte sie hören, zwar noch entfernt, aber sie ritten unverkennbar in ihre Richtung.

Sie kämpfte gegen ihre Angst und Tränen an und redete beruhigend auf das Pony, das sie gestohlen hatte, ein. »Psst, psssst, mein Kleiner. Du mußt ruhig bleiben. Bitte, bitte! Ja, so ist's gut. Komm, friß etwas. Du wirst es brauchen, wir haben noch eine lange … Reise vor uns. Psst!«

Das Pony schnupperte am Boden und begann still zu grasen.

Das Hufgeklapper galoppierender Pferde kam näher und immer näher. Amilha schluckte und hielt den Atem an. Sie zitterte heftig. Als die vier Reiter vorbeipreschten, hob das Pony den Kopf und schaute neugierig zur Straße. *Jetzt ist es um mich geschehen. Gleich wird das Pony die anderen Pferde begrüßen und kräftig loswiehern.* Aber alles blieb still. Das Pony schaute nur die Reiter an, dann Amilha, und dann begann es erneut friedlich zu grasen.

Erschöpft von der Anspannung und doch erleichtert atmete sie auf, als sie auf den Boden sank. *Ich muß mich jetzt erst etwas ausruhen.* Sie konnte sich kaum mehr rühren, so sehr schmerzten ihre Muskeln. Während sie so dasaß, eilten ihre Gedanken zu den Ereignissen der vorangegangenen Nacht zurück.

Bard! Bard di Asturien! Allein schon der Name ließ sie zusammenfahren, aber ihre Angst wich mehr und mehr dem aufkommenden Zorn. *Wäre ich gestern nur nicht an seinem Zimmer vorbeigegangen! Hätte ich mich nur nicht umgedreht, als er meinen Namen rief! Mit seinem Laran hat er mir die Sinne geraubt und mich gezwungen, Dinge zu tun, die ich niemals vorher getan habe. Oh, wie ich ihn hasse!*

Warum haben meine Eltern mich bloß als Zofe von Lady Jerana nach Asturias geschickt? Sie kannten doch Bards Ruf! Und trotzdem haben sie mich fortgeschickt! Warum nur? Ich weiß ja, daß mein Vater nie viel für mich übrig hatte. Es war schon schlimm genug, daß er mir nicht gestattete, in den Turm zu gehen. Aber wie konnte er mich nur solch einer Gefahr aussetzen?

Sie schlang die Arme um die Knie und wiegte sich auf dem weichen Gras schluchzend hin und her. Auch ihre Mutter würde ihr nicht glauben, daß es Bards Schuld war. »Warum sollte Bard ausgerechnet dich begehren? Schau dich bloß mal an, wie unansehnlich du mit deinen struppigen Locken bist, die du nie richtig pflegst. Und überhaupt, du bestehst doch nur aus Haut und Knochen, vorne nichts und hinten nichts.« Das war stets die nüchterne Erkenntnis ihrer Mutter gewesen, wenn sie Amilhas Heiratschancen abschätzte. Und dann hätte sie Amilha sicher noch Vorwürfe gemacht: Sie habe ja schon immer geahnt, daß so etwas passieren würde! Ob sie denn keinen Anstand besäße, wie es sich für junge Mädchen gehört? Und daß sie sich ein Beispiel an ihren Schwestern nehmen solle!

Aber Amilha wußte genau, warum Bard sich an ihr vergriffen hatte. Es bereitete ihm ein perverses Vergnügen, Jungfrauen die Unschuld zu rauben und sie auf seine männlich vulgäre Art zu entehren. Beim Gedanken an den Schmerz und die Erniedrigung der letzten Nacht kamen ihr erneut die Zornestränen. *Nie, nie, nie werde ich zu dieser Burg zurückkehren! Sie können nach mir suchen, bis alle*

Gletscher in den Hellers abgeschmolzen sind. Sie werden mich nicht finden!

Das Pony wieherte leise und holte Amilha mit einem Stups in die Gegenwart zurück. Sie richtete sich unsicher auf und atmete tief und langsam durch. »Was sollen wir heute Nacht bloß tun, mein Kleiner?« fragte sie das Pony. »Und wo sollen wir bleiben?« Es wurde bereits dunkel, und sie konnte die Entscheidung nicht länger herausschieben. Den ganzen Tag war sie nur von dem einzigen Gedanken getrieben worden, Burg Asturias so weit wie möglich hinter sich zu lassen. Aber jetzt erkannte sie, wie wichtig es war, einen klaren Plan zu haben.

»Wenigstens habe ich mich noch in der Küche eingedeckt, bevor ich losgeritten bin. Sonst müßte ich mich auch von Gras ernähren wie du, mein Kleiner.« Sie nahm eine Handvoll Dörrobst aus ihrer Tasche, um ihren knurrenden Magen zu besänftigen, und überlegte sich dabei, wohin sie nun reiten könnte. »Der Turm von Neskaya liegt südlich von hier. Es ist gar nicht so weit. Aber nein, sie würden mich nicht ausbilden. Nicht in meinem Zustand, dafür hat Bard gesorgt. Ganz abgesehen davon, daß die *Leronis* dort das bißchen *Laran*, das ich anscheinend habe, nicht einmal genau identifizieren konnte. Ich wäre höchstens als Überwacherin geeignet.« Sie seufzte. »Und außerdem würde Vater dort zuerst nach mir suchen. Schließlich weiß er ja, wie sehr ich mir gewünscht habe, in den Turm zu gehen.«

»Edelweiß liegt ebenfalls im Süden, und auch das ist nicht weit.« Aber beim Anblick ihrer verschmutzten Kleider mußte Amilha auch diese Möglichkeit ausschließen. »Die Städter würden sicher Verdacht schöpfen, wenn ich ganz ohne Begleitung dort auftauchte. Der erste, der mich so sieht, wird sich in den Kopf setzen, mich zur Burg zurückzubringen, um die ausgesetzte Belohnung zu kassieren.«

»In den Bergen gibt es viele Jagdhütten. Da könnte ich

mich verstecken.« Ein Jagdhorn erschallte. Amilha fuhr zusammen. Sie wußte, was es bedeutete, Jagdbeute zu sein. »Nein! Wo Jagdhütten sind, sind auch Jäger.«

Schließlich kam ihr ein anderer Gedanke, eine letzte Möglichkeit, so kühn sie auch war. »Was hältst du von der Schwesternschaft vom Schwert, mein Kleiner?« fragte sie das Pony aufgeregt. »Vielleicht brauchen sie ja eine Köchin. Oder ich könnte mich sonstwie nützlich machen.« Amilha gefiel die Vorstellung. Sie nahm die Zügel in die Hand und blickte sich noch einmal um. Inzwischen war es ganz dunkel geworden. Sie war es nicht gewohnt, die Nacht ganz allein im Freien zu verbringen, und wieder überkam sie lähmende Angst.

»Ach, Kleiner, was soll ich bloß tun?« klagte sie und lehnte sich an einen Baum.

Weg von der Straße! Hier bist du nicht sicher. Der Gedanke kam wie von selbst, und Amilha glaubte fast, in ihm den Rat einer alten Tante wiederzuerkennen.

Das Pony wieherte leise, trabte zu ihr hin und rieb sanft seine Nüstern an ihrer Schulter. Amilha war völlig erschöpft und gähnte. Nur der knorrige, alte Baum, an den sie sich anlehnte, hielt sie noch aufrecht und schien sie mit seiner wuchtigen Gestalt zu trösten. »Ich bin so müde, ich könnte tot umfallen. Aber wir dürfen hier nicht bleiben. Wir müssen von der Straße weg.«

Sie drehte sich um und blickte ängstlich in den Wald, der sich dunkel und drohend vor ihr erstreckte. *Vielleicht wäre es ja gar nicht so schlimm, wenn ich zur Burg zurückreite.* Es war nur ein flüchtiger Gedanke, den sie sogleich verwarf. Sie redete sich laut Mut zu: »Mach dir doch nichts vor! Auf der Burg erwartet dich nur Bestrafung und Schlimmeres, nämlich Bard. Du mußt weiter! Hier gibt es nur Bäume, und die werden dir nichts antun.«

Sie atmete tief durch und ritt in den Wald hinein. Ihr war, als ob sanfte Stimmen ihr zusäuselten: *Bleib bei uns, Chiya. Wir wollen dich trösten, Chiya.* Äste und Zweige hielten sie zurück und ließen sie stolpern, ihr langer Rock und ihre offenen Haare verfingen sich im Gestrüpp, so daß sie mehrfach anhalten mußte, um sich wieder zu befreien. Sie hatte kaum 200 Meter zurückgelegt und schon raste ihr das Herz wie wild. »Wir werden beobachtet, mein Kleiner! Ob das die Hexe aus den Kilghard-Bergen ist?« Vor Erschöpfung kicherte Amilha kindisch und begann, dem Pony ein altes Märchen zu erzählen.

»Du hast doch sicher schon von der Kilghard-Hexe gehört, *Chiya?*« Dabei tätschelte sie, mehr zur eigenen Aufmunterung, dem Pony den Hals. »Ein häßliches altes Weib, das kleine Kinder tötet, schmort und verschlingt. Sie opfert junge Mädchen, um ihre Dämonen zu besänftigen. Jäger führt sie in die Irre, macht ihre Waffen unbrauchbar und läßt Bäume auf sie herabstürzen. Ihre Grausamkeit kennt keine Grenzen, sie ist das Böse schlechthin. Ich kenne eine alte Frau, die die Hexe einmal gesehen hat ...« Was tat sie denn da? Sie redete doch nur mit einem Pony, das sich weder um Märchen scherte, noch sich davor fürchtete.

Amilha setzte sich hin und rieb sich die Schläfen. »Wenn ich ehrlich bin, mein Freund, dann kenne ich keinen einzigen, der die Hexe je zu Gesicht bekommen hat. Ich habe immer nur Geschichten darüber gehört.« Und wenn sie es sich recht überlegte, konnte sich Amilha an nichts erinnern, das sie der Hexe tatsächlich zuschreiben konnte.

Märchen, nichts als Märchen.

Der Wind rauschte in den Bäumen, und die Geräusche des nächtlichen Waldes wiegten sie in den Schlaf. Sie wählte das mächtige Wurzelwerk eines großen, alten Baumes als Lager und verkroch sich in einer schützenden Kuhle. Am Himmel über ihr standen die vier Monde Darkovers, die ihr wie zauberhafte Wächter erschienen. Es war das letzte, woran sie sich erinnern konnte, bevor sie einschlief.

Im Traum begegnete ihr Bard. Sie war wieder auf der

Burg, und er schlich sich an sie heran. Sie wollte fliehen, aber wie angewurzelt blieb sie stehen. Die Angst wuchs zu einem Ungeheuer an, hielt sie in seinen Klauen, raubte ihr Sinn und Verstand. Amilha kämpfte hilf- und hoffnungslos dagegen an. Bard packte sie am Arm. Plötzlich befanden sie sich in einem Tal. Zwischen ihnen stand eine Eiche, versperrte ihm den Weg. Bard versuchte, um das Hindernis herum zu laufen, aber Amilha ließ einen der unteren Äste hervorschießen – der Trieb schlang sich um Bards Hals und erdrosselte ihn. Er lief tiefrot an und seine Augen quollen hervor.

Eine alte Frau tauchte auf und schaute abwechselnd Bard und Amilha an. Ihr zahnloser Mund verzog sich zu einer Grimasse. »Es steht in deiner Macht, dies zu vollbringen«, krächzte die Alte. »Oder aber dies ...« Und Amilha sah im Traum, wie sie einen verwundeten Hirsch heilte. »Es ist deine Entscheidung. Was wirst du wählen?« Und das Gelächter der Hexe hallte durch das ganze Tal.

Amilha schreckte aus dem Traum hoch. Sie hatte geglaubt, sie würde Bard umbringen, wenn sie dazu die Möglichkeit hätte. Jetzt hatte sie es zumindest im Traum getan, hatte von der Tat keine abstrakte Vorstellung mehr, sondern ein konkretes Bild vor Augen. Und das ließ sie erkennen, daß sie nie fähig wäre, ihre Macht so zu mißbrauchen wie es Bard tat. Sie seufzte. So restlos zufrieden war sie mit sich und ihrer Entscheidung nicht; sollte sie denn ganz auf Rache verzichten?

Die rote Sonne stand schon seit mehreren Stunden am Himmel und hatte längst den Morgentau verdunsten lassen. Amilha stöhnte: »Sag mal, Kleiner, bist du auf mir rumgetrampelt, während ich geschlafen habe? Ich fühle mich wie ein Tanzboden nach dem Mittwinterfest.« Ausgeruht, aber mit steifen Gliedern, erhob sie sich langsam von ihrem ungemütlichen Nachtlager.

Das Pony rupfte unbekümmert Gras, was Amilha daran erinnerte, daß sie selbst noch nichts im Magen hatte. Während sie ein paar getrocknete Früchte kaute, überlegte sie, wie die Reise weitergehen sollte.

Ich muß nach Osten reiten, um die Schwesternschaft vom Schwert zu finden. Man sagt, daß sie sich manchmal auf die Insel des Schweigens zurückziehen, um sich der Heilkunst zu widmen. Vielleicht könnte auf der Insel eine Heilerin mich darin unterweisen, mein Laran auf diese Art und Weise zu gebrauchen. Dann mußte sie wieder an Bard denken. Voller Abscheu schüttelte sie diese Gedanken schnell wieder ab und konzentrierte sich auf das, was vor ihr lag. *Wenn ich ostwärts nach Marenji und zur Insel des Schweigens reite, treffe ich unterwegs vielleicht eine Schwertfrau, der ich mich anschließen kann.* So ganz wohl war ihr nicht bei der Vorstellung, mit einer Gesetzlosen zu reisen. Zumindest hatte sie immer sagen hören, diese Frauen seien gesetzlos. *Sie haben kein Schamgefühl. Schneiden sich die Haare ab und tragen Hosen!*

»Was werden sie wohl von mir halten, wenn sie mich so sehen?« Die Aussichtslosigkeit ihrer Lage lastete schwer auf ihren jungen Schultern. Sie zwang sich zu einem traurigen Lächeln und versuchte, sich davon nicht ganz unterkriegen zu lassen. Sie nahm das Pony beim Zügel, orientierte sich grob am Stand der roten Sonne und wandte sich dann nach Osten, ritt immer tiefer in die Kilghardberge.

Gegen Abend überkam Amilha erneut ein Gefühl der Beklommenheit. Wenn sie den Geschichten, die sie über die Kilghard-Hexe gehört hatte, glauben durfte, dann hauste sie in diesem östlichen Teil des Waldes, wo seltsame Geschöpfe und geheimnisvolle Zauberwesen lauerten. Würde sie der Hexe über den Weg laufen? Amilha versuchte, erst gar nicht daran zu denken.

Sie konnte nicht genau sagen, welche Entfernung sie am ersten Tag zurückgelegt hatte. Jedenfalls schien es ihr, daß sie nur langsam vorwärts kam. Die weiten Röcke behinderten sie beim Gehen. In ihren Haaren hatte sich Ungeziefer eingenistet, obwohl sie es inzwischen hochgebunden hatte. Sie hatte sich den Kopf bereits blutig gekratzt.

Drei Tage war sie so schon unterwegs. Und drei Nächte hatte sie von Bard, den Bäumen, der Hexe und dem Hirsch geträumt.

Am vierten Tag hörte sie das Rauschen eines Flusses. Verdreckt und erschöpft wie sie war, hielt sie hoffnungsvoll darauf zu. Aber da hörte sie auch Stimmen. Männerstimmen! »Wenn ich mich nur endlich waschen könnte, Kleiner«, flüsterte sie dem Pony zu. »Und Wasser brauchen wir auch.« Die Verzweiflung trieb sie an und machte sie mutiger als sonst. Sie ließ das Pony zurück und schlich sich näher an das Gewässer heran, bis sie schließlich deutlich Gesang hören konnte.

Bredin sind wir bis zum Tod!
Steh'n uns bei in jeder Not!
Der Brüderschaft sind ewig wir geweiht!
Kein Streit im Leben uns entzweit!

Amilha wich zurück und verbarg sich hinter einem dichten Busch. Noch keine Männer. Zwei junge Burschen. Sie tobten und tollten lautstark im Wasser umher und genossen ihre frisch begründete Brüderschaft in vollen Zügen. Amilha spähte erneut durch das Gebüsch. Sie waren nackt und freuten sich ohne falsche Scham an ihren Körpern. *Vor ein paar Tagen noch hätte ich dem in aller Unschuld zuschauen können.* Ihre Miene verfinsterte sich und sie zog sich zurück. *Aber jetzt weiß ich, wie ihr wirklich seid. Ihr Schweine!*

Plötzlich schnaubte ein Pferd. Amilha fuhr zusammen. Keine zehn Fuß entfernt standen, an einen Baum gebunden, zwei Wallache. Beide trugen Satteltaschen. *Welch ein Glück!*

Vorsichtig und leise näherte sie sich den Pferden. Eines

der beiden hob den Kopf und schnupperte an ihrer Hand, danach graste es weiter. Da von dem fremden Mädchen offenbar nichts zu befürchten war, verhielt sich auch sein Artgenosse ruhig.

Amilha öffnete eine der Satteltaschen und zog einige Kleidungsstücke hervor: eine alte, braune Reithose, ein grob gewebtes Hemd und einen schweren Wollkasack. Der anderen Tasche entnahm sie ein Paar Stiefel. Darunter entdeckte sie noch eine dicke Wolldecke, die Wärme für die Nacht versprach. Dennoch wagte sie es nicht, die Decke an sich zu nehmen. *Ich hätte nie gedacht, daß eine einfache Wolldecke mir einmal so viel bedeuten würde.* Amilha strich fast schon andachtsvoll mit der Hand über den rauhen Stoff, aber bevor sie noch weiter in Versuchung geriet, verschloß sie die Taschen wieder. Die Decke war so schwer, daß ihr Fehlen sofort aufgefallen wäre, und Amilha wollte nicht riskieren, verfolgt zu werden. Sie hatte sich hier schon viel zu lange aufgehalten.

Mit den erbeuteten Sachen unterm Arm lief Amilha so schnell wie möglich zu ihrem Pony zurück. Wobei sie sorgfältig darauf achtete, nicht im Unterholz zu straucheln und dadurch die Jungen noch zu alarmieren. Das Pony hatte wie immer geduldig auf sie gewartet.

Amilha riß ihren Unterrock in Streifen und band damit die Kleider zu einem Bündel zusammen, das sie dem Pony um den Hals hängte. Dann nahm sie es beim Zügel und führte es vom Fluß weg weiter nach Nordosten. Da sie immer noch befürchtete, verfolgt zu werden, gönnte sie sich bis zum Abend keine Pause. Als sie endlich rasteten, war Amilha so erschöpft, daß sie unter dem nächsten größeren Baum sofort einschlief.

Am Morgen wickelte sie die Kleider aus und entdeckte dabei einen kurzen Dolch, der in dem Wollkasack verborgen gewesen war. »Na, wenn das kein Glück ist! Jetzt kann ich ... ja, was eigentlich? ... Ach, zu irgend etwas wird er schon nützlich sein.« Zuerst probierte sie die Hosen und Stiefel an; beide waren nur ein bißchen zu groß. Das Hemd und die Weste schlabberten etwas, waren aber sehr bequem. Zum ersten Mal seit Tagen fühlte sich Amilha frei und unbeschwert. »Schau dir das an, Kleiner! Kein blöder Rock, der dich nur einengt.« Sie tanzte und sprang um die Bäume herum, bis sich ein Zweig in ihren Haaren verfing und sie schmerzhaft zurückhielt. »Autsch!« Vorsichtig versuchte sie, Haare und Gebüsch zu entwirren, aber als es ihr schließlich gelang, waren ihre Locken voller Kletten.

»Wenn ich doch bloß ein Junge wäre! Dann bräuchte ich mich nicht mit langen Haaren herumärgern.« Dabei fiel ihr Blick auf den Dolch, der neben ihrem Kleid auf dem Boden lag. Seine Klinge schimmerte in der Morgensonne und schien ihr eine Lösung anzubieten.

»Nein, das geht zu weit. Ich kann mir doch nicht die Haare abschneiden«, jammerte sie zaghaft vor sich hin. »Kein Mann würde mich je heiraten ...« Sie dachte den Gedanken nicht zu Ende. Stattdessen griff sie hastig nach dem Messer, und nach wenigen Augenblicken lagen ihre wundervollen Kupferlocken wie rotbraunes Herbstlaub am Boden verstreut. Trotzig warf sie den Kopf zurück, aber als sie sich niederkniete, um die einstige Lockenpracht unter einem Busch zu vergraben, mußte sie doch seufzen. »Das dürfte dann wohl das Ende meiner Mädchenjahre sein.«

Eine wohltuende Brise strich ihr warm und tröstlich um den entblößten Nacken.

Am siebten Tag erreichte Amilha einen Höhenkamm, von dem aus sie die Hügellandschaft gut überblicken konnte. Ein unter dem ständigen Wind schief gewachsenes Bäumchen bot ihrem müden Körper eine natürliche Sitzgelegenheit. Es war Hochsommer und die Bäume standen jetzt voll im Saft; ein einziger, riesiger, grüner Teppich erstreckte sich vor ihr, so weit das Auge reichte, und bedeckte Hügel und Täler. Die große Nordstraße hatte sie längst hinter sich gelassen.

»Ob wir es jemals bis zur Insel des Schweigens schaffen werden, Kleiner? Und was dann? Was könnte ich der Schwesternschaft schon anbieten, falls ich sie dort überhaupt antreffe. Ich habe nichts Wertvolles.«

Außer dir selber.

Amilha fuhr herum. Aber da war niemand! Dafür war aber sie nun am Ende ihrer Kraft und Geduld. »Wer bist du?« flehte sie. »Warum folgst du mir und erschreckst mich so?«

Keine Antwort. Nur das Rauschen des Winds in den Blättern.

»Es ist nicht das erste Mal, daß ich dich höre!« rief sie jetzt zornig.

Wieder keine Antwort. Nur eine Biene summte zwischen den Blumen. Ihre Neugierde war stärker als ihre Angst, und so setzte sie sich wieder auf den Baumstamm und fragte fast schon vertraulich: »Warum kann ich dich nicht sehen?«

Du kannst es! Schau dich nur um, ich bin dir so nah.

»Aber ich kann kein Geschöpf erblicken, weder Mensch noch Tier.«

Nicht mit den Augen, sondern in Gedanken sollst du mich erkennen.

Amilha schloß ihre Augen und konzentrierte sich. Sie versuchte, sich die Hexe vorzustellen, wie sie ihr im Traum erschienen war. Aber außer der Äderung ihrer Augenlider, durch die rote Sonne noch verstärkt, konnte sie nichts wahrnehmen.

»Ich kann dich nicht sehen. Ich bitte dich, sag mir, wer du bist?«

Sie glaubte, den Widerhall eines leisen Kicherns zu hören. Oder doch nicht? Sie konnte es nicht sagen.

Amilha hatte genug von dem Ratespiel, stand auf und versuchte, eine mögliche Marschroute durch die Hügel festzulegen. Sie konnte zunächst keinen bestimmten Anhaltspunkt ausmachen, bis sich plötzlich über einem kleinen Waldstück die Wolken teilten und die Sonnenstrahlen auf ein weißes Gebäude fielen. »Was ist denn das da drüben, Kleiner? Ob da jemand wohnt? Es sieht aus wie ein weiß getünchtes Haus aus Holz, oder vielleicht sogar aus Stein. Und ist das nicht ein Türmchen auf dem Dach? Vielleicht ist es eine Kapelle!« rief sie aufgeregt. »Das würde bedeuten, daß dort eine heilige Frau lebt! Und ich könnte mich dort ein paar Tage ausruhen und Proviant sammeln, bevor wir unsere Reise fortsetzen. Oder ich könnte sie um Rat fragen. Vielleicht kann sie mir sagen, was ich tun soll.« Beflügelt von ihrer Entdeckung, rannte sie den Abhang hinunter und vergaß dabei völlig das Pony, das ihr brav hinterhertrottete.

Sie brauchte noch fast zwei Stunden, um die Waldkapelle zu finden, die sich in einem kleinen Tal befand. Amilha sah sie erst, als sie unmittelbar davor stand. *Vielleicht habe ich mich schon zu weit vorgewagt. Was nun, wenn da jemand lebt, der nichts mit anderen Menschen zu tun haben möchte? Oder wenn es gar die Hexe ist?* Sie wich zurück und versteckte sich hinter den Büschen, erkannte aber ihren Fehler. Es war bereits zu spät. Eine Hexe mit *Laran* hätte längst von ihrer Anwesenheit gewußt. Und wenn es jemand auf sie abgesehen hatte, gab es sowieso kein Davonkommen mehr. Diese Lektion hatte ihr Bard beigebracht. Aber diesmal hatte sie immerhin einen Dolch.

Der Lederknauf in ihrer Hand fühlte sich ungewohnt an, beruhigte Amilha aber dennoch. Langsam ging sie auf das Haus zu. Die Steinstufen waren mit wunderschönen Waldblumen in allen möglichen Farben überwachsen: rosarot, und gelb und orange. Aber sie ließ sich davon nicht ablenken. Sie würde sich nicht noch einmal einlullen und dann überwältigen lassen!

»Ist da jemand?« fragte sie zaghaft. Keine Antwort. Dann erinnerte sie sich an ihre eigenen bescheidenen *La-*

ran-Fähigkeiten und sandte einen forschenden Gedanken aus. *Ist da jemand?*

Keine Antwort, nur ein Willkommensgruß – in Gedanken?

Amilhas Herz hämmerte wie wild, als sie langsam die Stufen hinaufschlich. Sie fühlte sich so elend, als ob es zu ihrer eigenen Hinrichtung ging. Die rostigen Angeln quietschten, als sie die Eichentür einen Spalt weit öffnete. Dann warf sie sich mit ihrem ganzen Körpergewicht gegen die altersschwache Tür, und ihr war dabei, als ob sie sich von einer Klippe stürzen würde.

Die Tür gab nach. Mit einem schrillen Schrei stürzte Amilha herein, strauchelte und schlug mit dem Gesicht auf dem Steinfußboden auf. Sie warf sich auf den Rücken und tastete panisch nach dem Dolch, den sie im Sturz hatte fallen lassen. Jetzt war sie unbewaffnet, jetzt würde die Hexe zuschlagen! Sie wußte, daß sie sofort zurückschlagen mußte, denn *Laran* konnte sie nicht entkommen.

Sie sprang auf. Was war das? Sie sah …

… eine zu Tode geängstigte Maus, die laut fiepend durch die offene Tür floh. Ansonsten war niemand in der Kapelle. »Niemand hier? Wie ist das möglich? Wo bist du?« schrie Amilha hysterisch. »Mein Herz rast wie toll, ich habe mir eine blutige Nase geholt, und das alles wegen einer Maus?« Das Komische an dieser Situation schmerzte sie beinahe ebenso sehr wie ihr Sturz auf den harten Fußboden, und sie wußte nicht, ob sie lachen oder weinen sollte.

Es dauerte eine halbe Ewigkeit, bis sich Amilha wieder beruhigte. Ihr Schluckauf war noch nicht ganz vorbei, als sie sich daran machte, die Kapelle nach brauchbaren Dingen zu durchsuchen. Es war nur ein kleiner Raum, kaum größer als Lady Jeranas Nähzimmer. Der Boden war mit Staub und Unrat bedeckt, den der Wind durch die offenen Fenster hereingeweht hatte. Außer einer morschen Pritsche, die Amilha mit einem Fußtritt herausbeförderte, gab es keine Möbel. Der kleine Altar an der Kopfseite der Kapelle war kahl, und die Nische, in der einst die Statue irgendeiner Gottheit gestanden hatte, beherbergte jetzt die entflohene Maus. An jeder Seite gab es ein Fenster und in einer der Ecken neben der Tür befand sich eine kleine Feuerstelle.

»Vielleicht sollte ich mich trotz allem hier ein paar Tage ausruhen«, seufzte Amilha. »Dann kann ich hier auch gleich ein bißchen sauber machen.« Energisch stemmte sie die Hände in die Hüften und beschloß: »Als erstes verschwindet dieses Mäusenest!«

Sie hob das Nest aus Laub, Gras und Flaumen behutsam hoch, brachte es nach draußen und legte es fein säuberlich in einen morschen Baumstumpf am Talrand. Sie war schon fast wieder zur Kapelle zurückgekehrt, als sie im Unterholz etwas rascheln hörte. Sie drehte sich schnell um, um einen Blick von dem kleinen Waldbewohner zu erhaschen. Stattdessen sah sie in der untergehenden Sonne etwas kurz aufblitzen.

Amilha ging zu der Hausecke, von der aus das Licht reflektiert worden war. »Was war denn das, Kleiner?« Das Pony schaute bei der Frage auf, konnte aber keine Antwort geben. »Hier muß irgend etwa herumliegen, das glänzt. Vielleicht noch ein Messer, oder ein Kochtopf.« Sie kniete sich hin und wühlte in einem großen Haufen aus Zweigen und totem Laub, die der Wind gegen die Hauswand geweht hatte. »Also hier scheint nichts zu sein. Halt, warte mal! Was ist denn das? Ein Tuch? Unter einem Haufen alter Blätter?«

Sie hielt einen Stoffetzen in der Hand, der anscheinend zu einem vermoderten Umhang oder Mantel gehörte. Sie versuchte, ihn aus dem Haufen hervorzuziehen, aber er steckte fest. Mit einem Ruck zerrte sie daran, und zum Vorschein kamen – Knochen.

»Aaahhh!« Amilha schrie entsetzt auf. Es waren Menschenknochen, fast schon völlig vermodert. Bei dem grauenvollen Anblick hätte sie beinahe den kleinen grünen Stein übersehen, der ebenfalls hervorkullerte. Sie schnappte ihn noch schnell, bevor sie in den Wald davonstürzte.

Erst in sicherer Entfernung, als sie die Kapelle schon nicht mehr sehen konnte, blieb sie nach Atem ringend stehen. Sie versuchte, ihre Gedanken zu ordnen und erkannte schon bald, wie töricht es gewesen war davonzurennen. *Von einem Haufen alter Knochen droht mir keine Gefahr. Wenn man es vernünftig betrachtet* ... Ein schwacher Trost.

Mittlerweilen war es dunkel geworden, und die Geräusche der Nacht raunten und zirpten ihr zu, doch wieder Zuflucht in der steinernen Kapelle zu suchen. Also kehrte sie langsam um und lief beklommen zur Kapelle zurück. Den Haufen Knochen umging sie so weit wie möglich. Die Holztür quietschte erbärmlich, als Amilha sie schließlich hinter sich zuzog.

»Was mache ich hier? Wo kann ich hin?« Es war niemand da, der ihr hätte antworten können. Verzweifelt glitt sie an der Wand, an der sie nach Halt suchend lehnte, hinab und begann zu weinen. »Meine Eltern werden mich nicht wieder aufnehmen, denn für eine Heirat zu ihrem Vorteil komme ich nicht mehr in Frage. Der Turm ist mir verwehrt, denn ich bin keine Jungfrau mehr. Die Schwesternschaft wird mich für zu schwach halten. Und wie soll ich ohne Arbeit in den Städten überleben? Ich kenne kein Gewerbe ... und das eine Gewerbe ... nein, niemals! Oh, Avarra, hilf mir! Was kann ich tun?«

Amilha hatte ganz vergessen, daß sie immer noch den Stein in Händen hielt. Als sie sich nun Rotz und Wasser aus dem Gesicht wischte, schürfte sie sich damit die Wange auf. »Autsch!« Da sie im Dunkel aber weder die Wunde, noch den Stein untersuchen konnte, steckte sie ihn vorsichtig in ihren Beutel. Dann verkroch sie sich in die vom Eingang am weitesten entfernte Ecke, wo sie auf den Anbruch der Dämmerung warten wollte. In ihrer Erschöpfung überkam sie bald ein tiefer, traumloser Schlaf.

Es war noch immer dunkel, als eine Stimme sie weckte. Nur Idriel sandte ihre Mondstrahlen in das Zimmer, in dem sie lag. »Wer ist da?« flüsterte sie.

Niemand antwortete.

Sie wartete noch eine Weile, aber nichts passierte. Ihr schwaches *Laran*, so glaubte Amilha, hatte sie wieder einmal zum Narren gehalten. Sie wollte sich keine falschen Hoffnungen machen, aber sie mußte immer wieder an den grünen Stein in ihrem Beutel denken. Sie konnte ihn förmlich durch den Stoff pulsieren spüren. Vorsichtig öffnete sie den Beutel und nahm den Stein heraus. Er fühlte sich weder heiß noch kalt an, aber im Mondlicht erstrahlte er in einem Grün, das sie nie zuvor gesehen hatte. »Wie wunderschön er ist!«

Amilha drehte den Stein hin und her und versuchte ihn so zu halten, daß sich das Mondlicht an seinen Kanten brach und funkelte, aber es gelang ihr nicht. Der Stein schien die Mondstrahlen in sich aufzunehmen und nicht wieder freizugeben. Da wußte sie, was sie in den Händen hielt. Einen Sternenstein!

Aber ein grüner Sternenstein? Bislang hatte sie nur blaue gesehen, aber das war auch egal; Sternensteine waren jedenfalls kein Spielzeug, und eigentlich sollte sie ihn sofort wieder sicher verwahren. Das wollte sie auch tun, aber irgend etwas hielt sie davon ab. Seine Schönheit zog sie magisch an. Und jemand schien sie darum zu bitten, tiefer in die Matrix zu blicken. »Nein! Das werde ich nicht tun! Du kannst mich nicht dazu zwingen! Eher werde ich dich zertrümmern!« Tastend suchte sich nach ihrem Dolch, aber sobald sie ihn berührte, schreckte ihre Hand davor zurück. Stattdessen umschloß sie den Stein mit beiden Händen. »Du kannst mich nicht dazu zwingen, in dich hineinzuschauen!« schrie sie.

Doch dann tat sie genau das.

Amilha spürte, wie sie immer weiter in die smaragdgrüne Tiefe des Steins hinabgezogen wurde. Ein grüner

Sternenregen blendete sie und betäubte ihre Sinne. Tiefer und tiefer versank sie in dem allumfangenden Grün – das Grün des Lebens im Wald, in den Blättern an den Bäumen und dem Gras auf den Wiesen. Es war das Grün der Natur selbst.

Hallo, Amilha, sprach eine sanfte Stimme.

Sie war noch immer ganz vom Grün verschlungen, aber die Angst war von ihr gewichen. »Hallo?« erwiderte sie.

Kannst du mich jetzt sehen? fragte die Stimme.

Es war hellichter Tag!

»Nein. Wer bist du? Bist du der Geist jener Knochen, den ich gestört habe?«

Sie vernahm ein warmes Lachen wie das muntere Plätschern von Regentropfen im Sommer. *Nein, das bin ich nicht, aber ich kannte sie, als sie noch lebte. Sie war einst ein junges Mädchen wie du.*

»Aber wer bist du dann? Und wo bist du?«

In der Stimme lag die Frische des Frühlings und die Reife des Herbsts, als sie antwortete. *Im Wald,* Chiya. *Und in deinen Gedanken. Dein* Laran *läßt uns miteinander sprechen.*

»Mein *Laran*? Aber die Leronis hat gesagt, mein *Laran* wäre kaum der Rede wert.«

Aber das ist es! Es ist eine ganz besondere Form von Laran, Chiya. Nur eine unter Zehntausend besitzt es. Es ist die besondere Gabe, die dich in Verbindung mit –

»Aber du hast mir noch immer nicht gesagt, wie du aussiehst und wer du bist!« unterbrach Amilha.

Diesmal färbte die Reinheit unberührten Schnees die Antwort. *Schau aus dem Fenster und dort wirst du mich erkennen: in jedem Baum, jedem Grashalm, jeder Blume, jedem Bach, in jedem Regentropfen und Sonnenstrahl. Ich bin, wonach du immer gesucht hast. Ich bin die Natur. Die Hexe aus den Kilghard-Bergen.*

Lynne Armstrong-Jones

Garrens Gabe

Während ich die eingesandten Geschichten lese, kommt mir immer eine Annahme in den Sinn, die ich hier – aufgrund meiner fünfzigjährigen Erfahrung – richtig stellen möchte. Es scheint nämlich ein weitverbreitetes Mißverständnis zu sein, daß ein angehender Autor immer »jemanden kennen« muß. Das stimmt nicht; als ich zu schreiben begann, war ich eine unscheinbare kleine Hausfrau im hintersten Texas und kannte keine Seele – jedenfalls keinen Verleger! Mein erster Mann riet mir damals, mein anfängliches Geschreibsel nirgendwo einzuschicken, weil die Verleger, so meinte er, auf den Gedanken kämen, ich sei als Schriftstellerin völlig unbrauchbar, und nur noch aufstöhnen würden, wenn mein Name wieder einmal auf ihrem Schreibtisch landete.

Er hatte offensichtlich unrecht, und inzwischen kann ich auch sagen warum. Ich entdecke im Stapel ungelesener Manuskripte immer wieder einen vertrauten Namen; und schon interessiere ich mich für die Arbeit von jemandem, der mir mittlerweilen wie ein alter Bekannter vorkommt; jemand, dessen Arbeit darum die Zeit und Mühe lohnt, gelesen zu werden – ganz egal, ob ich diese Geschichte dann verwenden kann oder nicht. Wenn ich mich mit Unmassen von Machwerken herumschlagen muß, die ebenso gut ans PLAYBOY-Magazin adressiert sein könnte, dann ist es ganz tröstlich, etwas von jemandem zu lesen, der oder die weiß, was ich will, beziehungsweise was ich nicht *will.*

Ich bin mir ziemlich sicher, daß Lynne mir keine weiteren Geschichten über AIDS-infizierte Vampire zusenden wird – lachen Sie nicht, auch das ist schon vorgekommen; oder aber SF-Geschichten, in denen das Raumschiff interessanter als die Besatzung ist. Und selbst wenn sie es täte, würde ich die

Geschichte erst lesen, bevor ich sie ablehne; denn dazu kenne ich »meine« Autorin zu gut.

Lynne hat mir diesmal vier Geschichten eingesandt, und es tut mir leid, daß wir grundsätzlich nur eine Geschichte eines Autors pro Band annehmen können.

Es gibt eigentlich nur eines, was schöner für mich ist, als einen alten Bekannten im Poststapel wiederzutreffen –nämlich neue Bekanntschaften zu schließen.

Lynne Armstrong-Jones ist Mitte dreißig, verheiratet und hat einen Sohn; sie lebt in Kanada.

Garren blickte aus dem Fenster und betrachtete die herbstlich gefärbten Blätter, die träge zu Boden sanken. Er atmete erleichtert auf und genoß es, nicht länger auf der Hut sein zu müssen, sondern sich – endlich! – einfach nur entspannen zu können. Er bewegte Kopf und Nacken, um die schmerzende Anspannung aus seinen Schultern zu vertreiben.

Endlich! Wie viele Jahre hatte er seinem Bruder als Friedsmann dienen müssen? Aber jetzt gehörte alles ihm! Sein Bruder Piers war nun schon seit mehreren Wochen vermißt – und das machte Garren zum Herren über die Gegend. Nichts lag näher, schließlich glichen sich Garren und Piers wie ein Ei dem anderen.

Zwillinge. Eineiige Zwillinge. Und trotzdem ...

Und trotzdem gab es ein Geheimnis, das nur der Familie bekannt war.

Garren hatte die Familiengabe nicht geerbt.

Garren besaß kein *Laran*. Piers Begabung war dagegen stark ausgeprägt ... Und das hatte Garrens Lage nur umso unerträglicher gemacht.

Garren strich sich mit der Hand durch das rotbraune Haar und seufzte. Aber es sollte ihm nicht viel Zeit bleiben, seinen Gedanken nachzuhängen.

»Was gibt's?« fragte er lauter, als er beabsichtigt hatte. Er richtete sich auf und runzelte die Stirn, was seinem Gesichtsausdruck die Strenge verleihen sollte, die er für angebracht hielt.

Sie müssen mich für genau so stark wie Piers halten – auch wenn ich es nicht bin!

»Dom Garren.« Die Tür öffnete sich und ein Schwertkämpfer erschien, der sich leicht verbeugte. »Ein Bote von Dom Win ist eingetroffen. Es ist dringend, *vai dom.*«

Garren mußte schlucken. Er versuchte, sich gerade zu halten, und hoffte, daß man ihm seine Besorgnis nicht anmerken würde. Er verfluchte die Tatsache, daß sein Bruder, der nur ganze fünfzehn Minuten älter war als er, alle Begabungen geerbt hatte, die ihn zur Führerschaft befähigten! Dann eilte er in die Halle, um den Boten zu empfangen. Insgeheim flehte er zu Avarra, daß es eine gute Nachricht sein möge.

Das war sie aber nicht. Natürlich nicht!

Der Bote beendete die Nachricht und nahm wieder seinen normalen Gesichtsausdruck an. Als geschulter Bote hatte er es verstanden, Stimme und Mimik seines Herren Dom Win nachzuahmen, während er dessen Worte wiedergab.

Garren stammelte ein paar Dankesworte. Es machte ihn verlegen, daß seine Hand beim Gestikulieren so sehr zitterte.

»Dom Garren«, begann der Schwertkämpfer. »Was sollen wir tun, wenn diese Männer wirklich angreifen? Wir müssen unser Land beschützen! Dom Piers hätte sein mächtiges *Laran* eingesetzt …«

»Ich bin aber *nicht* Dom Piers!« fuhr ihn Garren an und wollte damit doch nur seine Unsicherheit kaschieren. »Ich weiß schon, was zu tun ist, Ronnado. Laßt mich allein.«

Ronnado musterte Garren kurz, dann verbeugte er sich und verließ den Raum. Garren gab seinem Zittern erst nach, als sich die Tür hinter dem Mann zu schließen begann.

»Ja! Was gibt es denn schon wieder?« Er warf der Haus-*Leronis,* die ihn durch den Türspalt beobachtete, einen mißmutigen Blick zu.

Sie war die schlechte Laune des neuen Lords noch nicht gewohnt und blinzelte verunsichert. »Dom Garren, habt Ihr in der Überwelt etwas von Dom Piers gesehen? Ich kann für Euch die Überwachung übernehmen, falls Ihr weiterzusuchen wünscht. Ihr seid sein Zwilling; bestimmt –«

»Nein!« Was wollte das verdammte Weib? Garren brauchte einen Augenblick, um sich zu sammeln. »Nein, Rafa. Keine Neuigkeiten.«

Er konnte den Blick der Frau nicht erwidern. Er wußte, wie schwer es ihr fiel. Sie hatte Piers sehr gemocht.

Natürlich! Wer hatte das nicht? Und jetzt sah sich Garren der schier unmöglichen Aufgabe gegenübergestellt, den Platz seines Bruders einzunehmen – und das ohne das *Laran,* das seinem Bruder so viel Respekt eingebracht hatte. Sein Nacken versteifte sich erneut.

Genau in diesem Augenblick sprang eine orangefarbene Katze auf seinen Schoß. Als ob sie den Kummer ihres Herrn gespürt hätte, schmiegte sie ihren Kopf in seine Hand und schnurrte beruhigend.

Da gestattete Garren sich schließlich doch ein leichtes Lächeln. Während sein Bruder damit beschäftigt gewesen war, sein *Laran* zu entwickeln, hatte Garren die meiste Zeit in den Stallungen oder im Hof bei den Tieren verbracht, die ihn bedingungslos akzeptierten.

Es war mitten in der Nacht, als Ronnado ihn weckte. Dom Win hatte nur allzu recht behalten.

In dem Streben, Land und Macht ihrer Vorväter wiederzuerlangen, erhoben Rafe MacEwans Männer Anspruch auf Garrens Besitz. Trotz der nächtlichen Kühle standen Garren Schweißtropfen auf der Stirn, als er hinter Ronnado die Treppe hinabeilte. Mit schreckensgeweiteten Augen dachte er an die Unzulänglichkeit seiner Verteidigungsvorkehrungen.

Heilige Avarra, steh uns allen bei!

»*Vai dom*«, übertönte Ronnado den Tumult im Hof, wo die Männer aufgeregt hin- und herliefen. »Wir müssen losreiten und sie aufhalten! Wir dürfen sie nicht näher kommen lassen!«

Garren nickte. Er wußte, daß Ronnado das einzig Richtige vorgeschlagen hatte. Zugleich wußte er aber auch, daß sie kaum eine Chance gegen die Übermacht hatten; es hieß, MacEwan habe Dutzende von Männern in seinem Gefolge. Garren schwang sich in den Sattel und schaute zu der *Leronis* hinüber, die auf dem Rücken ihres kleinen Ponys saß.

Sie erwiderte seinen Blick.

Sie weiß es. Er konnte es spüren.

Und seine Verzweiflung erinnerte ihn daran, wie unterschiedlich er und sein Bruder in Wahrheit waren ... um wie vieles *geringer* er als Piers war ...

»Dom Garren!« Ronnados Stimme peitschte ihn aus seinen Gedanken.

»Ja? Also dann, vorwärts!« brachte Garren mühsam hervor.

So ritten sie in den Kampf. Über ihnen wurde der schwarze Himmel von zwei Monden erhellt, während unten die Schatten im Widerschein der Fackeln tanzten.

Die ersten Strahlen der Sonne züngelten rubinrot über dem Horizont, als Garren und seine Männer die heranrückenden Angreifer sahen.

Zu viele, es waren viel zu viele!

Garren tätschelte seinem Hengst beruhigend den Hals – oder wollte er sich vielmehr selbst damit beruhigen?

Mit einem Mal war die *Leronis* an seiner Seite. Er blickte zu der Frau auf ihrem Pony herab, die ebenso müde und mutlos wirkte wie er.

»Ich – ich habe getan, was ich konnte, um ihren Vormarsch zu verlangsamen, aber ich fürchte, ich kann allein gegen so viele nichts ausrichten. Und was ihnen an *Laran* fehlt, machen sie durch ihre Entschlossenheit wett. Wenn nur Dom Piers hier wäre ...«

Benutze dein Laran! Ihr Blick war ein einziges Flehen.

Wenn ich es nur könnte, dachte Garren.

Ein Schrei riß ihn aus seinen Gedanken. Er sah, wie einer seiner Männer zu Boden stürzte, als sein Pferd vom Pfeil getroffen unter ihm zusammenbrach.

Nein! Das darf ich nicht zulassen! Wenn ich doch nur etwas dagegen tun könnte. Irgend etwas!

Eine phantastische Vorstellung formte sich in ihm. Pferdekörper bäumten sich auf, zügellos, ihrem eigenen Willen gehorchend ...

»Halt! Brrr –!« Er riß seinen Hengst am Zügel herum und brachte ihn wieder mit Blickrichtung zum Feind zum Stehen.

Die Erkenntnis traf ihn wie ein Schlag!

Er starrte geradeaus auf den ständig vorwärtsrückenden Feind. Dieses Bild verbannte er aus seinen Gedanken, stattdessen konzentrierte er sich darauf, seine eigene Vorstellung auszusenden.

Wie er es mit der Katze getan hatte, wenn er als Kind allein und einsam war; wie er es mit dem Chervine getan hatte, wenn er wollte, daß es ihm durch den Wald folgte; wie er es unzählige Male ... jawohl, auch mit ...!

Sein Kopf hämmerte vor Konzentration; Schweiß rann ihm in die Augen, so daß alles um ihn herum verschwamm ...

»*Vai dom*«, meldete sich Rafas ruhige Stimme. »Mit welcher ungewöhnlichen Begabung gelingt es Ihnen, Dutzende von Pferden dazu zu bewegen, mit einem Mal kehrt zu machen und in eine andere Richtung davonzugaloppieren?«

Garren wollte gerade etwas erwidern, auch wenn er nicht recht wußte, was er darauf antworten konnte, aber die *Leronis* fuhr fort: »Es ist faszinierend! Mit Eurer Erlaubnis, Dom Garren, würde ich sehr gerne etwas von Eurer Fähigkeit im Umgang mit Tieren lernen. Ich weiß nicht, ob es mir gelingen wird, aber ich würde mir größte Mühe geben. Viel Hoffnung habe ich allerdings nicht, denn ich besitze nur ganz gewöhnliches *Laran*.«

Garren mußte blinzeln, bevor er den Blick der Frau erwidern konnte.

Sie lächelte ihm zu.

Und auch dieses Lächeln erwiderte er. Die Anspannung war aus Nacken und Schultern gewichen.

Joan Marie Verba

Der entfesselte Sturm

Joan Verba lebt in Minnesota, eine Gegend, die – zumindest im Winter – Darkover in mancherlei Hinsicht recht ähnlich ist. Soviel ich weiß, kennen die Eskimos elf verschiedene Ausdrücke für Schnee – oder sind es siebenundvierzig oder noch mehr? Wenn das in Minnesota nicht der Fall ist, liegt es jedenfalls nicht am Schneemangel.

Joan gehört von Anfang an zu den Freunden von Darkover und hat regelmäßig zu diesen Anthologien beigetragen. Das einzig Neue, das in ihrer Kurzbiographie entnehmen kann, ist die Tatsache, daß sie gegenwärtig ein astronomisches Sachbuch über die Voyager-Mission schreibt. Weitere Details kann man in den Einleitungen zu ihren Geschichten in vier vorausgegangenen Darkover-Anthologien nachlesen.

Ich fühlte mich wie nach einer siegreichen Schlacht. Normalerweise verliefen die Sitzungen des Comyn-Rates geruhsam; die Sitzungsperiode galt eher als soziales denn als politisches Ereignis. Keiner hatte mit Widerstand gegen den Vorschlag gerechnet, den Bewahrern und Arbeitern der verschiedenen Türme Sitz und Stimme im Rat zu verleihen; um so größeres Vergnügen bereitete es mir, sie mit meinem Einspruch zu überraschen. Noch mehr dürfte sie schockiert haben, daß die Alton-Domäne in diesem Punkt geteilter Meinung war: ich, der angehende Erbe der Domäne, führte die Opposition an, während mein Vater, Lord Rafael Alton, ebenso vehement den Vorschlag befürwortete. Die Debatte hatte sich festgefahren und die Abstimmung wurde vertagt, was einem Sieg für mich und einer Niederlage für meinen Vater gleichkam. Fast glaubte ich, die Wortwechsel in der jetzt leeren Kristallkammer nachklingen zu hören. Ich lehnte mich zurück, legte die Füße hoch und kostete den Augenblick voll aus. Dabei schweifte mein Blick müßig zur Decke.

»Nun, bestaunst du dein Werk?«

König Stefan Hastur war in die Kammer zurückgekommen. Ich nahm schnell die Füße vom Tisch und wollte aufstehen, aber er deutete mir mit einer Geste an sitzenzubleiben. Lächelnd kam er zur Alton-Loge herüber und setzte sich neben mich.

Ich erwiderte sein Lächeln. Stefan und ich waren Altersgenossen und hatten schon als Kinder zusammen gespielt. Ich hatte ein Jahr als Pflegesohn auf Burg Hastur verbracht, und später kam er im Gegenzug nach Armida.

»Alle Achtung für deinen Bau«, meinte Stefan. »Wenn ich Burg Thendara errichtet hätte, würde ich mir wahrscheinlich einen Hügel suchen, von dem aus ich sie ständig bewundern könnte.«

Ich lachte. »*So* eitel bin ich nun auch wieder nicht. Ich dachte mir nur: Wenn sich die Oberhäupter der Domänen schon jedes Jahr hier auf dem Marktplatz von Thendara versammeln, dann könnten wir uns ebenso gut ein paar Annehmlichkeiten leisten, anstatt im Matsch herumzustehen. Außerdem hatte ich dadurch wenigstens etwas Beschäftigung, als ich in diesem verdammten Turm eingesperrt war.«

»Ach so«, sagte Stefan und legte dabei einen Finger gedankenvoll an die Wange. »Deshalb hast du dich gegen das Stimmrecht des Turms ausgesprochen – eine Art Rache.«

»Von wegen Rache«, erwiderte ich. »Die Telepathenkaste maßt sich einfach zuviel an. Ich habe nichts dagegen, daß sie sich organisieren, um gemeinsam zu erreichen, was ein einzelner Telepath nicht schafft. Aber wenn man sie heute zum Rat zuläßt, dann wollen sie morgen ganz Darkover beherrschen, laß dir das gesagt sein. Jetzt verlangen sie bereits einen *weiteren* Turm hier in der Burg, und dabei habe ich ihnen gerade erst großzügig den bestehenden Turm gebaut. Das eine kann ich dir sagen: Dieser Burg wird erst ein weiterer Turm hinzugefügt, wenn meine Knochen am Ufer von Hali liegen, und keinen Tag früher. Ich habe diese Burg nicht für sie gebaut; ich habe sie gebaut, damit sie *uns* dienen können.«

»Du hast sie entworfen, Gwynn. Aber gebaut haben andere die Burg.«

»Sie haben sie nach meinen Plänen und Angaben gebaut. Ich gehörte selbst zu dem Turmkreis, der sie errichtet hat. Ohne die Macht meiner verdammten Alton-Gabe hätten sie nichts erreicht.« Ich lehnte mich zurück. »Und mehr werde sie von mir nicht bekommen.«

»Ich werde mich davor hüten, die Alton-Gabe herauszufordern.«

Wir lächelten beide. Stefan besaß die Hastur-Gabe, die sein Vater in ihm erweckt hatte, noch bevor Stefan König wurde. Als Kind hatte Stefan weiße Haare gehabt, die erst später, als er heranwuchs, die rote Färbung annahmen. Groß und schlank wie ein *Chieri* stand er vor mir, aber er war natürlich kein *Emmasca;* er hatte bereits einen kleinen Sohn. Ich war genauso groß wie er, aber wesentlich stämmiger. Nachdem ich den Turm verlassen hatte, widmete ich mich vorzugsweise ehrlicher körperlicher Arbeit; außerdem beaufsichtigte ich unter Vaters Anweisungen die Wachen.

Als wir die Kammer verließen, machte mir Stefan einen Vorschlag. »Könntest du nicht für mich die Münzanstalt überprüfen? Die Stadt wächst so schnell, daß wir unbedingt Neuprägungen brauchen. Neskaya und Arilinn können den Bedarf allein nicht decken.«

»Es wird mir eine Ehre sein, Eure Hoheit.« Ich vollführte eine höfische Verbeugung, die geziemend ehrerbietig und zugleich doch spielerisch war. Stefan bog um eine Ecke und verschwand in den Hastur-Gemächern.

Mir war natürlich klar, daß ich Vater verärgert hatte. Seit dem Tag, an dem er seine verdammte Gabe meinem noch jugendlichen Hirn aufzwang, war mir jede seiner Gefühlsregungen bewußt. Mit wachsender Entfernung schwächte sich dies zwar zu einem Hintergrundgeräusch ab, aber er war ständig irgendwie anwesend, so als ob er sich an mir gerieben und mir seinen Geruch auf ewig angehängt hätte.

Sobald ich in die Alton-Gemächer eingetreten war, wandte er sich von seinem Sitz um. Sein riesiger, struppiger, roter Schnauzbart hätte bei jedem anderen lächerlich gewirkt, aber meinen Vater ließ er noch größer und mächtiger erscheinen. Die dunklen Augen in seinem großen Gesicht versuchten mich festzunageln, aber seine physische Erscheinung entging mir fast völlig. Was meine Aufmerksamkeit erregte, war der Zustand seines *Laran*.

Er erhob sich mit einer geschmeidigen Bewegung. Auch seine Stimme klang sanfter, als es seine Stimmung erwarten ließ: »Ich mache dir keine Vorwürfe, mein Sohn, keinerlei Vorwürfe. Ich weiß ja, woran es wirklich liegt.«

»Wie bitte?« Ich unterließ es, seine Gedanken zu lesen, was mir unter den gegebenen Umständen sicher leicht gefallen wäre.

»Verdammt noch mal, Sohn, muß ich denn noch deutlicher werden? Nimm dir ein Weib! Es wird höchste Zeit!«

Ich drehte ihm den Rücken zu, streifte meine Handschuhe ab und warf sie auf den Tisch.

»Deine jüngeren Brüder und Schwestern habe alle schon Kinder ...«

»Wie schön für sie!« Ich wollte weggehen, aber er folgte mir.

»Was ist nur los mit dir? Du bist doch kein *Ombredin*; das wüßte ich! Du bist jetzt vierunddreißig; eine Heirat ist längst überfällig! Such dir endlich eine Frau, bevor du völlig versauerst. Du muß sie ja nicht gleich heiraten, auch wenn es schön wäre, wenn du es tätest. Bring es einfach hinter dich! Ich glaube, du bist noch nie mit einer Frau zusammengewesen. Habe ich recht?«

Ich fuhr ihn an. »Es gibt einige Dinge in meinem Leben, die sich Eurer Kontrolle entziehen, Vater!«

»Ich werde jedenfalls nicht tatenlos zusehen, wie du dich zugrunde richtest. Du bist kein gewöhnlicher Mann; du bist der Alton-Erbe! Kommandeur der Wachen! Erbauer von Burg Thendara! Diese schändliche Rede, die du heute gehalten hast ...«

»Ich stehe zu jedem Wort!«

Mit erhobenem Zeigefinger gestikulierte er wild vor meinem Gesicht. »Du hättest nie einen solch idiotischen Vorschlag gemacht, wenn du verheiratet wärst!«

»Wollt Ihr den Grund wissen, warum ich nie mit einer Frau ins Bett gegangen bin? Ich könnte den Gedanken nicht ertragen, Euch dabei zu haben!«

»Wie meinst du das, du ...«

»Ihr wißt ganz genau, wie ich es meine! Seit Ihr mir diese verdammte Alton-Gabe vermacht habt, seid Ihr nie mehr aus meinen Gedanken gewichen!«

Und wider der erhobene Zeigefinger. »Ich habe dir das Leben gerettet!«

Ich schlug seine Hand zurück. »Soll ich mich dafür etwa bedanken? Ich verspürte keinerlei Schmerz. Ich schied sanft und friedlich aus dieser Welt und sank in Avarras Arme. Und dann plötzlich dieser Schmerz – dieser höllische Schmerz in meinem Kopf – das ward Ihr, Vater – Ihr habt mir die Sinne zerfetzt. Etwas von Euch blieb in mir zurück, das ich nie wieder los wurde. Und das macht mir das Leben zur Hölle! Es wäre mir besser ergangen, wenn ich an der Schwellenkrankheit gestorben wäre. Was brauchtet Ihr mich denn als Erben – Ihr hattet doch noch mehr Söhne! Aber nein, Ihr setztet alles daran, die ganze Kraft Eurer Alton-Gabe, mich zurückzuholen. Und damit habt Ihr mir, dem Erben von Alton, die gleiche verdammte Gabe eingeflößt. Deswegen mußte ich von zu Hause fort, deswegen wurde ich von meiner Mutter und meinen Geschwistern getrennt, um unter Fremden in diesem verwünschten Turm zu leben. Und was diese hohlen Phrasen anbetrifft«, – hier wurde ich immer sarkastischer – »das ganze Gerede von der ach so wunderbaren Kraft des Teilens und Heilens, die vom *Laran* ausgeht, davon habe ich nichts gespürt. Ich habe nur eines gespürt, und das war MACHT. Die reine, nackte Macht. Am liebsten hätte ich all mein *Laran* ausgekotzt.«

Es war das erste Mal, daß ich meinen Vater sprachlos erlebte. Das sollte aber nicht lange andauern. »Ich habe dich geliebt.«

»Ihr habt mich *geliebt*? Ihr habt mir die Sinne zerstückelt, Ihr habt mich von zu Hause fortgeschickt, von allem, was mir lieb war ...«

»Es mußte sein. Ein Telepath muß sein *Laran* beherrschen lernen, oder er gefährdet sich und andere.«

»Ach, erspart mir bitte die frommen Sprüche. Stefan hat mir erzählt, wie sein Vater die Hastur-Gabe bei ihm erweckt und ihn darin unterwiesen hat, sie zu gebrauchen. Es wäre also auch ganz anders gegangen. Stefans Vater *liebte* seinen Sohn wirklich. Aber was Ihr mir angetan habt, habt Ihr nur für Euch selbst getan!« Ich stürmte an ihm vorbei, nahm meine Handschuhe wieder an mich und verließ den Raum. Ich ging aber nicht in mein Quartier zurück, um noch etwas zu essen, wie ich es eigentlich vorgehabt hatte. So erging es mir immer, wenn ich mit Vater aneinandergeriet; dann vergaß ich einfach alles andere und wollte nur noch so weit wie möglich fort von ihm.

»Gwynn?«

Ich blieb stehen und drehte mich um. Es war Michela, die im Eingang zu den Aldaran-Gemächern stand.

»Hätten Sie etwas Zeit für uns?« fragte sie.

Ich ging auf sie zu. Michela war Anfang zwanzig, kleiner als ich und recht attraktiv. Stefan und ich hielten es für durchaus möglich, daß Lord Alderan während dieser Sitzungsperiode eine Heirat für sie arrangierte.

»Würden Sie bitte eintreten?«

Ich lächelte. »Gewiß, *Damisela.*«

Sie führte mich in einen Salon, in dem ein Tisch gedeckt war. Drei Gedecke, drei Stühle. Am Kamin sah ich ihren Vater, Donal Lord Aldaran, stehen.

Er wies auf den Tisch und fragte: »Würden Sie uns die Ehre erweisen, Lord Gwynn?«

»Sehr gerne. Ich wollte ohnehin noch etwas essen.«

Als man aufgetragen hatte, sagte Aldaran: »Mir hat gefallen, was Sie heute im Rat gesagt haben. Meine Tochter, die die Aldaran-Gabe in vollem Umfang besitzt und weit in die Zukunft vorausblicken kann, hat mich ebenfalls vor einer Entwicklung gewarnt, bei der die Türme weiter an Macht gewinnen. Es könnte zu Kriegen mit verheerenden, nie dagewesenen Waffen führen.«

»Mit *Laran* läßt sich weitaus mehr erreichen als lediglich Botschaften zu übermitteln, Bauten zu errichten oder nach Metall zu schürfen«, erklärte Michela.

»Ich weiß. Ich habe auch gehört, daß man es im Turm für möglich hält, gewisse Gaben zu züchten, die weit über die bisherigen *donas* der einzelnen Domänen hinausgehen.«

Als ich dies darlegte, reagierte Lord Aldaran heftig. »Wenn das stimmt, wenn sie das versuchen, dann werden viele andere, und nicht nur ich, Sie in Ihren Wünschen unterstützen. Keiner kann sich wünschen, wie Chervines gezüchtet zu werden.« Er trank einen Schluck. »Jedenfalls werde ich Ihre Position vertreten, so lange ich im Rat sitze. Ganz abgesehen von den Horrorvisionen meiner Tochter werde ich es nicht dulden, daß meine Türme mir meine Autorität streitig machen. *Ich* regiere meine Domäne, und ich lasse mich nicht von den *Laran-zu'in* herumkommandieren.«

»Beabsichtigen Sie denn, den Rat zu verlassen, Sir?« fragte ich.

»Nein, nicht in absehbarer Zukunft.« Mit Blick auf seine Tochter mußte Aldaran über sein unfreiwilliges Wortspiel schmunzeln. »Aber die Reise von meiner Domäne nach Thendara ist doch immer sehr lang. Es ist durchaus nützlich und angenehm gewesen, sich hier jeden Sommer zu versammeln. Man konnte mit den anderen Lords Neuigkeiten und Ideen austauschen oder auf dem Markt einkaufen. Und durch Ihren Neubau, Gwynn, finde ich es noch angenehmer. Fast schon wie Ferien.« Dabei blickte er anerkennend im Zimmer umher. »Aber durch die Türme können wir jetzt Botschaften einfacher und schneller übermitteln. Ich bin zwar bereit, Hastur als König anzuerkennen, aber wenn der Rat versuchen sollte, sich in meine Angelegenheiten einzumischen, werde ich mir das nicht lange gefallen lassen.« Er warf mir einen vielsagenden Blick zu. »Außerdem wird mein Sohn bald volljährig, und ich habe vor, allmählich ihm die Last der Verantwortung zu übertragen. Ich freue mich auf meine alten Tage, wenn meine einzige Sorge sein wird, wie lange noch Enkel auf meinem Schoß spielen werden.« Und bei diesen Worten lächelte er Michela zu.

Bei allen Göttern, ich wünschte, dieser Mann wäre *mein* Vater. Er hatte feste Grundsätze, ohne deswegen ein Tyrann zu sein, er konnte gütig sein, ohne herablassend zu wirken. Vor allem aber beschränkte sich der telepathische Kontakt mit ihm auf ein durchschnittliches Maß, den ich ausblenden konnte, wenn ich wollte! Mein eigener Vater ließ sich nicht so einfach ignorieren.

Wir verbrachten einen anregenden Abend bei guten Tischgesprächen. Nachdem Aldaran sich zurückgezogen hatte, zögerte ich meinen Abschied von Michela noch etwas hinaus. Wie ihr Vater besaß sie ein angenehmes, telepathisch unaufdringliches Wesen; außerdem sah sie sehr gut aus. Schließlich entschuldigte ich mich, da ich am nächsten Tag mit der Ausführung von König Stefans Auftrag vollauf beschäftigt war.

Mir war natürlich jeder Vorwand recht, mich in der Stadt aufzuhalten. Konnte sich je ein Mann in der Geschichte Darkovers rühmen, eine solche Stadt erbaut zu haben? Die gepflasterten Straßen, die überdeckten Rinnsteine, die vielen Häuser von Arm und Reich – alles hatte ich sorgfältig geplant. Und nicht alle Häuser waren Matrixkonstruktionen; einige davon waren durch ehrliche Handarbeit entstanden. Der Gesamteindruck war jedenfalls genauso beeindruckend, wie ich es vorausgesehen hatte. Und ich hatte auch die zukünftige Entwicklung berücksichtigt, indem ich genügend Platz für weitere Gebäude gelassen hatte. Alles in allem war Thendara eine blühende Stadt, die seit meiner Kindheit um das Doppelte gewachsen war und sich voraussichtlich bis zu meinem Tod noch einmal verdoppeln würde.

Die Frage der Kanalisation bereitete bei der Planung die größte Schwierigkeit. Es gab keinen größeren Fluß in unmittelbarer Nähe Thendaras. Wenn aber der Regen, oder schlimmer noch die Abwässer, nicht abfließen konnten, würden sich Pfützen bilden, die wiederum Insekten und Krankheitserreger anzogen. So schuf ich ein unterirdisches Entwässerungssystem, das die gesamten Abwässer in eine große Höhle in den angrenzenden Hügeln leitete. Dort konnten sie durch den Schwemmsand versickern und dabei gleichzeitig gefiltert werden. Schließlich gelangte das Wasser so in die Zuflüsse des Valeron und damit letztlich in die offene See.

An diesem Tag aber hatte ich mir die Münzanstalt vorgenommen, die König Stefan in Anbetracht der wachsenden Bedeutung Thendaras als Handels- und Marktzentrum neu ins Leben gerufen hatte. Durch die Möglichkeit der Türme, Metall zu schürfen, war wesentlich mehr Geld im Umlauf, das natürlich sorgfältig verteilt werden mußte. Und auch das mißfiel mir an den Machenschaften der

Türme: sie konnten auf diesen Geldreserven sitzen wie der Drache, der seinen Hort hütet. Bislang hatten sie sich in dieser Frage immer dem Willen des Königs gefügt, aber wenn sie sich erst einmal Zugang zum Rat verschaffen würden, könnten sie ebensogut versuchen, die entsprechenden Entscheidungen an sich zu ziehen.

Doch noch arbeitete die Münzanstalt einwandfrei. Dort waren nur die nichtmenschlichen *Kyrri* beschäftigt, denen der Wert des Metalls nichts bedeutete. Metall war so selten und kostbar, daß es für alle anderen eine zu große Versuchung gewesen wäre. Ich konnte feststellen, daß die Legierungen im vorgeschriebenen Mischungsverhältnis aus Kupfer und Silber erfolgten, daß die Barren alle die Standardgröße besaßen und Gewicht und Zusammensetzung korrekt eingeprägt wurden; die Münzen *Sekals* und *Reis* wurden ordnungsgemäß mit König Stefans Konterfei geprägt. Ich überprüfte auch die Eichgewichte, die die Händler von der Münzanstalt kauften, um damit sicherzustellen, daß ihre Kunden keine manipulierten Barren benutzten. Es gab nichts zu bemängeln; die Münzanstalt von Thendara stand denen von Neskaya und Arilinn in nichts nach.

Danach ging ich in eine Töpferei, ohne dort etwas kaufen zu wollen. Ich hatte es mir zur Gewohnheit gemacht, hin und wieder dort vorbeizuschauen, um zu sehen, welche Lehmarten und Glasuren, welche Muster und Verzierungen sie für die Töpfe benutzten. Dabei konnte ich mir oft Anregungen für meine eigenen Bauvorhaben holen. Seit meinem letzten Besuch hatte sich in diesem Laden kaum etwas verändert. Allerdings fiel mir ein blauer Stein auf, der als Verzierung in einen Topf eingelassen war. Ich ging damit zur Ladeninhaberin, einer älteren Frau, der schon einige Zähne fehlten.

»Du solltest wirklich keine Matrixsteine mehr in deinen Töpfen verarbeiten, *mestra*. Auf königlichen Befehl hin dürfen nur lizensierte und im Turm ausgebildete Matrixarbeiter mit solchen Steinen umgehen. Ich weiß ja, daß sie hübsch anzusehen sind und daß ihr sie seit langem verwendet, aber sie können auch gefährlich sein.« Die Frau schaute verlegen drein. Auch ich fühlte mich bei der Sache etwas unwohl, aber andererseits stimmte ich, trotz aller sonstigen Meinungsverschiedenheiten mit den Türmen, diesem neuen Gesetz zu. Ich zog meine Geldbörse hervor. »Ich kaufe dir diesen Topf hier ab, und auch alle anderen mit Matrixsteinen, die du noch hast. Und dann benutze sie bitte nicht mehr. Hast du mich verstanden?«

»Wie Ihr befehlt, *vai dom.*« Sie wich meinem Blick aus.

»Sieh auch bitte im Lager nach. Und händige mir bitte alle Matrixsteine aus, die du sonst noch besitzt.« Ich berührte meine eigene Matrix, die ich in einem Beutel um den Hals trug. »Und falls du vergessen haben solltest, wo du sie alle verstaut hast, dann man dir darüber keine Sorgen. Ich kann überprüfen, ob du irgend etwas übersehen hast.«

Ihr Gesicht wurde lang und länger. »Jawohl, *vai dom.*« Sie verschwand im Lager.

Wie es für einen Lord oder Erben einer Domäne bei einem offiziellen Geschäftsbesuch in der Stadt üblich war, hielten sich einige meiner Gefolgsleute in gebührender Entfernung auf. Ich rief sie in den Laden und bat sie, die Töpfe auf die Burg zu bringen; ich selbst nahm die Matrices an mich. Nachdem ich überprüft hatte, daß sich keine weiteren Matrixsteine im Laden befanden, bezahlte ich die Frau großzügig und ging. Sicherlich gab es bei anderen Töpfern und Schmuckhändlern noch viele solcher nicht registrierter Matrices. Ich würde König Stefan vorschlagen, er möge die Türme damit beauftragen, Personal in die Stadt zu schicken, um sie einzusammeln. Damit hätten sie zur Abwechslung mal etwas Vernünftiges zu tun.

Wir verließen den Laden, aber vor der Tür stolperte einer meiner Männer und hätte beinahe die Töpfe fallen lassen. Während ich ihm noch half, seine Sachen wieder aufzunehmen, konnte ich hören, wie sich die Alte gegenüber der jüngeren Frau, die ihr im Laden half, beklagte. Sicherlich glaubte sie, ich sei längst außer Hörweite, aber ich konnte jedes einzelne Wort verstehen.

»Diese Comyn! Reißen sich alles unter den Nagel, was sie kriegen können! Nicht genug damit, daß sie in ihren prächtigen Häusern sitzen und mit Besteck aus Metall speisen, während wir, das einfache Volk, uns weiterhin mit Holzlöffeln begnügen müssen. Jetzt wollen sie uns auch noch unsere hübschen blauen Steine abnehmen. Es ist so schon schwer genug, an sie ranzukommen. Das waren meine schönsten Töpfe, die sich am besten verkauften!« So jammerte die Frau vor sich hin.

Mir tat die Alte leid, aber ich tröstete mich mit der Tatsache, daß ich ihr weitaus mehr bezahlt hatte, als die Töpfe wert waren. Außerdem gab es noch andere Edelsteine und Methoden, wie sie ihre Töpfe verzieren konnte. Wenn sie als Töpferin so geschickt war, wie es ihre Produkte vermuten ließen, dann würde sie wegen des Verlustes dieser Matrixsteine nicht gleich ihren Laden schließen müssen.

Ich berichtete Stefan vom Zustand der Münzanstalt und von dem Vorfall in der Töpferei. Überraschenderweise zeigte er für letzteres weitaus mehr Interesse. »Natürlich dürfen die Matrices nicht länger Leuten in die Hände fallen, die damit nicht umgehen können. Dazu haben wir jetzt die Türme. Aber es ist noch gar nicht so lange her, daß es keine Türme gab und daß die Sternensteine für Nichttelepathen nichts weiter als Schmuck waren.« Stefan, der sich bislang auf seinem pompösen Thron eher leger zurückgelehnt hatte, nahm jetzt eine aufrechte und königliche Haltung ein. »Mein Urgroßvater besaß zum Beispiel ein besonderes Schwert, das das Schmiedevolk in den Hellers für ihn schuf. In den Knauf ist eine ungewöhnlich große Matrix eingefaßt. Er hatte es für zeremonielle Anlässe anfertigen lassen, aber durch die Matrix fühlte es sich so ... so lebendig an, daß er es verschlossen in einem Gewölbe auf Burg Hastur aufbewahrte. Seit Jahren schon wird es nur zu einem einzigen Anlaß hervorgeholt – bei der Übertragung der Hastur-Gabe.«

»Wissen die Türme davon?« fragte ich interessiert. »Haben sie es gesehen, als man dich auf die Hastur-Gabe hin prüfte?«

Stefan sah mich mit einer Verschwörermiene an. »Nein. Sie haben mich erst später in Hali geprüft. Als mein Vater die Hastur-Gabe in mir erweckte, war niemand sonst anwesend.«

»Dann verrate ihnen auch nichts davon«, riet ich ihm dringend. »Sie würden es dir bestimmt wegnehmen.«

»Ich hatte nie die Absicht. Und dir habe ich nur davon erzählt, weil ich weiß, daß du der einzige bist, bei dem dies Geheimnis sicher ist.« Er lächelte mir vertrauensvoll zu.

Der restliche Sommer verlief besser als erwartet. Die Debatte über das Stimmrecht der Türme im Rat zog sich hin, ohne daß eine Einigung erzielt werden konnte. Aber immer mehr Comyn ließen sich von meiner Einstellung überzeugen. Ansonsten befaßten sich die Ratssitzungen mit ganz alltäglichen Fragen: Bekämpfung der Bergbanditen, Ausbesserung von Straßen und Transportwegen, Ernteerträge, und vieles mehr.

Wenn ich mich nicht gerade im Rat aufhielt, verbrachte ich die meiste Zeit in den Aldaran-Gemächern. Ich fühlte mich immer stärker zu Lord Aldaran und Michela hingezogen, und sie schienen mich ebenso gern zu haben. Zum Mittsommerfest wurde meine Verlobung mit Michela offiziell bekannt gegeben. Zu diesem Anlaß reisten sowohl Lady Aldaran und Michelas jüngerer Bruder als auch meine Mutter aus Armida an. Meine Mutter kam nur selten zu den Ratssitzungen, da es unausweichlich war, daß Vater und ich uns stritten, wenn wir aufeinandertrafen. Mutter wußte dann nie, auf wessen Seite sie sich schlagen sollte, und so zog sie es vor, uns beiden aus dem Weg zu gehen. Selbst zu Hause kam es nur äußerst selten vor, daß Vater und ich uns zur gleichen Zeit im selben Raum aufhielten; nur so ließ sich der Frieden wahren.

Als ich sah, wie Vater mit Aldaran so vertraulich sprach, als seien sie seit jeher *Bredin,* stieg der alte Groll wieder in mir auf. Aus reiner Höflichkeit unterdrückte ich mein *Laran.* Dennoch spürte Michela, daß etwas nicht stimmte, auch wenn sie mich nicht gleich darauf ansprach. Am Ende des Empfangs verließ sie zusammen mit ihrem Vater den Raum. Mutter konnte mir ebenfalls ansehen, daß sich ein Unwetter zusammenbraute; sie entschuldigte sich und ließ mich mit meinem Vater allein zurück.

Noch ehe ich etwas sagen konnte, stellte mich mein Vater zur Rede. »Verdammt noch mal, Sohn, kannst du nicht wenigstens bei deiner eigenen Verlobungsfeier deinen Zorn zügeln? Der Anlaß sollte doch wohl mehr Grund zur Freude geben! Ich kann einfach nicht verstehen, worüber du dich jetzt schon wieder aufregst.«

»Da liegt genau das Problem – Ihr versteht mich nicht«, platzte ich heraus. »Und ich habe mein *Laran* sehr wohl unter Kontrolle gehalten. Daß es Euch nicht entgangen ist, liegt einzig und allein daran, daß unsere Gedanken unauflöslich miteinander verbunden sind.«

»Aber warum kann ich dann nicht begreifen, was dich so wütend macht?«

»Weil ich mein *Laran* so gut es geht abschirme, deshalb! Aber wenn Ihr nur etwas mehr Rücksicht auf meine Gefühle nehmen würdet, wüßtet Ihr, woran es liegt. Soll ich es Euch sagen! Ihr behandelt Fremde zuvorkommender als mich, Euren eigenen Sohn!« Um meinen Worten noch mehr Nachdruck zu verleihen, schlug ich mir vor die Brust. »Mit Aldaran sprecht Ihr höchstens einmal im Jahr, und doch behandelt Ihr ihn, als ob er Euer innig geliebter, lang verschollener Bruder sei. Mich dagegen behandelt Ihr wie einen Gegenstand, wie ein Stück Eigentum!«

»Und was soll ich dazu sagen, wie du mich behandelst? So, wie du gerade jetzt wieder mit mir sprichst?!«

»Wenn Ihr mir nur halb so viel Ehre wie Aldaran erwiesen hättet, wäre diese Diskussion völlig überflüssig. Aber nein! Ihr benehmt Euch, als wärt Ihr der Mittelpunkt der Welt. Ihr habt mir eure Alton-Gabe aufgezwungen, weil *Ihr* es wolltet. Ihr habt mich in den Turm geschickt, weil *Ihr* es wolltet. Und ich konnte den Turm nur wieder verlassen, weil *Ihr* der Meinung ward, es sei für mich an der Zeit, das Kommando der Wache zu übernehmen. Ihr sagt mir, daß ich eines Tages die Domäne führen soll, aber gleichzeitig bestimmt nur *Ihr*, was in der Domäne geschieht. König Stefan überträgt mir mehr Verantwortung, als Ihr es je getan habt! Wenn Ihr morgen tot umfallen solltet, könnte ich die Domäne nur führen, weil *Stefan* es mich lehrte. Ich habt mir immer nur Befehle erteilt und erwartet, daß ich sie ausführe. Ihr haltet mich wie einen *Cralmac* an der Kette! Und dann wundert Ihr Euch, daß ich zornig reagiere, wenn Ihr Aldaran mehr Ehre erweist als mir?«

Mein Vater schien wirklich betroffen zu sein. Nein, mehr noch, er schien es nicht nur – durch mein *Laran* wußte ich, daß ich ihn *wirklich* aus der Fassung gebracht hatte, was mich nur noch mehr anstachelte. »Ich habe dich deine zukünftige Frau selbst wählen lassen! Andere Lords hätten nicht so viel Rücksicht genommen. Sie hätten dir deine Braut am Hochzeitstag vorgestellt!«

Zum Spott verneigte ich mich. »Oh, danke schön, verbindlichsten Dank!« sagte ich sarkastisch. »Und was glaubt Ihr wohl, warum ich gerade sie heirate? Ein Grund dafür ist, daß Lord Aldaran in der kurzen Zeit, die ich ihn kenne, wie ein Vater zu mir gewesen ist – mehr jedenfalls, als Ihr es je ward! Da Ihr ja so viel von ihm haltet, könntet

Ihr ihn einmal fragen, wie er das macht.« Ohne eine Antwort abzuwarten, wandte ich meinem Vater den Rücken zu und verließ den Raum.

Er ließ die Angelegenheit auf sich beruhen.

Als meine Hochzeitsnacht näher rückte, wurde ich immer nervöser. Ich hatte wirklich keine Ahnung, was ich im entscheidenden Augenblick tun sollte – oder besser gesagt: wie ich es tun sollte. Seit ich die Alton-Gabe erworben hatte, war es mir immer irgendwie bewußt gewesen, wenn meine Eltern sich liebten. Ich hatte zwar schnell gelernt, diese Wahrnehmung abzublocken, aber allein schon die Vorstellung, daß ich ihrer Zweisamkeit als ungebetener Dritter hätte beiwohnen können, beunruhigte mich. Ich mußte annehmen, daß es im umgekehrten Fall nicht anders wäre: daß mein Vater es sofort wüßte, wenn ich je mit einer Frau schlafen würde. Deshalb hatte ich mit meinen vierunddreißig Jahren noch immer nicht meine Unschuld verloren.

So suchte ich zumindest auf andere Weise, Michela körperlich so nah wie möglich zu sein, wenn wir auch nicht miteinander schliefen. Stundenlang konnten wir nebeneinander auf dem Sofa im Salon der Aldaran-Gemächer sitzen, kaum gestört von Michelas tauber Zofe Ariel, die in einer anderen Ecke des Zimmers mit Stickereiarbeiten beschäftigt war. Ariel war eine *Nedestro*-Tochter der Ardais-Domäne und besaß *Laran*, was ihr die Verständigung mit ihren Arbeitgebern sehr erleichterte, obwohl sie natürlich auch die Zeichensprache beherrschte.

Eines Abends saßen Michela und ich wieder eng beisammen, und es konnte uns gar nicht eng genug sein. Ich hatte meinen Kopf auf ihre Schultern gelegt. Plötzlich durchzuckte mich etwas. Ich fuhr hoch. Ariel hatte ihre Stickerei in den Schoß gelegt und hielt den Kopf schräg, so als ob sie auf etwas lauschte.

»Was war *das*?« fragte Michela.

Ich stand auf. »Ich weiß es nicht, aber ich werde es herausfinden.«

Noch ehe ich einen Schritt tun konnte, klopfte es. Aldaran steckte den Kopf zur Tür herein. »Es ist der Turm! Kommt, Gwynn! Michela, du bleibst hier.«

Wir traten auf den Flur und befanden uns inmitten einer ganzen Schar von Comyn-Angehörigen, angeführt von König Stefan und seiner Leibwache. Jeder in Thendara, der auch nur einen Funken *Laran* besaß, mußte das gleiche gespürt haben. Aber ich wußte etwas mehr als sie: was immer uns alarmiert hatte – mein Vater hatte daran Anteil.

Ich hatte mich bis zu Stefan an die Spitze des Zuges vorgearbeitet, als wir den Turm erreichten. Der König ging ohne Umschweife in die Empfangsräume. Mein Vater und der Bewahrer des ersten Kreises, ein Mann namens Edric, traten uns entgegen.

»Kein Anlaß zur Besorgnis, Eure Hoheit«, erklärte Edric. »Eines unserer Experimente ist nur etwas außer Kontrolle geraten, das ist alles. Wir werden es das nächste Mal besser abschirmen.«

»Was für ein Experiment?« wollte Stefan wissen.

»Eine Art Wetterkontrolle. Besonders in der Trockenzeit wäre es äußerst hilfreich, wenn wir Regenwolken auf brandgefährdete Gebiete lenken können.«

»Wir haben lediglich den benötigten Schutzschild falsch eingeschätzt, Eure Hoheit«, schaltete sich jetzt mein Vater ein. »Im Energiefluß muß außerdem ein Leck aufgetreten sein. Es wird nicht wieder vorkommen.«

»Und war das Experiment erfolgreich?« erkundigte sich Stefan.

»Nur teilweise«, gab Edric zu. »Es war unser erster Versuch. Vielleicht haben wir etwas zu viel Energie aktiviert. Jedenfalls konnten wir sie nicht in die erhoffte Richtung lenken. Das hat das leichte Unbehagen verursacht, das Sie zu spüren bekamen. Ich möchte mich nochmals dafür entschuldigen.«

Mit ernster Miene, auch wenn seine Stimme vergleichsweise milder klang, ordnete König Stefan an: »Ich halte es für das Beste, wenn Sie die Experimente zehn Tage lang aussetzen. Sie können so mehr Zeit für die Planung Ihrer Projekte aufwenden, bevor Sie damit beginnen.«

»Aber das tun wir bereits, Hoheit«, protestierte Edric. »Wir können unsere Experimente jetzt nicht abbrechen! Das Schürfen nach Metall war anfangs auch nur ein Experiment. Ebenso die Heilverfahren mittels einer Matrix. Oder matrixgestütztes Bauen nach Angaben von Architekten.« Und dabei deutete er auf mich.

»Laßt mich bitte dabei aus dem Spiel«, entgegnete ich.

»Ich verlange auch nicht, daß Sie ihre Forschungen ganz einstellen«, beschwichtigte Stefan ihn. »Ich ordne lediglich eine Unterbrechung von einer Langwoche an. Außerdem bestehe ich darauf, daß Sie ihr Vorgehen sorgfältiger planen. Sie sollten Neues nur schrittweise ausprobieren: zunächst im kleinen Rahmen, bevor Sie dazu übergehen, mächtigeres *Laran* einzusetzen.«

»Auch das geschieht bereits«, sagte Edric.

»Wenn dem so ist, hätte das heute abend nicht passieren dürfen.«

Edric schwieg. Er blickte hilfesuchend zu meinem Vater, der aber auch nichts erwidern konnte.

»Wenn Sie ihre Experimente nicht unter Kontrolle halten und vertretbare Sicherheitsvorkehrungen gewährleisten können, dann muß und wird die Krone einschreiten«, schloß Stefan. »Sie haben meine Anordnung gehört: In der nächsten Langwoche finden in diesem Turm keine weiteren Experimente statt.«

»Jawohl, Eure Hoheit«, fügte sich Edric.

Stefan wandte sich jetzt an die Versammlung der Lords und Erben der Domäne, die uns zum Turm begleitet hatte. »Ich werde mich kurze Zeit nach Burg Hastur zurückziehen; während meiner Abwesenheit wird Lord

Gwynn den Ratsvorsitz übernehmen.« Und zur Bestätigung legte er mir die Hand auf die Schulter. »Das wäre vorerst alles.«

Die anderen entfernten sich, aber mir deutete Stefan an, ich solle noch etwas bei ihm bleiben.

»Sagt Michela, daß ich bald folgen werde, *Vater*«, sagte ich zu Aldaran. Er nickte und ging. Ich konnte spüren, wenn auch nicht sehen, wie meinem eigenen Vater der Mund offen stehen blieb, als ich Aldaran so anredete. Als ich mich aber zusammen mit Stefan ihm zuwandte, hatte er sich bereits wieder gefangen.

»Dann also gute Nacht.« Mit diesen Worten verabschiedete sich der König von meinem Vater und Edric.

Stefan und ich gingen allein zu den Hastur-Gemächern zurück. »Man muß die Türme wirklich ernsthaft an die Kandare nehmen. Jedenfalls glaube ich, daß die Ratsdebatte jetzt zu deinen Gunsten ausgehen wird, Gwynn.«

»Weißt du, was mir aufgefallen ist? Sie hielten es für nötig, daß mein Vater ihnen bei dem Experiment hilft.«

»... jawohl, mit der Alton-Gabe, der mächtigsten Form von *Laran*, die wir kennen. Der Gedanke kam mir auch schon.«

»Darf ich fragen, warum du nach Hastur zurückkehrst?«

Stefan rieb sich die Fingerspitzen. »Es gibt da etwas, das ich brauche ...« sagte er, ohne deutlicher zu werden.

Stefan kehrte mit einer Holzkiste von der Größe eines Sarges zurück. Er verstaute sie in einem Lagerraum, den er mit einem persönlichen Matrixschloß versah und Tag und Nacht von zwei Männern bewachen ließ. Das zeitweilige Verbot der Matrixexperimente hob er auf. Die Ratsdebatte verlief inzwischen immer hitziger. Obwohl kein Bewahrer im Rat Sitz und Stimme erhielt, gab es genügend Lords und Erben der Domänen, die früher oder noch immer Angehörige der Türme waren und deren Sache vertreten konnten. Mein Vater führte diese Fraktion an. Sie behaupteten, daß die Türme bereits einen eigenen Ehren- und Verhaltenskodex besäßen, der mit wachsender Erkenntnis und Erfahrung ständig geändert und verbessert würde. Matrixarbeit sei eine Wissenschaft, die von denjenigen, die mit dieser Wissenschaft nicht vertraut seien, nicht richtig verstanden werden könne. Deshalb sollte sie auch nicht von Leuten reglementiert werden, die keine Ahnung von den grundlegenden Prinzipien hätten. Bewahrer, so lautete ihre Schlußfolgerung, sollten einzig und allein ihrem eigenen Gewissen verpflichtet sein.

Die Opposition, die ich ebenso vehement anführte, hielt dagegen, daß Land und Leute von Darkover durch die Arbeit der Türme betroffen seien. Und so lange dies der Fall sei, sollten der König und die Lords der Domänen, die für Land und Leute Verantwortung trugen, auch das Recht behalten, die Bestimmungen festzulegen, nach denen sich die Türme zu richten hätten. Den Türmen in allem freie Hand zu geben, hieße unserer Meinung nach, dem Chaos Tür und Tor zu öffnen. Eine freiwillige Selbstkontrolle durch die Türme kam für uns nicht in Frage; es wäre gleichbedeutend mit dem Fehlen jeglicher Kontrolle. Die Türme würden dann doch nur nach eigenem Gutdünken handeln, da sie ihre Vorgehensweise gegenüber niemandem außerhalb des Turmes zu verantworten hätten.

Während sich die Diskussion so Tag um Tag hinzog, entfremdeten sich mein Vater und ich immer mehr voneinander, obwohl ich das kaum noch für möglich gehalten hatte. Meine Mutter konnte die Situation nicht länger ertragen und kehrte nach Armida heim. Aldaran veranlaßte, daß ich in das Gästequartier seiner Gemächer umziehen konnte. Obwohl mein Vater und ich in der Kristallkammer noch immer in der selben Loge saßen, hätten wir ebenso gut verschiedenen Domänen angehören können. Ich redete ihn mit »Lord Alton« und er mich mit »Lord Gwynn« an.

Stefan und ich hatten erwartet, daß die Türme, insbesondere der in Thendara, noch einige verwegene Experimente anstellen würde, bevor sie in ihrem Handlungsspielraum durch den Rat weiter eingeengt würden. Was immer sie im Schilde führten, es geschah offenbar mit größter Sorgfalt. Nichts sickerte mehr durch. Mir kam die Ruhe verdächtig vor, aber Stefan vertrat die Ansicht, daß sie die gleiche Sorgfalt, mit der sie das Durchsickern von Informationen verhinderten, vermutlich auch auf anderen Gebieten walten ließen. Er ließ sie vorerst gewähren.

Im Spätsommer wüteten die Flächenbrände immer am schlimmsten. Für Thendara selbst bestand kaum Gefahr. Die Stadtmauern würden die Flammen abhalten. Außerdem hatte man in der Zeit, als die Türme noch nicht unterirdisch nach Metall schürften, in den Venza-Bergen Tagebau betrieben, und dies hatte einige kahle Landstreifen hinterlassen, die als natürliche Feuerschneisen dienten. Deshalb wurde in Thendara nie Alarm ausgelöst, wenn in der Umgebung ein Feuer ausbrach.

Als wieder einmal Rauch von einem der Hügel aufstieg, nahm ich Michela zu einem Beobachtungsstand auf dem Dach der Burg mit, um von dort aus das Feuer zu sehen. Stefan schloß sich uns an.

»Kein Wölkchen am Himmel«, bemerkte ich. »Wahrscheinlich war es ein achtloser Jäger, der sein Lagerfeuer nicht richtig gelöscht hat. Sowas kann oft tagelang vor sich hin schwelen, bevor es das Unterholz entzündet.«

Mit einem Mal wurden wir von einem Windstoß ergriffen und gegen die Brüstung geschleudert. Stefan und ich hielten Michela fest, und gemeinsam kämpften wir uns zum Eingang zurück. Als wir uns vor dem plötzlich entfesselten Sturm in Sicherheit gebracht hatten, fragte Stefan: »Was in Zandrus siebter Hölle ist das?«

Meine nie abreißende Verbindung mit meinem Vater verriet es mir. »Der Turmkreis ist am Werk. Ich glaube, sie versuchen, das Feuer auszublasen.«

»Sie versuchen ...«

Stefan konnte den Satz nicht beenden. Ein grauenhaftes Geräusch übertönte ihn. Ich habe die *Banshees* in den Hellers schreien hören, aber das war das reinste Wiegenlied, wenn ich es mit diesem Laut verglich. Michela hielt sich die Ohren zu. Stefan sprang die Treppe hinunter.

Mit Hilfe meiner Matrix konnte ich den Kontakt zu meinem Vater klarer herstellen. Es stimmte! Sie hatten versucht, das Feuer auszublasen, aber das Ganze war außer Kontrolle geraten. Mein Vater hatte nicht nur die volle Alton-Gabe in den Sturm gelegt, sondern auch all seine Wut und Verbitterung über die Zurückweisung durch seinen Sohn. Da draußen tobte kein gewöhnlicher Sturm, sondern ein Sturmdämon, genährt durch Alton-Zorn, getrieben von der Alton-Macht. Als mein Vater erkannte, was er angerichtet hatte, versuchte er verzweifelt, es mit Hilfe der anderen im Kreis rückgängig zu machen.

Ich wußte, wie gefährlich es war, in einen Kreis einzubrechen, aber mein Vater und ich befanden uns bereits im tiefsten Rapport, und bislang hatte meine telepathische Anwesenheit die Arbeit des Kreises nicht beeinträchtigt. So lieh ich ihnen jetzt meine Kraft. Aber der Geist meines Vaters schleuderte mich mit solcher Wucht zurück, daß ich den Halt verlor. Meine Schulter prallte gegen die Innenwand der Brüstung und ich glitt zu Boden.

Aber so leicht ließ ich mich von ihm nicht abschütteln. Mit einem erneuten Griff zu meiner Matrix versuchte ich, den Kontakt wiederherzustellen, wurde aber abgeblockt. Dann versuchte ich einen anderen Zugang. Ich stieß in die Überwelt vor: die übersinnliche Ebene, die die physische Realität dieser Welt widerspiegelt. Dort erkannte ich, daß mein Vater nicht nur mich, sondern auch alle anderen aus dem Kreis zurückgestoßen hatte. Jetzt kämpfte er allein gegen die Erscheinung des Dämons in der Überwelt. Wir versuchten alle, ihn zu erreichen, aber es war, als ob sich eine undurchdringliche Wand zwischen uns stellte. Vater kam an Kraft und Größe dem Dämon gleich.

Jetzt sah ich in meinem Vater nicht länger die Verkörperung der mir verhaßten Gabe, die mit einem selbstgeschaffenen Monstrum rang. Stattdessen sah ich, in ihm personifiziert, Darkover im Kampf mit einer vom Turm geschaffenen Waffe um die Vorherrschaft in der Welt. Sollte der Dämon gewinnen, würde ganz Darkover im Chaos versinken.

In Verbindung mit den anderen Turmarbeitern durchbrach ich die Barriere, die mein Vater errichtet hatte, um uns zu schützen. Sofort saugte der Dämon unsere vereinten Kräfte auf und wuchs an. Als Edric erkannte, daß wir den Dämon nur noch stärker werden ließen, löste er den Kreis auf. Ich blieb in der Überwelt zurück und versuchte, Vater aus den Fängen des Dämons zu befreien, aber das Ungeheuer – inzwischen um das Doppelte angewachsen – schleuderte Vater zu Boden. Seine Astralgestalt zerschellte am Grund der übersinnlichen Ebene.

Der Schock von Vaters Tod warf mich aus der Überwelt in meinen eigenen Körper zurück. Als ich allmählich wieder zu mir kam, starrte ich an eine steinerne Decke. Draußen konnte ich das Triumphgeheul des Sturms hören.

Stefan kniete sich zu mir nieder und faßte mich bei der Schulter. »Komm, Gwynn, ehe der Sturm das Burgtor erreicht.«

Meine Burg! Meine Stadt! Das war jetzt alles in Gefahr! Ich stand auf, und jetzt erst bemerkte ich, daß auch Michela noch immer da war.

Stefan wickelte etwas aus. Die Matrix an seinem Hals glühte so hell, daß ich sie selbst durch den Beutel deutlich erkennen konnte. »Hast du schon einmal mit anderen Telepathen zusammengearbeitet?« fragte er Michela.

Sie nickte und berührte ihre eigene Matrix.

»Gut.« Stefan hob das Schwert hoch und prüfte, wie es

in der Hand lag. Er schien sich zum Kampf zu rüsten. Er nickte erst mir, dann Michela zu. »Also los!«

Ich wollte ihm gerade noch sagen, es sei unmöglich, sich draußen inmitten des dämonischen Sturms auf den Beinen zu halten, aber er war bereits, mit Michela an seiner Seite, zur Tür hinaus. Ich stürzte ihnen hinterher.

Stefan schwang sein Schwert. Um uns herum toste der Sturm und brach sich wie eine mächtige Flutwelle an der Brüstung der Burg, aber dort, wo wir standen, herrschte unerklärliche Windstille. Stefan glühte – ein Nimbus umgab ihn. Er lachte, und es war das Lachen eines Mannes, der siegessicher in den Kampf zieht. Vor meinen Augen verwandelte er sich: er nahm die Gestalt des legendären Hastur an, des Sohn des Lichts. Die Erscheinung war so real, daß mir im Vergleich dazu die Gemälde, die ich auf der Burg Hastur gesehen hatte, wie Kinderkrakeleien vorkamen.

Ich wollte niederknien, doch in diesem Moment nahm mich Hastur, ohne mich zu berühren, bei der Hand, und zusammen mit Michela stellten wir uns dem Dämon, der in großen Schritten auf Burg Thendara und die Stadttore zueilte. An Kraft, Größe und Macht konnte nur Stefan/Hastur es mit dem Dämon aufnehmen. Ein zorniges Tosen. Noch ein Schritt vorwärts. Und das Schwert hoch erhoben.

Stefans Stimme übertönte das Sturmgeheul und hallte an dem Burgfels wider, als er befahl: »Weiche! Zurück in die Hölle, die dich gebar!«

Augenblicklich herrschte Stille. Nur die abgerissenen Zweige und das herumgewirbelte Laub erinnerten an den soeben verstummten Sturm. Dann sah ich, daß wir uns nicht mehr auf dem Dach der Burg, sondern auf der Ebene vor den Stadttoren befanden. Ich wandte mich Michela zu. Sie war zwar verwirrt, sonst aber wohlauf. Daraufhin drehte ich mich in die andere Richtung und suchte Stefan. Dort stand er, wieder in seiner ursprünglichen Gestalt, und lächelte uns zu. Nur eines hatte sich verändert; ich brauchte einige Zeit, bis es mir voll zu Bewußtsein kam – sein Haar war wieder so weiß wie in seiner Kindheit.

»Ich glaube, jetzt wird der Rat deinen Vorschlägen zustimmen. Meinst du nicht auch?« sagte der König.

Meine Mutter kehrte zu Vaters Begräbnis zurück, und auch all meine Geschwister versammelten sich an seinem schlichten Grab am Ufer von Hali. Gleich daneben befand sich das nach meinen Plänen neu errichtete Gewölbe, in dem Stefans Schwert hinter einer doppelten Barriere verwahrt wurde, um es vor dem Zugriff der Türme zu schützen.

Bei Vaters Begräbnis kamen endlich auch mir die Tränen, aber ich trauerte nicht um den Mann, der in meine Gedanken eingedrungen war und sich dort eingenistet hatte. Ich trauerte um den Mann, der mir als Kind Geschichten vorgelesen, meine Ängste besänftigt und mich zu Bett gebracht hatte. Und ich trauerte um den Mann, der zuletzt erkannte, welche Schrecken er hervorgerufen hatte, und alles daran setzte, sie aufzuhalten. Vor allem aber bedeutete Vaters Tod eine große Erleichterung für mich. Ich hatte das Gefühl, daß die Ketten, die ich als Erwachsener immer verspürt hatte, endlich von mir abfielen.

Im Rat wurde ich offiziell zum neuen Lord Alton ernannt, und ich konnte mich damit durchsetzen, die Bewahrer der Türme dort auch künftig auszuschließen. Mein Triumph wurde durch die Heirat mit Michela noch mehr versüßt. Kein Geringerer als König Stefan legte die *Catenas* um unsere Handgelenke. Das aber war keine neue Fessel, sondern das Siegel unserer gegenseitigen Zuneigung.

In dieser Nacht liebten wir uns, und ich gab mich ihr mit meinem ganzen Herzen und all meinen Sinnen hin. Danach lagen wir uns noch lange in den Armen und sprachen miteinander.

»Ich hoffe, es kränkt dich nicht, wenn ich das sage, aber ich glaube, daß dich dein Vater trotz allem geliebt hat.«

Ich seufzte. »Ja, er hat mich tatsächlich geliebt, auch wenn ich das nicht erkennen konnte, solange wir in Gedanken aneinandergekettet waren. Wir waren uns auf so unerträgliche Art nahe, daß es nicht ausbleiben konnte, daß wir immer wieder aneinander gerieten. Und Vaters Haltung hat es mir auch nicht gerade leicht gemacht. Er glaubte, es genüge, daß *er* wußte, wie sehr er mich liebte – und dabei vergaß er ganz, es *mir* auch zu zeigen. Wenn es uns je drohen sollte, ein Kind durch die Schwellenkrankheit zu verlieren, dann werde ich alles tun, es zu retten – nur das eine nicht: Ich werde ihm *nicht* die Alton-Gabe aufzwingen. Keines meiner Kinder soll die gleiche Hölle durchleiden.«

Michela strich mir zärtlich über die Stirn. »Gwynn … dieser Sturmdämon, den wir bekämpften … ihn habe ich in meinen Visionen nicht gesehen. Ich habe andere, viel grauenhaftere Waffen gesehen, die von den Türmen zur Kriegsführung entworfen wurden.«

Ich umfing ihre Hand und küßte ihre Fingerspitzen. »Beunruhige dich deswegen nicht, Geliebte. Solange Stefan oder ich leben, wird das nicht geschehen. Mehr bleibt uns nicht zu tun. Wir können nur sicherstellen, daß keiner von uns solche Schrecken heraufbeschwört; und wir können unsere Kinder das gleiche lehren. Aber was unsere Kinder und Kindeskinder einmal tun werden, wenn wir längst nicht mehr sind, können wir nicht bestimmen.«

»Das weiß ich. Aber deswegen sind die Visionen nicht weniger beunruhigend.«

Und darauf wußte ich keine Antwort.

Patricia Duffy Novak

Der Friede des Bewahrers

Pat Novak hat bereits für die letzten beiden Darkover-Anthologien und auch für das Marion Zimmer Bradley Fantasy Magazine *Beiträge geschrieben. Sie ist inzwischen von einer wissenschaftlichen Assistentin zur Professorin für Agrarökonomie mit fester Lehrverpflichtung aufgestiegen.*

Ein dreifaches Hurrah für uns Frauen! Als ich zu schreiben begann, waren Professorinnen – von reinen Mädchencolleges einmal abgesehen – fast so selten wie hauptberufliche SF-Autorinnen. Das hat sich zum Glück geändert, und darüber sind wir natürlich besonders froh.

Wie schon in ihren vorangegangenen Geschichten tauchen auch hier wieder Figuren aus Herrin der Stürme *auf. Und es ist eine wirklich lohnende Lektüre.*

Die letzten Strahlen der blutroten Sonne warfen lange rote Schatten auf den schneebedeckten Innenhof. Renata kühlte ihre Stirn an der Fensterscheibe und versuchte verzweifelt, die grausame Wahrheit zu akzeptieren: Ihre Freundin würde sterben, und sie konnte es nicht verhindern.

»Lady Renata.«

Renata drehte sich um. »Ja, was ist, Doria?«

»Ihr solltet jetzt besser kommen. Das Kind wird nicht mehr lange auf sich warten lassen.«

Renata nickte und folgte der Hebamme in das Zimmer, in dem Arielle, bleich und erschöpft, in den Wehen lag. Während Doria damit beschäftigt war, heißes Wasser und warme Decken bereitzustellen, legte

Renata ihre Hand auf Arielles erhitzte Stirn. »Wie geht es dir?«

Arielle schüttelte leicht den Kopf, und die schweißverklebten, blonden Strähnen fielen ihr ins Gesicht. »Ich fürchte, nicht besonders gut.« Sie bemühte sich zu lächeln, aber es gelang ihr nicht, da die Wehen erneut einsetzten. Sie ergriff Renatas Hand und drückte sie so fest, daß Renata beinahe selbst vor Schmerz laut aufgeschrien hätte. Erst nach einer vollen Minute atmete Arielle hörbar aus und ließ Renatas Hand los. »Ach, Renata«, sagte sie leise, und aus ihrer Stimme schien jedes Leben gewichen zu sein, »ich habe solche Angst.«

»Du brauchst keine Angst zu haben. Du wirst es bald überstanden haben, und dann kannst du einen prächtigen Jungen im Arm halten.«

Arielle blickte Renata mit verweinten Augen an. »Ich werde die Geburt meines Kindes nicht überleben. Das wissen wir beide schon seit einiger Zeit.«

Renata spürte, wie auch ihr heiße Tränen in die Augen schossen. Ungewollt stellten sich die Erinnerungen an ihre gemeinsam verbrachten Jahre im Turm von Hali wieder ein: Wie froh und lebenslustig war Arielle gewesen, als sie mit strahlendem Lächeln beim Mittsommerfest tanzte; und dann wieder ruhig und konzentriert, wenn sie als Technikerin des Kreises geschickt die Batterien überprüfte. Und auch Renata selbst war heiter und gelassen gewesen – damals, als sie von Liebe und Verlust noch nichts ahnte.

Waren seither wirklich nur zwei Jahre vergangen? Wie sehr hatte sich seitdem alles verändert! Renata hatte selber viel erleiden müssen, und ihre Tragödie war so unausweichlich wie ein Sturm in den Hellers gewesen. Aber Arielles Los hätte abgewendet werden können. Es war unentschuldbar. Renata wischte sich die Tränen aus den Augen und betrachtete die ausgemergelten Züge ihrer Freundin. *Oh, Coryn, wie konntest du ihr das nur antun?* Renata bebte vor Zorn; gleichzeitig tat sie alles, um ihre Gedanken vor Arielle abzuschirmen.

Arielle verzog unter Schmerzen das Gesicht. Als die letzte Wehe vorbei war, sagte sie: »Du wirst dich um mein Kind kümmern, wie du es versprochen hast? Und wenn die Zeit reif ist, wirst du ihn zu seinem Vater schikken?«

»Das werde ich«, versprach Renata. »Aber warum soll er es erst so spät erfahren?«

Arielle antwortete nicht mehr. Es waren ihre letzten Worte gewesen. Während ihr Kind ins Leben trat, versiegte ihre eigene Lebenskraft, überwältigt von dem tödlichen *Laran* des Babys, von einer Psi-Kraft, die, wenn auch unbeabsichtigt, die Mutter tötete. Die Mutter, die ihr Kind so sehr liebte, daß sie ihm das Leben schenkte, obwohl sie wußte, daß sie es mit dem eigenen bezahlen mußte.

Der Säugling tat seinen ersten herzhaften Schrei, während die Amme ihm behutsam den Schleim abtupfte. »Seht nur, wie gesund und munter er ist! Ein prächtiger Junge, Mylady.« Sie wollte gerade das Baby seiner Mutter an die Brust legen, als sie entsetzt aufschrie: »Mylady! Oh nein!«

Renata nahm Doria das Baby aus dem Arm. »Er ist jetzt mein Kind, wie ich es Lady Arielle versprochen habe. Mein eigener Sohn und er sollen wie Brüder aufwachsen, bis die Zeit gekommen ist, daß er den ihm gebührenden Platz einnehmen wird.«

Sie bat Doria, den Jungen wieder an sich zu nehmen. Dann ließ Renata ihren Tränen und ihrem Kummer freien Lauf, als sie Arielles erschlaffte Hand ergriff und ein letztes Mal küßte.

Weit davon entfernt, im Turm zu Hali, trieb es den jüngsten Bewahrer durch die Überwelt. Er sah, wie Arielles Geist lautlos in ein Reich entschwand, das den Lebenden verwehrt blieb. Der Psi-Sturm seines Zorns und Schmerzes erschütterte den Turm in seinen Grundfesten.

Draußen färbten die ersten Sonnenstrahlen die Oberfläche des Sees blutrot. Von einer Fensternische aus beobachtete Ari Ridenow, wie der Tag anbrach. Ein Tag, dem er mit einer Mischung aus Erwartung und Resignation entgegensah. Er hatte vor über einer Stunde den Turm zu Hali erreicht, nachdem er die ganze Nacht durchgeritten war. Jetzt war er hungrig und müde und wartete ungeduldig darauf, daß jemand kommen und ihn aus dem Besuchszimmer in den Turm selber führen würde. Er stand auf und streckte sich.

Aber wozu die Eile? Schließlich war es nicht sein eigener Entschluß gewesen, hierher zu kommen. Immer wieder hatte er Lady Renata gebeten, ihn nicht fortzuschicken, aber in diesem Punkt hatte sie sich unnachgiebig gezeigt.

Grundsätzlich hatte er nichts dagegen, in einem Turm zu studieren. Es hätte ihm überhaupt nichts ausgemacht, ein oder zwei Jahre in Tramontana zu verbringen, nicht weit von zu Hause und seinem Patenbruder, Brenton Aldaran, entfernt. Seine Mutter, Arielle Di Asturien-Ridenow, war bei seiner Geburt gestorben, und von seinem Vater, Regis Ridenow, hatte er außer dem Nachnamen nichts erhalten. Er hatte ihn noch nicht einmal zu Gesicht bekommen.

Und jetzt wies ihn auch Lady Renata aus dem Haus. Hielt sie ihn für unwürdig, *Bredu* ihres Sohns zu sein? Daß Aris Mutter einst in Hali gearbeitet hatte, diente doch nur als eine billige Entschuldigung, ihn fortzuschicken! Während er so an seine Pflegemutter dachte, schien sie ihm auf merkwürdige Art nahe und irgendwie mit ihm verbunden zu sein. Er schüttelte den Gedanken ab und war davon überzeugt, daß nur Hunger und Übermüdung ihm solche Phantastereien eingaben; Lady Renata war in Aldaran, meilenweit von Hali entfernt.

Hali. Hali. Hali. Der Name ging ihm immer wieder durch den Kopf. Und sein Widerwille verstärkte sich jedesmal. Selbst in den entlegensten Winkeln der Hellers hatte Ari gehört, was man sich über den Ersten Bewahrer des Turms zu Hali berichtete: ein Mann, der ganz und gar in seiner Arbeit aufging; ein wahres Monster an *Laran*; eisern und fast schon unmenschlich in der Disziplin, die er sich und seinen Matrixarbeitern abverlangte.

Aber das war noch nicht das Schlimmste. Coryn Hastur, so sagte man, ließ keine menschliche Regung, ja nicht einmal die Berührung durch einen Mitmenschen zu, die ihn in seiner angespannten Konzentration hätte stören können. Der Bewahrer war vom Gedanken an Waffen besessen: Haftfeuerwaffen, Matrixfallen, und jetzt die neuste und schrecklichste Geißel – Knochenwasser – deren Geheimnis nur er kannte. Wäre Allart Hastur von Elhalyn, der König in Thendara, kein so gerechter und weitsichtiger Regent gewesen, hätte er sich schon ganz Darkover Untertan machen können. Aber der König hatte den Gebrauch dieser schrecklichen neuen Waffe untersagt. Seit Generationen herrschte zum ersten Mal ein umfassender Frieden, der die ständigen Streitigkeiten zwischen den Domänen im Zaum hielt. Mit beißender Ironie nannten die Tiefländer dies »den Frieden des Bewahrers«.

Aber war eine Waffe erst einmal entwickelt, würde sie auch irgendwann zum Einsatz kommen. Ari fröstelte bei dem Gedanken. Er brauchte kein *Laran*, um eine Zeit kommen zu sehen, in der die verheerende Wirkung der neuen Waffe Darkover zugrunde richten würde. Schon jetzt gab es Gerüchte, daß die *Leronyn* von Ardais kurz davorstanden, ihrerseits die Produktion solcher Waffen aufzunehmen. Nichts und niemand, so mußte Ari befürchten, konnte diesen Geist in die Flasche zurückzwingen. Und obwohl Lady Renata davon sicherlich wußte, hatte sie ihn nach Hali geschickt. Er konnte es einfach nicht begreifen.

Mira Lanart, die dienstälteste der Matrixarbeiter in Hali, spürte die wachsende Ungeduld des Jungen im Besucherzimmer und gab Coryn ein Zeichen, daß es längst an der Zeit war, den Kreis aufzulösen. Sie hatten ihr nächtliches Arbeitspensum mehr als erfüllt, und die anderen brauchten dringend Ruhe.

Die Rückmeldung des Bewahrers war äußerst gereizt. *Sollen wir uns jetzt dem Willen dieses Ridenow-Emporkömmlings beugen?* Dennoch lockerte er den Zugriff, da er gleichzeitig eingestehen mußte, daß ihr zweiter Einwand stichhaltig war: seine Matrixarbeiter waren überarbeitet.

Er ist auch Arielles Sohn, erwiderte Mira, und es war ihr gleichgültig, wer außer Coryn ihre Gedanken lesen konnte. *Wir waren mit ihr befreundet, und um ihretwillen sollten wir auch ihn gut behandeln.* Coryn sagte nichts. Mira hatte auch keine Antwort erwartet.

Der Bewahrer hob seine feingliedrige und dennoch kraftvolle Hand und brach damit die Verbindung ab. Unter dem Flammenhaar, in dem sich seit kurzem die ersten Silbersträhnen zeigten, verbarg er sein wahres Gesicht hinter einer Maske aus vollkommener Überheblichkeit. Daran konnten auch die zahlreichen, längst verheilten Narben, die von einem Matrixunfall stammten, nichts ändern. Mira kannte dieses Gesicht nur zu gut; sie war bereits eine altgediente Matrixarbeiterin gewesen, als Coryn erstmals die Schwelle von Hali betrat.

Wortlos verließ Coryn den Raum. Er mied schon lange die Gesellschaft seines Kreises und speiste allein. Traurig blickte Mira ihm nach. Warum konnte er sich ihnen nicht wenigstes einmal anschließen? Wo war das herzhafte Lachen geblieben, das sie früher bei ihm gekannt hatte? War das zuviel verlangt? Sie wandte ihren Blick ab. Ja, es war wohl zuviel verlangt.

Ohne großen Appetit zwang sie sich, einige der klebrigen Frucht- und Nußriegel zu sich zu nehmen. Die Arbeit als Überwacherin war anstrengend, und in ihrem Alter mußte sie besonders sorgfältig auf ihre Energiereserven achten.

Als sie zu Ende gegessen hatte, ging sie über mehrere Treppenfluchten und lange Korridore zum Besucherzimmer. Sie durchschritt das Kraftfeld.

Und dann sah sie zum ersten Mal Arielles Sohn.

Der Anblick ließ Mira beinahe das Herz stillstehen. Der Junge glich Arielle in keiner Weise. Und er war bestimmt kein Ridenow. Dieses Gesicht hätte sie unter Tausenden wiedererkannt. Diese Augen, diese Haare, dieses spöttisch vorgeschobene Kinn. Welch eine Ähnlichkeit! Renata hätte sie darauf vorbereiten müssen, hätte ihn nicht so ohne weiteres herschicken dürfen. Als sie merkte, daß der Junge ihre Bestürzung registrierte, riß sie schnell ihre Gedankenbarrieren hoch. »Ich bin Mira Lanart. Ich kannte deine Mutter, als sie hier war.«

Der Junge trat mit einem schüchternen Lächeln auf sie zu. »Lady Renata hat mir von Ihnen erzählt. Sie meinte, Sie seien sehr freundlich.«

Mira erwiderte sein Lächeln. *Vielleicht ist die Ähnlichkeit doch nicht so groß. Er hat nichts von dieser Arroganz und Gedankenlosigkeit. Vielleicht hat er doch mehr von Arielle, als es zunächst scheinen will.* Zu ihm gewandt sagte sie: »Wir heißen dich in Hali willkommen. Wir haben von deiner Pflegemutter viel Gutes über dich gehört. Sie rechnet fest damit, daß du Bewahrer werden kannst.«

Ari seufzte. »Verzeiht mir, Lady Mira, aber wenn es nach mir geht, möchte ich nicht ewig im Turm bleiben. Vielleicht wird es sich Lady Renata nach ein oder zwei Jahren noch einmal überlegen und mich nach Aldaran zurückrufen.«

Mira hielt den Kopf leicht schräg. »Ach, so ist das. Wir werden ja sehen.« Insgeheim und hinter fest verschlossenen Barrieren war sie drauf und dran, Renata dafür zu verfluchen, daß sie Ari nach Hali geschickt hatte, ohne ihnen seine wahre Abstammung zu verraten. Sie zwang sich zu einem Lächeln. »Jetzt komm herein. Du hast eine lange Reise hinter dir und wirst müde sein.«

»Ein wenig schon.«

Da war es wieder, dieses schüchterne Zögern. *Nein, das sieht Coryn ganz und gar nicht ähnlich.* Mira führte ihn durch das Kraftfeld und brachte ihn zu seinem vorbereiteten Quartier.

Im Laufe des Tages streckte Dyan Syrtis, Aris Zimmernachbar, den Kopf zur Tür herein. »Hallo! Fleißig am Auspacken, wie ich sehe.«

Ari grinste. »Komm rein, Cousin.« Ari und Dyan waren, wenn überhaupt, nur ganz weitläufig miteinander verwandt; die familiäre Anrede, die Ari wählte, war mehr ein Zeichen der höflichen Verbundenheit. Dyan hatte schon am Morgen einmal vorbeigeschaut, und der junge, offenherzige Mann aus Syrtis war ihm sofort sympathisch gewesen.

Dyan kam ins Zimmer und begutachtete Aris Einrichtung. »Nicht übel. Gemütlich, wenn auch ein bißchen schlicht.« Dyan ließ sich in einen der beiden gepolsterten Sessel fallen. »Hat man dir eigentlich schon gesagt, wann sie dich prüfen werden?«

Ari schüttelte den Kopf. »Nein, Lady Mira meinte, ich sollte mich erst einmal ausruhen. Und morgen, oder vielleicht auch erst übermorgen, wird sie mich dann rufen lassen. Sag mal, ist der Test sehr schwer?«

»Überhaupt nicht. Einer der Bewahrer schaut dich an, und das war's dann auch schon.« Dyan winkte ab. »Ich hatte ja gehofft, das Zeug zum Bewahrer zu haben, aber sie meinten, ich sei als Techniker besser geeignet.«

»Soll das heißen, daß du hier bleiben willst?«

Dyan lachte. »Klar, warum nicht? Ich bin der Jüngste in der Familie und werde kein Land erben. Hier im Turm habe ich wenigstens meine Ruhe vor den ewigen Streitereien meiner Verwandten. Glaub mir, das Leben hier ist gar nicht so übel.«

»Aber was ist mit dem Ersten Bewahrer? Ich habe gehört, daß er von der Arbeit besessen ist und seine Leute über alle Maßen antreibt.«

»Ach ja, Coryn Hastur.« Dyan verzog das Gesicht. »Der ist wirklich nicht leicht zu ertragen. Aber ich habe zum Glück kaum etwas mit ihm zu tun. In meinem Kreis ist Leander Aillard der Bewahrer, und das ist ein äußerst angenehmer Zeitgenosse. Ich glaube übrigens, daß du unserem Kreis zugeteilt werden wirst.« Dyan lächelte ihm aufmunternd zu. »Apropos Kreis. Ich sollte mich lieber noch mal aufs Ohr hauen, denn heute nacht schürfen wir nach Metall. Das ist der schlimmste Job. Wirst du auch noch mitkriegen.« Mit einem breiten Grinsen stand er auf und ging.

Leander Aillard trug die scharlachrote Robe des Dritten Bewahrers von Hali. Er hielt einen blauen Sternenstein in seiner sechsfingrigen Hand. Hinter ihm stellten Mira Lanart und Barak MacAran eine Reihe noch nicht entzündeter Kerzen bereit. Ari hatte Barak, einen Bären von einem Mann, am Abend zuvor beim Essen kennen und schätzen gelernt. Von Coryn Hastur hingegen hatte er bislang noch nicht einmal einen Blick erhaschen können. Aber das sei, so versicherte man ihm, nicht ungewöhnlich. Der Erste Bewahrer blieb außerhalb der Arbeitsstunden im Kreis meist für sich allein.

Leander hob den Stein langsam hoch und lenkte Aris Aufmerksamkeit darauf. »Schau in den Stein. Und dann konzentriere dich auf Feuer.«

Ari tat, wie ihm geheißen wurde. Als er wieder aufblickte, sah er, daß alle Kerzen brannten. Hinter Leanders Rücken tauschten Mira und Barak einen vielsagenden Blick.

Leander fuhr mit der Prüfung fort. »Schau jetzt noch einmal in die Matrix und versuche, dabei an gar nichts zu denken. Schaffst du das?«

Ari nickte. Das kannte er bereits, denn Lady Renata

hatte während seiner Schwellenkrankheit das Gleiche von ihm verlangt. Es war ganz einfach.

Er schwebte außerhalb von Raum und Zeit, einzig noch mit Leander mental verbunden, was ihm aber kaum bewußt wurde. Ari konnte unmöglich sagen, wie lange dieser Zustand andauerte, bevor Leander den Kontakt abbrach und Ari zurückholte. Leander lächelte. »Aus dir wird einmal ein Bewahrer, junger Mann, und zwar ein sehr guter, wenn ich mich nicht täusche. Solche Fähigkeiten sind heutzutage leider allzu selten geworden.«

Ari verließ der Mut. Das war ganz und gar nicht die Zukunft, die er sich erhofft hatte. Jeder schien ihn in eine Rolle zu drängen, die er nicht ausfüllen wollte. »Ich werde es mit meiner Pflegemutter besprechen. Mir selbst liegt wenig daran, Bewahrer zu werden, aber in dieser Frage muß ich mich ihrem Willen fügen.« Höflich entschuldigte er sich.

Als er gegangen war, wandte sich Leander an Mira und Barak. »Er besitzt das Hastur-*Laran*. Und zwar *stark* ausgeprägt. Dagegen nichts von Ridenow, und auch Di Asturien-Anteile konnte ich nur geringfügig bemerken.« Leander zog die Augenbrauen hoch, so daß seine Feststellung wie eine Frage wirkte.

»Er gleicht seinem Vater sehr«, meinte Mira resigniert, aber das beantwortete Leanders Frage nicht.

»Er ist Coryns Sohn«, fügte Barak hinzu.

Der Bewahrer spreizte vor Überraschung alle sechs Finger seiner Hand. »Gerechte Götter!« Er mußte hörbar schlucken. »Weiß Coryn davon?«

Mira schüttelte den Kopf. »Nein, er hat den Jungen nie gesehen. Du hast Coryn nicht gekannt, als er jung war, aber Ari ist ihm wie aus dem Gesicht geschnitten. Und sein *Laran* verrät ein übriges. Ich fürchte, Coryn wird es erfahren müssen. Selbst wenn er so mit sich selbst beschäftigt ist, daß ihm die äußere Ähnlichkeit entgeht, das Hastur-*Laran* wird er sofort erkennen; und er wird unweigerlich wissen, daß es nur von ihm stammen kann.« Mira schloß mit einem schweren Seufzer. »Es läßt sich nicht verhindern.«

Leander konnte ihr erneut nicht folgen. »Warum solltest du die Vaterschaft des Jungen verheimlichen wollen? Du weißt, mit welcher Hingabe Coryn dem Turm dient. Er wird wahrscheinlich hocherfreut sein, einen möglichen Nachfolger als Bewahrer zu finden, ganz gleich, wer ihn gezeugt hat.« Diese letzte Bemerkung war nicht ganz frei von Häme. Das Verhältnis zwischen Coryn und den beiden anderen Bewahrern war nicht gerade herzlich.

Barak schüttelte seinen bärenhaften Schädel. »Ganz so einfach ist das nicht. Eine ziemlich böse Angelegenheit. Renata hätte uns warnen müssen.« Er verschränkte die Arme vor der Brust. Zu Leander gewandt, sagte er. »Du warst noch nicht hier, als Arielle starb. Das ist jetzt über fünfzehn Jahre her. Als Coryn von ihrem Tod erfuhr, raubte es ihm fast den Verstand. In seinem Zorn und Kummer wütete er derart, daß er den Turm bis in seinen Grundfesten erbeben ließ. Nur die vereinten Kräfte unseres gesamten Kreises, an der Spitze ein Bewahrer mit der Alton-Gabe, konnten ihn bändigen. Du erinnerst dich daran, Mira?«

»Ich habe es nicht vergessen.« Und noch eine Spur leiser fügte sie hinzu. »Ich wünschte, ich könnte es.« Sie rieb sich die Stirn. »Leander, du siehst in Coryn nur den verhärteten, übel gelaunten Oberbewahrer, aber als junger Mann, da konnte er durchaus ...« Sie zögerte. Ihr wollte das passende Wort nicht gleich einfallen. Dann sprach sie es verlegen lächelnd aus: » ... charmant ... ja, er konnte charmant sein. Gewiß, er war schon immer etwas arbeitsbesessen, aber dabei blieb er doch menschlich. Aber nach jener Nacht veränderte er sich und wurde zu dem, den du heute kennst. Ungerührt von jeder menschlichen Regung, vereinsamt in der ausschließlichen Konzentration auf seine Arbeit. In diesen fünfzehn Jahren hat er kein einziges Mal gelacht, kein einziges Mal geweint. Er hat sich hinter den Mauern seines *Laran* verschanzt, unerbittlich von einem einzigen Gedanken getrieben: er möchte das vollkommene Werkzeug seiner großen Gabe sein.«

Mira mußte tief durchatmen, bevor sie weitersprechen konnte. »Es war seine Entscheidung gewesen. Er hätte Arielle heiraten können, aber er wollte um keinen Preis seine Arbeit im Turm aufgeben. Also verließ Arielle ihn und den Turm, und ihr Vater arrangierte für sie die Heirat mit Regis Ridenow. Coryn glaubte, sie sei gestorben, als sie den Ridenows einen Erben schenkte. Und das erfüllte ihn gleichermaßen mit Zorn und Schuldgefühlen. Zorn darüber, daß Arielle ihr Leben für einen Ridenow opferte – bei ihrem *Laran* hätte sie das ungeborene Kind rechtzeitig auf die tödlichen Gene hin überprüfen können. Und schuldig fühlte er sich, weil er sie in diese Ehe getrieben hatte, die sie, wie er glaubte, das Leben kostete.«

»Du kennst ihn nur jetzt und vielleicht meinst du, er sei schon immer so gewesen. Aber das ist nicht der Fall. Ich könnte weinen, wenn ich daran denke, was in ihm gestorben ist, als er Arielle verlor.« Barak ging durch das Zimmer zu einer schmalen Fensternische hinüber und schaute in den Hof hinab. »Er war früher schon gefährlich, aber jetzt könnte er den Planeten aus den Angeln heben, wenn ihm danach ist.«

Mira blickte zu Barak, dessen Profil sich von der Steinwand abhob. »Aber vielleicht machen wir uns auch ganz grundlos Sorgen. Coryn läßt sich nicht mehr so sehr von seinen Gefühlen leiten. Vielleicht berührt es ihn gar nicht mehr, daß es nicht Regis Ridenows, sondern sein Sohn war, bei dessen Geburt Arielle starb. Oder aber es berührt ihn und verändert ihn zum Guten, läßt ihn wieder menschlicher werden, anstelle des *Laran*-Monsters, zu dem er geworden ist.«

Barak fuhr herum und entgegnete heftig. »Darauf würde ich mich nicht verlassen! Bei allen Göttern, das Risiko ist mir zu hoch!«

»Es besteht aber keine Alternative«, meinte Leander. »Er muß erfahren, daß der Junge die Hastur-Gabe besitzt. Dann kann er daraus seine eigenen Schlüsse ziehen.« Leander erhob sich.

Mira hielt ihn zurück. »Bitte, Leander, laß uns das machen. Wir standen ihm einmal sehr nahe.«

Leander zuckte mit den Schultern. »Wie du wünscht.« und mit wehender Robe glitt er aus dem Zimmer.

»Welche Laus ist dir denn über die Leber gelaufen?« Dyan begrüßte Ari mit einem Klaps auf die Schulter und setzte sich neben ihn. Der Aufenthaltsraum war zu dieser Abendstunde fast leer, da die Matrixarbeiter sich auf die Nachtschicht vorbereiteten; Ari hatte gehofft, hier allein gelassen zu werden. Doch Dyans Erscheinung war eine willkommene Abwechslung. Seine unbekümmerte Art munterte Ari immer auf und ließ ihn fast seinen Kummer vergessen. Aber eben nur fast.

»Offenbar hat sich alles gegen mich verschworen, um aus mir einen Bewahrer zu machen. Ich soll dazu ausgebildet werden.«

Dyan pfiff anerkennend. »Na, Glückwunsch! Dann wirst du einmal Ari von Hali sein. Das ist mindestens so gut wie Lord einer Domäne, wenn nicht noch besser. Deine Söhne werden sich jedenfalls nicht um die Nachfolge die Köpfe einschlagen, noch bevor du unter der Erde bist.«

»Ich wünschte, ich könnte es auch so sehen. Aber ich bete noch immer, daß Lady Renata mir gestattet zurückzukehren.« Als er Renata erwähnte, hatte er wieder dieses seltsame Gefühl, als ob sie anwesend sei. Er tat es wieder als Müdigkeit und Heimweh ab und versank noch tiefer in seinen Sessel.

»Du wirst schon noch auf den Geschmack kommen. Das Leben im Turm hat durchaus seine Vorzüge.« Dyan stand auf und ging ans Fenster. Er blickte in den Hof hinab und rief Ari zu: »Schau mal, da geht Coryn Hastur. Hast du ihn eigentlich schon mal gesehen?«

Ari schüttelte den Kopf und trat hinzu. Durch die Nebelschwaden konnte er eine Gestalt in roter Robe erkennen, die am Ufer des Sees entlangging. »Ich kann nichts Außergewöhnliches an ihm finden«, stellte Ari achselzuckend fest.

Dyan grinste. »Ja, rein äußerlich vielleicht nicht. Er ist eher zierlich, so wie du. Überhaupt –« Dyan musterte Ari aufmerksam, als ob er ihn zum ersten Mal zu Gesicht bekäme. »Ja, du siehst ihm ähnlich. Obwohl Hasturs Gesicht durch die Narben eines Matrixunfalls entstellt ist, bleibt die Ähnlichkeit unverkennbar. Merkwürdig!«

Dyan starrte ihn auch weiterhin verblüfft an, was Ari immer unangenehmer wurde. »Die Di Asturiens sind mit dem Hause Hastur verwandt«, versuchte er abzuwiegeln. »Vielleicht kommt es daher.«

»Bei der zunehmenden Inzucht«, meinte Dyan scherzhaft, »würde es mich nicht wundern, wenn wir eines Tages alle mit dem gleichen Gesicht rumlaufen.«

Ari verglich Dyans grobe Züge mit seinem eigenen feingeschnittenen Gesicht und konnte sich nicht verkneifen zu grinsen. »Wenn ich dich so sehe, mein Freund, kann ich mir das nur schwer vorstellen.«

Dyan pflichtete ihm lachend bei. »Nein, wir sind uns nun wirklich nicht ähnlich. Aber du und der alte Hastur – komisch, daß mir das nicht schon früher aufgefallen ist.«

Ari wollte das leidige Thema beenden. »Es ist bestimmt nicht so wichtig.« Aber so sehr er sich auch dagegen sträubte, eine innere Stimme sagte ihm, daß diese Ähnlichkeit sich noch als äußerst wichtig herausstellen sollte.

Am folgenden Abend suchte Mira Ari in seinem Zimmer auf. Der Junge schaute etwas verunsichert zu ihr auf. »Ich dachte, ich sollte in Leanders Kreis arbeiten.« Seine Stimme verriet ein wenig seine Überraschung. »Oder ist dies ein privater Besuch? In dem Fall fühle ich mich natürlich geehrt.«

Mira schüttelte den Kopf. »Wir möchten dich einem weiteren Test unterziehen. Du besitzt eine seltene und unerwartete Begabung, und deshalb hielt man es für das Beste, daß der Erste Bewahrer dich untersucht, bevor du einem Kreis zugeteilt wirst.«

Sie bemerkte, wie der Junge blaß wurde, als er aufstand, um ihr zu folgen. »Er ist kein Unmensch«, beruhigte sie ihn, aber ihre Stimme klang schärfer, als sie es beabsichtigt hatte.

»Gewiß nicht, *vai leronis*. Er war wohl auch mit meiner Pflegemutter und meiner leiblichen Mutter befreundet. Zumindest hat man mir das gesagt.«

»Ja, das war er bestimmt«, lächelte Mira jetzt, milder gestimmt, während sie die Türe hinter Ari schloß.

Sie führte ihn den Flur entlang zu einem kleinen Zimmer, in dem Coryn und Barak auf sie warteten. Alle drei trugen ihre Matrix-Roben: Coryn im Scharlachrot des Bewahrers, Barak im Technikerblau, und Mira die weiße Robe einer Überwacherin. Nur Ari schien fehl am Platz, er wirkte hilflos und verstört. *Ach Renata, er ist so verletzlich.* Mira schirmte ihre Gedanken sorgsam gegen die anderen ab. *Wie konntest du ihn nur allein hierher schicken?*

Dann konzentrierte sie sich auf Coryn. Fast hielt sie den Atem an, als der Bewahrer den Jungen das erste Mal flüchtig betrachtete. Aber was Mira halb ersehnt, halb befürchtete hatte, trat nicht ein. Coryn zeigte keinerlei sichtbare Reaktion. »Du siehst deiner Mutter nicht sehr ähnlich«, war alles, was Coryn sagte.

Mira hatte gehofft, es würde genügen, den Jungen Coryn einfach nur vorzustellen. Sie warf Barak einen Blick zu, aber dieser zuckte nur mit den Achseln. Sie hatten Stunden damit verbracht, einen geeigneten Weg zu finden, Coryn Aris wahre Vaterschaft beizubringen. Schließlich waren sie zu dem Schluß gekommen, daß an einer direkten Gegenüberstellung nichts vorbeiführte. Coryn war zu stolz und eigensinnig, um zu glauben, was er nicht selbst erlebte. Das aber bedeutete, daß nun Coryn mit dem Jungen Gedankenverbindung aufnehmen würde.

Mira gab Barak ein Zeichen, und er trat einen Schritt vor. »Wirst du jetzt mit der Prüfung beginnen?« fragte er Coryn.

Der Bewahrer nickte. »Dräng mich nicht, Barak. Warum bestehst du überhaupt darauf, anwesend zu sein? Eine Überwacherin reicht vollkommen aus.«

»Ich habe meine Gründe«, entgegnete Barak entschlossen und verschränkte die Arme. Mira war froh, einen so standfesten Verbündeten zu haben. Selbst Coryn war es nie gelungen, Barak von etwas abzuhalten, das er sich einmal in den Kopf gesetzt hatte.

»Nun, wie du willst«, entschied Coryn. Er nahm einen unverschlüsselten Sternenstein aus der Tasche seiner Robe und wandte sich Ari zu. »Zeige mir jetzt, wie du deine Schwingungen an meine angleichst.«

»Jawohl, *vai tenerezu*.« Ari antwortete laut und klar, und Mira war erfreut, die Stärke in seiner Stimme zu hören. Sie wußte, daß er, wie die meisten außerhalb des Turms, vor Coryn Angst hatte, aber er ließ es sich nicht anmerken.

Während Coryn und Ari ihr Bewußtsein in den Sternenstein strömen und verschmelzen ließen, folgte Mira ihnen, nahm aber gleichzeitig Kontakt mit Barak auf. Und dann, als der schreckliche Augenblick der Erkenntnis die Verbindung zwischen dem Bewahrer und dem Jungen erschütterte, hielten Mira und Barak Coryn mit vereinten Geisteskräften zurück.

Der Bewahrer sprang auf. Sein Gesicht war kreidebleich, was die geröteten Narben nur um so erschreckender hervortreten ließ. Er riß sich aus Miras und Baraks geistiger Umklammerung los. »Ihr Götter, nein! Arielle!«

brach es aus ihm heraus. »Warum? Warum hast du mir das verschwiegen?«

Ari sackte zusammen und verlor beinahe das Bewußtsein, als der Rückschlag ihn traf, aber Barak und Mira konnten ihn vor dem Schlimmsten bewahren. *Kümmere dich um Coryn,* wies Mira Barak an, während sie die Arme um den geschlagenen Jungen legte.

Coryn stürmte aus dem Zimmer. »Coryn, warte!« rief Barak und stürzte hinter ihm her. Mira nahm noch verschwommen wahr, wie Barak Coryn telepathisch suchte, ihn fand, Kontakt aufnahm und ihn beruhigte; dann widmete sie ihre ganze Aufmerksamkeit Ari.

»Mein Vater?« flüsterte Ari. »Gerechte Götter! Deshalb also hat mich Lady Renata fortgeschickt. Soll aus mir denn auch so ein Monster werden?«

Mira schaute ihm tief in die graugrünen Augen. »Was redest du da! Er ist kein Monster! Coryn besitzt viele hervorragende Eigenschaften. Und das gilt auch für dich.«

»Aber warum hat meine Pflegemutter mir nie etwas davon erzählt? All die Jahre konnte ich nicht begreifen, warum die Ridenows mich nicht aufnehmen wollten.« Eine einzelne Träne rann ihm über die Wange, die er aber sogleich zornig wegwischte. »All die Jahre!«

Im leichten Rapport mit ihm konnte Mira feststellen, daß seine Verwundung nicht lebensbedrohlich war. Ari war trotz seiner zierlichen Erscheinung ein zäher Bursche. Dann spürte sie, wie sich eine dritte Person in ihre mentale Verbindung einschaltete.

»Renata?« fragte sie laut. Sie hatte sich nicht geirrt. Die Herrin von Aldaran war wirklich bei ihnen.

»Ja, ich bin es.« Mira konnte Renatas Stimme hören; die Luft begann zu flirren und eine Gestalt anzunehmen, die Mira wohlvertraut war: schlank, eher unscheinbar, mit Stupsnase und Sommersprossen, dafür aber mit leuchtenden Augen und kupferrotem Haar ohne eine einzige graue Strähne.

Ari starrte die Erscheinung seiner Pflegemutter an. »Wie seid Ihr hierher gekommen?«

»Ich bin nach wie vor in Aldaran. Was du siehst, ist nur eine Projektion. Bevor du nach Hali aufgebrochen bist, habe ich meinen Sternenstein auf deine Matrix abgestimmt, damit ich ständig mit dir in Kontakt bleiben konnte. Du mußt nicht glauben, ich hätte dich je verlassen. Dazu liebe ich dich zu sehr, mein Sohn.«

»Was hast du nur getan, Renata?« warf Mira ein. »Du hättest uns warnen sollen, schon um unserer alten Freundschaft willen!«

»Das hätte ich gern getan«, erwiderte Renata, »aber ich durfte es nicht, *breda*. Als Arielle von den Ridenows wegen des Kindes, das sie erwartete, verstoßen wurde und zu mir kam, da mußte ich ihr versprechen, es niemandem zu verraten, sondern ihn erst zu seinem wahren Vater zu schicken, wenn die Zeit dafür reif war. Diesen Schwur konnte ich nicht brechen. Aber ich habe die ganze Zeit über Ari gewacht. Ich hätte nie zugelassen, daß ihm etwas zustößt.«

Mira verstand: Renata besaß die Alton-Gabe, mit der sie sogar Coryn eine Zeit lang im Zaum halten konnte.

Ari starrte ausdruckslos an die Decke. »Dann wurde meine Mutter also wegen mir verstoßen. Ich bin zweifach verflucht.«

»Das darfst du dir nicht einreden«, ermahnte ihn Renata. »Ich bin hier, um dir zu erklären, was sich wirklich zwischen deiner Mutter und deinem Vater zugetragen hat.«

»Dann werde ich dich jetzt besser mit deiner Pflegemutter allein lassen.« Mira verabschiedete sich von Ari.

Sie machte sich auf die Suche nach Coryn, der ihren Beistand vermutlich dringender benötigte als der Junge. Sie fand ihn in seinen Gemächern, wo er schweigend an Baraks Seite saß. Als sie eintrat, tauschte Barak einen verständnisvollen Blick mit ihr; dann ließ er Mira mit Coryn allein.

»Coryn, ich –« setzte Mira an, aber Coryn ließ sie nicht aussprechen.

»Seit wann weißt du davon?« Er sah sie nicht an.

»Erst seitdem der Junge hier aufgetaucht ist. Sein Gesicht. Deine Züge. Diese Ähnlichkeit!«

Jetzt wandte sich Coryn ihr zu, und es traf Mira wie ein Schlag: der Schmerz stand ihm offen ins Gesicht geschrieben. »Warum nur, Mira? Warum hat sie mir nie etwas gesagt? Warum opferte sie ihr Leben für mein Kind? Wie muß sie mich gehaßt haben!«

»Sie hat dich geliebt, Coryn. Daran darfst du nie zweifeln.« Mira lehnte sich vor und wollte ihre Hand auf seine legen, aber er wich aus und schüttelte den Kopf.

»Bitte nicht, Mira.« Seine Stimme klang jetzt sanfter und unendlich traurig. »Berühr mich bitte nicht. Noch nicht. Es wird mich einige Anstrengung kosten, das zu überwinden, was ich mir selber angetan habe.«

»Möchtest du, daß ich bei dir bleibe?«

»Nein, das wird nicht nötig sein. Ich werde schon zurechtkommen.«

Mira verbeugte sich. Und sie spürte, daß er es aufrichtig meinte. Trotz des Schmerzes und der quälenden Erinnerungen würde er schließlich damit zurechtkommen. Der Bewahrer würde seinen Frieden finden. »Ihr macht uns große Ehre, *vai tenerezu.*«. Mit diesen Worten verließ sie ihn.

Ari war in sein Zimmer zurückgekehrt und ließ sich erschöpft auf sein Bett fallen. Er war noch zu benommen, um die ganze Tragweite dessen zu begreifen, was Lady Renata ihm enthüllt hatte. Er klammerte sich nur an den einen Gedanken – Renata hatte ihm versprochen, daß er nach einem Jahr in allen Ehren nach Aldaran zurückkehren konnte, falls er nicht im Turm zu Hali bleiben wollte. Sie liebte ihn wirklich. Und Brenton liebte ihn. Aldaran würde immer sein Zuhause bleiben.

Aber war es das, was er wirklich wollte? Er was sich selbst nicht mehr sicher. Seine Unentschlossenheit kam ihm selber abwegig vor. *Wird mir etwas verweigert, will ich es nur umso mehr. Und bietet man es mir offen an, kann ich mich nicht entscheiden!* Aber er mußte sich ja nicht heute entscheiden, tröstete er sich.

Ari streckte sich und wollte schon schlafen, als es an der Tür klopfte.

»Ich bin müde, Dyan!« rief er. »Kann es nicht bis morgen warten?«

»Es geht um etwas anderes.« Die Antwort kam gedämpft durch die geschlossene Tür. »Kann ich dich kurz sprechen?«

Aris Herz schlug schneller, als er mittels seines *Laran* den Besucher erkannte. Dennoch stand er auf und öffnete.

Der Erste Bewahrer von Hali trat ein. Ohne die scharlachrote Robe wirkte er weniger furchterregend; ein durchschnittlicher Mann, klein und drahtig wie Ari. Vor allem aber bemerkte Ari, daß die kalte Arroganz aus seinen Augen gewichen war; offen und verletzlich gewährten sie Einblick in seine Seele.

»Es gibt da einige Punkte, die ich mit dir besprechen möchte«, erklärte der Bewahrer auf ruhige Art.

Ari bot Coryn höflich einen Stuhl an. Er selbst setzte sich ihm gegenüber auf das Bett.

»Ich würde dir sehr gern von deiner Mutter erzählen.« Coryn streckte den Arm aus und hielt seine Finger über Aris Hand. »Möchtest du es hören?«

Ari nickte, und plötzlich ließ Coryn seine Hand auf Aris ruhen. Ari verspürte ein leichtes, aber nicht unangenehmes Prickeln, wie bei einem schwachen Stromstoß, als Coryn Hastur, Erster Bewahrer des Turms zu Hali, nach fünfzehn Jahren zum ersten Mal wieder einen anderen Menschen berührte.

ROXANA PIERSON

Ungeziefer

Mit Roxana Pierson können wir eine alte Bekannte und Freundin Darkovers begrüßen. In ihrer Geschichte Schwarmgesang in Die Monde von Darkover *hat sie uns eine wirklich ungewöhnliche Anwendung von Laran vorgeführt.*
Von ihrer Kindheit weiß sie zu berichten, daß »neben den Tieren und Insekten Bücher meine einzigen Freunde waren«. Ihr Vater war Hobbyimker, und sie sagt, »ich kann mich noch gut daran erinnern, wie er die tropfenden Honigwaben herausnahm und die Bienen mit bloßer Hand abstreifte.« Auch sie sei, obwohl sie keinerlei Schutzkleidung trug, nie gestochen worden. »Jahre später erfuhr ich, daß ich gegen Bienenstiche allergisch war, und da erst wurde mir klar, wie unbekümmert wir waren.« Sie erklärt weiter, daß sie gerne Insektenkunde studiert hätte, aber ihr Vater hielt nichts davon, Geld in die Ausbildung von Mädchen zu investieren. Erst nach einer gescheiterten Ehe konnte sie zum College gehen. (Mir erging es ebenso.)
Das bekannte Thema der Trockenstädte erfährt in dieser Geschichte eine neue und überraschende Abwandlung.

Rot flirrende Mittagshitze lag über dem großen Haus von Shandar. Alles war still. Die Dienerschaft wagte kaum zu sprechen und die Ärzte berieten sich im Flüsterton. Der Herr des Hauses, Zhalara, lag im Sterben.

Die Oberärzte zupften sich nachdenklich die Bärte und schüttelten trübsinnig die Köpfe, während die jüngeren Assistenten eifrig Zhalara untersuchten und im faulenden Fleisch, das ihm als schwabbelige Wampe herabhing, herumstocherten. Noch vor wenigen Monaten war der Alte gesund und munter gewesen; eine stattliche Erscheinung, nur daß er bei seiner Leibesfülle Schwierigkeiten hatte, ein geeignetes Pferd zu finden, das nicht gleich unter ihm zusammenbrach. Aber jetzt … eine unbekannte Form der Auszehrung hatte ihn befallen, begleitet von merkwürdigen Halluzinationen. Aber Zhalara war ohnedies alt, und wer konnte schon ewig leben?

»Mylady.« Valeron, der älteste der Ärzte, verneigte sich tief vor Zhalaras Frau Julana, die ungerührt auf einem kleinen, vergoldeten Stuhl neben Zhalaras Bett saß. Beide Hände, in Ketten gelegt, ruhten auf ihrem geschwollenen Bauch.

»So sprecht«, erwiderte sie tonlos, ohne dabei von ihren mit Juwelen besetzten Handfesseln aufzusehen.

»Ich … wir haben alles getan, was in unserer Macht steht«, erklärte Valeron und räusperte sich verlegen. Insgeheim verwünschte er den Alten, der ein Mädchen zur Frau genommen hatte, das noch kaum im heiratsfähigen Alter war. Andererseits nötigte es ihm Respekt ab, daß Zhalara sie auf seine alten Tage noch geschwängert hatte. »Meine Kollegen und ich stimmen alle darin überein, ein solcher Krankheitsfall ist uns noch nie begegnet.«

»Sie sagen, er ißt nichts?« erkundigte sich Falyn. Als zweitältester der behandelnden Ärzte besaß er das Vorrecht, Valeron bei der Befragung von Patienten und Angehörigen zu assistieren. Die jüngeren Kollegen, die es nicht wagen durften, mit einem weiblichen Mitglied des Haushaltes zu sprechen, mußten den Patienten notgedrungen selbst untersuchen. Vorausgesetzt natürlich, daß es sich um keine Patientin handelte. In diesem Fall wurde ein Diener damit beauftragt, den Ärzten mitzuteilen, was ihr fehlte.

»Er behauptet, in seinem Essen sei … Ungeziefer«, erläuterte Julana. Mit zittriger Hand fuhr sie sich hinter ihrem Schleier übers Gesicht, als ob sie Tränen wegwischen wollte. »Ich habe ihn inständig gebeten, etwas zu essen, aber nach ein, zwei Bissen schleudert er den Teller an die Wand. Sie sehen ja selbst seinen Zustand. Überall diese wunden Stellen. Und dann kratzt er sich die Haut auf. Er meint, er habe Läuse, aber das ist Unsinn. Alles nur Einbildung.«

»Das stimmt«, bestätigte die Dienerin, die hinter ihr stand. »Als ich ihm letzte Woche das Abendessen brachte, sagte er, es sähe aus wie Würmer.«

»Was gab es denn?« fragte Falyn.

»Natürlich Nudeln. Am vierten Tag des Neumonds gibt es doch immer Nudeln. Bei Ihnen etwa nicht?«

Valeron und Falyn tauschten einen verzweifelten Blick. »Was haben Sie ihm sonst noch serviert?«

»Reis«, sagte Julana leise. »Und das war doch immer seine Leibspeise.«

»Und, hat er davon gegessen?«

»Aber nein«, antwortete die Dienerin. »Diesmal beklagte er sich, es sähe aus wie Maden. Maden! Ich bitte Sie! Aber da habe ich ihm an Ort und Stelle erklärt, daß ihn selbst bald die Würmer fressen werden, wenn er nicht anständig ißt. Aber das hat ja auch nichts geholfen! Und erst gestern habe ich ihn beobachtet, wie er sich wie verrückt kratzte, obwohl da gar nichts war. Und dann starrt er stundenlang die Wand an. Ihr seht es ja selbst.«

»Er ist wirklich zu bedauern«, stellte Valeron resignierend fest.

»Ja, jammerschade«, pflichtete Julana ihm bei.

»Meines Erachtens handelt es sich um eine Geisteskrankheit, die im fortgeschrittenen Alter auftritt«, erklärte Falyn pompös und ernsthaft. Er hatte diese Art lange genug geübt.

»Ich fürchte, da läßt sich nicht mehr viel machen«, meinte Valeron.

»Überhaupt nichts«, schloß Falyn. »Versuchen Sie wenigstens, ihm nichts vorzusetzen, das ihn gleich wieder an Würmer erinnert.«

Julana stützte sich auf die geschnitzte Balustrade und blickte in den Garten hinaus. Die Sonne verblaßte im violetten Dämmerschein, und mit der abendlichen Kühle kehrte auch das Leben zurück. Die Nachfalken krächzten heiser und die Insekten ergriffen die Flucht. Julana streckte die Hand aus, und eine Libelle ließ sich anmutig auf ihren Fingerspitzen nieder.

Diese Tageszeit war ihr am liebsten. Es waren die einzigen Augenblicke der Muße, wenn sie sich kurz von Haushalt und Zhalara fortstehlen konnte. Meist verdöste er den ganzen Nachmittag, bis sie ihn zum Abendessen rief. Was würde nach seinem Tod geschehen, fragte sie sich. Was würde aus ihr und ihrem Sohn werden? Sie war sich sicher, daß es ein Sohn werden würde, und bis er volljährig wurde, hoffte sie, frei zu sein, so weit das einer Frau in den Trockenstädten überhaupt möglich war. Vielleicht würde es ihr ja gelingen, zu den Verwandten ihrer Mutter in den Domänen zu fliehen. Einzig diese Hoffnung hatte ihr die Kraft gegeben, die langen Monate ihrer abscheulichen Ehe durchzustehen.

Julana hatte ihren Vater angefleht, sie nicht zu der Heirat mit Zhalara zu zwingen. Sie hatte den alten Fettkloß von Anfang an verabscheut. Sie brauchte nur an ihren Hochzeitstag zu denken und schon schnürte es ihr vor Zorn die Kehle zu. Womit hatte sie das nur verdient? Als er die goldene Kette um ihr Handgelenk legte, die das Band der Ehe symbolisierte, hätte sie am liebsten aufgeschrien und wie ein in die Enge getriebenes Tier um sich gebissen. Und dann erst die Nacht, die folgte! Bei der Erinnerung daran wurde ihr noch immer schlecht. Dabei hatte sie noch nicht einmal genau gewußt, was von ihr erwartet wurde. Zhalaras schweinisches Betatschen war nur schmerzhaft und abstoßend. Der Gedanke, sie müsse eine solche Behandlung ihr Leben lang erdulden, war einfach unerträglich. Aber es kam noch schlimmer. Sie mußte erkennen, daß Zhalara nicht nur alt und häßlich, sondern auch grausam war. Julana erinnerte sich, wie ihre Mutter einmal zu ihrem Vater sagte: »Bei einem Mann seines Alters ist allenfalls die Gesinnung steif!« Damals hatte sie das nicht verstanden, aber nun wußte sie nur zu gut, was Allira damit gemeint hatte. Und natürlich hatte Zhalara seine Frustration mit Fäusten an ihr ausgelassen. Als er sie das erste Mal schlug, hatte sich Julana verkrochen und geheult. Beim zweiten Mal, sie war bereits schwanger und fürchtete um das Kind, schwor sie Rache.

»Meine Herrin?« Eine Dienerin näherte sich zögernd, kniete dann nieder und berührte mit ihrer Stirn Julanas Sandalen, wie es der Brauch war.

»Ja, was gibt's?«

»Verzeiht mir, wenn ich Euch in Eurer Andacht störe, aber Eure Eltern sind eingetroffen.«

»Wo sind sie jetzt?«

»In den Gemächern des Herrn.«

»Du hast ihnen doch etwas zu essen und trinken angeboten?«

»Lord Jharek hat dem auch eifrig zugesprochen, aber Eure Mutter wollte zuerst Euch sprechen.«

»Gut, dann werde ich zu ihnen gehen.« Julana raffte ihre Röcke zusammen und ging ins Haus.

»Es steht nicht gut um ihn«, bemerkte Jharek, als er sich neugierig über Zhalara beugte. Der Alte ließ sich von den Besuchern offenbar nicht stören und schnarchte weiter.

»Gar nicht gut«, bekräftigte Allira im Hintergrund.

»Wie lange geht es ihm schon so?« fragte Jharek.

»Seit Monaten«, erwiderte Julana achselzuckend.

»Bei der Hochzeit sah er noch ganz rüstig aus«, meinte Allira. »Hast du die Ärzte kommen lassen?«

»Selbstverständlich. Aber sie wissen auch keinen Rat. Sie sagen, es sei eine Art Auszehrung.«

Allira seufzte schwer. »Kind, du bist schon für die Ehe

zu jung, ganz zu schweigen vom Witwenstand. Aber wenigstens wirst du gut versorgt sein.«

»Darauf würde ich mich nicht verlassen«, warf Jharek ein. »Seine Verwandtschaft ist ziemlich umfangreich.«

»Soll das heißen, daß sie alle 300 Pfund wiegen?« fragte Allira.

»Du weißt ganz genau, wie ich es meine«, schoß Jharek zurück. »Sein Bruder – eben der, der ihn bei seiner Hochzeit begleitete – der wird alles kriegen. Julana inbegriffen. Sie gehört zum Besitz, wie du weißt.«

»Nein, das weiß ich ganz und gar nicht! Witwen können in den Trockenstädten nicht erneut heiraten. Das hast du mir selber gesagt.«

»Nicht außerhalb der Familie. Aber es entspricht durchaus den Gesetzen, wenn Zhalaras Bruder sie heiratet, um den Besitz in der Familie zu halten.«

»Das ... das kann nicht Euer Ernst sein!« rief Julana bestürzt aus.

»Was hast du denn geglaubt?«

»Ich ... Ich habe geglaubt ... mein Sohn ... alles würde ihm gehören.« Niedergeschlagen sank sie auf den nächstbesten Stuhl.

»Du willst wohl sagen, du *hoffst*, daß es ein Sohn werden wird,» erklärte Jharek unerbittlich. »Aber selbst wenn dem so ist, wirst du doch das Mündel von Zhalaras Familie bleiben, bis der Junge volljährig ist. Es ist höchste Zeit, daß du allmählich erwachsen wirst und deinen Platz akzeptierst, mein Mädchen. Wenn du mir nicht mehr zu gehorchen hast, mußt du eben deinem Mann, seinen Verwandten oder deinem Sohn gehorchen. Das solltest du endlich mal in deinen hübschen Kopf bekommen.«

»Ich verstehe Euch nur zu gut, Vater.« Julana war jetzt fest entschlossen. Vielleicht war es ja zu viel verlangt, wirklich frei zu sein, aber das bedeutete nicht, daß sie sich alles hilflos gefallen lassen mußte. In Gedanken berührte sie den Tausendfüßler, der emsig einen Spalt in der Decke untersuchte. Ohne Vorwarnung verlor er seinen Halt und landete direkt auf Jhareks Kopf.

Er strich sich fluchend durch das Haar, um das Insekt abzuschütteln, das sich mit einem schmerzhaften Stich in die Hand wehrte. Jharek brüllte laut auf, dann zermalmte er den armen Wurm. Während er sich noch die schmerzende Hand rieb, rief er aufgebracht: »Warum wimmelt es in deiner Nähe immer nur so vor Ungeziefer?«

»Mach dich nicht lächerlich«, erwiderte Allira. »Es gibt überall Ungeziefer.«

»Ja, Vater«, meinte Julana ruhig, »es stimmt schon – es gibt mehr Ungeziefer als Menschen. Wenn man es sich recht überlegt, gibt es sogar mehr Ungeziefer als Zhalara Verwandte hat!«

Und hinter ihrem Schleier lächelte Julana grimmig.

DIANN PARTRIDGE

Kinderstreiche

Diann Partridge lebt in Wyoming. Sie hat »einen Mann, drei Kinder, einen alten Hund und zwei Katzen.« Die frühere Angehörige der Streitkräfte sagt von sich, daß sie schreibt, so lange sie zurückdenken kann. »Auf die Idee zu Kinderstreiche *kam ich durch eine frühere Darkovergeschichte, in der es um die Burg Thendara ging. Sie war so alt und wurde je nach Bedürfnis so oft erweitert, daß keiner genau wußte, wieviele Kammern es gab und wo die Gänge alle hinführten. Das Wort ›Burg‹ hat schon immer meine Phantasie angeregt. Dabei muß ich an Geheimtüren, Geister und unerklärliche nächtliche Geräusche denken. Diese Vorstellung habe ich dann mit den kindischen Streichen verbunden, die wir uns gegenseitig während unserer Grundausbildung spielten. Es kam bestimmt mehr als einmal vor, daß man Rasierschaum in seinen Schuhen hatte.«*

Alizia Aillard packte ihre Nichte am Arm. Sie rechnete damit, daß das Kind versuchen würde, sich loszureißen, aber Luz Valeron leistete keinen Widerstand. Sie stand ungerührt im Turmhof und hielt mit beiden Händen die hochgezogenen und lehmverschmierten Röcke fest. Alizia ließ die Rute auf die entblößten Beine niedersausen. Fünf scharfe Hiebe – und Luz schrie kein einziges Mal dabei. Sie biß die Zähne zusammen. Es war weniger der Schmerz als der Haß, der sich auf ihrem Gesicht abzeichnete.

Ihre zwei Komplizen erwiesen sich als nicht ganz so stoisch. Korin Ardais, der etwas jünger war, wehrte sich erst wie wild, und dann jaulte er bei jedem Schlag auf.

Die kleine, zierliche Callina Alton flehte herzzerreißend und vergoß wahre Sturzbäche an Tränen. Alizia ließ es bei drei Schlägen bewenden, was aber Luz nur noch mehr erboste.

»So, und jetzt hört ihr drei mir gut zu. So etwas ist in der ganzen Geschichte von Thendara noch nicht dagewesen, was ihr mit der Bewahrerin angestellt habt. Diese Frechheit ...«

»Aber Tante, wir hatten es doch gar nicht auf Lady Alaynna abgesehen. Es sollte Caleb treffen. Und wir haben ...«

»Luz!« fuhr Alizia sie scharf an. »Unterbrich mich nicht. Du hast schon genug ausgefressen, da brauchst du nicht auch noch vorlaut werden. Was ihr getan habt, war so oder so schlimm, ganz egal, wen es getroffen hat. Dom Caleb ist ein ausgezeichneter Lehrer, und wenn ihr nicht lernt, ihm zu gehorchen, werdet ihr es im Turm nicht weit bringen. So, ich schicke euch drei jetzt auf eure Zimmer, und da werdet ihr bis morgen früh bleiben. Das Mittsommerfest heute Nacht wird ohne euch stattfinden, und das Abendessen ist auch gestrichen. Ich erwarte von euch, daß ihr euch ruhig verhaltet, bis eure Eltern benachrichtigt sind. Ich bin sicher, eure Mütter werden sich in Grund und Boden schämen, wenn sie hören, was ihr angestellt habt.«

»Sie ist gar nicht meine Mutter«, maulte Luz.

»Still jetzt! Und ab auf eure Zimmer!«

Die drei drehten sich um und verließen den Hof. Korin schniefte, Callina heulte, nur Luz stapfte trotzig und ohne jede Reue davon.

Alizia lehnte sich an die Steinwand des Turms und verbarg ihr Gesicht; ihre Schultern zitterten. Izak Ardais, der Überwacher des Turms, kam zu ihr herüber und legte ihr tröstend die Hand auf die Schulter.

»Du solltest es dir nicht so zu Herzen nehmen, wenn du sie bestrafen mußt. Die Gören haben es nicht anders verdient, besonders Luz. Wir wissen doch beide, daß sie die anderen dazu angestiftet hat. Es ist mir allerdings schleierhaft, wie sie es immer wieder fertig bringt, die kleine Callina da mit reinzuziehen. Das Kind ist doch sonst so schüchtern! Aber genug davon. Laß uns lieber noch etwas trinken, bevor wir uns in die Festlichkeiten stürzen.«

Alizia löste sich von der Mauer, und Izak war nicht schlecht erstaunt, als er sah, daß sie sich keineswegs vor Gram, sondern vor Lachen schüttelte. Verstehe einer diese Aillard-Frauen!

»Ach, Izak, du hättest Lady Alaynnas Gesicht sehen sollen, als sich der Inhalt des Nachttopfs über sie ergoß. Ich muß jetzt einfach darüber lachen, sonst platze ich in ihrer Gegenwart damit heraus. Es war ja eigentlich für Caleb bestimmt, aber dann hat sie es abgekriegt, und ich kann dir sagen, 'Zak, sie stand da, als ob die Überwelt über sie zusammenbrechen würde. Und dann kreischte sie los wie von der Skorpionameise gestochen.«

»Ich weiß nicht, was es da zu lachen gibt. Es war ein übler Streich, ganz egal, wen es traf. Und es ist wohl kaum der erste Streich, den Luz angezettelt hat. Wer hat denn die Taubnesselsalbe ins Marmeladenglas geschmuggelt? Oder die Bettlaken zusammengebunden? Wenn sie nicht die mit dem höchsten *Laran* Begabte in ihrer Klasse wäre, hätte man sie schon längst nach Hause geschickt.«

»Ach 'Zak, nun sei doch nicht so zimperlich. Ich habe meine Turmausbildung zusammen mit Alaynna gemacht, und das eine kann ich dir verraten, wir waren auch keine Unschuldslämmer. Aber ganz abgesehen davon, ich weiß zufällig, daß es Luz zu Hause alles andere als leicht hat, seit ihre Mutter gestorben ist. Ihr Vater hat sich ziemlich schnell wiederverheiratet, und jetzt hat sie eine ganze Schar von Halbbrüdern und Halbschwestern. Es wird vielleicht noch etwas dauern, bis sie erkennt, daß die Ausbildung im Turm das beste ist, was ihr passieren konnte, aber eines Tages wird sie sehr froh darüber sein.«

»Dieser Tag kann nicht früh genug kommen, wenn du mich fragst. Erst gestern mußte ich feststellen, daß mir jemand Sand in alle Stiefel gefüllt hat. Wer könnte das wohl wieder gewesen sein?«

»Tja, wer wohl?« kicherte Alizia. »Aber hast du nicht irgendwas von eine Erfrischung gesagt?«

Luz knallte die Zimmertür zu. Dann trommelte sie mit beiden Fäusten dagegen.

Es war so ungerecht, tobte sie innerlich, einfach nur ungerecht. Sie streifte ihre Hausstiefel ab und ließ sie, so fest sie nur konnte, durchs Zimmer segeln. Das Mittsommerfest zu verpassen, schmerzte weitaus mehr als die paar Hiebe. Seit Wochen hatte sie sich darauf gefreut. Ihr Festkleid lag fein säuberlich auf dem Stuhl. Zornig knüllte sie es zusammen und stopfte das Bündel unters Bett. Es war so ungerecht!

Je mehr sie darüber nachdachte, desto wütender wurde sie. Sie warf sich auf das Bett und schluchzte ihren Zorn und ihre Verzweiflung in die Kissen. *Wenn Mutter noch leben würde, müßte ich nicht in diesem blöden Turm sein. Ich könnte zu Hause sein, wo sie mich alle lieb haben.*

Bei der Erinnerung an ihre Mutter mußte sie auch gleich an ihren Vater denken. *Soll er doch in Zandrus kältester Hölle bibbern. Verdient hat er es jedenfalls. Keine sechs Monate hat er nach Moms Tod gewartet und diese dämliche Alton-Ziege geheiratet. Und die hatte nichts Besseres zu tun als mich hierher zu schicken. Und jetzt kann ich nicht aufs Fest gehen!*

Sie mußte einfach etwas an die Wand knallen, um sich abzureagieren. Sie sah sich nach etwas Passendem um, und dabei fiel ihr Blick auf einen glatten, runden Stein, den Vater ihr beim Abschied von Valeron geschenkt hatte. »So wirst du immer ein Stück deiner Heimat bei dir haben«, hatte er zärtlich erklärt. Jetzt schloß sich ihre Hand fest um dieses Stück Heimat, und mit aller Kraft schleuderte Luz es in Richtung Kamin.

Es krachte gehörig, wie Luz zufrieden feststellte. Dann aber folgte ein Knarren und Quietschen, und Luz sah überrascht, wie die linke Seite des Kaminverkleidung zurückglitt und einen dunklen Spalt freigab.

Ihr Zimmer befand sich wie die aller anderen Zöglinge im ältesten und kältesten Teil der Burg. Luz hatte mehrere Langwochen gebraucht, um sich nach der trockenen Hitze von Valeron an Schnee und Kälte in Thendara zu gewöhnen. Und diese winzige, feuchte Kammer war natürlich nicht mit ihrem weiten und luftigen Zimmer zu Hause zu vergleichen. Auch das kreidete sie denen an, die sie hierher geschickt hatten. Immerhin besaß der Raum einen Kamin, der eine ganze Wandbreite einnahm. Die Kamineinfassung bestand aus einem weißlich schimmernden Stein; das reiche Schnitzwerk wies verschlungene Pflanzen- und Tiermotive auf.

Luz rutschte vom Bett und schlich zur Feuerstelle hinüber. Ihr Stein war auf eine merkwürdige Schnitzerei geprallt, die ein rundrückiges Tier darstellte, das Luz nicht kannte. Sie hatte die Schnitzereien zuvor noch nie eingehend betrachtet. Jetzt berührte sie dieses Tier und drückte. Nichts rührte sich. Sie versuchte es noch einmal, drückte stärker, und diesmal bewegte sich die Schnitzerei. Gleichzeitig schloß sich die Kaminwand. Luz drückte erneut, und die Wand öffnete sich.

Sie kauerte sich auf dem Boden nieder, umschlang mit beiden Armen ihre Beine und ließ ihr Kinn auf den Knien ruhen. Eine Geheimtür! Und dahinter vielleicht ein Geheimgang zu einem Versteck, wo sie niemand finden könnte. Das würde ihnen recht geschehen. Diese Aufregung, wenn sie spurlos verschwunden wäre. Wahrscheinlich würde sie ihr Vater wieder von der Turmschule nehmen, wenn man nicht besser auf sie aufpassen könnte. Sie würde es allen noch zeigen.

Luz steckte ihren Kopf in die dunkle Öffnung und beschwor mit ihren *Laran*-Kräften ein Glühlicht. Das gehörte zu den einfachsten Übungen, die man ihr hier beigebracht hatte. Im orangenen Schein des Lichtes konnte sie erkennen, daß sich hinter der Öffnung eine Art Tunnel zwischen den Wänden erstreckte. Im Innern befand sich ein weiterer Knauf, den sie jetzt betätigte. Er öffnete und verschloß die Geheimtür von innen. Sie duckte sich und sprang zurück ins Zimmer. Dabei grinste sie über das ganze Gesicht.

Daß man sie ohne Abendessen aufs Zimmer geschickt hatte, war weiter nicht tragisch. Die angehenden Turmschüler wurden ausreichend mit Früchten, Nüssen und Süßigkeiten aus *Kirseth*-Honig versorgt. Diese sammelte Luz jetzt zusammen und verstaute sie in ihrer Arbeitsschürze. Dann zog sie einen Wollschlüpfer und Strümpfe an, darüber mehrere dicke Pullover und einen sauberen Rock. Sie streifte die weichen Lederstiefel wieder über und entschied sich schließlich noch für einen dicken Wollschal, den sie um die Schultern schlang und verknotete. Mit der Schürze unter dem Arm verschwand sie in der Öffnung. Dort drückte sie auf den Knauf und stellte mit wachsender Befriedigung fest, wie sich die Geheimtür hinter ihr schloß. Das sollte ihnen eine Lehre sein!

Der Tunnel führte abwärts und erstreckte sich über mehr als zweihundert Schritte. Luz zählte sie. Die Luft war feucht und modrig. Schließlich stieß sie auf eine blanke Metallwand, die sich nahtlos an den Fels des Tunnels fügte. Der Boden verbreitete eine Kälte, die Luz selbst durch die Stiefel noch spüren konnte, aber die Wand fühlte sich warm an. Sie ließ beide Hände über die Oberfläche gleiten, konnte aber keinen Griff oder Knauf entdecken. Dann erinnerte sie sich daran, was Dom Caleb über den Gebrauch des *Laran* gesagt hatte. Luz atmete tief durch und beruhigte ihre Gedanken.

Sie war begabt, daran konnte kein Zweifel bestehen. Also konzentrierte sie sich auf die Wand, der sie ihren Willen aufzwingen wollte. Nochmals glitten ihre Hände über das glatte, warme Metall, das ihr jetzt lebendig erschien. Insbesondere eine Stelle, die sich rechts von ihr, etwa in Hüfthöhe befand. Luz war Linkshänderin, und so bereitete es ihr einige Schwierigkeiten, mit der rechten Hand danach zu suchen. Sie lenkte alle ihre Gedanken, ihr gesamtes *Laran* auf diese eine Stelle. *Öffne dich!* Luz spürte, wie es unter ihren Fingerspitzen mehrmals klickte; dann glitt die Wand nach oben und verschwand in der Decke.

Sie trat hindurch. Ihr Glühlicht flackerte, wurde schwächer und verlöschte dann ganz. Luz schreckte zurück, sah dann aber verzückt, wie an der Oberkante der Wände Lichtstreifen erschienen. Dazu hörte sie einen sanften Glockenschlag – ein, zwei, dreimal.

Sie stand am Rand eines großen, kreisförmigen Raums. Zweifellos ein Labor des Turms, wenn auch gänzlich verschieden von den anderen. In diesem Raum gab es mehr Metall, als sie je gesehen hatte. Stühle, Bänke, Tische und die Gitterschirme – alles aus Metall. Vor Freude lachend klatschte sie in die Hände.

Und es war warm. Angenehm warm. Nach den vielen Langwochen voller Schnee und Kälte tat die Wärme besonders gut. Sie zog Pullover, Wollschlüpfer und Strümpfe aus, und mit nichts weiter als ihrem dünnen Hemdchen und dem Rock bekleidet tanzte sie barfuß im Zimmer umher. Dann fand Luz heraus, daß die Stühle Rollen besaßen und sich drehen ließen, und so wirbelte sie herum, bis ihr davon schwindlig wurde.

Die Matrixgitter waren riesig, aber leer. Luz konnte sich auch kaum einen Sternenstein vorstellen, der dafür groß genug wäre. Die Energie, die sich damit erzeugen ließe, wäre nicht auszudenken. In jedes Pult war eine glatte, glänzende Schreibtafel eingearbeitet, und an einer dünnen Kette hing der dazugehörige Stift. Sie wickelte das Kettchen um ihr Handgelenk. Was für ein hübsches Armband das abgeben würde, dachte sie. Dann kritzelte sie mit dem Stift auf der Tafel und fand heraus, wie man damit schreiben konnte. Sie setzte sich hin und buchstabierte sorgfältig, wenn auch etwas ungelenk, ihren Namen. Soviel war immerhin von Calebs Unterricht hängengeblieben.

Ein lautes, schrilles Klingelzeichen setzte ein und ließ Luz auffahren. An der Wand links von ihr leuchtete ein Feld auf, und eine Stimme wiederholte fortlaufend: »ALARM! EINDRINGLING! UNBEKANNTER ZUGRIFF! ALARM! EINDRINGLING!« In dem Lichtstreifen huschten Buchstaben von links nach rechts.

Rein äußerlich erschien Luz den meisten Erwachsenen als ziemlich dreistes Kind, das nicht so leicht zu erschrecken war. Dabei wußte sie durchaus, wie es war, wenn man sich fürchtete. Seit dem Tod ihrer Mutter hatte sie sich oft genug in den Schlaf geweint. Aber diese Form der Angst, die einem die Kehle zuschnürte, war selbst ihr neu. Sie wollte schreien, kämpfte aber dagegen an.

Nur ein klägliches Winseln war zu hören. Sie verkroch sich unter einem der Tische und hielt sich beide Ohren zu. Diese Stimme, woher sie auch immer kam, schien ihr mitten ins Gehirn zu fahren.

Es wollte kein Ende nehmen, bis Luz glaubte, jetzt müsse sie schreien. Sie nahm ihren ganzen Mut zusammen, kroch unter dem Tisch hervor und stürzte zur Tür zurück. Aber die war jetzt verschlossen, und wie sehr sie sich auch konzentrierte, sie war nicht zu bewegen. Wer konnte sich schon bei diesem *Banshee*-Geheul konzentrieren?

Die Stimme plärrte eine neue Warnung: »SOFORT GEGENMASSNAHMEN EINLEITEN! STUFE VIER ERREICHT.« Immer und immer wieder.

Luz drückte sich an die verschlossene Tür. Der Raum wurde von Minute zu Minute kälter, und auch ihre Körpertemperatur sank. Warum kam denn niemand, um sie zu retten? Sie schrie und trommelte gegen die Tür. Plötzlich ein Knall. Luz fuhr herum und starr vor Schrecken sah sie, wie sich in dem Gitterschirm ein gespenstischer Matrixstein bildete. Bei jedem Atemzug von ihr nahm er konkretere Gestalt an. In seinen azurblauen Facetten brachen sich goldene Strahlen. Sie fror entsetzlich, aber ihre Kleider lagen auf der anderen Seite des Raums. Sie konnte sich vor Angst nicht rühren.

Der Schirm richtete sich auf und drehte sich langsam zu ihr. Was war das? Luz hätte schwören können, in dem Kaleidoskop aus Blau ein Gesicht zu erkennen. Ein gierig grinsendes Gesicht! Licht flammte auf und züngelte in ihre Richtung, schwach reflektiert von ihrem eigenen Sternenstein, den sie in einem kleinen Beutel aus Seide um den Hals trug. Sie spürte, wie der gefräßige Blick sie verschlingen wollte; ihr blieb noch Zeit für einen letzten, mentalen Hilfeschrei – dann zog die Matrixenergie sie in den Stein hinein.

Der Schrei erstarb. Die Stimme verkündete: »GEGENMASSNAHME DURCHGEFÜHRT. ZURÜCK ZU STUFE EINS.« Der Lichtstreifen an der Wand wurde schwächer und verlöschte dann ganz. Die Kälte löste sich auf und die Wärme kehrte wieder. Von dem Eindringling blieben nur ein paar schmutzige Kleidungsstücke neben einem Tisch zurück.

Am Morgen nach dem Mittsommerfest herrschte Katerstimmung. Nur wer unbedingt mußte, wie die Dienerschaft, stand auf. So dauerte es mehrere Tage, bis man Luz Valerons Verschwinden bemerkte. Die gesamte Burg wurde nach ihr abgesucht. Zwar fand man in einem unbenutzten Lagerraum die sterblichen Überreste von Lord Fergus' Lieblingshund, aber von dem kleinen, rothaarigen Mädchen fehlte auch weiterhin jede Spur. Man dehnte die Suche auf die Stadt und schließlich auf die gesamte Umgebung aus, aber auch das blieb erfolglos. Ihr Vater kam sofort nach Thendara angereist. Er war bestürzt und aufgebracht, daß seinem ältesten Kind so etwas zustoßen konnte. Zumindest war sie nicht tot, so viel stand fest. Ihr Sternenstein wurde von den Überwachungsschirmen des Turms nach wie vor registriert. Das bedeutete auch, daß sie sich irgendwo innerhalb der Burg aufhalten mußte. Aber wo genau, konnte keiner sagen.

Jeder nahm an, daß es ein Trick war, ein Streich, den sich Luz ausgedacht hatte. Ihre Kameraden, die normalerweise mit ihr unter einer Decke steckten, wurden verhört, bis sie in Tränen ausbrachen, aber auch sie hatten keine Ahnung, wo Luz sein könnte. Schließlich gab man die Suche auf, und ihr Vater kehrte nach Valeron zurück. Sie würde schon wieder auftauchen, wenn sie es für richtig halten würde, und keinen Tag früher.

Es waren bereits mehrere Monate seit ihrem Verschwinden vergangen, als sich ein mächtiger Wintersturm nördlich von Thendara anbahnte. Von den Schirmen konnten die Arbeiter im Turm ablesen, daß ein Schneesturm von solchem Ausmaß die ganze Stadt und ihre Umgebung lahmlegen würde. Alizias Gruppe versammelte sich im Nordturm. Unter der Leitung der Bewahrerin Alaynna wollten sie versuchen, den Sturm nach Osten in die kaum besiedelten Alton-Berge umzuleiten.

Sie begannen ihre Arbeit an einem der kleineren Matrixschirme, einem geflochtenen Holzgestell mit einem kleinen, etwa handgroßen Sternenstein. Als Überwacher bemerkte Izak Ardais die Kälte als erster. Er erkannte, daß der blaue Stein die Wärme im Raum ganz allmählich in sich aufsaugte und an den Kräften aller Anwesenden zehrte. Sein Atem kondensierte, als er versuchte, Kontakt mit dem Stein aufzunehmen. Jeder in seiner Gruppe befand sich in tiefem Rapport mit dem Stein; ihre Geistwesen rangen in der Überwelt mit dem Sturm. Eiseskälte durchfuhr Izak. Er mußte hilflos mitansehen, wie der Sternenstein gefror, einen Riß bekam und dann in tausend Stücke zersprang. Ein scharfkantiger Splitter ritzte ihm die Wange auf.

Die Kälte ließ allmählich nach. In diesem Moment hätte Izak schwören können, er habe ein kleines Mädchen lachen gehört. Ein vergnügtes, schadenfrohes Lachen. Es war absurd, aber es klang wie Luz Valeron. Aber das war unmöglich. Wie hätte sie sich im Innern des Matrixsteins befinden können?

Er schob den Gedanken beiseite und kümmerte sich um seine Freunde. Der Verlust des Sternensteins war schwerwiegend, aber zum Glück war die Rückstromenergie weniger stark als erwartet und nirgends war Feuer ausgebrochen. Als sich der erste Riß in dem Stein zeigte, löste sich auch der Rapport, wodurch Schlimmeres verhütet wurde. Sie litten alle mehr oder weniger stark an Unterkühlung, einige auch an Erfrierungen. Aus dem ganzen Turm eilten Arbeiter herbei, um ihren Kollegen zu helfen.

Einer von ihnen säuberte Izaks Schnittwunde. »Avarra sei Dank, daß der Splitter Sie nicht weiter oben erwischt hat, oder es wäre buchstäblich ins Auge gegangen. Die Wunde ist auch nicht sehr tief und muß nicht genäht werden. Wenn Sie in den nächsten Tagen nicht gerade Grimassen schneiden, wird nicht einmal eine Narbe zurückbleiben.«

Izak nickte und bedankte sich bei seinem Kollegen. Alizia saß in Decken gehüllt neben ihm und hielt eine Tasse mit heißem *Jaco* in der Hand. Ihre Finger hatte sie mit Taubnesselsalbe eingeschmiert. Jetzt wandte sich Izak ihr zu. »Ich weiß auch nicht, wie das passieren konnte. Ich habe die Aktion wie immer überwacht. Und dann war da plötzlich diese Kälte hier im Raum. Als ob wir uns mitten im Sturm befänden.«

Draußen begann es zu schneien. Der Wind pfiff um Giebel und Türme der alten Burg. Alizia schaute verwirrt aus.

»Ich hab' es noch keinem erzählt, 'Zak, aber kurz bevor der Stein zersprang und der Rapport abbrach, habe ich etwas ganz Merkwürdiges gehört. Du wirst mich für verrückt erklären, aber ich habe Luz lachen hören.«

Izak riß die Augen auf und starrte sie schockiert an.

»Du hast es also auch gehört, nicht wahr?« sagte Alizia. Er nickte.

»Alizia, wenn es Luz wirklich geschafft hat, in einen Matrixstein zu gelangen, dann sind wir vor nichts mehr sicher. Nicht auszudenken, was sie noch für Streiche spielen kann!«

Alaynna di Asturien humpelte so würdevoll, wie es die Frostbeulen an ihren Füßen zuließen, herein.

»Ich höre wohl nicht recht! Ausgerechnet ihr beiden glaubt, dieses Kind hätte den Unfall verursacht? Ihr solltet es besser wissen. Hastur allein besitzt die Macht, in einen Matrixstein zu schlüpfen und von innen heraus zu wirken. Selbst der mächtigste Bewahrer in der gesamten Geschichte des Turm vermochte das nicht, ganz zu schweigen von einem unausgebildeten Kind. Ich verbiete euch, solchen Unsinn gegenüber anderen zu wiederholen. Habt ihr mich verstanden? Was passiert ist, war ein Unfall, nichts weiter. Wir haben die Stärke des Sturms unterschätzt. Und wir können nur froh sein, daß keiner zu Tode gekommen ist.«

Alizia und Izak waren sprachlos.

»Ich ziehe mich jetzt in meine Gemächer zurück. Und bevor ihr das gleiche tut, möchte ich, daß ihr die anderen Zöglinge befragt und herausfindet, wer heute morgen Sand in meine Schuhe gefüllt hat. Diese Kindereien müssen endlich aufhören.«

Mit diesen Worten drehte sie sich um und rauschte aus dem Zimmer. Als sie zur Tür heraus war, ertönte aus dem Nichts ein schwaches Kinderlachen. Alizia und Izak schauten sich an, dann schüttelte Alizia den Kopf.

»Ich hab' nichts gehört. Du etwa?«

Janni Lee Simner

Gleich in Leben und Tod

Janni Simner sagt von sich: »Im Gegensatz zu vielen anderen Darkover-Autorinnen ziehe ich weder Kinder groß, noch bin ich mit irgendeinem Computerprogrammierer verheiratet. Immerhin habe ich die zwei obligatorischen Katzen (eine davon mußte ich mir für diese Gelegenheit bei meiner Schwester borgen).« Alle Achtung vor so viel Anpassungsfähigkeit!

Sie arbeitet als Lektorin für Washington University Publications. Und als ob sie meine Frage »In Washington D. C. oder Seattle, Washington State?« geahnt hätte, erklärte sie, »Das ist übrigens in St. Louis.« Ihre Aufgabe besteht hauptsächlich im Redigieren von Manuskripten, aber auch im Betreuen größerer Projekte. Gelegentlich schreibt sie Artikel und Berichte für das hauseigene Mitteilungsblatt.

»Und falls bei meinem Vornamen noch irgendwelche Unklarheiten bestehen«, fügt sie hinzu, »ich bin weiblichen Geschlechts und werde im November 1990 dreiundzwanzig« Sie begann ihr Studium zunächst mit dem Hauptfach Chemie, sattelte aber dann auf Englisch um, da es schon zu viele arbeitslose Diplomchemiker gibt. Die Fähigkeit, einen druckreifen englischen Satz zu Papier zu bringen, scheint hingegen immer seltener zu werden. Ja, ja, die lieben Computer …

Darian und Ryll liefen nebeneinander durch die Felder, sprachen aber nicht, ja selbst ihre Gedanken hielten sie voreinander verschlossen. Gemeinsam war ihnen die leicht schlurfende Gangart, und im Gleichschritt berührten ihre Füße die weiche Erde.

Als die Sonne die ersten Strahlen über den Bergrücken

sandte, unterbrach Darian das Schweigen. »Es tut mir leid, Bruder.«

Ryll schaute nicht auf. »Du kannst ja nichts dafür. Eigentlich sollte ich ja froh sein fortzukommen.«

»Bist du aber nicht, stimmt's.«

»Nein. Ich habe immer noch gehofft, Vater würde mich auch etwas liebhaben.«

»Mich würde er auch wegschicken, wenn er könnte.«

»Ich weiß«, sagte Ryll und blickte neidisch auf das Kupferarmband an Darians Handgelenk.

»Cherillys Gesetz besagt, daß nur Sternensteine Unikate sind«, hatte die Amme Maura König Ridenow vor zwölf Jahren erklärt. »Alles andere, sei es nun Mensch, Tier oder Pflanze, besitzt irgendwo ein genaues Duplikat. Und nur in den seltensten Fällen ist dieses Duplikat ein Zwilling. Selbst zwischen Zwillingen bestehen normalerweise geringfügige Unterschiede.«

Der König schaute sie ungeduldig an. »Ja, ja, das begreife ich schon. Aber wer von den beiden wurde zuerst geboren?«

»Dieser hier kam zuerst zur Welt«, sagte Maura und hob einen der beiden Säuglinge hoch. Ein dünnes Kupferkettchen hing lose an seinem Handgelenk. »Aber sicherlich haben beide gleichzeitig das Bewußtsein erlangt.«

Der König betrachtete das kleine, rote Baby in Mauras Arm, dessen Bruder noch auf dem Wickeltisch lag. Die meisten Männer wären hocherfreut gewesen; seine Frau hatte ihm nicht einen, sondern zwei Söhne geschenkt. Sie war allerdings bei der Geburt gestorben, und diesen Preis war König Ridenow, im Gegensatz zu den meisten Männern, nicht einfach so bereit zu zahlen.

»Diese Kette – damit soll ich sie auseinanderhalten?«

»Jawohl, damit und ...« Maura unterbrach sich. Ridenow war kopfblind. Die Gedanken seiner Kinder würden ihm immer verschlossen bleiben.

»Und was noch?«

»Ach, nichts. Das Armband muß genügen.«

»Also gut. Haltet mir die Kinder vom Leib und seht zu, daß sie keinen Ärger machen.« Ohne die Säuglinge eines weiteren Blickes zu würdigen, verließ er den Raum.

Von Anfang an war die Ähnlichkeit zwischen beiden Knaben unheimlich. Sie lachten über die gleichen Witze, langten im selben Augenblick nach dem selben Stück Brot, gaben auf Fragen gleichzeitig identische Antworten.

Nur für König Ridenow bestand ein Unterschied. Wurde bei Tisch ein Glas Wein umgestoßen, schaute er immer erst nach dem Kupferarmband, bevor er reagierte. Bei Darian ließ er es bei ein paar ermahnenden Worten bewenden, aber war Ryll der Schuldige, wurde er vom Tisch verwiesen und obendrein höchstwahrscheinlich geschlagen. Zwar liebte Ridenow Darian auch nicht mehr als Ryll, aber im Fall des älteren Zwillings brachte er mehr Geduld auf. Schließlich würde er eines Tages die Domäne führen und mußte darauf sorgfältig vorbereitet werden.

Am liebsten hätte Ridenow Ryll sofort in Pflege gegeben, sobald dieser laufen konnte. Aber der König hatte es sich mit den meisten anderen Adelsfamilien verdorben, und die Spannungen zwischen ihm und Syrtis ließen erst leicht nach, als die Zwillinge bereits zwölf waren. Ridenow ergriff sogleich die Gelegenheit und arrangierte, Ryll nach Syrtis zu schicken.

»Schau nicht so finster drein«, fuhr König Ridenow Ryll an, als die Zwillinge von ihrem Spaziergang zurückkehrten. Daß Darians nachdenkliche und traurige Miene Rylls Gesichtsausdruck wiederspiegelte, entging dem König.

Ryll rannte verärgert davon. *Ich wünschte, ich wäre der Erstgeborene. Ich wünschte, ich hätte die Kupferkette an mei-*

nem Handgelenk. Ich wünschte ... Ein furchtbarer Gedanke stieg in ihm auf. Er verlangsamte seinen Schritt und ging jetzt sehr bedächtig zur Küche.

Darian musterte beim Mittagessen seinen Zwillingsbruder eindringlich. Ryll hatte sich schon den ganzen Tag hinter seinen Gedankenbarrieren verschanzt. *Ich kann es ihm noch nicht einmal übel nehmen. Es ist einfach ungerecht. Wir sind uns doch so ähnlich, Ryll und ich. Obwohl ich es nicht so ruhig hinnehmen würde. Wäre ich an seiner Stelle, ich würde schon dafür sorgen, daß man mich nicht wegschickt. Selbst wenn es auf Rylls Kosten geschehen müßte.*

Darian schenkte sich noch ein Glas Wein ein. Es überraschte ihn, daß die Wände keineswegs so festgefügt und lotrecht erschienen. Er versuchte aufzustehen, aber der Boden schwankte und seine Beine ließen ihn im Stich. Ryll beugte sich über ihn, und in seinem Gesicht war so wenig zu lesen wie in seinen verbarrikadierten Gedanken. Das Zimmer begann sich vor Darians Augen zu drehen, dann wurde es dunkel.

Ridenow wußte, daß es Ryll unglücklich machte, in Pflege gegeben zu werden. Dennoch war er erstaunt, daß der Junge sich jetzt aufs Lügen verlegte.

»Ich bin nicht Ryll; ich bin Darian. Könnt Ihr das nicht erkennen?«

Ist Ryll wirklich so dumm zu glauben, er könne mich ohne Darians Armband derart täuschen? Ich mag vielleicht kopfblind sein, aber ich habe immer noch Augen, um zu sehen. Er will sicherlich nur ausnützen, daß sein Bruder heute nachmittag in die Berge ausgeritten ist.

Mit Hilfe mehrerer Diener zwang Ridenow seinen Sohn aus dem Haus.

Dort werde ich auf keinen Fall bleiben, beschloß Darian auf dem Weg nach Syrtis. *Ich werde fortlaufen, werde ein Geächteter. Und wenn es sein muß, werde ich mein Geburtsrecht mit*

Gewalt wiedererlangen. Solche Gedanken waren nicht einmal so weit hergeholt. Es gab zahlreiche Legenden über Söhne, die etwas Vergleichbares getan hatten. Aber Darians Entschluß geriet bereits am ersten Tag in Syrtis ins Wanken, als der König ihn in seine Privatgemächer bat. König Ridenow hatte Darian oft genug in ähnlicher Weise zu sich berufen, um ihn in Fragen der Führung und Verteidigung der Ländereien, die er eines Tages erben sollte, zu unterweisen.

Syrtis begrüßte Darian mit einem Lächeln. »Wie war die Reise?« erkundigte er sich.

Darian wollte gereizt erwidern, besann sich aber eines Besseren. Wenn er wirklich davonlaufen wollte, würde es seine Flucht nur erschweren, wenn er sich störrisch und unglücklich zeigte. »Danke, sehr angenehm. Das Wetter war gut und der Wind stand günstig.«

»Ich freue mich, daß du bei uns bleiben wirst«, meinte Syrtis. »Du weißt vermutlich, daß ich selber keine Söhne habe.«

Und mein Vater hat genau einen Sohn zu viel, dachte Darian verbittert, unterdrückte aber den Gedanken sofort. König Syrtis war nicht kopfblind; anders als sein Vater konnte er Gedanken lesen.

Aber der König schien nichts bemerkt zu haben. »Wenn du irgend etwas brauchst, dann laß es mich bitte wissen. Du bist mir in meinem Haus willkommen.«

König Syrtis' Güte verunsicherte Darian. Sein eigener Vater hatte sich ihm gegenüber zwar nie so grausam wie zu Ryll gezeigt, war aber stets kühl und sachlich geblieben. *Ich werde wohl doch ein wenig hier bleiben. Später wird noch genug Zeit sein, mein Geburtsrecht zu beanspruchen.*

Seine wahre Identität behielt er aber für sich. Sein Vater hatte sich geduldig gezeigt, weil er Darian, der Erstgeborene, war. Wenn Syrtis freundlich zu ihm war, weil er ihn für Ryll hielt, sollte es ihm nur recht sein.

Ganz gegen seine Erwartung fühlte sich Darian in Syrtis wohl. Der König behandelte ihn, als ob er zur Familie gehörte. Sein Vater hatte ihm dagegen immer das Gefühl vermittelt, im Weg zu sein, selbst wenn er sich im entlegensten Winkel der Ridenow-Burg verkroch.

Darian durfte ungehindert Burg Syrtis und die Umgebung erkunden. In den Ausläufern der Kilghard-Berge fand er einen Felsvorsprung, von dem aus er zu den Ridenowschen Besitzungen hinüberschauen konnte. Hier konnte es geschehen, daß er König Syrtis' wohlwollende und verständnisvolle Art vergaß und es zuließ, daß der alte Zorn wieder in ihm aufstieg. Wenn er so nach Ridenow blickte, fragte er sich, ob sein Vater nun Ryll in Ackeranbau und Verwaltung der Domäne unterrichtete, ohne die Veränderung zu bemerken.

Darian wollte es herausfinden. Er lehnte sich an den Fels zurück und schloß die Augen. Sein Geist löste sich von seinem Körper und flog nach Hause.

Ryll saß auf der Bettkante – auf Darians Bett! – und reinigte sein Schwert. Überrascht sah er auf, als er Darians Anwesenheit bemerkte. Und einen Augenblick lang schien es so, als ob er aufstehen und seinen Bruder umarmen wolle. Dann aber schreckte er zurück.

»Was willst du hier?« fragte er mit versteinerter Miene.

»Das ist mein Zimmer«, entgegnete Darian. »Oder hast du das schon vergessen?«

»Es hilft dir wenig, hier herumzugeistern. Deswegen wirst du noch lange nicht zurückkehren können.«

»Quält dich denn dein Gewissen überhaupt nicht, daß du mich verdrängt und meinen Platz eingenommen hast?«

»Nein, denn ich weiß, daß Du genauso gehandelt hättest.«

Darian holte aus, wollte seinem Bruder dafür ins Gesicht schlagen, mußte aber erkennen, daß dies bei der rein geistigen Anwesenheit nicht möglich war. Ryll erhob sich vom Bett.

»Verschwinde aus meinem Zimmer!« Er versuchte, seine Stimme ruhig zu halten, aber seine Gesichtsfarbe verriet die innere Erregung. Darian erwiderte den Blick herausfordernd; er schäumte vor Wut. Vielleicht hätte er sich nicht so sehr von seinen Emotionen leiten lassen sollen, sagte er sich später. Hätte er einen klaren Kopf behalten, hätte er womöglich erkennen können, daß Ryll ihm nur etwas anhaben konnte, wenn er sich schwach zeigte. So aber stieß Ryll Darian aus der Zimmertür. Und da Darian das Imaginäre der Situation vergaß, stürzte er tatsächlich – zunächst zurück in seinen Körper und dann real von dem Felsvorsprung herab. Er spürte noch, wie sein Körper auf dem Fels aufschlug; dann wurde alles schwarz vor seinen Augen.

Darian wußte nicht, wie lange er bewußtlos dagelegen hatte. Fieberträume schüttelten ihn immer wieder – quälende Bilder vom Fallen, von zersplitternden Knochen und von einer Hand, die versuchte, die Knochen wieder zusammenzufügen. Auch deren Dauer konnte er nicht einschätzen. Er wußte nur, daß König Syrtis mit besorgter Miene auf ihn herabblickte, als er endlich erwachte.

»Wie geht es dir?« erkundigte sich der König.

»Mein Bein schmerzt.«

»Ich weiß. Der *Laranzu* meint, daß die Splitterfraktur derart kompliziert war, daß er sie wahrscheinlich nicht völlig heilen konnte. Du wirst wieder gehen können, aber ein leichtes Hinken wird wohl zurückbleiben. Und du wirst nie mehr richtig laufen können.«

Darian zwang sich zu einem Lächeln. »Ihr wollt sicherlich wissen, wie das passiert konnte.«

»Ich weiß, wie es passiert ist«, erwiderte Syrtis. Darian fuhr erschrocken hoch, und zuckte vor Schmerzen zusammen, als er die Streckgewichte an seinem Bein spürte.

Syrtis bettete ihn wieder behutsam auf das Krankenlager. »Deine Barrieren waren gesenkt, als du im Delirium lagst«, erklärte der König.

»Dann wißt Ihr auch, daß –«

»Jawohl.«

»Seid Ihr mir sehr böse?«

»Weshalb sollte ich dir böse sein?«

»Weil ich Euch getäuscht habe. Ich bin nicht der, für den Ihr mich gehalten habt.«

Syrtis wollte lachen, beherrschte sich aber, als er sah, wie ernst es Darian war.

»Ich schätze dich um deiner selbst willen, nicht wegen deines Namens. Begreifst du denn nicht, daß ich dich wie einen Sohn liebe? Oder bist du zu sehr damit beschäftigt, dein Geburtsrecht wiederzuerlangen, um das erkennen zu können?«

Darian schaute ihn verwundert an.

»Ich wollte es dir eigentlich erst später sagen, wollte Dir noch Zeit lassen, bis du gelernt hast, mich zu lieben, so wie ich dich liebe.«

»Aber ich liebe Euch, Pflegevater.«

»Nenne mich bitte Vater.«

»Vater!«

»Darian Ridenow, möchtest du mein Sohn und Erbe sein?«

»Erbe? Erbe von Syrtis?« König Ridenow tobte. Ryll trat humpelnd an die Seite seines Vaters – er hatte sich die Verwundung vor einigen Wochen bei einer Messerstecherei mit einem Jungen aus der Dienerschaft zugezogen, und die Wunde war nie ganz richtig verheilt – und las die Botschaft. Er nickte zustimmend: Es war ungeheuerlich. Gleichzeitig war er aber auch erleichtert. *Dann habe ich meinen Bruder also doch nicht um sein Erbe gebracht.*

Aber davon erfuhr Ridenow, wie immer kopfblind,

nichts. Er wütete weiter. »Er ist mein Sohn. Wenn Syrtis an ihn fallen soll, muß es erst einmal mir gehören.«

Was regt er sich so auf? Er braucht seinen zweiten Sohn nach der Pflegschaft nicht wieder aufzunehmen. Das war es doch, was er immer wollte.

»Das ist eine Beleidigung, die ich nicht hinnehmen werde. Ich erkläre Syrtis den Krieg.« Ridenow hatte sich derart in Rage geredet, daß er erst einmal tief Luft holen mußte. Dann wandte er sich, jetzt ganz ruhig, an seinen Sohn. »Schon in einer Langwoche wirst du an meiner Seite in die Schlacht reiten.«

Ryll nickte gehorsam und war froh, daß sein Vater seine Gedanken nicht lesen konnte.

Darian befand sich auf dem Beobachtungsturm der Burg. »Männer mit Ridenows Standarten«, verkündete er.

»Dann werden wir deine Verwandten selbstverständlich gebührend empfangen.« Syrtis hatte wie immer freundlich gesprochen, aber sein eisiger Blick ließ Darian vermuten, daß sein Pflegevater die Gastfreundschaft nur widerwillig gewährte. »Was kannst du sonst noch erkennen?« fragte der König.

Mit seinem *Laran* überprüfte Darian die heranrückenden Männer. »Eine große Anzahl. Und sie sind mit Schwertern und Pfeilen bewaffnet. Es sieht nicht so aus, als ob mein Vater nur einen Höflichkeitsbesuch bei einem Sohn, den er nicht liebt, beabsichtigt.« In unmittelbarer Nähe der Burg konnte Darian einen berittenen Boten herangaloppieren sehen; wahrscheinlich ein Grenzwächter, der die Nachricht vom Aufmarsch des Heeres überbrachte.

»Dann zwingt dein Vater uns also zum Kampf«, erklärte Syrtis. Trotz des besorgten Tonfalls konnte Darian heraushören, daß sein Pflegevater diesen Kampf keinesfalls scheute. Und dann fragte Syrtis ihn: »Bist du noch immer auf deinen Bruder wütend?«

»Ja«, erwiderte Darian mit finsterer Miene.

Syrtis legte seinen Arm sanft um Darians Schultern. »Was hältst du davon, dich endlich an ihm zu rächen?«

Ridenow verließ sich darauf, daß sein Besitz größer und seine Truppen stärker waren als die von Syrtis. Womit er nicht gerechnet hatte, war die Macht von Syrtis' *Laran*. Die Syrtispfeile, obwohl nicht sehr zahlreich, prasselten alle mit Haftfeuer auf die Angreifer nieder; und die *Leroni* von Syrtis schlugen Ridenows Männer mit Phantomgestalten in die Flucht, die der kopfblinde König noch nicht einmal sehen konnte. »Unterstützt mein Sohn sie mit seinen Kräften?« fragte er sich. »Wird er gegen mich aufgehetzt?«

»Darian«, beorderte Ridenow Ryll zu sich. »Darian, kämpft dein Bruder gegen uns?«

»Ich weiß es nicht, Vater.«

»Dann benütze gefälligst dein *Laran*. Erzähl mir nicht, du könntest die Gedanken deines Bruders nicht lesen.«

Ryll trat unsicher von einem Fuß auf den anderen.

»Seit Ihr ihn nach Syrtis fortgeschickt habt, hat er sich mir gegenüber hinter seinen Barrieren verschlossen.« Bis vor wenigen Tagen hatte Ryll noch angenommen, nur er habe diese Gedankenbarriere errichtet. Aber nachdem Darian zum Erben von Syrtis ernannt worden war, hatte Ryll versucht, ihn zu erreichen, da er glaubte, der alte Streit ließe sich jetzt begraben. Er konnte jedoch Darian nicht finden, und starke Kopfschmerzen zwangen ihn schließlich, den Versuch abzubrechen.

»Dann mußt du eben seine Barrieren niederreißen«, forderte Ridenow, als ob dies das Natürlichste auf der Welt sei.

Ryll antwortete nur zögernd, und Ridenow bemerkte nicht, wie sehr er zitterte. »Das kann ich nicht.«

»Ich frage dich nicht, ob du es *kannst*. Ich befehle dir, es zu tun. Oder willst du dich mir widersetzen? Vielleicht liegt dir ja an deinem Erbe gar nicht so viel?«

Unter dieser Drohung gab Ryll nach. »Also gut, ich werde mein Möglichstes tun.«

Ridenow lächelte triumphierend. »Aber ganz gewiß wirst du das.«

Ryll und sein Vater suchten sich einen Platz abseits vom Kampfgetümmel. »Ich kann unmöglich mit ihm Kontakt aufnehmen, wenn Ihr so dicht hinter mir steht«, fauchte Ryll seinen Vater an. Nachdem Ridenow zurückgetreten und sich unter einem Baum niedergelassen hatte, sandte Ryll seine Gedanken zur Burg. Ohne Schwierigkeiten eilte er die Treppen zum Balkon hinauf, von dem aus sein Bruder allein die Schlacht verfolgte.

Der Kontakt ließ sich leicht herstellen; schließlich war ihm Darians Gedankenwelt so vertraut wie seine eigene.

»Darian?« Ryll näherte sich ihm vorsichtig an, erwartete fast schon, abgewiesen und in hohem Bogen zu seinem Vater zurückgeschleudert zu werden. Aber Darian empfing ihn ohne Vorwürfe.

»Ich bin froh, daß du gekommen bist«, begrüßte er ihn. »Sonst hätte ich dich aufgesucht.«

»Dann – dann bist du mir also nicht mehr böse? Aber warum hattest du dich dann hinter deinen Barrieren verschanzt?«

»Doch nur, weil ich Angst vor dir hatte; du hast mich mit solcher Gewalt aus meinem Zimmer geworfen. Aber jetzt bin ich hier glücklich.«

»Stimmt das auch?«

»Aber ja! Wie du selber richtig gesagt hast, ich hätte das gleiche getan. Wie könnte ich es dir da nicht verzeihen? Wir sind und bleiben uns doch so gleich.«

Ryll konnte nicht fassen, daß Darian ihm so leicht vergeben hatte. *Ich an seiner Stelle hätte meinen Zorn nicht so schnell vergessen. Ich hätte alles mögliche gegen ihn unternommen.*

Jemand stand jetzt hinter Darian. Ryll hatte nicht bemerkt, wie er auf den Balkon getreten war. Oder war auch das nur eine Gedankenerscheinung?

»Wer ist das, Bruder?«

»Mein Pflegevater, Ryll.«

»Ach so.« Instinktiv zog sich Ryll zurück.

»Er hat mich sehr gut behandelt.«

»Ich ... ich muß jetzt zurück zu unserem Vater«, entschied Ryll plötzlich. »Soll ich ihm irgend etwas von dir ausrichten?«

»Nein, danke, ich glaube nicht, daß das nötig sein wird.«

Ryll drehte sich um und wollte davonrennen.

»Warum die Eile?« rief ihm Darian hinterher. »Du willst schon wieder gehen, nachdem wir so lange getrennt waren?«

König Syrtis' Arm wurde mit einem Mal lang und länger, griff nach Rylls fliehender Gestalt, packte ihn bei der Gurgel und würgte ihn. Darian warf lachend den Kopf zurück und erklärte höhnisch. »Jetzt wiederhole bitte noch einmal, daß du das Recht hattest, mich um mein Erbe zu bringen und mich von dem Felsen zu stoßen.«

Ryll versuchte zu antworten, brachte aber nur ein heißeres Krächzen hervor. Er griff sich an die Kehle, doch seine Hände erschlafften ebenso wie sein Geist. Darian lachte erneut. *Diesmal bist du es, Ryll, der die Illusion für wahr hält und die Schmerzen erleidet. Ich danke Euch, Vater, daß Ihr mir zu meinem Recht verholfen habt.*

Syrtis erwiderte den Gedanken nicht; mit beiden Händen hielt er Rylls Herz umfangen. Darian stürzte seinem Pflegevater zur Seite. »Aber Vater, was macht Ihr da?«

»Rache für dich, wie ich es versprochen habe. Und Rache für mich an dem anmaßenden König, der mein Land begehrt.«

»Aber Ihr solltet Ryll doch nur einen Schrecken einjagen. Es war nie davon die Rede, ihn zu töten!«

Syrtis preßte Rylls Herz, bis das Blut herausschoß und

auf den Boden des Balkons tropfte. Und obwohl Darian wußte, daß es kein echtes Blut war, wich er entsetzt bis an den äußersten Rand der Brüstung zurück.

Und dort traf ihn ein verirrter Pfeil, durchbohrte sein Herz.

Ein Schrei – von Darian, oder von Ryll, oder von beiden.

Hatte Syrtis den Schrei überhaupt gehört? Jedenfalls reagierte er nicht darauf. Er preßte Rylls Herz immer fester, bis auch der letzte Blutstropfen aus ihm gewichen war. Die erschlaffte Gestalt des Jungen entglitt seinem eisernen Zugriff und sank in einen leblosen Körper zurück, über den sich Ridenow beugte und vergebens hoffte, in die bleichen Wangen seines Sohnes möge Farbe zurückkehren. Im wilden Schmerz über den Verlust stürmte Ridenow die Burg und verlangte, daß Syrtis seinen anderen Sohn, den einzig verbliebenen Erben, ausliefern sollte.

Er konnte nicht wissen, daß zur gleichen Zeit, da er vermeintlich auf Ryll wartete, Syrtis fassungslos Darian anstarrte, der reglos auf den kalten Steinplatten lag. Syrtis kniete sich neben dem Jungen nieder und hoffte wider aller Vernunft auf ein Lebenszeichen. Doch kein Atemzug entwich seinen leicht geöffneten Lippen, und so blieb Darians letzter Gedanke unausgesprochen.

Wir sind und bleiben uns doch so gleich.

Dorothy J. Heydt

Avarras Kinder

Zu jeder Geschichte, die ich veröffentlichen will, mache ich mir eine kleine Notiz als Gedächtnisstütze für meine Einleitung. Zu dieser hier schrieb ich nur den einen Satz: »Eine Erzählung, die ich selber gerne geschrieben hätte.« Für Dorothy Heydts Prosa gehen mir allmählich die Superlative aus. Wir fingen beide in Berkeley mit dem Studium an, aber unsere Wege trennten sich, als die ersten Kinder kamen, und entwickelten sich in ganz unterschiedliche Richtungen. Während ich meine Zeit zwischen Kindererziehung und dem Schreiben aufteilte, zog sie es vor, sich auf ihre Arbeit zu konzentrieren, und die Erziehung ihrer Kinder anderen zu überlassen. Dennoch haben sich, alles in allem, ihre Kinder genauso prächtig entwickelt wie meine. Und das bestätigt nur wieder ein Zitat von Rudyard Kipling:

»Es gibt vierzigtausend Arten,
Stammesweisen zu gestalten,
Und jede Art hat ihren Platz.«

Mir fällt es besonders schwer, dies zuzugeben, denn wie alle rechthaberischen Leute neige ich zu der Auffassung, daß meine Methode die einzig wahre und richtige sei. Dennoch hat es natürlich etwas für sich, die Dinge so unterschiedlich wie möglich anzugehen und dann darüber auch noch Darkovergeschichten zu schreiben.

Dorothy hat bereits in vier vorangegangenen Darkover-Anthologien sowie in einigen anderen meiner Geschichtensammlungen Beiträge veröffentlicht. Wer über ihre Person mehr erfahren will, kann dies dort nachlesen. Ich wiederhole mich nur ungern.

Für jeden Taschendieb auf Darkover, der sein Handwerk auch nur einigermaßen verstand, war ein terranischer Raumreisender das reinste Himmelsgeschenk. Zum einen trugen sie ihr Geld bündelweise mit sich herum – und das war wörtlich zu verstehen, denn die Terraner benutzten Geldscheine aus Papier, die inzwischen schon mehr wert waren als die Kupfermünzen in Thendara. Zum anderen bewahrten sie es meistens in einer Stofftasche auf, die über das Gesäß geschnallt wurde und viel leichter abzutrennen war als die einheimischen Gürteltaschen aus Leder. Es war eine ausgemachte Gemeinheit, daß dieser spezielle Raumfahrer hier seine Tasche nach vorne gezogen hatte und über dem Bauch trug. Da er nun aber einmal auf dem Marktplatz stand, die Comyn-Burg auf dem Hügel vor ihm bewunderte und alles um sich herum vergessen zu haben schien, war es wohl einen Versuch wert.

Daß dieser Raumfahrer darüber hinaus auch noch blitzschnell reagierte und kräftig zupackte, war schon mehr als Pech. Der Junge wand sich, aber Donald Stewart behielt ihn fest im Griff und musterte ihn überlegen und daher milder gestimmt von Kopf bis Fuß.

»Was hast du dir dabei gedacht?« wollte er wissen. »Immer schön ruhig, Bursche. Du hast es doch nicht nötig, andere zu beklauen. Wie heißt du?«

Aber der Junge fluchte nur ordinär und trat Donald mit aller Wucht vors Schienbein, wodurch er sich befreien konnte. Der Terraner, nun alles andere als milde gestimmt, rannte ihm hinterher, sprang über einen Holzzaun, unter dem sich der Junge hindurchgezwängt hatte, und bahnte sich seinen Weg durch einen Trupp von Raumsoldaten, ohne seine Zeit mit einem höflichen »Entschuldigen Sie bitte« zu verschwenden.

Der Marktplatz von Thendara füllte sich allmählich wieder mit Leben. Die monatelange Wirtschaftsdepression auf ganz Darkover und die Zeit der anarchischen

Zustände, die mit dem denkwürdigen Staatsstreich in der Festnacht ihren Höhepunkt gefunden hatte, schienen überwunden. Die Tuchhändler hatten ihre Stoffballen wieder ausgelegt, auch Brot wurde wieder täglich gebacken und die Rationierung würde wahrscheinlich innerhalb der nächsten Woche aufgehoben werden. Sogar ein Goldschmied hatte sich an diesem milden Frühlingstag auf den Markt gewagt und ein Schaukästchen mit Ringen aufgebaut, die unter der rötlichen Sonne wie Kohle im Feuer glühten. Aber noch befanden sich keine Kunden an seinem Stand, den er hastig zusammenpackte, als der Junge, dicht gefolgt von dem wütenden Terraner, vorbeistürzte. Sie umkurvten noch den Stand des Zwiebelverkäufers und verschwanden dann in einer Seitengasse.

Hier war es dunkler, das Pflaster unsicherer, und Donald glaubte schon, er habe den Missetäter aus den Augen verloren. Aber als er erneut um eine Ecke bog, wäre er fast mit ihm zusammengestoßen. Ein Mann in einem unscheinbaren, grauen Wollgewand hielt das Kind, zwischen seinen Beinen eingeklemmt, fest. Donald schaute ihn prüfend an, während er noch nach Atem rang.

Trotz der darkovanischen Kleidung war er zweifellos ein Terraner: großgewachsen und schlank, mit glatter, goldbrauner Haut. »Hat er Sie bestohlen?« fragte der Mann.

»Versucht hat er's jedenfalls. Sie kennen den Burschen?«

»Ich hab' ihn schon öfters rumstromern sehen. In der Stadt gibt es viele Kinder ohne richtiges Zuhause.« Zu dem Jungen gewandt sagte er: »Jetzt hör mir gut zu. Ich werde dich mit zu mir nach Hause nehmen. Dort können wir über alles reden. Ich heiße Peter Yoshida. Und wie heißt du?«

Das Kind sah ihn erstaunt an. »Wie viel?« Der große Mann lachte nur.

»Reichtümer kann ich dir nicht bieten, aber es gibt was zu essen. Möchten Sie sich uns anschließen, Sir?«

»Sehr gerne«, erwiderte Donald. Er unterstellte dem Mann keine unlauteren Motive, aber dennoch konnte es nichts schaden, sich selbst davon zu überzeugen. Unter dem grauen, abgenutzten Mantel glaubte Donald etwas erspäht zu haben, das ihm zwar bekannt war, ihn aber gleichzeitig auch beunruhigte. Und so folgte er den beiden.

Yoshida wohnte nicht weit vom Marktplatz entfernt in einer schäbigen Holzhütte, die sich mit den Jahren immer mehr zur Seite geneigt hatte, bis sie das angrenzende größere Haus fast berührte. Der einzige Raum diente gleichzeitig als Wohnzimmer und Küche; eine Leiter an der Rückwand führte zu der Schlafstätte unter dem Dach. Yoshida schloß die Tür hinter ihnen zu. Er nahm Donald dessen Jackett ab und hängte es ebenso wie seinen Mantel an einen Haken an der Wand. Donalds Verdacht bestätigte sich. Unter dem Wollkasack trug der Mann einen Priesterkragen und ein Kreuz.

Donald hatte bereits von den Gerüchten gehört, daß Missionare nach Darkover kommen sollten. Er selbst hatte seit seinen Kindertagen für Religion nicht viel übrig, aber er versuchte zumindest, höflich zu bleiben. Ansonsten wusch er seine Hände in Unschuld.

Yoshida brachte einige in Folie eingeschweißte Wurstbrötchen, die noch von Terra stammen mußten, auf den Tisch; dazu gab es darkovanisches Brot. Und das Bier, das er Donald servierte, schmeckte auch wieder; anscheinend hatten die Brauereien das Schlimmste überstanden. Der Junge hatte zuerst noch etwas argwöhnisch die ungewohnte Kost begutachtet, aber schon bald stopfte er alles in sich hinein, was man ihm vorsetzte. Er war kaum älter als sieben oder acht Jahre und hätte ein paar Pfund mehr auf den Rippen gut vertragen können. Andererseits sah er nicht gänzlich ausgehungert aus – nicht wie die Elendsgestalten, die Donald in den Bergen gesehen hatte. Irgend jemand mußte sich in letzter Zeit um ihn gekümmert haben.

»Ich weiß noch immer nicht, wie du heißt«, meinte Yoshida, als der Junge seinen gröbsten Hunger gestillt hatte.

»Anndra.«

»Und wie weiter?«

»Gar nichts weiter. Nur Anndra. Glauben Sie etwa, ich würde mir den Namen meiner Mutter zulegen, wie es die Töchter der Entsagenden tun?«

»Nein, natürlich nicht«, beschwichtigte Yoshida ihn. Er und Donald schauten sich verblüfft an. Es war ungewöhnlich, daß der kleine Junge die offizielle Bezeichnung ›Entsagende‹ und nicht den viel gebräuchlicheren Namen ›Freie Amazone‹ verwendete. Für sein Alter besaß er einen erstaunlichen Wortschatz. Er beherrschte die Handelssprache Thendaras fließend und schmückte sie mit kräftigen Schimpfwörtern auf *Cahuenga* und einigen Brokken Terra-Standard aus.

»Wo hast du früher gelebt?«

Der Junge kaute noch immer auf beiden Backen; er zuckte nur mit den Achseln.

»Ich würde gern ein Heim für diese Straßenkinder gründen«, erklärte Yoshida. »Traditionellerweise hat sich auf diesem Planeten immer die Verwandtschaft der Hinterbliebenen und Bedürftigen angenommen, und irgendwie kamen sie zurecht. Aber nach der großen Hungersnot und den vielen Aufständen haben diese Kinder oft überhaupt keine Verwandte mehr – zumindest niemanden, der bereit wäre, sie aufzunehmen. Einige von ihnen stammen aus Verbindungen mit Terranern, wie zum Beispiel unser Freund hier. Andere sind Söhne von Entsagenden und müssen daher das Gildehaus im Alter von fünf Jahren verlassen – und das halte ich so ziemlich für den ungeeignetsten Zeitpunkt, um Mutter und Kind voneinander zu trennen. Er deutete auf ein Bild an der Wand, das eine Frau in einem langen, blauen Umhang auf einer blumenübersäten Wiese zeigte. Auf ihrem Schoß hatte sie ein Baby, und ein Dutzend oder mehr Kinder aller Altersstufen scharten sich um sie. »Deshalb möchte ich eine Art offene Anstalt einrichten, einen Ort, an dem sie etwas zu essen bekommen, ohne stehlen zu müssen, und eine Begegnungsstätte, wo sie den Umgang mit anderen wieder lernen können. Die Mittel dazu habe ich bereits, die Schwierigkeit besteht jetzt darin, ein passendes Haus zu finden.«

»Aber in der Stadt gibt es doch genug leerstehende Häuser ...«

»... deren Besitzer aufs Land geflohen oder verstorben sind, und kein Mensch weiß, wer die Erben sein könnten. Hier gründet sich doch alles auf Familienbande und mündliche Überlieferungen. Es gibt keinerlei schriftliche Aufzeichnungen! Manchmal wünschte ich mir unsere gute terranische Bürokratie hierher.«

»Vielleicht kann ich ihnen helfen«, meinte Donal. »Ich stehe in Diensten einer Frau, die gute Verbindungen zu Lord Regis Hastur besitzt. Ich werde sie fragen, ob sich etwas für Sie tun läßt. Es müßte eigentlich gehen.«

Anndra schleckte sich die Finger ab. Er war vom Tisch aufgestanden und ging jetzt zu dem Bild hinüber, das Yoshida aufgehängt hatte. »Wer ist das? Ist das Lady Evanda?«

»Nein, mein Junge«, erklärte der Priester ihm. »Sie heißt Maria, und einst war sie die Tochter eines armen Mannes, aber jetzt ist sie die Himmelskönigin und Mutter aller Menschen.«

»Also meine Mutter ist sie ganz bestimmt nicht.« Der Junge spuckte verächtlich aus. »Ich gehöre der Mutter Avarra.« Diese Äußerung überraschte die beiden Erwachsenen, und als der Junge dies bemerkte, nutzte er die Gelegenheit zur Flucht. Ehe sie es sich versahen, war er zur Türe hinaus.

»Ich werde dich zu nichts zwingen, wozu du nicht bereit bist«, erklärte Marguerida. »Das könnte ich auch gar nicht, selbst wenn ich es wollte. Wir befinden uns hier in deinem Haus.« Sie saßen in der Eingangshalle des Thendara-Gildehauses, wo bereits ein reges Kommen und Gehen herrschte. »Du könntest jederzeit hineingehen und ein Dutzend deiner Schwestern rufen, um mich hinauszuwerfen.«

»Meine Schwestern und ich werden uns hüten, Hand an eine Bewahrerin zu legen«, entgegnete Raquel n'ha Mhari, konnte aber ein flüchtiges Lächeln nicht unterdrücken; sie schien jetzt etwas entspannter zu sein. »All die Narren, die so etwas tun würden, haben sich auf die Burg zurückgezogen. Glauben die wirklich, *Laran* bei einer Frau aus den Bergen zu finden, deren Vorfahren seit Menschengedenken immer nur Nüsse angebaut haben?«

»Das ist schon lange her«, meinte Marguerida. »Solche Gaben werden heute nicht mehr nur vererbt, und dafür danke ich den Göttern. Ich selbst bin eine geborene Elhalyn, deren Gabe, auf vielfältige Weise in die Zukunft zu blicken, die Träger dieser Gabe mehr als einmal in den Wahnsinn trieb. Ich bin alles andere als unglücklich, daß diese Fähigkeit bei mir nicht mehr so ausgeprägt ist. Von dir sagt man, du seist eine Spurenleserin und du könntest Dinge aufspüren, wonach die Götter selbst vergebens suchen würden. Man hat mir viele Beispiele dafür berichtet, ob es nun die Bettlerin war, deren Kind du im Wald wiedergefunden hast, oder der entflohene Mörder eines terranischen Offiziers, den du in der Spülküche des Offizierskasinos entdecktest. Hast du dich nie gefragt, wie es kommt, daß ausgerechnet du dazu fähig bist? Und bist du nicht wenigstens ein bißchen neugierig? Es wird dich höchstens eine Stunde deiner Zeit kosten. Falls sie dann nichts gefunden haben, kannst du ins Gildehaus zurückkehren; und falls sie etwas finden, dann um so besser. Lord Regis zwingt keinem etwas auf.

Sollte er es doch tun, werden ich und die Lady Desideria einschreiten.«

Raquel hatte Marguerida von Zeit zu Zeit einen verstohlenen Blick zugeworfen und dazwischen mit der Fußspitze nervös die Risse zwischen den Steinfliesen nachgezeichnet – wäre sie ein Pferd gewesen, sie hätte mit den Hufen gescharrt. Aber bei dem letzten Satz lachte sie.

Die Tür zur Straße öffnete sich, und eine ganze Kinderschar stürmte herein. Die beiden Schwestern, die den wilden Haufen beaufsichtigen sollten, waren sichtlich froh, endlich wieder zu Hause zu sein. Die meisten der Kinder trugen kleine Bündel unter dem Arm, und alle schrien lauthals durcheinander; Mädchen aller Altersstufen, während die Jungen nicht älter als fünf waren. Raquel hielt sich die Ohren zu und stand auf. »Hier wird's mir zu voll. Gut, ich werde mit Euch gehen.«

»Wenn es stimmt, was ich gelesen habe«, erklärte Pater Yoshida, als sie aus der Seitengasse auf den Marktplatz bogen, »gab es früher eine Priesterinnenkaste, die der Göttin Avarra geweiht war. Es war ein kontemplativer Orden, der sich auch der Heilkunst widmete. Später dann, unter Varzil dem Guten, öffnete sich der Orden mehr und mehr weltlichen Dingen und ging schließlich in der Schwesternschaft vom Schwert auf.«

»Soviel ich gehört habe, legen die Entsagenden noch immer ein Gelübde auf die Göttin ab«, ergänzte Donald, »auch wenn sie Avarra nicht mehr namentlich anrufen.«

»Auf jeden Fall glaube ich kaum, daß diese frommen Frauen Taschendiebe unterstützt hätten. Aber in diesen harten Zeiten sieht es vielleicht anders aus.« Yoshida wich geschickt einem mit Dung beladenen Karren aus, der auf einem Rad über das Marktpflaster holperte. Dann nahm er das Gespräch wieder auf. »Da drüben ist es! Sehen Sie das Ziegeldach hinter dem Laden des Flickschusters? Das ist das Haus, das mir vorschwebt. Es gehörte einem reichen Großhändler namens Bran mac Adhil, der letztes Jahr an der Seuche gestorben ist. Die Erben sind unauffindbar … Was ist? Was haben Sie?«

»Ich habe gar nichts«, sagte Donald. »Aber schauen Sie einmal dort rüber.« Die Menschenmenge teilte sich und gab einen Weg frei; Leute traten eilig zurück und Händler zogen Säcke, Ziegen und Gehilfen beiseite, damit nichts und niemand den Robensaum der Bewahrerin berührte. Eine kleine Frau mit dem dunklen, kurzgeschorenen Haar einer Entsagenden folgte ihr auf dem Fuß und blickte sich beständig um, wobei sie ihre Rolle sichtlich genoß.

Sie trafen sich auf der Mitte des Marktplatzes. Man stellte sich gegenseitig vor. »Ich schätze mich glücklich, Euch zu treffen, *mestra*«, begann Donald. »Vielleicht wißt Ihr die Antwort auf eine Frage, die uns schon eine ganze Zeit lang beschäftigt. Wißt Ihr etwas von einem Kult der Avarra, der sich bis auf den heutigen Tag gehalten hat? Von Leuten, die Dinge wie ›Ich gehöre der Mutter Avarra‹ sagen und gleichzeitig keine Skrupel haben, Geldbörsen zu stehlen?« (Da war es wieder: das Bild des Jungen mit den glühenden Augen und dem verdreckten Gesicht!)

»Tut mir leid, damit kann ich nicht dienen«, erwiderte Raquel, die bei diesen Fragen immer blasser wurde. »Aber die Sache gefällt mir ganz und gar nicht. Wenn ich etwas in Erfahrung bringe, werde ich es Sie wissen lassen. Aber wir sollten jetzt weiter, *vai domna*.« Und Marguerida bahnte sich ihren Weg durch die Menschenmenge, so wie Moses einst die Fluten des Roten Meers geteilt hatte. (Dies mythische Bild stieg nach gut einem Vierteljahrhundert des Vergessens wieder in Donald auf. Es mußte wohl an der Gesellschaft liegen, in der er sich befand.)

»Es besteht kein Anlaß zur Eile«, meinte Marguerida. »Sie werden uns empfangen, ganz gleich, wann wir kommen.«

»Ich möchte es aber so schnell wie möglich hinter mich

bringen«, sagte Raquel. »Außerdem riecht es hier unangenehm. Haben Sie das nicht bemerkt?«

»Nein«, lautete die knappe Antwort.

»Jawohl, das ist mir bekannt«, erklärte Sicherheitsoffizier Grey. Sein nach terranischem Muster vorgefertigtes Büro zeugte von einer pedantischen Ordnung. Alles war an seinem Platz und nichts dem Zufall überlassen. Außer einer Wandmalerei, die eine Mondlandschaft mit einer aufgehenden Erdensichel darstellte, war der Raum völlig schmucklos und kalt. Der Offizier wirkte müde. (Donald hatte Glück gehabt, Grey überhaupt anzutreffen. Seit dem Ausbruch der Unruhen hatte er das dreifache Arbeitspensum zu bewältigen. Außerdem wohnte er nicht, wie die meisten terranischen Bediensteten, im Terranerghetto.)

»Die Geschichte mit Avarra ist mir zwar neu, aber die Kinder kenne ich dafür um so besser. Ganze Horden von ihnen durchstreifen Thendara. Keine Eltern, niemand, der sich für sie verantwortlich fühlt. Halten sich mit Betteln und Klauen und wer weiß noch was über Wasser. Am Montag wurde einer auf frischer Tat ertappt, und man hat ihm gleich an Ort und Stelle die Kehle durchgeschnitten. Er war kaum älter als neun.« Grey, ein hochgewachsener Mann mit spitz zulaufendem Kinn, nannte die Dinge wie immer beim Namen. »Nur ein weiteres Steinchen in dem Mosaik. Feuer, Seuchen, Erosion, obdachlose Kinder – und die Frau, die das alles zu verantworten hat, verkriecht sich auf der Comyn-Burg unter Lord Regis' Schutz. Ich verstehe einfach nicht, was er sich dabei denkt.«

»Soviel ich weiß, bemüht sie sich, den Schaden, den sie angerichtet hat, wiedergutzumachen«, erläuterte Donald. »Ohne ihr Wissen und ihre Fähigkeiten wären wir alle noch viel schlimmer dran. Aber ich kann mir schlecht vorstellen, daß sie die Bettelprinzessin für eine Bande von Straßenkindern spielt. Jedenfalls werde ich sie fragen, ob sie irgend etwas darüber weiß. Ich wohne ja jetzt selbst oben auf der Burg. Und da ist weiß Gott genug Platz! Yoshida könnte sein Heim problemlos in einem Seitenflügel unterbringen; aber es ist wohl kaum anzunehmen, daß die Kinder sich dort hintrauen würden.«

»Gut, daß Sie mich daran erinnern«, warf Grey ein. »Ich muß Pater Yoshida mitteilen, daß er mit meiner Unterstützung rechnen kann.«

»Ich glaube nicht, daß er ans Com-Netz angeschlossen ist«, gab Donald zu bedenken. »Er wohnt in einem kleinen Schuppen gleich hinter dem Marktplatz.«

»Dann werde ich es ihm schriftlich zukommen lassen. Wozu gibt es schließlich Boten? Ich danke Ihnen, Stewart.« Er erhob sich halb von seinem Stuhl, als Donald zur Tür ging, sank dann aber müde wirkend zurück. Und als Donald das Zimmer verließ, glaubte er zu hören, wie Grey »Mein Gott!« seufzte, was so gar nicht zu dem nüchternen und tatkräftigen Offizier passen wollte.

»Ich habe also Andrea gefragt –« Donald sprach nicht weiter, als die Tür aufging und ein Zimmermädchen heißes Wasser brachte. Diener sollten unsichtbar bleiben und nichts von dem hören, was in ihrer Gegenwart gesprochen wurde, so wollte es der Brauch; aber Donald konnte sich einfach nicht daran gewöhnen. Er war auf Terra aufgewachsen, wo es für jeden Handgriff eine besondere Maschine gab; später hatte er in den Bergen von Darkover gelernt, alles selber mit den einfachsten Hilfsmitteln zu erledigen. Die Comyn-Burg bot im Gegensatz dazu eine merkwürdige Mischung aus Luxus und ungewohnten Entbehrungen, die Donald immer wieder überraschte. Die Zofe war etwa Mitte dreißig und wirkte trotz ihrer harten Gesichtszüge eher zerbrechlich; dennoch trug sie die schweren Steinkrüge mit Wasser ohne erkennbare Mühe. Donald war das peinlich. Er hätte es vorgezogen, das Wasser selbst zu holen, aber die Frau mußte ihren Lebensunterhalt verdienen und war wahrscheinlich froh, diese Stellung gefunden zu haben. »Das Abendessen wird in einer halben Stunde serviert, *vai domyn*«, sagte sie noch, bevor sie wieder die Tür hinter sich schloß.

»Du hast also Andrea gefragt, und was weiter?« nahm Marguerida den Gesprächsfaden wieder auf.

»Ich habe sie gefragt, ob sie etwas über diese Kinder wüßte. Sie meinte, daß sie zwar mit dieser Gruppe nichts zu tun habe, aber daß sie früher schon mit Straßenkindern gearbeitet habe und daher über einige Erfahrung verfüge. Sie hat sich bereit erklärt, für Grey einen kurzen Bericht zusammenzustellen und für weitere Nachfragen zur Verfügung zu stehen. Aber von einem Kult der Avarra wußte auch sie nichts.«

Sie schwiegen eine Zeit lang. »Vielleicht mache ich mir ja auch übertrieben viele Sorgen«, meinte Donald schließlich. »Was glaubst du? Für wie ernst hältst du die Angelegenheit.«

»Für sehr ernst«, erwiderte Marguerida. »Allein schon die Art und Weise, wie Raquel darauf reagiert hat, gibt mir zu denken. Sie hat ein ganz besonderes Gespür und weiß, daß an dieser Sache irgend etwas faul ist, auch wenn sie nicht darüber redet.« Die Bewahrerin stand auf und ballte ihre zierlichen Hände zur Faust. »Es ist ein trauriges Zeichen, wenn schon Kinder sich Avarra verschreiben. Sie sollten doch viel eher Evanda und Aldones folgen und ohne Angst und Schrecken in ihrem Licht aufwachsen. Nur die Alten und Kranken rufen die gnadenreiche Avarra an, oder Mütter, die um Unfruchtbarkeit beten, weil die vielen Schwangerschaften sie auszehren und viele der Kinder ohnehin nicht überleben. Die Gnade Avarras besteht darin, daß man stirbt und von seinen Leiden erlöst wird. Wenn nun selbst kleine Kinder schon darauf hoffen, kann das doch nur bedeuten, daß die Zeiten besonders hart sind. Und das sind sie ja wohl«, seufzte Marguerida.

»Wenn du keine Bewahrerin wärst, dann könntest du dich jetzt an meiner Brust ausweinen«, sagte Donald scherzhaft, was sie wenigstens zu einem kleinen Lächeln aufmunterte. »Und was ist mit Raquel? Wo ist sie jetzt?«

»Wieder im Gildehaus. Sie hat die Testergebnisse mitgenommen und möchte sich gründlich überlegen, was sie damit anfangen will. Ich glaube, sie wird zu uns kommen, zumindest tagsüber. Sie wird sich sicherlich wohler fühlen, wenn sie die Nächte zu Hause verbringen kann und nicht ganz auf die Burg ziehen muß.«

Auf der Comyn-Burg lebten jetzt rund zweihundert Personen, Männer, Frauen und auch einige *Chieri*, auf die eine solche Klassifizierung nicht zutraf. Deshalb wunderte sich Donald etwas. »Ich wußte gar nicht, daß Entsagende außerhalb einer reinen Frauengemeinschaft leben dürfen.«

»Wenn das halbjährige Noviziat vorbei ist, können sie selbst entscheiden, wo sie leben möchten. Aber sie ziehen es nun einmal vor, in ihren Häusern für sich zu bleiben, wo Männer keinen Zutritt haben. Die meisten Entsagenden, die ich kenne, geben ohne weiteres zu, daß es neben all den brutalen und gewalttätigen Kerlen auch einige anständige Männer gibt; trotzdem trauen sie ihnen nicht so recht und halten sie von ihren Gebäuden fern. Sie sind anscheinend der Meinung, daß jeder Mann von Natur aus Frauen immer nur dominieren will. Ich wünschte mir, sie besäßen etwas mehr Selbstvertrauen. So, jetzt ist es aber an der Zeit, daß wir uns etwas frisch machen und dann in die Halle hinuntergehen.«

In den darauffolgenden Tagen begann man mit den Aufräumungsarbeiten, die Brotrationierung wurde wie versprochen aufgehoben und von der Station Regulus kam eine ganze Flotte von Raumtransportern, um Versorgungsgüter in die Berge zu bringen. Sicherheitsoffizier Grey setzte seine Männer auf die jugendlichen Taschendiebe an. Sie konnten drei von ihnen festnehmen und brachten sie innerhalb der terranischen Basis unter, wo seit dem Ausbruch der Unruhen schon mehrere obdachlose Kinder Aufnahme gefunden hatten. Die drei Jungen, von denen der älteste vielleicht um die zwölf war, weinten ununterbrochen und sagten, sie wollten nach Hause. Als man sie fragte, wo das denn sei, zuckten sie nur mit den Achseln. Auf dem Marktplatz wurden Bilder der Kinder ausgehängt, aber niemand konnte sie identifizieren. Eines Nachts gelang es ihnen dann, das Gitter eines Luftschachts herauszureißen und zu entfliehen. Offizier Grey schaute immer finsterer drein, und es war ein ausgesprochener Zufall, wenn man ihn an seinem Schreibtisch vorfand; stattdessen sah man ihn jetzt immer häufiger, wie er in Begleitung von ein oder zwei Untergebenen die engen Straßen und Gassen selbst durchstreifte.

Der nächste Tag brachte schwere Regenfälle, die den Dreck aus den Rinnsteinen in die Brunnen spülten und diese verseuchten, so daß terranische Tankzüge erneut die Wasserversorgung in der Stadt übernehmen mußten. Wiederum einen Tag später wurde ein städtischer Polizist, der versucht hatte, einen Taschendieb zu fangen, auf einer Trage zurückgebracht.

»Keine Spuren äußerer Gewalt«, sagte Grey, als er den Vorfall Lord Regis berichtete. »Nur die Verletzung am Hinterkopf, die er sich aber beim Sturz zugezogen hat. Die Ärzte diagnostizieren Katatonie –«

»Diese Bezeichnung sagt mir nichts«, unterbrach Regis ihn.

»Kein Wunder. Das Wort stammt aus dem Griechischen und besagt so viel wie ›er hat sich in seinen Schädel verkrochen und den Schlüssel fortgeworfen‹. Er liegt in seinem Bett, spricht nicht, rührt sich nicht. Das ist wohl oft die Folgeerscheinung eines Schocks. Ich dachte mir, daß vielleicht einige Ihrer Leute ihn sich mal ansehen – vielleicht könnte man so wenigstens feststellen, was den

Schock ausgelöst hat.« Der Chef des terranischen Sicherheitsdienstes fühlte sich etwas unbehaglich. Er war so sehr gewohnt, Befehle zu erteilen, daß es ihm schwer fiel, selbst um einen Gefallen zu bitten. Aber Regis beruhigte ihn. »Wir werden unverzüglich kommen.«

Lord Regis erschien höchstpersönlich in der Krankenstation, begleitet von seiner Verlobten und deren Großmutter. Ihre Fingerspitzen berührten sich leicht, als sie zusammen am Bett des bewußtlosen Mannes standen, der wie eine kleine, geschlossene Blüte zwischen verdörrten Blättern dalag.

»Er ist sehr weit weg«, sagte Desideria schließlich mehr zu sich selbst als zu Grey. »Ich glaube nicht ...« Sie versicherte sich mit einem Blick bei Linnea und Regis, bevor sie weitersprach. »Ich glaube nicht, daß wir hier etwas für ihn tun können. Dieses Zimmer ist viel zu klein. Und die meisten unserer Leute sträuben sich dagegen, hierher zu kommen. Könnten Sie ihn nicht auf die Burg bringen? Vielleicht schon morgen?«

»Wann immer es Ihnen recht ist«, entgegnete Grey. Sie ließen ihn allein am Krankenlager zurück; er trommelte mit zwei Fingern einen ungleichmäßigen Rhythmus gegen die Wand. Auf dem Heimweg zur Burg sprachen die Darkovaner über die Verdienste des Sicherheitsoffiziers, der ihnen während der letzten Unruhen so oft geholfen hatte. Und sie überlegten, wie sie ihm seine Arbeit erleichtern könnten. Seinen verunglückten Untergebenen erwähnten sie dagegen mit keinem Wort; dazu würde später noch genug Zeit sein.

»Es tut mit leid«, meinte Lord Regis. »Ein Heim für obdachlose Kinder ist eine ausgezeichnete Idee, und ich möchte Pater Yoshida in jeder mir möglichen Hinsicht helfen. Sie haben auch recht, daß der Besitz an die Krone fällt, wenn sich keine Erben melden. Aber selbst wenn wir mit Sicherheit davon ausgehen könnten, daß Bran mac Adhil keine Erben hinterlassen hat, wäre es mir unmöglich, Terranern noch mehr darkovanisches Land zu übereignen. Die gegenwärtige Stimmungslage läßt das einfach nicht zu. Ich könnte es allenfalls Lady Marguerida überlassen, falls sie sich bereit erklärt, ein solches Projekt unter der Leitung terranischer Priester zu unterstützen. Eventuell kommen auch andere Darkovaner als nominelle Eigentümer in Frage, aber nicht Pater Yoshida. Zumindest jetzt nicht. Wie gesagt, es tut mir leid.«

Marguerida spürte die Anwesenheit einer Person in ihrem Zimmer und erwachte. Ein Flüstern nur: Raquel n'ha Mhari kauerte neben ihrem Bett. »Bitte, wacht auf, *vai leronis.* Ich muß Euch etwas zeigen.«

»Ich bin wach. Was willst du mir zeigen? Und wie spät ist es?«

»Die dritte Wache ist halb vorüber. Ich muß Euch in die Stadt führen, bevor die Bäcker und Blumenverkäufer ihre Stände öffnen. Bitte, *Domna,* außer Euch kann ich keinem vertrauen.«

»Was soll die Geheimnistuerei? Und wie bist du überhaupt zu dieser Uhrzeit in die Burg gelangt?« Aber während sie noch fragte, zog sich Marguerida bereits an. Sie wählte nicht etwa die offizielle Robe der Bewahrerin, sondern einen schlichten Wollkittel und Hosen, die sie für alle Fälle in ihrem Schrank versteckt hielt. Ihr glänzendes Haar band sie zu einem Knoten und verbarg es unter einer dunklen Mütze; dann nahm sie noch den wärmsten Mantel, den sie finden konnte.

»Wie ich an den Wachen vorbeigekommen bin? Nichts einfacher als das.« Mehr sagte Raquel nicht. Sie führte Marguerida über eine Treppe nach unten und dann unbemerkt durch das Tor an den Wachen vorbei, die sich in ihren Gesprächen nicht stören ließen.

Ihr Weg führte sie durch die Stadt zum Marktplatz, den sie jetzt im Schutz der Häuserschatten umliefen, bis sie an seiner Westseite angelangt waren. Ihre weichen, gefütterten Stiefel hinterließen auf den mit Reif bedeckten Steinplatten Spuren. Liriel, deutlich schon in der abnehmenden Phase, stand hoch am Himmel und tauchte den Platz in kaltes Silberlicht.

Raquel blieb vor einem mit Brettern vernageltem Laden stehen, dem stiefelförmigen Schild nach zu urteilen der Verkaufsstand eines Schusters. »Hier kann man es ganz deutlich fühlen«, flüsterte sie. »Allein und ohne Hilfe wollte ich es aber nicht weiter auskundschaften. Könnt Ihr es auch wahrnehmen?«

Der Platz war völlig leer und ruhig; kein Windhauch, nicht das geringste Geräusch durchbrach die Stille. Marguerida wartete einige Zeit ab; dann spürte auch sie allmählich, wie sich hinter ihren Augenlidern ein Licht ausbreitete – ein schwacher, warmer, rötlicher Schein, dem die violette Kälte des Mondes nichts anhaben konnte. Dazu ein Sog, ein Versinken und Einswerden mit einem Ort unergründlicher Tiefe. Es pulsierte wie ein Herz. Gestalt und Substanz verschmolzen in der Wärme. Marguerida glitt, ohne es zu wollen, in die Überwelt – eine Welt voller verborgener Dinge, so weich und rot wie Blut. Sie schritt, nein, sie kroch auf Händen und Füßen über einen Teppich aus Wärme dahin und sank immer tiefer ins Dunkel. Es raubte ihr den Atem.

Sie lag aufgebahrt auf dem Altar der Dunkelheit, die Arme weit ausgebreitet. Ihr Haupt war tausendfach gekrönt mit schimmernden Monden und Totenköpfen. Ihr dunkles Haar schien mit den Schatten verwoben.

Kommt zu mir und ruhet! Mein Schoß gebar die ganze Welt, in meinen Schoß soll sie zurückkehren! Kommt, ich will euch umfangen und ewig halten. (Ein Schoß, der …) *Wo immer ihr seid, ich werde bei euch sein. Trinkt von meinem Busen,* (Ein Schoß, der seine Frucht nicht freigibt …) *von meiner Brust trinkt Frieden und Vergessen* (… verfault und wird vergehen.)

Marguerida riß den Kopf ruckartig hoch. Sie befand sich wieder auf dem Platz und hörte Raquel sagen: »*Domna*, zurück, kommt zurück!«

»Ich bin zurückgekehrt«, sagte sie. Der Schweiß auf ihrer Stirn gefror zu kleinen Eisperlen. »Bei Aldones, was war das?«

»Ja, was? Ich hatte gehofft, Ihr könntet mir das sagen.« Die beiden Frauen schauten einander ratlos an. Am anderen Ende des Marktplatzes schlug eine Tür zu; ein Mann huschte von einem Gebäude zum anderen; er schlug die Arme gegen den Körper, um die Kälte abzuwehren.

»Es gleicht einer gräßlichen Karikatur der Göttin«, stammelte Marguerida. »Avarras Züge, aber ins Groteske übersteigert und zu einem Schluß gebracht, der zugleich erschreckend logisch und absolut wahnsinnig ist.«

»Dann war es also – SIE?«

»Ich weiß es nicht.«

»Aber kann denn die Göttin wahnsinnig werden?«

»Ich weiß es nicht«, bekräftigte Marguerida. »Aber ich weiß, wen ich zu fragen habe. Es gibt nur einen, zu dem die Götter heute noch sprechen, und dieser Mann ist Lord Regis Hastur.«

Lord Regis saß in der hintersten Reihe, dicht an der Wand, an der einst das Alton-Banner geprangt hatte. Aber das hatte jetzt nichts mehr zu besagen; alle Banner waren in der Festnacht von unbekannter Hand heruntergerissen worden. Die Kristallkammer hatte man in eine Einsatzzentrale verwandelt, wie es Jay Allison respektlos nannte. Für die heutige Arbeit brauchte man die telepathischen Dämpfer nicht, und so standen sie abgeschaltet, wie eine Reihe ausgetretener Schuhe, in ihren Nischen. Auf dem Podest in der Mitte, von dem aus früher die Comyn über die Zukunft Darkovers gestritten hatten, stand ein Feldbett, in dem der bewußtlose terranische Wachmann lag. Um ihn herum hatte sich ein Kreis von zehn

Telepathen gebildet. Zwei von ihnen waren *Chieri*, und ein dritter saß in einem zweiten Kreis, der den ersten umgab und hauptsächlich aus Beobachtern oder, wie es die Terraner nannten, »der Reserve« bestand.

In diesem zweiten Kreis saßen auch Marguerida und Raquel n'ha Mhari. Hätte jemand schlüssig beweisen können, daß die Krankheit des Wachmannes nichts damit zu tun hatte, was die beiden Frauen am Morgen herausgefunden hatten, Lord Regis hätte ihm die Worte mit Gold aufgewogen. Er rutschte unruhig auf seinem Stuhl hin und her. Hinter Marguerida saß ihr Friedsmann, der seine kalten blauen Augen wie immer überall hatte und sorgsam darauf achtete, daß nichts und niemand seiner geschworenen Herrin zu nahe kam. Am anderen Ende des Raumes, dort wo seit Generationen das Aldaran-Banner gehangen hatte (aber das hatte, wie gesagt, jetzt nichts mehr zu besagen), hockte Sicherheitsoffizier Grey wie ein *Kyorebni* in Lauerstellung und verfolgte die Szene aufmerksam.

Weit weg, hatte Desideria gesagt. Sie hatte zwischen Grey und dem Kreis Platz genommen, schien aber den Beobachtern mehr Aufmerksamkeit zu schenken als dem Kreis selbst. Beim Blickkontakt mit Grey lächelte sie.

Der Kreis durchforschte jetzt die oberen Gehirnkammern des Mannes, wanderte durch sie wie auf einem schmalen Gebirgspfad, fand aber nichts. Regis hatte man zurückgelassen, da er nicht über die notwendige telepathische Ausbildung verfügte. Er streckte sich, und dabei fiel sein Blick auf einen Mann, der an der Tür saß. Seinen schweren Mantel hatte er auf den Stuhl neben sich abgelegt, so daß das schwarze Habit eines terranischen Klerikers sichtbar wurde – *um uns nicht durch falschen Augenschein in die Irre zu führen*, dachte Regis. Dieses Bemühen um Klarheit war vielleicht etwas übertrieben, da die meisten Anwesenden dem Priester ohnehin schon begegnet waren, aber man wußte es als Geste des guten Willens zu schätzen. Regis beschloß, bald selber mit ihm zu sprechen.

Ein Mitglied des Kreises stöhnte plötzlich laut auf; das war kein überraschtes Schnappen nach Luft mehr, sondern ein verzweifeltes Ringen um Atem. Stille Beklommenheit machte sich im Raum breit.

Wir müssen kurz unterbrechen, ordnete Marguerida an, und fuhr fort, während Desideria sich erhob, um Grey die Worte der Bewahrerin zu übermitteln. *Wir haben etwas gefunden: einen Erinnerungsfetzen, oder vielmehr einen Befehl, der ihn gefangenhält und an das Dunkel kettet. Wenn wir ihn davon befreien, verlieren wir die Spur; wenn wir es nicht tun, werden wir ihn verlieren.*

Regis zuckte zusammen. Aus einer finsteren Ecke seiner Gedankenwelt, in die er sie verbannt hatte, grinste die tote Sharra ihn plötzlich heimtückisch an, um dann wieder im Dunkel zu versinken.

Desideria sprach leise, und Grey starrte sie an, als ob ihr ein zweiter Kopf gewachsen wäre. »Sollte das eine Frage sein? Und ich soll entscheiden? Aber gewiß doch, ja, befreien Sie ihn. Bringen Sie ihn zurück.«

Alle bereit zur Überwachung, kam der Befehl, und der Kreis schloß sich wieder. Dann ein Moment absoluter Stille, gefolgt von konvulsivischen Zuckungen des Terraners, der schließlich die Augen öffnete. Grey atmete erleichtert auf, und er war nicht der einzige im Raum, der dies tat. Man warf sich bedeutungsvolle Blicke zu. *Ihr habt es also auch gesehen? Lebendig begraben. Ungeboren begraben!* Regis hatte lediglich einen Augenblick lang eine alles erdrückende Hitze verspürt, die durch die Halle geströmt war, sich dann aber auflöste und nur einen üblen Nachgeschmack hinterließ. Marguerida bestätigte das mit einem Kopfnicken, als er sie fragend ansah.

Der Kreis löste sich auf; Menschen und *Chieri* halfen sich gegenseitig beim Aufstehen und schüttelten ihre steifen Glieder aus. Der Terraner saß jetzt aufrecht, lockerte mit ein paar Grimassen seine erstarrten Gesichtszüge und massierte sich mit den Handknöcheln die Rückenmuskulatur.

»Was ist passiert? Ich fühle mich wie gerädert. Und wie bin ich hierher gekommen?« Zwei terranische Sanitäter halfen ihm wieder auf die Beine und führten ihn hinaus.

Sie trafen sich alle in Regis Gemächern wieder: Raquel und Marguerida, Sicherheitsoffizier Grey, aber auch Donald, der wie üblich ohne ausdrückliche Aufforderung Lady Marguerida gefolgt war, und Pater Yoshida, der in Begleitung von Grey erschienen war.

»Ich kann sehr gut verstehen, daß Sie nicht noch mehr darkovanischen Besitz veräußern wollen«, meinte der Priester. »Vielleicht ließe sich ja ein langfristiger Pachtvertrag abschließen, bei dem Sie die Rolle des Treuhänders übernehmen? Woran mir wirklich liegt, ist die Möglichkeit, den Kindern sofort ein Dach über dem Kopf zu bieten. Für den Verwaltungskram bleibt dann immer noch Zeit. Ich beherberge schon zwei in meinem Haus, und für mehr habe ich einfach keinen Platz.«

»Name? Alter?« wollte Grey wissen, und Raquel fragte: »Wo haben Sie die Kinder gefunden?«

»Anjali ist drei, soviel ich weiß, und sie kann sich an ihre Eltern nicht erinnern. Mikhail ist zehn. Ich habe sie von der Straße aufgelesen, wo sie bettelten. Was anderes blieb ihnen nicht übrig, denn zum Diebstahl waren sie zum Glück nicht geschickt genug. Mikhail stammt übrigens aus Ihrem Haus«, sagte Yoshida an Raquel gewandt, »das er aber auf Grund Ihrer Regel mit fünf verlassen mußte. Seine Pflegemutter hat ihn dann ausgesetzt, als sie ihn nicht mehr ernähren konnte.«

Pater Yoshida schilderte dies, ohne Raquel damit irgendwelche Vorhaltungen machen zu wollen. Dennoch errötete sie und glaubte, sich verteidigen zu müssen: »Diese Regel ist ein Kompromiß zwischen denen, die wie ich in dieser Frage gerne großzügiger wären, und denen, die sie am liebsten gleich nach der Geburt verstoßen würden, weil sie sich durch die Anwesenheit von ›Babymännern‹ gestört fühlen. Wir haben eine Frau bei uns im Gildehaus, die die Terraner aufrichtig bewundert; nicht etwa, weil sie beständig über Gleichberechtigung reden, sondern weil sie die Technologie besitzen, das Geschlecht schon bei Embryos festzustellen, so daß männliche Föten gleich nach der Zeugung abgetrieben werden könnten.« Den Terranern lief ein kalter Schauer über den Rücken.

»Wie dem auch sei«, wandte Grey nüchtern ein, »ich habe jedenfalls heute Pater Yoshida mitgebracht, weil er mit mir einer Meinung ist, daß wir es nicht mit zwei, sondern einem einzigen Problem zu tun haben.«

»Die Frage der obdachlosen Kinder, die Taschendiebstahl begehen, und diese unheimliche telepathische Angelegenheit in der Nähe des Marktes scheinen mir zusammenzuhängen«, präzisierte der Priester. »Ich selber besitze keinerlei Psi-Fähigkeiten. Deshalb verlasse ich mich auf meine Beobachtungsgabe und versuche, aus der Art, wie sich jemand bewegt, Rückschlüsse auf seine Gedanken zu ziehen. Man nennt es Körpersprache, eine Kommunikation jenseits der Sprachebene. Es fällt mir schwer auszudrücken, was mir bei diesen Kindern auffällt. Aber wenn ich zum Beispiel so dastehe, dann stellt sich gefühlsmäßig ein Wunsch oder auch ein Gedanke ein ...« Er schlang die Arme um seinen Körper und hielt den Kopf leicht zur Seite geneigt – und jeden Telepathen im Raum durchfuhr es, als sie seinen Gedanken aufnahmen; es war wie ein schwaches Echo dessen, was ihnen zuvor in der Kristallkammer begegnet war.

»›Zurück-in-den-Mutterleib‹ würde ich es nennen, wenn ich dafür einen Namen finden müßte«, meinte Pater Yoshida abschließend, bevor er sich wieder hinsetzte. »Wie gesagt, beide Fragen haben miteinander zu tun, und die Antwort darauf müssen wir meines Erachtens am Marktplatz suchen ...«

»Und zwar ganz in der Nähe des Schusterladens«, ergänzte Marguerida. »Jemand muß hingehen und es herausfinden. Darum geht es doch bei unserem Treffen hier, nicht wahr, Lord Hastur? Raquel muß der Sache auf den Grund gehen. Und Ihr selbst müßt sie begleiten. Nur Ihr wißt, wie damit umzugehen ist.«

»Ohne Domna Marguerida werde ich nichts unternehmen«, erklärte Raquel. »Mit Ausnahme von Euch, Lord Hastur, ist sie die einzige hier, der ich vertrauen kann.«

»Also gut«, stimmte Regis zu. »Ich werde noch einige meiner Wachen dazunehmen – nicht zu viele – und vielleicht kann Commissioner Grey ein paar seiner Männer abstellen.«

»Wie viele Sie auch immer brauchen«, sagte Grey. »Und ich werde Sie begleiten.«

»Commissioner, ich glaube kaum –«

»Ich bestehe darauf. Einer meiner Männer wurde angegriffen, und ich habe das Recht, ihn zu rächen.«

(»Der alte Fuchs! Jetzt spielt er die darkovanische Karte«, flüsterte Donald hinter vorgehaltener Hand Pater Yoshida zu.)

Schließlich stimmte Regis auch dieser Bitte zu. »Dann sind wir uns also einig. Ich möchte die ganze Aktion bei Nacht durchführen, wenn der Markt geschlossen und der Platz leer ist. Wir treffen uns dort um Mitternacht.«

»Dann bestehen Sie also nicht darauf, Ihre Herrin bei dieser Mission zu begleiten?« fragte Pater Yoshida, als er und Donald dabei waren, die Burg zu verlassen.

»Ganz im Gegenteil. Natürlich werde ich sie begleiten«, entgegnete Donald ruhig. »Domna Marguerida weiß das, und Lord Regis ahnt es wohl auch. Ich hielt es nur für überflüssig, das noch extra zu erwähnen und damit die Diskussion unnötig zu verlängern.«

Das gefiel Pater Yoshida. »Ein Mann der Tat!« Sie waren noch immer ins Gespräch vertieft, als sie durch das große Tor traten und in die Stadt hinunterliefen.

Liriel ging jetzt zwar jeden Abend etwas später auf, stand aber bereits hoch am Himmel, als sie sich auf dem Marktplatz trafen. Insgesamt zehn Gestalten, alle in unförmige Mäntel und Kapuzen eingemummt. Sowohl Hastur als auch Grey nahmen an, der andere habe mehr Männer mitgebracht als ursprünglich ausgemacht, so daß Donalds und Yoshidas Anwesenheit zunächst nicht weiter auffiel. Der Priester verbarg sein Gesicht tief unter der Kapuze; Donald trug einen Lederbeutel über der Schulter.

Es war eine bitterkalte Vorfrühlingsnacht, aber die dicht beieinander stehenden Häuser brachen den schneidenden Wind, so daß es in den engen Gassen etwas wärmer war. Mit Raquel an der Spitze ging die Gruppe langsam durch einen Seitengang zu einer etwas breiteren Querstraße, wo eine geweißte Wand im Mondlicht schimmerte. Die schwere Haustür war immer noch mit einem guten Dutzend Bretter zugenagelt.

»Wie sollen wir da reinkommen, ohne einen Heidenlärm zu veranstalten?« fragte Grey im Flüsterton. Aber Raquel wußte Rat; sie führte die Gruppe um das Haus herum zu einer Hintertür, die zwar ebenfalls mit einem Plankenkreuz verbarrikadiert war; als sie aber mit der Fußspitze gegen die Tür trat, gab diese nach. Einer nach dem anderen zwängten sie sich vorsichtig an den Planken vorbei und betraten das Haus von Bran mac Adhil.

Im Innern war es mindestens zehn Grad wärmer; das Haus verfügte über ein äußerst solides Mauerwerk. Sie befanden sich jetzt in der großen Halle, wo der reiche Kaufmann früher fürstlich Hof gehalten hatte. Die Wandteppiche waren inzwischen heruntergerissen, die hohen Fensterläden verschlossen und die Feuer in den Kaminen längst niedergebrannt. »Ich bin mir nicht ganz sicher, wie es von hier aus weiter gehen soll«, erklärte Raquel. »Der Gestank umgibt uns von allen Seiten. Hat irgend jemand einen Vorschlag?«

Ein warmer Luftzug strömte die Haupttreppe hinab; also hielten sie darauf zu. Donald verlängerte seinen Schritt, um zu Marguerida aufzuschließen. Erst jetzt fiel ihm auf, daß sie wieder die rote Robe der Bewahrerin trug. Wann hatte sie die Kleider gewechselt? Das Licht flirrte wie ein zarter Schleier vor ihrem Gesicht. Es war hier deutlich wärmer, wenn auch nicht gerade heiß. Donald griff prüfend nach seinem Lederbeutel und zog den Riemen noch fester an.

Die Fackeln, die Grey und seiner Männer hielten, begannen zu flackern und zu rußen, so daß man sie auf den Boden warf und ganz austrat. Die Wände reflektierten genug Licht, um das Nötigste erkennen zu können. Aber wo kam dieses tief rötliche Licht der verborgenen Sonne her?

Im Halbschatten bewegte sich etwas. Eine zwergenhafte Gestalt mit dem Gesicht einer Maus. Sie huschte kichernd einige Meter vor ihnen her, bevor sie sich seitwärts duckte und im Dunkel verschwand.

Einer von Regis' Wachen zückte das Schwert, steckte es dann aber wieder in die Scheide zurück. Raquel schaute ihn nur verächtlich an. Sie hielt ihren Bogen bereit und nahm einen Pfeil aus dem Köcher. Noch legte sie die Kerbe nicht in die Sehne, hielt aber gespannt Ausschau nach möglichen Zielen. Regis behielt sein Schwert in der Scheide. Das Hastur-Blut in seinen Adern brachte seine Haut schwach zum Erglühen; wo er auftrat, hinterließen seine Fußabdrücke einen nachglimmenden Schein.

Greys Männer hielten lässig ihre Armbrüste in der Hand. Ihre Kettenhemden klirrten leise, wenn sie sich bewegten. Greys stählerner Brustpanzer glühte wie Kupfer im rötlichen Licht; nur die aufgerissene Stelle über seinem Herzen wies rußgeschwärzte Ränder auf. Das Schwert in seiner Hand flackerte wie züngelnde Flammen. Donald vergewisserte sich noch einmal, daß Marguerida an seiner beschützenden Seite war. Die Strähnen ihres kupferroten Haars umspülten ihre Schultern im Licht wie die vom Wasser umspülten Ranken einer Pflanze. Donald tastete nach dem Beutel, den er noch immer über die Schulter geschnallt trug, und der harte, unförmige Gegenstand darin schien ihn zu beruhigen.

Am oberen Treppenabsatz entstand ein Lichtkegel, ein silbriges Leuchten, das sich deutlich vom sonstigen rötlichen Dämmerlicht abhob. Davor zeichnete sich die Silhouette einer menschlichen Gestalt ab, die einen Arm zum Gruß erhob. »Willkommen!« ertönte eine helle, hohe Kinderstimme.

Grey trat einen Schritt auf die Gestalt zu. »Wer bist du?«

»Ich?« Das Licht wurde noch intensiver, so daß die Gesichtszüge des Kindes fast sichtbar wurden. Ein Strahl schien ihm durch die Kehle zu dringen, als ob es kein körperliches Wesen wäre. Sein braunes Haar reichte ihm in wirren Strähnen bis auf die Schultern und umrahmte sein fuchsartiges Gesicht. »Du kennst mich nicht –«

»Ich will verdammt sein, natürlich kenne ich dich!« schrie Grey. »Aber du bist längst tot!«

»In meiner Mutter Haus sind viele Plätze«, intonierte das Kind. »Kommt und lebt im Haus der Mutter, wo alles lebt, alles stirbt, alles eins ist.«

»NEIN!« Grey brüllte gegen den Gesang an. Er wurde einen Schritt zurückgeworfen, als der Strahl aus der Kehle des Kindes auf den Riß in seiner Rüstung traf. Er fing sich und riß sein Schwert hoch, aber das Kind war bereits verschwunden.

Dann erfolgte ohne Vorwarnung der Angriff. Ein Bannstrahl aus Finsternis knallte wie ein Peitschenhieb herab. Er riß Grey um, warf ihn gegen seine Männer und die darkovanischen Wachen, die hinter ihm standen. Donald schob sich von einer Seite schützend vor Marguerida, von der anderen Seite tat Raquel das gleiche, aber die Bewahrerin drängte beide ungeduldig weg. Sie hob ihre

Hände, griff sich in ihr Flammenhaar und formte daraus einen handgroßen Feuerball, den sie mitten ins Herz der Finsternis schleuderte. Der Greifarm aus Dunkelheit zog sich zurück. Grey und seine Leute rafften sich auf. Beide Armbrüste schossen ihre Pfeile gleichzeitig ab, verfehlten aber ihre Ziele. Marguerida formte einen weiteren Feuerball und schleuderte ihn los.

Dies wurde von einem Hagel eisiger Geschosse erwidert. Einer der Terraner sank getroffen zu Boden. Lord Regis kniete neben dem gestürzten Mann und breitete über ihn wie einen Mantel einen Lichtschutzschild, an dem alles abprallte. Beim zweiten Pfeilhagel bohrte sich ein Geschoß in Donalds Schulter, und die Kälte lähmte ihn auf einer Seite. Er konnte den Beutel nicht mehr spüren; verzweifelt versuchte er, den Kopf zur Seite zu drehen, um wenigstens den Lederriemen sehen zu können. Er schwankte, seine Füße gaben nach.

Hinter ihm erstrahlte ein neues Licht, aber diesmal glich er dem goldenen Licht der Erdensonne: Pater Yoshida trat vor. Er trug jetzt nur noch einen Lendenschurz, und seine Haut glühte wie die von Regis, auch wenn er keinen Schild besaß. Die kalten Pfeile trafen ihn mehrmals, aber aus jeder Wunde in seiner helle Haut schossen helle Sonnenstrahlen, die die restlichen Pfeile im Flug zum Schmelzen brachten. Tief im Herzen der Dunkelheit stöhnte etwas.

Donald konnte allmählich seinen Arm wieder spüren und hantierte an den Schnallen seines Beutels.

Regis, Grey und Pater Yoshida standen nun dicht beieinander: Schwert und Schild, Rüstung und Schwert, und dann diese glühenden Wunden, die sich jeder kriegerischen Metapher entzogen. Hinter ihnen flocht Marguerida aus tausend feinen Lichtfäden ein Netz, durchsetzt mit pulsierenden Sternenfunken.

Plötzlich kroch ein zweiter Greifarm der Dunkelheit dicht über dem Boden auf Grey zu, schlang sich um seine

Beine und wollte ihn fortziehen. In diesem Moment warf Marguerida ihr Lichtnetz aus. Es schwebte über dem fluchenden Offizier, der mit seinem Schwert wild auf den Greifarm einhieb, ihm aber nichts anhaben konnte. Raquel schrie »Du Schlange! Laß ihn los!« und schoß einen Pfeil auf das Schattenwesen ab.

Das Lichtnetz verbreitete sich immer mehr, und allmählich traten Formen und Gestalten deutlicher hervor. Dort war – SIE! Ihre Gestalt lag ausgestreckt auf dem Altar der Dunkelheit und ihre Arme waren um die Kinder geschlungen, die sich dicht an sie drängten. Einige von ihnen waren am Leben, andere umgab der fahle Silberschein des Todes.

Aber alle ruhten friedlich in ihren Armen. Grey lag regungslos zu ihren Füßen.

Raquel zückte ihren Dolch; sie war jetzt zu allem entschlossen. Und Donald hatte es endlich geschafft, seinen Beutel zu öffnen und den geheimnisvollen Gegenstand herauszuholen. Es war zunächst nicht zu erkennen, wozu das farb- und lichtlose Ding dienen sollte. Aber als Donald es hochhob und anschaltete, hielt sich die Göttin eine Hand schützend vor die Augen. Eines der Kinder schaute auf und rief *»Mama! Mama!«* und wollte losrennen, um Raquel zu umarmen.

Das Lichtnetz war inzwischen verloschen, und nur ein violetter Mondstrahl drang durch eine zersprungene Fensterscheibe und erhellte die Szene. Donald lief vorsichtig um den Altar der Göttin, der sich als einfaches Sofa herausstellte, und entfaltete den Schirm ganz. Dann stellte er ihn in sicherer Entfernung auf einen Fenstersims – es war ein telepathischer Dämpfer!

Die Frau lag auf dem Sofa und hielt sich jetzt beide Hände vors Gesicht. Eine füllige, weißhaarige Gestalt mit leerem, ausdruckslosem Blick, jetzt zweifach blind, da der Dämpfer ihr *Laran* lahmlegte. Sie stöhnte und stieß eine Reihe wirrer Laute aus, wie jemand, der die menschliche

Sprache nie vernommen hat. Die Kinder weinten und rückten immer mehr von ihr ab. (Die silbrigen Totengestalten waren verschwunden, und niemand konnte sie – nicht einmal in Gedanken – zurückholen.) Eines der Kinder stand mit abgewandtem Gesicht und starrer Haltung neben dem Sofa. »Anndra«, rief Grey.

Das Kind schaute erschrocken auf, sagte dann aber scheinbar unbekümmert und in umgangssprachlichem Terra: »Hi, Dad, was machst du denn hier? Ziemlich kalt, oder?«

»Komm schon«, forderte Grey ihn auf, legte seine Hand auf die Schulter des Jungen und führte ihn weg. Als sie an Raquel vorbeigingen, die allein auf dem vom Mondlicht beschienenen Flecken stand, blickte Grey sie eindringlich an. »Komm schon«, sagte er auch zu ihr. »Wir müssen miteinander reden.«

»Wer ist – SIE?« fragte Donald. »Hat sie hier gelebt?«

»Ich glaube schon«, antwortete Marguerida. »Wahrscheinlich hat man sie vor dem Gerede der Nachbarn versteckt. Aber dann ist Bran an der Seuche gestorben, und die Diener haben sich aus dem Staub gemacht und sie einfach zurückgelassen – falls sie überhaupt etwas von ihrer Existenz gewußt haben. Da blieb ihr nur eines: Mit ihrem *Laran* mußte sie Menschen finden und an sich binden, die sie ernährten und sich um sie kümmerten. Was sie ihnen geben konnte, das war Liebe. Und so sind diese Kinder zu ihr gekommen.«

»Die meisten davon sind Jungen«, bemerkte Donald. »Terranische Anthropologen haben schon lange herausgefunden, daß die glühendsten Anhänger von Kulten um eine Gottesmutter Männer sind. Das gilt ganz besonders für Kulturen, in denen die Knaben schon früh von ihren Müttern getrennt werden und sich in einer Männerwelt behaupten müssen.«

Einer der terranischen Wachmänner war den Flur zurückgegangen, um die Taschenlampen zu holen, die zum

Glück noch funktionierten. Eine davon gab er Grey, vermied es aber dabei, seinem Vorgesetzten in die Augen zu schauen. Lord Regis rieb sich mit einer Hand die Schläfe und befahl seinen beiden Männern, nach brauchbaren Materialien zu suchen, aus denen man eine behelfsmäßige Trage für die Frau machen konnte. »Wir müssen sie so schnell wie möglich wegbringen und isolieren, damit wir diesen Dämpfer wieder ausschalten können.«

»Das war wirklich schlau von dir, Donald«, lobte Marguerida, »an einen Dämpfer zu denken.« Sie saß auf der Ecke des Sofas und streichelte das verfilzte Haar der unglückseligen Frau; es war die einzige Form der Mitteilung, die sie erreichte. Pater Yoshida hatte die verstörten Kinder fortgeführt und sie in einer Ecke um sich versammelt. Er erzählte ihnen von Maria.

Donald lächelte beim Lob seiner Herrin stolz. »Diese Dämpfer waren eine der ersten darkovanischen Apparaturen, die ich kennengelernt habe. Als ich erst einmal herausgefunden hatte, wozu sie dienen, erschien es mir nur logisch, einen mitzunehmen. Damit wir alle die gleichen Chancen haben.« Er betrachtete das fahle, mit Blindheit geschlagene Gesicht der Frau. »Für sie bedeutet das natürlich etwas ganz anderes. Kann man denn gar nichts für sie tun?«

»Vielleicht können die anderen Telepathen auf der Burg zu ihren Gedanken vordringen. Und die terranischen Ärzte können vielleicht ihr Seh- und Hörvermögen wiederherstellen, damit sie sich nicht nur auf ihr *Laran* verlassen muß.«

»Eine ganz besondere Form von *Laran*«, erklärte Regis. »Die Alton-Gabe des erzwungenen Rapports. Ich frage mich, wie diese Frau sie erlangen konnte.«

»Vielleicht auf die gleiche Art, wie sie den Altons zugefallen ist?« vermutete Marguerida. »Aber darüber würde ich mir jetzt keine Gedanken machen. Schaut lieber einmal dort hinüber.«

Sicherheitsoffizier Grey und Raquel n'ha Mhari standen in der Mitte des Ganges, jeder an die jeweils gegenüberliegende Wand gelehnt, und sprachen in abgehackten Sätzen miteinander. Zwischen ihnen saß Anndra auf dem Boden; er spielte mit einem verbogenen Löffel, mit dem er in seiner kindlichen Phantasie irgendwelche Drachen bekämpfte. Auch Regis konnte nicht ausmachen, was die beiden sich zu sagen hatten. Und das war gut so.

»Grey ist einer dieser altmodischen Terraner«, erklärte Donald, »der diejenigen, die er liebt, auch ernähren und beschützen möchte. Das heißt noch lange nicht, daß er sie nur für sich ganz allein haben will und Besitzrechte anmeldet, wie es andere Männer tun. Nach allem, was Raquel durchgemacht hat, ist es für sie schwierig, das eine von dem anderen zu unterscheiden. Sie müssen aufeinander zugehen, offen füreinander sein und sich auf halbem Wege treffen.«

»Offen aufeinander zugehen – das scheint auch mir das Beste zu sein«, stimmte Marguerida zu. »Lord Regis, was haltet Ihr davon, dieses Gebäude dem Thendara-Gildehaus zu schenken, damit sie es dann an Pater Yoshida weitervermieten können? Er hat es eine *offene Anstalt* genannt. Mir schwebt ein ›offenes Haus‹ vor, in dem Entsagende nach einer leicht modifizierten Regel leben können, in der Gemeinschaft mit anderen wie zum Beispiel ihren Söhnen oder auch – wenn sie es wünschen – dem Kindsvater.«

»Dagegen habe ich bestimmt nichts einzuwenden.« Regis blickte noch einmal den Gang entlang, wo Grey und Raquel standen, noch immer mit dem Rücken zur Wand, noch immer mit verbissener Miene. Aber immerhin redeten sie miteinander. »Wer traut sich zu, es ihnen zu sagen?«

Priscilla W. Armstrong

Der Turm

Ich traf Priscilla Armstrong zum ersten Mal letztes Jahr beim Treffen der Freunde Darkovers in Baltimore, und ihr Name fiel mir sofort auf; sie war eine »meiner« Autorinnen. Ihr Gedächtnis ist aber noch besser als meines; sie erzählte mir, daß sie sich genau an die vielen Absagen, in meiner »unnachahmlichen Art« auf blauem Papier getippt, erinnern kann. Und daß sie diese Ablehnungsschreiben in Ehren aufbewahrt, da sie ihr auch immer wieder Mut und Hoffnung machten, es weiter zu probieren.

Priscilla ist Pfarrersfrau, und das ist keine einfache Stellung. Zu ihren zahlreichen Verpflichtungen gehört es auch, eine Gebetsgruppe zu leiten, die sich mit Heilung beschäftigt. »Ich unterrichte auch Handauflegen. Es ist schon überraschend, daß man so etwas unterrichten kann.« Vielleicht nicht ganz so überraschend; wahrscheinlich kann jede Form menschlichen Wissens gelehrt, zumindest aber erlernt werden.

Sarah Lovat-McAran blickte in den Sternenstein, den sie in ihren sechsfingrigen Händen hielt, und konzentrierte ihre Gedanken auf ihren Mann. Durch den Stein und über den Stein hinaus sah sie ihn, genau dort, wo sie es vermutet hatte, beim Schafe hüten in den Bergen. Sie rief ihm in Gedanken zu, *Duncan, Duncan,* und sah, wie er seinen Kopf bewegte und nach Hause zurückschaute. *Duncan, Duncan.*

Er lächelte. *Ich kann dich hören, Sarah. Ich werde heute abend heimkommen, wenn Gavin mich ablöst.*

Es funktioniert! Genau so, wie wir es uns gedacht haben. Jetzt müssen wir nur noch herausfinden, wie weit es reicht.

Sie stand etwas schwerfällig auf. Am liebsten hätte sie vor Freude getanzt: Freude über die soeben gemachte Entdeckung und Freude über das neue Leben, das in ihr heranwuchs. Bald schon würde sie wieder tanzen können, wenn das Kind, ihre Tochter, erst einmal auf der Welt war. Sarah steckte den Sternenstein wieder in den Beutel, der ihr an einem Lederriemen um den Hals hing.

Wir werden es ihnen schon beweisen, Duncan und ich, daß man mit diesen Glücksbringern mehr vollbringen kann als ein paar kindische Kunststückchen wie Feuer machen. Viel mehr auch, als nur die Lovat-McAran-Gabe zu verstärken. Und wenn die Sternensteine klein sind, sind sie auch sicher. Wenn wir soweit sind, werden wir die volle Anwendung vorführen. Wenn wir soweit sind. Aber wann wird das sein?

Sie seufzte. Immer dieses ›wenn‹. Immerhin hatte der Widerstand ihrer Eltern etwas nachgelassen, seitdem sie und Duncan verheiratet waren und ihr erstes Kind erwarteten. *Mit der Ehe werden beide schon noch zur Ruhe kommen.* Diesen Gedanken hatte sie von ihrer Mutter aufgeschnappt. Sie fragte sich, ob ihr Kind zur Namensweihe einen Sternenstein erhalten würde. Sowohl ihre als auch Duncans Mutter hatten sich in letzter Zeit immer heftiger gegen diese Glücksbringer ausgesprochen. So sehr Judy auch die alten Traditionen hochhielt, diesen einen Brauch hätte sie gerne abgeschafft.

Als Duncan heimkehrte, begrüßte sie ihn überschwenglich; er gab ihr einen Kuß auf die Wange und tätschelte liebevoll ihren Bauch. »Ich werde froh sein, wenn sie da endlich rauskommt«, scherzte er. »Ich komme ja sonst gar nicht richtig an dich ran, wenn sie immer im Weg ist.«

»Rede keinen solchen Unsinn, Duncan! Die Kleine wird dich hören und sich zurückgewiesen fühlen, noch bevor sie überhaupt geboren ist.«

»Es tut mit leid, Töchterlein. Natürlich will ich dich bei uns haben, und das von ganzem Herzen.« Duncan streichelte ihr noch einmal über den Bauch. »Aber nun zum heutigen Tag, Sarah. Erzähl mir, was du gesehen und gehört hast.«

Sarah berichtete alles, und Duncan nickte. »Ich war gerade in meine eigenen Gedanken vertieft, als du mich unerwartet riefst. Aber dann konnte ich dich auch sehen, ganz deutlich sogar.«

»Bleibt die Frage, wie weit man die Gedanken senden kann. Dazu brauchen wir andere, die uns helfen. Ohne einen Dritten in größerer Entfernung werden wir das nie überprüfen können.«

»Das hätte ich beinahe vergessen, dir zu sagen. Gavin wird uns helfen. Er hütet heute nacht die Schafe, und wir können gemeinsam versuchen, ihn zu erreichen. Er erwartet uns jedenfalls.«

»Gut, das ist schon einer mehr im Bunde. Aber wen können wir sonst noch gewinnen? Du weißt ja, daß meine Mutter Judy es ablehnt, Neues auszuprobieren. Sie sagt, wir sollten mit dem zufrieden sein, was unsere Vorfahren uns hinterlassen haben, und keine weiteren Fragen stellen.«

»Ja, das weiß ich nur zu gut«, sagte Duncan überdrüssig.

»Hörst du, sie rufen uns zum Abendessen.« Sarah nahm Duncan bei der Hand, und gemeinsam gingen sie in die Halle, wo die Tische bereits gedeckt waren.

Bei mehr als einem Dutzend Leute aller Altersstufen an der Tafel, von den Großeltern bis hin zu den Kleinsten, die auf erhöhten Stühlen saßen, ging es entsprechend laut zu. An eine Fortführung ihres ernsthaften Gesprächs war jetzt nicht zu denken.

Als sie mit der Nachspeise fertig waren, schlugen Dougal und Rafael mit ihren Humpen auf den Tisch und baten um Ruhe. »Hört uns jetzt genau zu«, begann Rafe. »Besonders ihr, Duncan und Sarah, unsere beiden Ältesten. Ja, ihr zwei, oder vielleicht sollte ich besser sagen

›ihr drei‹. Es ist an der Zeit, daß ihr euren eigenen Hausstand gründet.«

Sarah konnte es kaum glauben. Sie schaute verunsichert zu Duncan, der genauso überrascht war wie sie. *Wie konnten sie ihre Gedanken nur derart abschirmen, daß wir nicht die geringste Ahnung davon hatten?*

Die beiden alten Männer lachten; die Überraschung war gelungen. Jetzt ergriff Dougal das Wort. »Wir haben das schon seit Monaten geplant, sogar noch bevor sich dein Töchterchen meldete, Sarah. Deine jüngeren Geschwister werden bald selber heiraten wollen, und dann brauchen sie eine Zeit lang eure Räume. Ihr seid erwachsen genug, um auf euren eigenen Füßen zu stehen und für eure künftigen Kinder und Pflegekinder zu sorgen.«

»Wir haben auch ein Stück Land für euch gefunden, keine halbe Tagesreise von New Skye entfernt; ihr braucht es nur in Besitz zu nehmen. Bis eure Kleine laufen kann, wird alles hergerichtet sein. Morgen werden wir losreiten, um es uns anzuschauen und einen geeigneten Platz für den Hausbau auszusuchen. Nein, Sarah, du wirst hier bleiben. In deinem Zustand kannst du nicht mitkommen. Duncan wird dir alles erzählen, wenn er zurückkehrt.«

Dann redeten am Tisch wieder alle durcheinander. Judy und Duncans Mutter Laura sprachen über die Kräutervorräte, die man bereits angelegt hatte, um den beiden den Neubeginn zu erleichtern; und auch darüber, daß neu angepflanzt werden mußte, solange das Haus noch nicht stand. Dougal und Rafael unterhielten sich über die Güte des Bodens und Ernteaussichten sowie über ihren Anteil an der Schafsherde, der hinübergetrieben werden mußte. Sarahs Schwester und Zweitälteste der Kinder, Mhari, hatte ein ganz anderes Anliegen. Sie wollte wissen, wie schnell die Zimmer frei würden, damit sie und Ian endlich heiraten und dort einziehen konnten.

»Je eher ihr geht, desto besser«, stichelte Mhari verächtlich. »Wir wissen, daß du und Duncan heimlich mit euren Sternensteinen experimentiert habt. Und damit weicht ihr von der Tradition ab. Mutter und Laura haben es oft genug gesagt.«

»Mhari! Wie kannst du nur!« Sarah war entsetzt. *Warum habe ich das nicht mitbekommen? Haben sie ihre Schilde verbessert?*

Mhari beantwortete Sarahs unausgesprochenen Gedanken.»Natürlich haben sich unsere Schilde verbessert, Dummerchen. Sonst hätten wir wohl kaum diesen Plan fassen können, euch beide loszuwerden.«

»Wir haben nur versucht, über größere Entfernung miteinander Verbindung aufzunehmen. Was soll daran verkehrt sein? Du benutzt ja auch deine Matrix, um damit Feuer anzuzünden. Selbst die Kleinen können das, und Mutter findet auch nichts dabei. Außerdem tauschen wir uns doch alle ohne Worte aus. Was schadet es also, wenn man die Reichweite vergrößert?«

»Es ist gegen die Tradition. Judy und Lori haben uns die Steine und die Tradition mitgegeben. Kerzen und Feuer zu entzünden ist ein Teil davon. Ebenso das Gedankenlesen. Aber bestimmt nicht, über Meilen hinweg miteinander zu reden. Das ist unnatürlich und falsch. Wenn Judy und Lori gewünscht hätten, daß wir es können, dann hätten sie es uns auch beigebracht. Alles, was von der Tradition abweicht, ist Sünde«, trumpfte Mhari auf.

Jedes weitere Wort war vergeblich. Sarah wandte sich von ihrer Schwester ab und ging zu ihren Räumen zurück, wobei sie noch den Gedanken ihrer Mutter auffing: *So, jetzt weiß sie Bescheid.*

Schweren Herzens betrat sie ihre Wohnung, wo Duncan bereits bleich und zornig auf sie wartete. »Schirm dich ab, Sarah, schnell!« Sie sank in seine Arme, und die Tränen liefen ihr übers Gesicht. »Was habe ich ihr nur getan, daß sie mich so haßt? Was haben wir beide ihnen getan, daß sie uns loswerden wollen?«

»Mach dir nichts draus, *chiya*, dadurch werden wir bald unser eigenes Heim haben, wo wir tun und lassen können, was wir wollen. Unsere Tochter und alle unsere zukünftigen Kinder werden mit der Lovat-McAran-Gabe aufwachsen. Sie werden sie frei entwickeln und ausprobieren können, und wir werden ihnen dabei helfen. Nicht wie hier, wo die Familie uns argwöhnisch belauert. Wenn du es nicht willst, brauchen wir keinen von ihnen je wiederzusehen.«

»Aber ich liebe sie! Trotz allem! Und Du doch auch. Wie können sie uns das nur antun? Ich habe gedacht, sie würden uns nur für ein bißchen verschroben halten, aber doch nicht für bösartig und gefährlich. Jetzt fühle ich mich schlecht für das, was ich tue, fast so, als ob ich eine ansteckende Krankheit hätte.«

Sarah folgte Duncan mit Hilfe ihrer Matrix, als er loszog, um das Stück Grund und Boden zu begutachten, das ihre Väter für sie ausgesucht hatten. Mit seinen Augen sah sie das grüne und fruchtbare Land, die Hügel und Felsvorsprünge und den Wald, der teilweise noch gerodet werden mußte. Duncan spürte, daß sie die Verbindung mit ihm hielt und mit seiner Wahl der Stelle für den Hausbau einverstanden war. Von dort konnte man das kleine Tal und die dahinter aufsteigenden, bewaldeten Hügel überblicken. Es gab genug Platz für eine Feuerschneise und spätere Anbauten. In seinen Gedanken sah Sarah bereits das große Haus, das er errichten wollte: zunächst ein zentrales Gebäude, dann weitere Nebengebäude, vor allem aber den massiven, quadratischen Turm mit mehreren Stockwerken.

New Skye wird uns bis hierher folgen. Die Stadt wird sich immer mehr ausdehnen, bis unser Haus schließlich vom Häusermeer der Großstadt umgeben sein wird. New Skye wird eine Großstadt sein! Sarah schüttelte die Vision ab, denn es war eine Vision und nicht etwas, was sie in Duncans Gedanken gelesen hatte; es lag in der Zukunft, weit, weit in der Zukunft. Auch die Vollendung des Turms war womöglich nicht Duncans Plan, sondern eine zukünftige Entwicklung. Wenn solche Visionen Sarah überkamen, konnte sie nie sicher sein, ob es sich um etwas Gegenwärtiges oder Zukünftiges handelte, oder wie weit es in der Zukunft lag. Aber diesmal wußte sie, daß sie weit in die Zukunft vorausgeblickt hatte.

Ihre Tochter kam einige Tage nach Duncans Rückkehr zur Welt. Mit ihren roten Haaren und blauen Augen war sie für die stolzen Eltern das schönste Geschöpf, das sie je gesehen hatten. Sie wurde Judella genannt, was sowohl Sarahs Mutter als auch Duncans Vater und damit beide Familienlinien namentlich berücksichtigte. Sarah trug den Namen sorgfältig ins Stammbuch ein, in dem auch die Erbmassen genau verzeichnet waren.

»Heute achtet man bei der Eheschließung ja nicht mehr so sehr auf die Erbanlagen«, meinte Duncan. »Trotzdem hoffe ich, daß wir unsere Tochter mit einem rothaarigen Mann verheiraten können. Es ist wichtig für uns, daß wir die Lovat-McAran-Gabe bewahren und verstärken.« *Gerade jetzt, da einige die Gabe am liebsten ganz eliminieren wollen.*

Sarah stimmte seiner unausgesprochenen Feststellung mit einem Kopfnicken zu. »Wir werden noch viel Zeit haben, darüber nachzudenken; gut und gerne vierzehn Jahre, mein Gatte. Jetzt ist erst einmal wichtig, daß Judella Hunger hat und ich sie stillen muß.«

»Woher weißt du, daß sie hungrig ist? Sie schreit doch gar nicht.«

»Kannst du sie denn nicht hören, Duncan? Ich jedenfalls höre, daß sie Hunger verspürt.«

»Du hast recht! Ich hatte mich nur nicht richtig auf sie konzentriert. Gleich wird sie loslegen, wenn sie nicht schnell etwas bekommt. Aber es erstaunt mich, daß wir sie schon jetzt hören können. Sie ist doch noch so klein! Wir sollten unsere Mütter fragen, ob sie unsere Gedanken auch schon so früh hören konnten, oder ob sich die Gabe erst später bemerkbar gemacht hat.«

Sarah sah ihn mißbilligend an. »Das lassen wir besser! Glaubst du im Ernst, sie würden es zugeben, selbst wenn es so wäre?«

In den nächsten Tagen und Wochen gab es viel zu tun. Die Ernte mußte eingebracht und die Schafe auf die Winterweide getrieben werden. Außerdem versuchte Duncan, die Grundmauern für ihr Haus fertigzustellen, bevor der erste Frost einsetzte. Sarah begleitete ihn mit dem Baby zu ihrer neuen Heimstätte. Es war für beide eine Idylle, auch wenn das Zeltlager primitiv und die Arbeit schwer war. Duncan mußte die Kellergrube ausheben und mit Steinblöcken verkleiden, bevor die eigentlichen Grundmauern angefügt werden konnten. Sarah kochte ihre Mahlzeiten über dem offenen Feuer und hütete Judella, die vergnügt in ihrer Hängematte schaukelte.

Die Arbeiten an den Grundmauern waren gut vorangeschritten, wenn auch nicht ganz beendet, als der erste Schnee fiel und sie zur Rückkehr nach New Skye zwang, wo sie die langen, rauhen Wintermonate verbringen mußten.

Nach Sarahs Auseinandersetzung mit Mhari achteten sie ganz besonders darauf, ihre Gedanken lückenlos abzuschirmen. Nur gegenüber Gavin und seiner Schwester Fiona, die öfters zu Besuch kamen, konnten sie offen sein. Sarah war als Kind eine Zeit lang bei Gavins Familie in Pflege gewesen und hatte sie genauso lieb gewonnen wie ihre eigenen oder Duncans Eltern. Mit Fiona zusammen hatte sie ihre ersten Nähkünste ausprobiert; danach hatten die beiden Mädchen versucht, mit ihren Sternensteinen die Nähte aus dem Tuch wieder zu lösen. Was hatten sie dabei gekichert, und wie sehr hatten sie geweint, als sie dabei erwischt wurden. Heute konnte sie darüber lachen; dennoch schwor sie sich: *Ich werde meine Tochter wegen so etwas nie bestrafen.*

Eines Abends lud Duncan Garin unter dem Vorwand zu sich ein, mit ihm über die Fortsetzung des Hausbaus im Frühling sprechen zu wollen. Diese Fragen waren rasch erledigt, und Duncan kam schnell zu seinem eigentlichen Anliegen. »Sarah und ich sind davon überzeugt, daß man mit den Sternensteinen viel mehr bewerkstelligen kann, als wir bisher ahnen. Du hast uns schon einmal bei dem Versuch geholfen, die Reichweite der Verständigung zu testen. Das ist aber nur eine Möglichkeit. Wir glauben, daß einige der dummen Streiche, die wohl jeder einmal als Kind damit gespielt hat, sich durchaus für nützliche Zwecke anwenden ließen.«

»Davon darfst du aber deinen Eltern nichts verraten, Duncan. Sie reden jetzt immer häufiger davon, daß wir die Steine ganz aufgeben sollten. Haben sie eurem Kind schon einen vermacht?«

»Nein, und das, obwohl sie bereits ihre Namensweihe hatte. Unsere Mütter scheinen wirklich Angst vor den Steinen zu haben! Judy ist altmodisch und hätte daher nichts gegen einen Talisman einzuwenden, wie es bisher immer der Brauch war. Aber Laura hat der unglückselige Tod ihres Cousins so aus der Fassung gebracht, daß sie am liebsten alle Matrices für immer verschwinden ließe. Sie hat bereits versucht, den Jüngeren ihre Steine wieder wegzunehmen, aber die hatten sich so sehr an sie gewöhnt, daß sie furchtbar geweint haben und einige sogar krank wurden. Das hat Fiona nur noch mehr erschreckt. Sie redet ständig von Hexerei und Höllenkunst, und Judy zitiert die Lehren des Heiligen Valentin über das Laster des Wahrsagens. Wir gehen jeder Diskussion mit ihnen aus dem Weg; Sarah und ich müssen uns da sehr bedeckt halten.«

»Ich habe eine Höhle voller Sternensteine gefunden. Es

waren ganz große dabei – ich bin sicher, daß wir dort für Judella einen passenden Stein finden.«

»Ich danke dir, mein Freund. Sarah wird es auch sehr zu schätzen wissen. Wir beide wollen wirklich daran weiterarbeiten, aber wir müssen es im Geheimen tun. Deshalb möchten wir dich und Fiona fragen, ob ihr nicht zu uns ziehen und die Arbeit mit uns teilen wollt. Zu viert wären wir viel eher in der Lage, sowohl den Hof zu bestellen als auch unseren Ideen nachzugehen.«

»Darüber muß ich erst mit Fiona sprechen. Sie soll es selber entscheiden. Können wir nicht gleich beide Frauen hinzuziehen und gemeinsam alles besprechen?«

»Heute abend besser nicht. Die Eltern sollen doch keinen Verdacht schöpfen. Wir müssen sie erst einmal davon überzeugen, daß es leichter ist, das Land zu bestellen, wenn mehr als eine Familie zusammenarbeitet, so wie es auch schon unsere Vorfahren getan haben. Dann werden sie auch nichts mehr dagegen einzuwenden haben.«

»Fiona werden sie es trotzdem nicht gestatten. Sie ist noch unverheiratet und niemandem versprochen. Das gleiche gilt für mich. Dennoch werden sie mich wahrscheinlich ziehen lassen, aber bei Fiona bin ich mir nicht so sicher.«

»Überlaß das nur Sarah. Sie beklagt sich schon jetzt bei den Eltern, wie einsam es sein wird, und wie schwer es für eine Frau ist, allein auf dem Hof zu sein, wenn der Mann den ganzen Tag auf dem Feld oder bei den Tieren verbringt.«

Gavin grinste. »Ich verstehe. Und ich werde, wenn alles gut geht, in absehbarer Zeit Camilla Delleray heiraten. Sie gefällt mit gut, und außerdem ist sie begabt. Sie kann mit ihrem Stein sogar Tische und Stühle verrücken! Die Kinder versetzt sie mit ihren Kräften immer wieder ins Staunen, und sie hat einigen beigebracht, wie sie kleinere Gegenstände selbst bewegen können.«

»Und sie bekommt deshalb keine Schwierigkeiten?

Was sagen denn die Erwachsenen dazu? Wissen unsere Eltern eigentlich davon? Bisher haben sie es mit keinem Wort erwähnt.«

»Camilla geht sehr vorsichtig damit um und hat die Kinder schwören lassen, es geheim zu halten. Schließlich weiß jeder, wie konservativ Judy und Dougal und Laura und Rafe sind. Ist dir noch nicht aufgefallen, daß sie sich bei einigen inzwischen immer unbeliebter machen? Ich hatte große Mühe, meine Familie zu überreden, heute abend hierher zu kommen. Nur Fiona war gern dazu bereit.«

»Wieso glaubst du dann, sie würden dir oder Fiona erlauben, bei uns zu leben? Anscheinend meinen sie doch, wir führten Böses im Schilde.«

»Ganz und gar nicht, da hast du mich falsch verstanden. Sie machen sie nicht wegen dir und Sarah Sorgen, sondern wegen eurer Eltern, besonders Rafe und Laura. Schließlich sind sie es, die die Sternensteine aus dem Verkehr ziehen wollen. Sie besitzen den einzigen Vorrat an Matrices, weigern sich aber, sie auch weiterhin als Glücksbringer auszuhändigen. Davon *mußt* du doch gehört haben?«

»Nein, nichts davon! Aber wir sind in letzter Zeit auch nicht viel herumgekommen. Dougal und Rafe wollten dieses Jahr an keinem der großen Feste teilnehmen.«

»Das paßt genau ins Bild. Sie vertreten das konservative Lager, und immer weniger Leute wollen mit ihnen zu tun haben. Begreifst du denn nicht, was es bedeutet, wenn sie die Sternensteine nicht mehr freigeben?«

»Doch, ich glaube schon. Aber was ist mit Camilla? Wie schnell könnt ihr heiraten? Sie wäre die ideale Ergänzung für unsere Gruppe. Bedenk doch nur, was wir erst zu fünft alles erreichen könnten! Zumal, wenn eine von uns schon Tische und Stühle verrücken kann!«

»Nun mal hübsch langsam, Duncan! Ich werde Camilla nicht heiraten, nur um dir und deinen Plänen damit einen Gefallen zu tun. Außerdem wird sie erst im nächsten Sommer das heiratsfähige Alter erreichen. Vielleicht dann …«

»Streng dich an, Gavin!«

Gegen Ende des Sommers war das Haus im wesentlichen fertiggestellt, und Duncan, Sarah und die kleine Judella konnten endgültig einziehen. Die Schafe waren auf die neuen Weiden getrieben und ein Gemüsegarten abgezäunt worden. Das Getreide stand gut und versprach eine reiche Ernte – mehr als genug, um sie sicher über den Winter zu bringen. Gavin und Camilla, seine Braut, errichteten für sich ein kleines Häuschen, und Fiona leistete Sarah Gesellschaft. Sarah erwartete ihr zweites Kind, diesmal einen Jungen, der im Frühjahr zur Welt kommen sollte.

Durch die geteilte Arbeit fanden sie genug Zeit, ihre Experimente mit den Sternensteinen ernsthaft zu beginnen. Sie kamen jeden Abend nach dem Essen mit ihren Steinen zusammen und erweiterten ständig ihre Kenntnisse. Sarah schlug schließlich vor, nicht nur mit ihren eigenen Matrices zu arbeiten, sondern andere hinzuzunehmen, um die Energie zu erhöhen. Statt vier oder fünf isolierter Kraftfelder konnte man die Energie aller zu einem einzigen Strahl bündeln und auf den Gegenstand des Experiments richten. Damit gelang es ihnen, auch schwere Materialien zu bewegen, und bald schon waren sie in der Lage, beim Hausbau große Steine ins Mauerwerk einzufügen. Sarah wurde immer geschickter, wenn es darum ging, die einzelnen Energiestränge zusammenzuführen und auf ein Ziel zu lenken.

Eines Abends wurden sie durch Sarahs Schmerzensschrei, den alle verspürten, aus ihrem Rapport gerissen. Sarah krümmte sich und umschlang ihren Bauch; dann brach sie, umgeben von einer Blutlache, auf dem Boden zusammen.

»Ich reite sofort los und hole die Hebamme«, rief Gavin.

Fiona und Duncan beugten sich über die stöhnende Sarah. »Was ist mit dir, Liebling?« fragte Duncan. »Was ist mit dem Kind?«

»Es ist tot, Duncan, tot! Es kommt viel zu früh. Die Sternensteine haben es getötet.«

Fiona berührte ihre Freundin sanft und strich mit ihren Fingern behutsam über Sarahs Bauch. »Ich kann es sehen, Duncan. Geplatzte Blutgefäße. Sie wird verbluten, bevor Melora hier eintrifft. Hilf mir, wir müssen die Blutung unterbinden!«

»Aber wie?«

»Wenn wir schwere Gegenstände verrücken können, sollte es uns auch gelingen, einzelne Zellen zu bewegen und damit die geplatzten Blutgefäße zu schließen. Versuche es! Konzentriere dich!«

Sie verbanden sich erneut im Rapport, und gemeinsam steuerten sie Zellen an den gewünschten Ort. Allmählich ließen die Blutungen nach. Zwar setzten immer wieder neue Wehen ein und zerrissen weitere Adern, aber auch diese Blutungen konnten gestillt werden. Schließlich wagten sie es, Sarah in ihr Bett zu tragen.

Als nach Stunden Gavin mit der Hebamme eintraf, war das Kind bereits geboren; es war so deformiert, daß es kaum als menschliches Wesen zu erkennen war. Sarah hatte sich während der qualvollen Entbindung nur einmal kurz aufgebäumt; jetzt lag sie erschöpft und bleicher als die Leinentücher auf ihrem Bett. Fiona ging in die Küche, um etwas dünnen Haferschleim und Fleischbrühe für sie zu richten. »Sie muß wieder zu Kräften kommen«, erklärte sie. »Mach inzwischen alles sauber, Duncan. Hol Wasser, um die Tücher und Kleidung einzuweichen.«

Duncan starrte sie nur benommen an; wie gelähmt.

»Nun mach schon, Duncan!«

Ohne hinzusehen wickelte er den deformierten Fötus in ein Tuch, trug es zur Feuerstelle und legte es dort ab.

Dann holte er kaltes Wasser und tunkte die fleckigen Laken und Kleider hinein. Einen weiteren Eimer Wasser wärmte er, um damit seine bewußtlose Frau zu waschen. Fiona brachte die Fleischbrühe und flößte sie langsam Sarah ein. Unwillkürlich öffnete sie den Mund und schlug die Augen auf.

»Mein Kind?«

»Beruhige dich, Sarah.« Fiona schüttelte traurig den Kopf. »Trink das hier. Du hast sehr viel Blut verloren, und die Brühe wird dir gut tun.« Sarah richtete sich mit Fionas Hilfe in ihren Kissen auf und schlürfte gehorsam die Brühe und den Haferschleim; dann kaute sie noch etwas Nußbrot.

Judy hatte recht – die Sternensteine sind gefährlich. Ich habe unser Kind getötet, Duncans Sohn. Wo ist Judella?

Duncan schmiegte ihre Hand an seine Wange. »Judella schläft ruhig und sicher in ihrer Wiege. Mach dir keine Vorwürfe, Sarah. Damit konnten wir alle nicht rechnen. Wir haben unseren Sohn verloren, jetzt laß mich dich nicht auch noch verlieren. Du mußt leben! Zehre von meiner Stärke, bis du deine wiedererlangt hast. Aber lebe, Geliebte! Für mich und für Judella!«

Schließlich kamen Melora und Gavin an; sie waren nach dem langen Ritt völlig außer Atem. »Wenn sie nur bei ihrer Mutter zu Hause gewesen wäre, dann hätte ich etwas für sie tun können«, jammerte die Hebamme zum wiederholten Mal. »Sie muß doch gewußt haben, daß sie schwanger war. Warum ist sie nicht sofort nach Hause gekommen?«

»Sie hat das Kind verloren, Melora«, sagte Fiona. »Ich glaube nicht, daß du es hättest verhindern können.«

Melora beugte sich über die ausdruckslos vor sich hin starrende Sarah. »Laß mich dich untersuchen, *chiya*.« Die Berührung ihrer Hände war sanft und beruhigend. Sarah sank in ihre Kissen zurück. Nach der Untersuchung stand Melora auf und wandte sich an Fiona. »Hat sie schon etwas zu sich genommen?«

»Ja, etwas Brühe und Haferschleim. Und etwas Nußbrot«, berichtete Fiona.

»Gut so. Gebt ihr auch weiterhin so viel wie möglich zu essen. Sie hat sehr viel Blut verloren, und ich kann mir nicht erklären, wie ihr die Blutungen unterbinden konntet. Wie dem auch sei, sie ist bereits auf dem Weg der Besserung. Sie braucht noch viel Ruhe und Pflege, aber sie wird wieder gesund werden.«

Fiona blickte zu Duncan und zog fragend die Augenbrauen hoch. Er aber schüttelte den Kopf, und so verschwiegen sie Melora, was sie getan hatten. Fiona ging schweigsam in die Küche zurück, während Duncan Melora den Fötus zeigte. Die Amme betrachtete ihn lang und eindringlich; dann meinte sie kopfschüttelnd: »Die Fehlgeburt war nicht zu verhindern. Der Mutterkuchen war viel zu schwach entwickelt. Es hätte jederzeit passieren können. Besser jetzt als später.«

Sarah hatte alles halb benommen mitgehört. *Dann war es also doch nicht meine Schuld. Es wäre so oder so geschehen! Aber ich habe diese unglaubliche Kraft gespürt, und dann, als ob etwas in mir zerriß. Es muß die Kraft der Matrix gewesen sein. Vielleicht wäre es später passiert, beim Heben eines zu schweren Gegenstands. Daß es jetzt passiert ist, muß an dem Sternenstein gelegen haben.*

Tagelang lag Sarah im Bett, ruhte sich aus, schlief viel und aß wenig. Nur die kleine Judella, die bereits zu laufen und sprechen begann, konnte sie aus ihrer Apathie aufrütteln. »Mama, Mama«, gluckste sie und tätschelte dabei Sarahs Wangen. Auch Duncan und Fiona versuchten immer wieder, sie aufzumuntern und zum Sprechen zu bringen, aber Sarah reagierte kaum. Selbst ihre Gedanken hatte sie vor ihnen fest abgeschirmt. Derart hinter ihren Barrieren verschanzt, quälte sie sich mit zahllosen Fragen.

Sollen wir mit unseren Experimenten weitermachen? Natürlich würde ich nie wieder ein Kind in mir gefährden! Aber vielleicht kann ich ja auch gar keine Kinder mehr bekommen, wenn ich mit den Steinen weiterarbeite? Sie haben Melora nichts davon gesagt. Wenn sie wüßte, schlimmer noch, wenn sie es Judy erzählen würde – wo ist Judy? Sie ist doch meine Mutter, warum kommt sie dann nicht? Warum kümmert sie sich nicht um mich? Es ist doch nur ein Ritt von ein paar Stunden. Aber bald ist Winter, und dann ist es zu spät.

War es doch meine Schuld?

Gavin und Duncan setzten die Arbeit an Gavins Haus fort, brachten die Ernte ein und hatten auch sonst mit den Herden alle Hände voll zu tun. Es blieb ihnen keine Zeit, an Sarahs Krankenlager zu sitzen und ihr gut zuzureden. Fiona nahm Judella mit, wenn sie tagsüber den beiden Männern draußen half; sie kehrte dann früher heim, um das Essen zu richten, Judella und Sarah zu versorgen und überhaupt den Haushalt einigermaßen in Ordnung zu halten. Immerhin fühlte sich Sarah bereits etwas schuldig, daß sie den anderen die ganze Arbeit überließ. Eines Tages versuchte sie, ohne fremde Hilfe aufzustehen, und zu ihrer Überraschung gelang es ihr ohne allzu große Mühe. Sie fühlte sich zwar noch etwas unsicher auf den Beinen, ansonsten aber schon wieder ganz gut bei Kräften. Danach übernahm sie im Haushalt wieder mehr von ihren Pflichten.

Auch die Mahlzeiten nahm sie jetzt wieder mit den anderen ein, und selbst zu Gesprächen über die alltäglichen Geschäfte war sie zu bewegen. Nur über den Tod des Kindes sprach sie nie. Sie weigerte sich auch, Duncan zu dem kleinen Grab zu begleiten, das er angelegt hatte. Judella brabbelte weiterhin vergnügt vor sich hin; aber Duncan und Fiona, die sich mit dem Kind leicht im Rapport verbinden konnten, wußten, daß die Kleine irgendwie spürte, daß ihre Mutter litt, und daß Judella mit ihrem Geplapper versuchte, Sarah aufzuheitern.

Eines Abends nahmen sich die drei Sarah vor. »Wir

werden nicht länger mit ansehen, daß du dir und uns das antust, Sarah«, erklärte Duncan bestimmt. »Wir werden mit unseren Experimenten fortfahren. Du kannst dabei zuschauen oder uns helfen oder aber dich weiterhin hinter deinen Barrieren verkriechen. Wir werden weitermachen.«

Seine Worte trafen Sarah wie ein Fausthieb. Tränen standen ihr in den Augen. »Verstehst du denn nicht? Ich wage es einfach nicht, die Steine nochmals zu benutzen! Selbst wenn ich dadurch die Lovat-McAran-Gabe verliere, ich kann meine Matrix nicht mehr benutzen. Nie mehr!«

»Lah-ran! Lah-ran!« flötete Judella.

»Lovat-McAran, mein Schatz, Lovat-McAran«, verbesserte Duncan automatisch.

»Lah-ran! Lah-ran!« wiederholte Judella strahlend.

»Also gut, meinetwegen, *Laran*«, gab sich Duncan geschlagen. »Das ist ja auch wirklich einfacher zu sagen.«

»Lah-ran machen, Pa, machen!« verlangte Judella jetzt.

»Sie will anscheinend eine kleine Kostprobe«, übersetzte Gavin.

»Und die soll sich auch bekommen«, erwiderte ihr Vater. Duncan rückte seine Holzbank vom Tisch ab und holte seinen Sternenstein hervor. Er konzentrierte sich, und plötzlich schwebte Judellas Eßnapf durch die Luft zu Gavin herüber. Der griff danach und stellte ihn sicher zurück auf den Tisch. Fiona mußte lachen, als die Kleine begeistert in die Hände klatschte.

»Gib ihr ihren Napf zurück, Duncan«, meldete sich Sarah zu Wort. Zum ersten Mal seit Wochen reagierte sie lebhaft. »Tja ich weiß aber gar nicht, ob ich das wirklich will«, scherzte Duncan.

»Keine Sorge, mein kleiner Liebling, das haben wir gleich!«

Sarah ließ den Napf erneut in die Luft steigen und über ihren Köpfen kreisen; und nach einem eleganten Bogen um den Tisch landete er weich genau vor der juchzenden Judella.

»Das hast du alles ohne deinen Stern getan!« stellte Fiona erstaunt fest.

»Und eben hast du noch gesagt, du würdest ihn nie mehr benutzen«, meinte Duncan lachend.

»Richtig! Aber einiges kann ich auch ohne den Stein vollbringen. Zumindest jetzt noch. Ich weiß nicht, wie lange noch.«

Plötzlich erkannten alle, daß Sarah ihre Barrieren gesenkt hatte. Und zum ersten Mal seit ihrer Krankheit fanden alle wieder im Rapport zueinander. In diesem Augenblick waren sie so innig miteinander verbunden, daß sie fast übersehen hätten, daß sie nicht zu viert, sondern zu fünft einen Kreis bildeten, und daß ein Mitglied des Kreises noch sehr klein, sehr jung, sehr schwach war.

Judella! Sarah sah ihre Tochter an. *Chiya, du hier?* Judella hob ihre Patschhändchen und schlug lachend auf die Tischplatte. *Lah-ran!* verkündete sie stolz.

Nach diesem Abend nahmen sie die Experimente wieder auf, und selbst Judella gehörte zu ihrem Kreis, wenn sie kleinere Gegenstände bewegten. Duncan, Gavin und Fiona wechselten sich dabei ab, die Energiestrahlen zu bündeln und den Kreis zusammenzuhalten, wobei sie immer schwierigere Manöver durchführten.

Das Wetter verschlechterte sich derweil merklich. Aus den nächtlichen Regenschauern wurden Stürme, die immer häufiger mit Schneeregen durchsetzt waren.

»Es wird Zeit für mich zurückzukehren«, meinte Gavin. »Ich habe Camilla schon viel zu lange allein gelassen. Zum Mittwinterfest wird Hochzeit sein, und ich hoffe, ihr könnt alle kommen. Das gilt auch für dich, kleine Judella. Aber bringt dem Kind vorher noch bei, wie man seine Gedanken abschirmt, oder eure Mütter trifft der Schlag.«

»Noch eine Frage, Gavin«, schaltete sich Sarah ein.

»Weißt du, warum meine Mutter nicht gekommen ist, als ich so krank war? Ich habe das Gefühl, du hast mir die ganze Zeit etwas verheimlicht.«

Gavin fühlte sich ertappt. »Ja, das habe ich tatsächlich. Deine Mutter, und auch Duncans, sie machen sich schreckliche Vorwürfe, daß sie euch weggeschickt und euch so freie Hand gelassen haben. So konntet ihr mit den gefährlichen Steinen hantieren, ohne daß sie eingreifen konnten. Und das hat sie nur noch zorniger und fanatischer gemacht. Ich weiß noch nicht einmal, ob sie zu meiner Hochzeit erscheinen werden. McAran ist nur noch Oberhaupt seines Clans, aber nicht mehr Anführer des Dorfes. Der neue Anführer ist mein Vater, MacLeod. Es tut mir leid. Ich wollte dir nicht noch zusätzlich Kummer bereiten.«

»Ich danke dir, daß du es mir jetzt gesagt hast.« Duncan legte den Arm um seine Frau, und gemeinsam teilten sie schweigend den Schmerz.

Die Hochzeit fand im Hause der MacLeods statt, und das gesamte Dorf nahm daran teil. Auch die McArans und Lovats waren gekommen. Judy und Laura gaben sich zunächst unnahbar, als sie Duncan und Sarah mit Judella sahen, wahrten aber immerhin die Form und begrüßten sie höflich. Doch Judella brachte das Eis schnell zum Schmelzen, und die beiden Großmütter ließen es sich nicht nehmen, ihre Enkelin während der Zeremonie abwechselnd auf dem Arm zu halten.

Die Festlichkeiten nach der Trauung gestalteten sich üppig; die Tische bogen sich unter dem Überfluß der reichhaltigen Speisen. Sarah saß jetzt, mit Judella auf dem Schoß, bei den verheirateten Frauen, während Duncan sich mit der Braut, ihrer Schwägerin Fiona und einigen älteren Damen unterhielt. Sarah versuchte, mit Judy ins Gespräch zu kommen, aber abgesehen von der kleinen Judella schienen sie sich nichts mehr zu sagen zu haben. Sie wunderte sich, daß ihre Mutter keine ihrer unausgesprochenen Fragen beantwortet hatte, wie sie es früher zu tun pflegte. Sarah versuchte es noch einmal, mußte dann aber feststellen, daß Judy derart unüberwindliche Barrieren errichtet hatte, daß man sie für kopfblind hätte halten können. Daher fragte sie ihre Mutter direkt: »Warum seid Ihr nicht gekommen, als ich so krank war? Melora hat Euch doch sicherlich davon berichtet?«

»Diese beiden, dein Gatte«, sie spuckte das Wort förmlich aus, »und Gavins Schwester, haben übel an dir getan, als sie dich heilten. Hätte Gott gewollt, daß du lebst, hätte er selbst dir Heilung gesandt. Ihr aber habt die Wege des Bösen beschritten.«

»Mutter! Wie könnt Ihr so etwas sagen? Das Leben ist ein Geschenk der Götter, und wenn mein Leben gerettet wurde, dann war es ihr Werk, ganz gleich, welche Wege sie wählten!«

»Du hast dich uns schon zu sehr entfremdet. Du mußt wissen, Sarah, daß wir, dein Vater und ich, uns den Christoforo angeschlossen haben. Gemäß ihrer Lehre ist jeder Umgang mit der Lovat-McAran-Gabe Sünde. Die heiligen Schriften, die uns St. Valentin vom Himmel übermittelte, als wir hierher kamen, verbieten solche Hexenkunst. Wir lernen jetzt, wie wir uns völlig abschirmen können.«

»Aber Ihr selbst hattet doch immer Mitleid mit den Kopfblinden, weil sie nie die enge Vertrautheit mit anderen erreichen können ... Und was ist mit Mhari und den anderen Kindern?«

»Sie werden mit uns die Taufe im neuen Glauben erhalten. Im Frühjahr werden wir alle zusammen nach Nevarsin ziehen, um bei den Familien zu leben, die dort die Arbeit der Brüder im Kloster unterstützen.«

»Uns was ist mit Rafe und Laura?«

»Auch sie werden von hier fortziehen. Wahrscheinlich sprechen die Männer gerade jetzt mit Duncan über den Besitz.«

»Ich verstehe das alles nicht«, resignierte Sarah. »Wollt Ihr damit sagen, daß beide Clans New Skye vollzählig verlassen? Daß Duncan und ich ganz allein hier zurückbleiben?«

»New Skye ist kein geeigneter Ort für uns. Für keinen von uns. Es wäre besser für euch, wenn ihr auch fortzieht, bevor ihr noch mehr in Sünde verfallt. Kommt mit uns nach Nevarsin, so lange für euch noch Hoffnung auf Erlösung besteht.«

Sarahs vertraute Welt zerbrach. Sie hatte noch immer gehofft, daß mit Judellas Namensgebung die Kluft zwischen ihr und ihren Eltern überbrückt werden konnte, hatte gehofft, daß Judella in der Großfamilie aufwachsen würde, umgeben von Großeltern und Onkeln und Tanten, mit denen man gemeinsam die Festtage begehen konnte, oder die sogar die Kleine eine Zeit lang in Pflege nehmen würden. Trotz all der Entfremdung war ihr immer diese Hoffnung geblieben.

Verunsichert blickte sie im Raum umher und suchte Duncan. Dort stand er, ernsthaft mit Rafe und Dougal ins Gespräch vertieft. Sie versuchte, Kontakt mit ihm aufzunehmen. Was sie in seinen Gedanken fand, war Zorn und Verwirrung. Er reagierte auf ihre Berührung, schaute in ihre Richtung, schüttelte aber den Kopf und wandte sich wieder seinen Gesprächspartnern zu.

»Ich weiß nicht, was ich Euch daraufhin erwidern soll«, erklärte sie ihrer Mutter. »Ich werde mit Duncan darüber reden.« Doch sie wußte, daß sie dies nur sagte, um Zeit zu gewinnen und weitere unangenehme Fragen zu vermeiden. Sie wußte, daß Duncan und sie nicht nach Nevarsin ziehen würden; wußte, daß sie die begonnene Erforschung der Lovat-McAran-Gabe nicht aufgeben konnten; wußte schließlich auch, daß sie New Skye nie, oder zumindest nicht aus diesem Grund, verlassen würden.

Sarah und Duncan verbrachten die Nacht als Gäste bei Gavins Familie. In ihrem eigenen Heim waren sie nicht länger geduldet, und daran konnte auch Judella nichts ändern. Sie nutzten die Gelegenheit, um mit Lew MacLeod und seiner Frau Jenny alles zu besprechen.

»Was sollen wir tun, Lew?« fragte Duncan. »Unsere Familien wollen im Frühjahr fortziehen. Rafe, Laura und meine Geschwister werden nach Dalereuth gehen, und Dougal und Judy werden sich in Nevarsin den Christoforo-Brüdern anschließen. Sie verlassen Haus und Hof und erwarten, daß ich, genauer gesagt Sarah und ich, den Besitz übernehmen werden, oder daß wir ihnen nach Nevarsin oder Dalereuth folgen. Aber Sarah und ich wollen New Skye nicht verlassen.«

»Dann bleibt! Bleibt auf alle Fälle! Gavin und Camilla werden bei euch leben, und auch Fiona. Und wir, der alte MacLeod und seine Lady, sind auch noch da. Bleibt in New Skye, wenn ihr das wirklich wünscht.«

»Darf ich etwas sagen?« Fiona lehnte sich vor. »Ich gehöre nicht zur Familie, und so kann ich vielleicht nicht richtig beurteilen, wie ihr darüber denkt. Ich möchte mich auch nicht einmischen. Aber ich gehöre zu unserem Kreis. Und für mich sind wir *eine* Familie. Was wirklich zählt, ist, daß wir fünf – Verzeihung, Judella, mit dir sind wir sechs – zusammen sind. Vielleicht ist Familie gar nicht so sehr eine Frage der Geburt; vielleicht sind es besser Menschen, für die man sich bewußt entschieden hat – ich weiß es nicht genau. Aber was immer ihr entscheiden werdet, ich werde zu euch halten. Ich will zu euch gehören!«

Bei diesen Worten senkten alle ihre Barrieren und fanden sich in Freude und Leid vereint: Sarahs und Duncans Leid über den Verlust ihrer Eltern, aber auch die Freude über die neugewonnene Familie, von der Fiona gesprochen hatte. Schließlich erklärte Jenny abschließend: »Wir können nicht alle Probleme heute abend lösen. Jetzt braucht jeder erst einmal etwas Schlaf, besonders Sarah und Duncan, bevor ihr morgen eure beschwerliche Heimreise antretet. Ich weiß, daß ihr in New Skye bleiben werdet, und ihr seid uns jederzeit willkommen.«

Sarah stand am Fenster des Turms und blickte auf die Stadt hinunter, die sich bis zu ihrem Haus ausgedehnt hatte. Judella, inzwischen zehn Jahre alt, lief mit ihren zwei jüngeren, ebenfalls rothaarigen Geschwistern die kleine Straße entlang; sie kamen gerade von dem kleinen Laden zurück, wo sie ihr Taschengeld für Süßigkeiten ausgegeben hatten.

Die Vision, die Sarah vor so langer Zeit gehabt hatte, war eingetreten. Stück um Stück hatte sich New Skye an ihren Turm herangeschoben, bis er schließlich ganz von Häusern umgeben war. Sarah seufzte. Die wenigen Augenblicke, die sie ganz für sich alleine hatte, waren ihr besonders kostbar. Das Haus, mittlerweile drei Stockwerke hoch, und der Turm, in dem sie jetzt stand, waren so von Leben und Laran erfüllt, daß sie sich manchmal nach den stilleren Tagen zurücksehnte, als weder körperliche noch geistige Nähe sie in ihrer Ruhe störten.

Unwirsch schüttelte Sarah diesen Gedanken ab. Das hatten sie doch immer erhofft, dafür hatten sie all die Jahre gearbeitet, dies übertraf sogar ihre kühnsten Erwartungen, mehr über die Lovat-McAran-Gabe herauszufinden! Warum also diese Unzufriedenheit?

Im Turm über ihr war ein Kreis neu auszubildender Telepathen bei der Arbeit; unten, im Hof, gingen andere den täglichen Aufgaben der Haus- und Hofführung nach; und einen halben Tagesritt entfernt bestellten, unter Aufsicht von MacLeod und seinem Haushalt, die Pächter des McAran-Gutes die Felder und hüteten ihre Herden. Immer mehr Menschen wollten ihre Kinder zur Ausbildung in den Turm schicken, und aus den unterschiedlichsten Orten Darkovers kamen Anfragen nach ausgebildeten

Arbeitern, die sie bei der Wetterkontrolle oder als Heiler unterstützen sollten. Selbst im entlegenen Dalereuth forderte man Hilfe an.

Wie soll ich bloß all diesen Anforderungen gerecht werden? Natürlich habe ich Helfer. Duncan und Gavin leiten die Arbeit der Kreise, Fiona ist meine rechte Hand bei der Haushaltsführung, und Camilla hat die Erziehung und Ausbildung übernommen. Ich hätte also allen Grund, dankbar zu sein. Und doch spüre ich die Last auf meinen Schultern, als ob ich alles alleine zu tragen hätte.

Mit einem erneuten Seufzer erhob sich Sarah und lief die Treppe hinunter. In der großen Halle traf sie auf Fiona und Duncan, der sie mit einem Kuß begrüßte. »Das trifft sich ja gut – wir wollten gerade mit dir sprechen. Fiona und ich sehen erneut Probleme auf uns zukommen. Die Anwesenheit so vieler Gedanken, die sich uns aufdrängen, ob nun beabsichtigt oder nicht, wird uns einfach zu viel. Bei den Neuankömmlingen ist es besonders schlimm. So lange sie nicht richtig gelernt haben, ihre Barrieren zu errichten, schwirren ihre Gedanken unkontrolliert in der Gegend rum.«

»Das macht mir auch sehr zu schaffen«, stimmte Sarah zu. »Und vielleicht senden wir selbst versehentlich zu viele Gedanken aus. Aber was können wir dagegen tun? Wenn ich nur mehr Zeit für mich hätte ...«

»Genau darum geht es! Wir alle brauchen mehr Zeit für uns, und auch die Räumlichkeiten, um allein sein zu können. Deshalb habe ich folgenden Vorschlag.« Fiona breitete auf dem Tisch die Baupläne des Hauses aus.

»Schau her, Sarah. Wenn wir diesen Plan verwirklichen können, bekommt jeder, auch die Kinder, sein eigenes Zimmer. Zwar klein, aber ganz für sich allein. Dann hat jeder einen Ort, an den er sich zurückziehen kann. Und dort«, – Duncan deutete auf die bisherigen Stallungen – »dort könnten wir die Schlafsäle für die Neuankömmlinge unterbringen.«

»Das ist ja wunderbar! Endlich etwas Ruhe und Frieden ... Wenn wir jetzt noch die Energiespeicheranlage dazu benutzen könnten, das Laran wirklich effektiv abzublocken, bräuchten wir uns nicht mehr auf unzureichende Schilde und Barrieren verlassen.«

»Gut – dann ist unser neues Projekt beschlossene Sache!« Diesmal war es Duncan, der eine Vision hatte, an der er Sarah und Fiona teilhaben ließ: ein neuer Turm an einem anderen Ort, der ebenfalls junge Menschen ausbildet, und dann noch ein Turm, und noch einer, über den ganzen Planeten verteilt, und alle standen miteinander in Verbindung und übermittelten Nachrichten und Informationen.

»Das also hält die Zukunft für uns bereit«, sagte Sarah. »Und genauso, wie wir New Skye haben wachsen sehen, werden wir auch das noch erleben.« Sie war sich sicher: die Zukunft stand ihnen offen. Jede Stadt würde ihren eigenen Turm besitzen – Türme, die als Relaisstationen dienten und von denen aus einzig mit der Macht des *Laran* Gebäude errichtet oder Erze aufgespürt und abgebaut würden. Und nicht nur New Skye, nein, der ganze Planet würde von dem erarbeiteten Wohlstand profitieren. Ja, die Zukunft stand ihnen offen. Und es war gut so.

Lana Young

Heimkehr

Lana Young ist eine richtige Hundenärrin; zwei ausgewachsene Rottweiler mit acht Welpen sind ihr ganzer Stolz. Bei dem Gedanken wird mir schwindelig, obwohl ich Hunde durchaus mag; ich hoffe nur, daß Lana auf dem Land lebt und ihnen viel Auslauf bieten kann. Als einen ihrer Berufswünsche gibt sie an, ein Tierheim einzurichten. Viel Spaß dabei!

Dies ist ihre erste veröffentlichte Geschichte, aber sie hofft, daß weitere folgen werden. Diesem Wunsch schließen wir uns an.

So schnell die Nacht auf Darkover hereinbricht, so langsam geht die Sonne auf, als ob sie nur widerwillig den neuen Tag begrüßen wolle. In diesen frühen Morgenstunden, die sich noch nicht so recht zwischen Nacht und Tag entscheiden konnten, dockte das Schiff im terranischen Raumhafen von Thendara an. Verglichen mit den riesigen Raumtransportern, die normalerweise nach Darkover kamen, war es ein kleiner, privat gecharterter Raumgleiter. In der vorderen Kabine bereitete sich die einzige Passagierin darauf vor, von Bord zu gehen.

Sie hatte ihre dünnen Kleider, die auf Terra üblich waren, zugunsten darkovanischer Tracht abgelegt: Stiefeletten, weite Hosen und einen Kasack, darüber einen reich bestickten Mantel. Am Gürtel trug sie einen Dolch, der fast schon die Ausmaße eines Schwerts hatte. Als sie sich ihre Tasche über die Schultern warf, mußte sie an jene Nacht zurückdenken, in der sie Darkover mit nicht viel mehr als den Kleidern auf dem Leib und einer Novizin der Entsagenden aus dem Gildehaus Thendara im Schlepptau verlassen hatte. Jetzt war im Futter ihrer Kleider ein kleines Vermögen eingenäht, und das Mädchen, das sich in letzter Minute ihrer Flucht angeschlossen hatte, war inzwischen auf einem fremden Planeten Vorsteherin eines Gildehauses.

Als sie ihre Kabine verließ, wurde sie von einem jungen Besatzungsmitglied aus ihren Gedanken gerissen.

»Soll ich Ihre Tasche tragen, Miss Lorne?«

»Nicht nötig«, erwiderte Magda Lorne lächelnd. »Ich habe sie bisher getragen und gedenke, dies auch weiterhin zu tun. Nichts für ungut, aber es ist nun mal nicht unsere Art, Männer um Hilfe zu bitten.« Sie ließ ihn zurück, ging auf die Ausstiegsluke zu und trat in die frische Morgenluft ihres Heimatplaneten hinaus.

Am Einreiseschalter stellte ein gelangweilter Beamter die üblichen Fragen, die sie routiniert beantwortete. Sie sei, so erklärte sie ihm, gebürtige Darkovanerin, habe in den letzten fünf Jahren das terranische Imperium bereist und kehre nun heim. Die Antworten, korrekt zwar, wenn auch unvollständig, stellten den Beamten offensichtlich zufrieden, der sich daraufhin umgehend in sein warmes Büro mit dem bequemen Stuhl zurückzog.

Magda ließ die hellen Lichter des Raumhafens hinter sich und tauchte ins Dunkel der Stadt ein. Erneut war sie mit ihren Gedanken allein.

Jene Schreckensnacht – ich erinnere mich, als ob es gestern gewesen wäre. Die Freunde, die Familie – alle ermordet, nur weil sie es wagten, Wahrheit und Freiheit zu verkünden. Sie hielt kurz inne, um das Gewicht ihrer Tasche auf die andere Schulter zu verlagern.

Und doch scheint es mit eine Ewigkeit her zu sein. Andrew, Callista, Damon und Ellemir – alle tot; und auch Cleindori und meine geliebte Shaya – so jung noch, und doch nicht verschont. Von allen, die ich liebte, blieb nur Camilla am Leben.

Beim Gedanken an Camilla traten ihr Tränen in die Augen. Als die Mörder zuschlugen, war Camilla mit der Schwesternschaft in den Bergen unterwegs. Sie blieb unerreichbar, auch in den folgenden Tagen, in denen Magda sich versteckt halten mußte. Man hatte Magda und alle in ihrer Begleitung für vogelfrei erklärt. Ihr blieb als einziger Ausweg die Flucht, sonst hätte sie das Gildehaus und alle, die ihr Hilfe gewährten, mit ins Unglück gerissen.

Sie seien verflucht! Ich konnte mich noch nicht einmal verabschieden.

Als sie sich ihrem Ziel näherte, verlangsamte Magda ihren Schritt.

Es ist so lange her, und ich habe mich nie gemeldet. Werden sie mich überhaupt wieder aufnehmen? Was ist, wenn auch Camilla das Gildehaus verlassen hat, oder mit einer anderen … NEIN! Ich werde mir nicht unnötig Sorgen machen. Camilla wird da sein. Sie muß einfach da sein!

Magda fühlte sich in ihrem Beschluß bestärkt, wischte die Tränen weg und eilte die graue Straße hinab. Endlich stand sie wieder vor dem Gildehaus. Um den letzten Zweifel zu zerstreuen, griff Magda nach dem kleinen Seidenbeutel, der ihr an einer Schnur um den Hals hing, entnahm ihm den blauen Sternenstein und konzentrierte ihre Gedanken.

Mit ihrem *Laran* suchte und fand sie diejenige, um derentwillen sie die lange Heimreise quer durch das Universum angetreten hatte. Camilla erwachte gerade, als sich ihre Gedanken berührten. Magda spürte die kurz aufflackernde Verunsicherung, gefolgt von dem freudigen Moment des Wiedererkennens. Sie ließ ihren Sternenstein in den Beutel zurückgleiten; dann klopfte sie beherzt an die Tür vor ihr. Ein Mädchen öffnete die Tür einen Spalt weit und blinzelte Magda durch verschlafene Augen an.

»Willkommen, Schwester«, begrüßte das Mädchen sie. »Ich kenne dich nicht; aus welchem Haus stammst du?

Und was treibt dich durch die Nacht hierher? Steckst du in Schwierigkeiten?«

»Ich stamme aus diesem Haus«, erwiderte Magda. »Und meine Schwierigkeiten haben mich länger als nur eine dunkle Nacht umhergetrieben. Jetzt bin ich heimgekehrt, um Camilla wiederzusehen.«

»Um diese Zeit? Ich bin sicher, sie schläft noch. Vor Sonnenaufgang rührt sich niemand ohne guten Grund.«

»Du kannst mir ruhig glauben. Sie ist bereits aufgestanden und kleidet sich wahrscheinlich gerade an.« Die Türsteherin schaute Magda voller Zweifel an, aber ehe sie noch etwas entgegnen konnte, waren herbeieilende Schritte und eine aufgeregte Stimme zu hören.

»Mach Platz, *chiya*, laß mich vorbei!«

Camilla stand die Erregung ins Gesicht geschrieben, als sie jetzt hinter dem Mädchen auftauchte, es beiseite schob und hinaus auf die Straße stürzte. Atemlos und mit weit aufgerissenen Augen starrte sie Magda an.

»*Breda*, bist du es wirklich? Ich glaubte, du seist tot! All die Jahre habe ich um dich getrauert, und jetzt bist du zu mir zurückgekehrt! Wo bist du gewesen? Wie ist es dir ergangen?«

»Ich war tot. Innerlich war ich in den vergangenen Jahren tot«, erwiderte Magda. »Aber jetzt habe ich dich wieder und lebe. Cara Mia, ich werde dich nie mehr verlassen!« Jedes weitere Wort war unnötig. Und als sie sich umarmten, im Rapport miteinander verschmolzen und sich erneut die Treue schworen, da endlich ging die Sonne über Darkover auf.

Elisabeth Waters

Stumme Freunde

Es gibt viele Gründe, warum ich froh bin, mit Elisabeth in einem Haus zu wohnen; nicht zuletzt deshalb, weil ich ihr immer sagen kann, was mir bei der Zusammenstellung einer neuen Anthologie noch zu fehlen scheint – und dann setzt sie sich einfach hin und schreibt es für mich. Kann es ein nützlicheres Talent geben? Was ich diesmal zur Abrundung brauchte, war eine kurze, amüsante Geschichte. Und sie zauberte genau jene Geschichte aus dem Hut, die ich selber gerne geschrieben hätte, wenn ich die Zeit dazu fände. Allmählich wundert mich bei Lisa gar nichts mehr. Sie kann sogar Zahlenreihen richtig addieren – was mir nie gelingt – und hat den von Andre Norton gestifteten Gryphon Award *für den besten unveröffentlichten Roman gewonnen. Als ich sie das erste Mal traf, hatte sie noch nichts veröffentlicht – aber das sollte sich in meiner Gegenwart schnell ändern. Wer mich erst einmal getroffen hat, weiß, daß jeder dazu in der Lage ist.*

Geliebter Vater!

Gestern also fand das große Ereignis statt – Cassildas Heirat mit Edric Ridenow. Und damit müßte ich sie jetzt eigentlich als Lady Serrais titulieren, aber das will mir nicht recht über die Lippen kommen; sie ist und bleibt doch meine große Schwester. Es ist wirklich schade, daß Ihr und Mutter bei der Hochzeit nicht dabei sein konntet, aber Coryn hat Euch würdig vertreten, und Donal und ich haben Cassilda nach besten Kräften unterstützt und ermutigt. Vor der Trauungszeremonie war sie furchtbar nervös, aber heute morgen scheint sie schon sehr viel gelöster zu sein.

Coryn und ich werden noch bis zum Frühjahr hier bleiben, da sich jetzt endlich mein *Laran* meldet – ich glaubte schon, ich würde niemals erwachsen werden, aber das scheint sich ja jetzt zu ändern. Jedenfalls meint Auster, der extra für die Hochzeit aus Arilinn zurückgekommen ist, daß ich nicht unnötig reisen sollte, so lange ich noch unter der Schwellenkrankheit leide. Ihr braucht Euch keine Sorgen zu machen, so krank bin ich nun auch wieder nicht, daß es gefährlich wäre; ich fühle mich nur ziemlich elend.

Ihr fragt Euch bestimmt schon besorgt, was für eine Art *Laran* ich entwickeln werde. Aber ich kann Euch beruhigen: es wird nicht halb so unangenehm wie bei meinen Brüdern und Schwestern sein. Auch ich kann mich noch gut daran erinnern, wie Cassilda ihren Rapport mit den Falken entwickelte, und die Vögel ihr überall hin folgten. Mutter war alles andere als begeistert, als sich die Biester immer auf ihren Gardinenstangen niederließen – und was schimpften erst die Waschfrauen, wenn sie die Spuren der lieben Tierchen auf der frisch gewaschenen Wäsche entdeckten! Donals Rapport mit den Wölfen werden wir wohl auch nicht so schnell vergessen – besonders ihr Geheul, als er die Schwellenkrankheit durchmachte! Da war Coryns Rapport mit den Pferden noch vergleichsweise harmlos, ja sogar ganz nützlich, obwohl Ihr in jenem Jahr die Stallungen erweitern mußtet.

Auch ich habe, wie könnte es anders sein, Rapport mit Tieren entwickelt, aber in meinem Fall sind die fraglichen Tiere klein, sauber und vor allem stumm, und sie werden mir auch nicht im ganzen Haus hinterherlaufen. Wie Ihr sicherlich wißt, hat Lerrys Ridenow das ganze Imperium bereist, und aus den tropischen Gewässern Terras hat er eine beträchtliche Anzahl kleiner Fische mitgebracht. Ja, und mit diesen Fischen habe ich meinen Rapport entwickelt! Lerrys hat mir zum Mittwinterfest fünfhundert davon geschenkt, was mich natürlich riesig gefreut hat.

Donal wird Euch zusammen mit diesem Brief die Pläne für die Wasserbehälter überbringen, die wir benötigen, um die Fische unterzubringen. Die meisten können im großen 200-Gallonen-Tank bleiben, aber die Kugelfische brauchen ihren eigenen Behälter. Sie sind viel zu gefräßig und aggressiv, als daß man sie mit anderen Fischen zusammen halten könnte. Und die Buntbarsche fallen sogar übereinander her, aber ich glaube, daß ich sie davon überzeugen kann, sich gegenseitig in Ruhe zu lassen, wenn wir sie in einem extra 75-Gallonen-Tank halten.

Coryn und ich werden alles übrige, wie Wasserpflanzen, Kies, Filter und Heizstäbe, mitbringen, wenn wir zurückkommen. Auster hat sich freundlicherweise bereit erklärt, den Transport der Fische mit dem Flugwagen aus Arilinn zu übernehmen, sobald das Wetter mitspielt und es warm genug ist (die Fische gehen ein, wenn die Wassertemperatur wesentlich unter die tropischen Temperaturen von Terra absinkt – deshalb müssen auch alle Wasserbehälter beheizt werden). Die Tanks sollten eigentlich alle in mein Schlafzimmer passen, am besten entlang der großen, fensterlosen Wand; die Heizanlage müssen wir notfalls unter dem Bett verstauen.

Ich hoffe, Ihr und Mutter habt ein schönes Mittwinterfest verlebt. Ich grüße Euch, bis zum Frühjahr,

Eure Euch liebende Tochter
Arielle MacAran